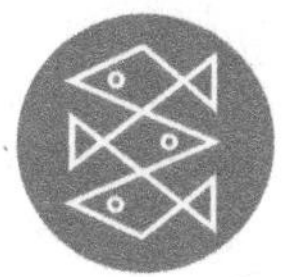

John Bennett glaubt eigentlich nicht an die Liebe, sie bringt nur Kummer und Scherereien. Da ist die Freundschaft mit Erin von der Nachbarsfarm viel beständiger und unkomplizierter. Seit ihrer Kindheit halten sie zusammen wie Pech und Schwefel. Aber was findet Erin nur auf einmal an dem geschniegelten Banker Will? Die beiden passen doch gar nicht zusammen, außerdem ist der Typ John nicht geheuer. Eines Nachts steht die Nachbarsfarm in Flammen und John setzt alles daran, Erin zu retten. Als er fürchtet, seine Freundin zu verlieren, erkennt John, dass er sein Herz schon vor langer Zeit an sie verloren hat. Endlich kommen die beiden sich näher, doch dann macht John einen folgenschweren Fehler. Erin will nichts mehr mit ihm zu tun haben. Dabei müssen sie jetzt, nach dem Tod von Erins Vater, unbedingt zusammenarbeiten, um das Überleben ihrer beiden Farmen zu sichern. Bekommt John eine zweite Chance bei seiner großen Liebe?

Weitere Romane von Lilian Kaliner:
»Sehnsucht in deinem Herzen«
»Das Glück findet dich«

Lilian Kaliner (*1984) lebt mit ihrem Mann, zwei Kindern, einem Hund und vielen Hühnern in der Nähe von Freiburg. Mit ihrem Mann reiste sie früher in einem uralten Campingbus durch Australien, übernachtete an einsamen Stränden, erntete Kirschen und verliebte sich in das Land. Kein Wunder, dass ihre Romanreihe um eine turbulente Großfamilie in Australien spielt. Nach »Sehnsucht in deinem Herzen« und »Das Glück findet dich« treffen wir die Bennetts aus Firefly Creek mit »Du in meiner Nähe« wieder.

Weitere Informationen finden Sie auf www.fischerverlage.de

Lilian Kaliner

Du in meiner Nähe

FIREFLY CREEK

Roman

FISCHER Taschenbuch

Aus Verantwortung für die Umwelt hat sich der S. Fischer Verlag zu einer nachhaltigen Buchproduktion verpflichtet. Der bewusste Umgang mit unseren Ressourcen, der Schutz unseres Klimas und der Natur gehören zu unseren obersten Unternehmenszielen.

Gemeinsam mit unseren Partnern und Lieferanten setzen wir uns für eine klimaneutrale Buchproduktion ein, die den Erwerb von Klimazertifikaten zur Kompensation des CO_2-Ausstoßes einschließt.

Weitere Informationen finden Sie unter: www.klimaneutralerverlag.de

2. Auflage: Januar 2024

Originalausgabe
Erschienen bei FISCHER Taschenbuch
Frankfurt am Main, September 2022

Redaktion: Ilona Jaeger

Satz: Pinkuin Satz und Datentechnik, Berlin
Druck und Bindung: GGP Media GmbH, Pößneck
Printed in Germany
ISBN 978-3-596-70553-5

Prolog

27 Jahre zuvor

In das Geräusch der Hammerschläge mischte sich das Kreischen und Gelächter der Kinder. Harry, der dabei war, die neuen Latten an der Scheunenseite zu befestigen, hielt einen Moment lang inne und beobachtete, wie John auf dem Heuspeicher Anlauf nahm, absprang und auf den Heuballen landete, die Harry heute noch unter das Dach schaffen wollte.

Sein Blick wanderte zu Erin, die mit leuchtenden Augen und Stroh im Haar die Leiter hochkletterte und Samuel einen Stoß verpasste, woraufhin dieser glucksend neben seinem Bruder landete. Ein Lächeln zuckte in Harrys Mundwinkeln, als er nach einem weiteren Nagel griff und diesen mit einem gezielten Schlag im Holz versenkte. Aus den Augenwinkeln sah er das Mädchen von der Nachbarfarm abspringen und hörte gleich darauf einen Schrei, der anders als die vorherigen klang. Er ließ den Hammer fallen und stürzte auf das am Boden hockende Kind zu, das sich das Bein hielt. Auf ihrem Knie war eine Schürfwunde zu erkennen, aus der Blut sickerte.

»Geht's?«, fragte er nach, kniete sich neben sie und betrachtete die Verletzung.

»Bin nur von einem Ballen abgerutscht und auf dem Boden aufgekommen«, erklärte Erin nach Luft schnappend. Schmal und blass pressten sich ihre Lippen aufeinander.

Sein ältester Sohn John rutschte ebenfalls an Erin heran und betrachtete die Wunde. »Du brauchst ein Pflaster«, stellte er fest.

Das Mädchen schüttelte energisch den Kopf, und die dunklen, dichten Locken hüpften dabei um ihr Gesicht. »Es geht schon«, murmelte sie und zog geräuschvoll die Nase hoch.

Natürlich wusste Harry von Erins Abneigung gegen Pflaster. Oft genug hatte sich ihre Mutter bei ihm über diese Eigenheit ihrer dickköpfigen Tochter beschwert, die es beeindruckend häufig fertigbrachte, sich die Knie aufzuschürfen.

»Doch, du brauchst eins«, entschied John, sprang auf und rannte zum Haus.

»Ich hole dir ein Glas Wasser«, rief Samuel und folgte seinem Bruder.

Es war zu erkennen, dass Erin Schmerzen hatte, doch sie hielt die Tränen tapfer zurück.

Seufzend hockte Harry sich auf den staubigen Boden. »Was genau hast du eigentlich gegen Pflaster?«, bemühte er sich, sie abzulenken.

»Man braucht sie nicht«, sagte Erin. »Entweder man muss genäht werden, oder man hat nichts.«

Ein dröhnendes Lachen ließ Harrys Brust erbeben. Er legte seine Hand auf ihre schmale Schulter. »Dieser Spruch könnte auch von mir stammen«, brummte er. »Hattest du denn überhaupt schon mal ein Pflaster?«

Wieder schüttelte sie den Kopf, und Heureste rieselten aus ihren Haaren. »Ich hasse diese Dinger«, rief sie und schob die Unterlippe vor.

Die Brüder kehrten keuchend zurück in die geräumige Scheune, und während Samuel Erin das Wasser reichte, kniete John sich vor sie hin. Mit gerunzelter Stirn betrachtete er die Wunde und hob eine kleine Sprühflasche. »Das muss desinfiziert werden.« John lächelte sie an. »Keine Sorge, das brennt nicht«, setzte er hinzu und sprühte die Schürfstelle ein.

Harry lehnte sich abwartend gegen die Heuballen und beobachtete, wie John ein Stück von der Pflasterrolle abschnitt. Sorgfältig klebte er es auf das Knie und zupfte Erin dann mehrere Halme aus den Haaren.

»Ihr könnt das Heu nach oben bringen, für heute reicht's mit Springen«, brummte Harry seinen Söhnen zu.

Beide schnappten sich je einen Ballen und kletterten damit geschickt die Leiter hoch. In ihren kurzen Leben hatten sie diese Arbeit sicherlich schon Hunderte Male verrichtet.

»Warum lässt du dir ausgerechnet heute ein Pflaster aufkleben?«, fragte Harry leise und beugte sich zu der Neunjährigen herab.

Ein Lächeln zeichnete sich auf ihren Lippen ab. »Weil Johnny es aufgeklebt hat.« Sie kicherte und zwinkerte ihm zu. »Sobald ich zu Hause bin, werde ich es natürlich abreißen.«

Harry schmunzelte und half ihr aufzustehen. Ehe er sich's versah, wuchtete das zierliche Mädchen einen Heuballen auf ihren Rücken und schleppte ihn zur Leiter, wo sie ihn John übergab.

Harry stapfte zurück zur Wand und steckte sich mehrere Nägel zwischen die Lippen. Er sah noch einmal zu Erin und seinem Sohn. Seit dem Tag, an dem die Holts von der Nachbarfarm ihre neugeborene Tochter zum ersten Mal nach Silverwood gebracht und der damals einjährige John einen prüfenden Blick auf das Mädchen geworfen hatte, verband die beiden eine Freundschaft, die durch nichts zu erschüttern war. Erin hatte John dabei geholfen, über den Tod seiner Mutter hinwegzukommen, als er sieben Jahre alt war, und ihn wieder zum Lachen gebracht. Es war, als wären die Kinder durch ein unsichtbares Band verbunden. Sein Sohn liebte das eigensinnige Mädchen über alles, und auch sie schien ihm zu vertrauen wie niemandem sonst. Harry setzte einen Nagel an und schlug zu. Wenn er mit Erins Vater Graham zusammensaß, hatten sie schon mehrfach darüber spekuliert, ob Erin und John irgendwann einmal heiraten und die Farmen beider Familien vereinen würden. Vielleicht sollte es tatsächlich eines Tages so kommen. Heute zumindest glaubte Harry daran.

Kapitel 1

Heute

Erin zog die Vorhänge zur Seite und öffnete das Fenster. Genüsslich sog sie die frische Morgenluft ein und lauschte dem Gezeter der Vögel, die über das Blechdach des Farmhauses hüpften und mit den Krallen ein Geräusch erzeugten, das an prasselnden Regen erinnerte. Seit Monaten hatte es keinen Niederschlag gegeben, und allmählich sehnte sie sich nach einem anständigen Schauer. Das Gras wurde täglich gelber, und jedes noch so kleine Lüftchen trug den Staub des ausgetrockneten Bodens geradewegs ins Haus. Dagegen half nur, Fenster oder Türen tagsüber geschlossen zu halten. Sie nahm eine Arbeitshose und ein Shirt aus dem Schrank und zog sich an. Dann schloss sie Fenster und Vorhänge, um die Hitze, die in spätestens einer Stunde gnadenlos auf die Elderberry Farm hinabbrennen würde, auszusperren, und lief die Treppe runter ins Erdgeschoss.

Ihr Vater saß am Küchentisch und blätterte in der Zeitung, während ihre Mutter ihr ein Lächeln zuwarf und die Spiegeleier in die Pfanne schlug. Erin gähnte und verteilte Teller und Besteck auf dem Tisch, dann setzte sie sich ihrem Dad gegenüber. Erin schätzte die ruhigen Minuten beim Frühstück, ehe der Farmalltag begann und kaum eine Verschnaufpause zuließ.

»Die Rinderpreise sinken weiter«, murmelte ihr Vater, faltete die Zeitung zusammen und ließ sie neben sich auf den Tisch fallen.

»Die steigen schon wieder, das Spiel kennen wir doch nur zu gut.« Erin schenkte sich Kaffee ein.

Er nickte und legte die Hände um seine Tasse.

Gerade als ihre Mum sich ebenfalls gesetzt hatte und Erin sich von den Eiern nehmen wollte, war ein Klopfen an der Haustür zu hören. Sie sah auf die Wanduhr.

»Es ist halb sechs, wer taucht denn schon um diese Zeit hier auf?« Ihre Mutter fuhr sich mit den Fingern durch die Haare und überprüfte, ob ihr Morgenmantel ordentlich zugeknöpft war.

»Ich sehe nach.« Erin stand auf und trat in den Flur. Als sie die Tür öffnete, sah sie in ein lachendes kleines Gesicht. »Was machst du denn hier, Ollie?«

Der Junge ließ einen scheinbar randvoll gepackten Rucksack geräuschvoll neben sich fallen. »Ich bin abgehauen, um jetzt bei dir zu wohnen«, verkündete er und strahlte noch breiter.

»Du bist abgehauen?« Erin schielte zu dem Pferd, das der Junge am Balken vor der Scheune angebunden hatte. Der lockere Knoten in den Zügeln löste sich, und das Tier begann vereinzelte Grashalme abzuknabbern. »Und du hast Nero mitgenommen?«

»Grandpa gibt mir auf ihm Reitunterricht. Er ist zwar schon alt und langsam, aber bis hierher hat er es geschafft.« Ollie schnappte sich den Rucksack und schleifte ihn an ihr vorbei in den Flur.

Ihre Eltern tauchten in der Küchentür auf und ihre Mum stürzte sofort auf das Kind zu und beugte sich zu ihm hinunter. »Ollie Bennett, sag nicht, dass du ausgerissen bist!«

»Doch, Ma'am.« Der Bursche streckte den Rücken durch. »Ich wohne jetzt bei Erin, weil sie kein Kind hat. Ich bin schon groß und kann ihr bei der Farmarbeit helfen.« Zum Beweis winkelte Ollie einen Arm an und betrachtete zufrieden seine Muskeln.

»Deine Mum wird sich schrecklich sorgen, wenn sie dich nicht findet«, redete ihre Mutter auf ihn ein.

Ollie schüttelte den Kopf. »Die merkt das gar nicht, weil sie immerzu mit dem Baby beschäftigt ist.«

»So ist das also.« Auf dem Gesicht ihrer Mum erschien ein mitfühlendes Lächeln. »Ich bin mir ganz sicher, dass sie dich sehr vermissen wird. Ich ziehe mich rasch an und dann fahre ich dich zurück nach Silverwood.«

»Nein!« Ollie verschränkte die Arme vor der Brust. »Ich bleibe hier. Mein Grandpa hat mir alles beigebracht, was ein Farmer wissen muss. Erin hat doch keinen Mann, sie kann mich hier brauchen.«

Nur mit Mühe unterdrückte Erin ein Lachen. Ollies trotziger Ausdruck war einfach zu niedlich. Sie trat auf den Jungen zu. »Ich mache das, Mum, frühstückt ihr ruhig zu Ende.«

Ihre Mutter richtete sich auf und strich Ollie über die Haare.

»Er hat recht, noch ein Mann könnte hier wirklich nicht schaden«, brummte ihr Vater. »Aber er sollte etwas älter als fünf Jahre sein.«

Erin warf ihm einen strafenden Blick zu und zog Ollie am Arm ins Wohnzimmer. Der Kleine setzte sich auf das Sofa und platzierte den Rucksack neben sich.

»Wie lange willst du denn hierbleiben?«

»Für immer.« Ollies Ton ließ keinen Raum für Zweifel.

»Und was hast du alles eingepackt?«

Ollie öffnete den Reißverschluss und zog mehrere Schwerter hervor. »Damit ich dich beschützen kann«, sagte er. Es folgten ein paar Spielsachen, dann einige Schokoriegel, eine Ritterfigur, und zuletzt legte er sorgfältig eine Unterhose oben auf den Haufen.

Erin lachte. »Du willst für immer hier wohnen und packst nur *eine* Unterhose ein?«

»Die kann man umdrehen. So hält sie für zwei Tage. Dann musst du halt waschen.«

»Du hast das gut durchdacht.«

»Ich bin auch schon groß.«

»Trotzdem musst du noch bei deiner Familie leben, Ollie. Du hast es doch auch gut auf Silverwood.«

»Die brauchen mich nicht mehr.« Der Junge zog eine Schnute. »Seit Charlie auf der Welt ist, muss Mum sich immer um sie kümmern, weil sie ständig schreit. Und Dad hat auch viel zu tun. Gestern Abend ist er sogar eingeschlafen, als er mir vorgelesen hat.«

Ganz bestimmt war so ein Baby ziemlich anstrengend, und wie Erin gehört hatte, machte die kleine Charlie gerne die Nächte durch. Kein Wunder, dass Ollies Ziehvater Ethan bei der Gutenachtgeschichte selbst einschlief. »Deine Eltern lieben dich sehr, das weißt du, oder?«, wagte Erin einen erneuten Vorstoß.

Der Junge kniff die Augen zusammen.

»Ich muss sie anrufen, Ollie. Nicht, dass sie ganz Silverwood nach dir absuchen und Angst um dich haben.«

»Sag ihnen, dass ich jetzt bei dir wohne.«

Erin linste auf die Armbanduhr. Sie musste dringend mit der Arbeit beginnen. Die Tage waren auch so schon stets zu kurz. Und sie hatte nicht den blassesten Schimmer, wie man mit Kindern umging. Ollies Auftauchen kam ihr mehr als ungelegen. »Ich gehe jetzt in die Küche und rufe deine Mum an«, sagte sie und stand auf.

»Ich lege meine Sachen schon mal ordentlich hin.« Ollie sah sich im Raum um und sprang dann auf die Couch. »Und hier werde ich schlafen!«

Erin rollte mit den Augen und trat in die Küche.

»Ist er bereit, wieder nach Hause zu gehen?«, fragte ihre Mutter.

Erin griff nach dem Telefon und schnaubte. »Ollie richtet sich gerade häuslich ein. Sollen Liz und Ethan zusehen, wie sie das wieder hinbiegen.«

»Du bist auch mal ausgebüxt«, sagte ihr Dad.

»Ach ja?«

»Ja. Du warst etwa in Ollies Alter und wolltest bei den Bennetts wohnen, weil es da viele Kinder gab.«

Erin nickte. Als Einzelkind hatte sie sich stets Geschwister gewünscht und war manchmal neidisch auf ihre Freunde von der Nachbarfarm gewesen. »Ihr habt mich sicher sofort zurückgeholt«, lachte sie.

»Nein.« Ihr Vater schmunzelte. »Ich habe mit Harry telefoniert, und er meinte, wir sollen dich einfach auf Silverwood lassen. Er würde dich mit anpacken lassen, bis du merkst, dass es dir bei uns eigentlich doch ganz gut geht.«

»Am nächsten Tag warst du schon vor dem Frühstück wieder hier.« Ihre Mum lachte, stand auf und holte einen weiteren Teller aus dem Schrank. »Ollie wird hungrig sein«, sagte sie und legte Brot und Eier darauf.

»Wir sollen ihn hierbehalten?« Erin stöhnte theatralisch.

»Er ist immerhin der Sohn deines Freundes.« Über die Schulter sah ihre Mutter zu ihr.

»Das ist ein gemeiner Trick«, murmelte Erin. Samuel war einer ihrer besten Freunde gewesen und leider vor Ollies Geburt gestorben. Und der Bursche glich seinem Vater nicht nur im Aussehen, sondern hatte auch seine freche Art geerbt.

»Du wirst es wohl einen Tag lang schaffen, dich um ein Kind zu kümmern. Bestimmt will er bald nach Hause zurück.«

»Ollie ist ja auch schon groß und stark, du kannst seine Hilfe sicher gebrauchen.« Ihr Dad grummelte und aß weiter.

»Schon gut.« Erin wählte die Nummer von Silverwood. »Ich werde sehen, was seine Mum dazu sagt.« Mit etwas Glück würde Liz Bennett nicht auf diese Schnapsidee eingehen und ihren Erstgeborenen umgehend zurückbeordern.

***

John stapfte durch die Seitentür in die Küche und hängte seinen Hut an den Wandhaken. »Nero ist weg«, brummte er und setzte sich zu Harry an den Tisch.

Sein Vater runzelte die Stirn. »Was soll das heißen?«

»Na, dass er nicht auf der Koppel steht.« John schüttelte den Kopf. »Es ist mir ein Rätsel: Das Gatter ist fest verschlossen, und der alte Bock wird wohl kaum über den Zaun gesprungen sein. Nach dem Frühstück werde ich ihn suchen.«

»Hast du gestern Abend nicht nach den Pferden gesehen?«, fragte Harry.

John zog die Augenbrauen zusammen. »Natürlich habe ich das, so wie immer.«

»Vielleicht will er auf seine alten Tage noch etwas Spaß haben.« Jim ließ die Zeitung sinken und blickte zwischen ihm und Harry hin und her. »Der kommt schon wieder.«

John nickte seinem Bruder zu. »Ich sehe mich zur Sicherheit trotzdem um. Man weiß ja nie.«

»Dir ist auch jede Ausrede recht, damit du ausreiten kannst«, scherzte Jim.

Der Tag konnte in der Tat schlechter beginnen als mit einem Ausritt. Doch es irritierte John wirklich, dass ausgerechnet das Rentnerpferd es irgendwie von der Koppel geschafft hatte.

Auf der Treppe waren Schritte zu hören, und Liz rauschte mit Charlie auf dem Arm in die große Küche. Sie sah sich um. »Habt ihr Ollie gesehen?«

Alle drei schüttelten den Kopf und Liz' Augen verengten sich. »Wo steckt der Lümmel nur?«, murmelte sie. Dann reckte sie den Kopf in den Flur. »Hier ist er auch nicht, hast du ihn gefunden?«

»Hab alle Räume durchgesehen, oben ist keine Spur von ihm«, schallte Ethans Stimme zurück.

»Erst Nero und jetzt Ollie«, brummte Harry. »Irgendwas ist in diesem Haus doch immer los.«

»Was soll das heißen?« Liz starrte ihren Schwiegervater an. »Was ist denn mit Nero?«

»Er ist auch weg«, erklärte John.

Liz' Blick wanderte zu den Hüten, die an der Wand in einer Reihe hingen, und sie schnappte nach Luft. Ehe John es sich versah, hatte sie ihm schon das Baby in die Arme gedrückt. Sofort lief Charlies Gesicht rot an, und John seufzte. Er wusste, was nun folgen würde. Der kleine Körper in seinen Händen erzitterte, und dann schallte lautes Gebrüll durch die Küche. John stand auf und wiegte das Mädchen hin und her, während Liz Ethan nach unten rief.

»Was ist denn los?«, fragte John und machte einen Schritt auf seine Schwägerin zu, um ihr das krähende Kind zurückzugeben.

Liz scheuchte ihn mit einer Geste davon und zog sich Schuhe an. »Ollies Hut fehlt. Nero, Ollie und der Hut.« Sie stemmte die Hände an die Hüften. »Er ist abgehauen, John.«

»Glaubst du das wirklich?« Jim stand ebenfalls auf und sah sie besorgt an.

»Ich fürchte, ja.« Liz schüttelte den Kopf und schluckte. »Er kommt etwas zu kurz, seit das Baby da ist, und meinte vor ein paar Tagen, dass ich ihn gar nicht mehr bräuchte. Natürlich habe ich ihm erklärt, dass Babys furchtbar fordernd sind und ich ihn ganz doll lieb habe. Aber vielleicht hat er es mir nicht geglaubt.« Sie hob die Hände und ließ sie wieder sinken.

»Weit wird er noch nicht gekommen sein, wir suchen ihn«, brummte Harry, rollte die Zunge und ließ einen markerschütternden Pfiff ertönen.

John betrachtete das Baby, das ihn mit aufgerissenen Augen anstarrte, erneut erbebte und noch lauter schrie. Seufzend legte er Charlie an seine Schulter, während Ethan in die Küche trat.

»Hast du ihn gefunden?«

»Er ist wohl ausgerissen«, sagte Liz und reichte ihrem Mann seine Schuhe.

»Mist.« Ethan beugte sich hinunter, um sich die Schnürsenkel zuzubinden.

Alarmiert von Harrys Pfiff, polterten die Zwillinge die Treppe herunter und stürzten in die Küche.

»Ihr hättet längst aufstehen sollen«, ermahnte Harry seine jüngsten Söhne. »Frühstück gibt's später, euer Neffe ist ausgerissen und wir müssen ihn finden.«

»Ollie ist weg?« Quentin fuhr sich durch die verstrubbelten dunklen Locken. »Seid ihr sicher?«

Liz warf ihm einen stechenden Blick zu. »Ich werde wohl noch mitbekommen, wenn mein Sohn fehlt.«

River boxte Quentin in die Seite und schob ihn zur Seitentür. »Wir nehmen die Bikes und sehen uns nördlich von hier um.«

Harry nickte. »Ich fahre mit dem Pick-up zur Landstraße, Jim sieht sich bei der großen Weide um, John im Westen, und Liz und Ethan machen sich wohl am besten mit den Pferden auf den Weg zum Stausee. Ich wette, Ollie ist dort und badet fröhlich, während hier alles Kopf steht.«

»Reiten am frühen Morgen«, stöhnte Ethan, der im Gegensatz zum Rest der Familie kein Händchen für Pferde hatte.

»Und was ist mit ihr?« John hob Charlie hoch und alle starrten auf das plärrende Kind, das in der vergangenen Nacht wieder einmal die ganze Familie um den Schlaf gebracht hatte.

»Sie hat gerade erst getrunken«, sagte Liz und sah zu ihrem Schwiegervater. »Kannst du sie mit der Babyschale im Auto mitnehmen? Mit etwas Glück schläft sie ein.«

»Natürlich.« Harry griff nach seiner Enkelin. Kaum lag das Kind in seinen Armen, verstummte es und blickte aus wachen Augen in das Gesicht seines Großvaters.

»Verdammter Babyflüsterer«, zischte John. Warum nur war Charlie ausgerechnet auf Harrys Arm immer so zufrieden? Von jedem anderen wollte sie sich einfach nicht beruhigen lassen. Und dabei hatte John eine Schwäche für seine Nichte. Wenn sie ausnahmsweise einmal zufrieden war, dann war sie bezaubernd.

Harry grummelte, und John glaubte unter seinem dicken Schnauzbart ein Grinsen zu sehen.

»Also gut, dann geht's jetzt los!«, trieb Liz sie an. Just in dem Moment klingelte das Telefon, und sie griff murrend nach dem Hörer. »Bennett.«

John nahm seinen Hut vom Haken und wollte zum Pferdestall eilen, als Liz ihn zurückrief.

Alle starrten auf die zierliche blonde Frau, die in den Hörer lauschte und immer wieder den Kopf schüttelte.

John lehnte sich an die Wand und verschränkte die Arme.

»Und du meinst, das funktioniert?«, fragte Liz. Sie nickte und schluckte. »In Ordnung. Sag ihm bitte, dass ich ihn ganz arg lieb habe und ihn sofort holen komme, wenn er nach Hause möchte, ja?« Sie lächelte traurig. »Danke dir.« Dann legte sie auf.

Alle Augen waren fragend auf sie gerichtet.

»Ollie ist bei Erin.« Liz schlüpfte aus den Schuhen und warf sie in die Ecke.

»Gott sei Dank ist ihm nichts passiert.« Ethan legte die Arme um sie und zog sie an sich. »Was will er denn dort?«

»Bei ihr einziehen. Anscheinend meint Ollie, dass wir ihn nicht mehr brauchen, und da Erin keinen Mann hat, möchte er diese Rolle nun ausfüllen.«

»Wir sollten Ollie mal erklären, dass eine Frau wie Erin keinen Mann braucht, um zurechtzukommen«, brummte John.

»Zumindest nicht, was die Arbeit angeht«, sagte Jim grinsend.

John sah seinen Bruder an. »Was ist denn heute mit dir los, so viele Witze reißt du sonst im ganzen Jahr nicht.«

»Ich habe wohl gute Laune.« Jim zuckte mit den Schultern.

»Ist ja nicht zum Aushalten, gewöhn dir das bloß wieder ab.«

Ethan küsste Liz auf die Haare. »Das wird schon wieder.«

Liz blickte zu Boden. »Habe ich mich zu wenig um ihn gekümmert?«, fragte sie leise.

»Nein.« John sah Ethan und Liz mit festem Blick an. »Ihr macht das beide gut. Ollie muss sich nur noch daran gewöhnen, eine Schwester zu haben. Wir alle sollten mehr auf ihn achten, wenn ihr im Stress seid.« Er hatte das ungute Gefühl, an dieser Situation mit schuld zu sein. Immerhin war er Ollies Taufpate und Onkel. Doch seit Ethan mit Liz zusammengekommen und Ollies Stiefvater geworden war, hatte John sich etwas zurückgezogen. Er wollte Ethan und Ollie den nötigen Freiraum lassen, um ihr Verhältnis zu festigen, damit die junge Familie zusammenwuchs. Zuvor hatte sich John jahrelang um den Kleinen gekümmert und versucht, ihm den fehlenden Vater zu ersetzen. »Ich war in letzter Zeit zu sehr mit der Farmarbeit beschäftigt«, gab er zu.

»Das waren wir wohl alle.« Harry hielt noch immer Charlie im Arm und zog die Augenbrauen zusammen. »Wenn sich hier einer von uns unwohl fühlt, dann geht uns das alle etwas an.«

Liz zog geräuschvoll die Nase hoch und lächelte. »Erin hat vorgeschlagen, dass sie ihn jetzt erst einmal bei sich behält und ihn kräftig mitarbeiten lässt. Dann will er hoffentlich ganz schnell wieder zu uns.«

»Gute Taktik«, brummte Harry. »So habe ich das damals mit ihr auch gemacht.«

John schmunzelte. Es stimmte, Erin war eines Tages in

ihrer Küche aufgetaucht und hatte verkündet, ab nun auf Silverwood leben zu wollen. Er erinnerte sich noch daran, wie sie die Nacht gemeinsam in seinem Zimmer verbracht hatten, auf einem Lager aus Bettdecken und Handtüchern. Trotzdem war es auf dem Boden ziemlich unbequem gewesen. »Ich reite heute Nachmittag nach Elderberry und sehe nach Ollie.«

»Das ist lieb.« Liz wischte sich mit dem Handrücken über die Wange. »Dann frühstücken wir jetzt erst mal und verdauen den Schreck.«

»Ich sollte die Zwillinge anfunken und ihnen Bescheid geben«, sagte Jim.

»Oder wir essen in Ruhe und ohne dass sie uns die Ohren abquatschen.« John zwinkerte seinem Bruder zu.

»Wir lassen sie noch ein Stück fahren, dann kommen sie erst hier an, wenn wir fertig sind.« Zufrieden ließ Jim sich auf seinen Stuhl fallen und begann, seinen Teller zu füllen.

»Ihr seid unmöglich«, knurrte Harry und setzte sich ebenfalls mit Charlie. »Aber dass der Bursche es alleine geschafft hat, mit dem Pferd nach Elderberry zu finden, ist schon eine Leistung.«

»Das ist unser Junge«, sagte Ethan und zog Liz erneut an sich.

»Ein waschechter Bennett«, lachte sie und schmiegte sich an ihn. »Hoffentlich sieht Ollie schnell ein, dass er nach Silverwood gehört.«

***

»Fertig!« Ollie lehnte die Mistgabel an die Wand der Box und deutete stolz auf die randvolle Schubkarre.

»Kannst du sie schon bis zum Misthaufen schieben?«, fragte Erin und verteilte frisches Stroh auf dem Boden.

»Natürlich kann ich das.« Ollie machte ein ernstes Gesicht, legte seine Hände an die Griffe und bugsierte das Gefährt in den Gang der Scheune.

Als er außer Sichtweite war, blickte Erin auf die Uhr. Es war bereits Nachmittag, und bisher schien der Bursche nicht daran zu denken, den Heimweg anzutreten. Sie musste sich dringend etwas einfallen lassen. Den ganzen Tag schon folgte Ollie ihr auf Schritt und Tritt und redete dabei ununterbrochen: von Rittern, davon, was er einmal werden wollte – nämlich Rinderzüchter auf Elderberry –, und dass sie nach der Arbeit endlich mit seinen Schwertern kämpfen würden. Seufzend warf sie eine weitere Ladung in die nächste Pferdebox. Plötzlich war ein Schrei zu hören, und Erin stürzte aus der Scheune.

»Ist mir umgekippt«, sagte Ollie kleinlaut.

»Das sehe ich.« Erin schüttelte den Kopf und trat auf ihn zu. Inmitten der Pferdeäpfel hockte er auf dem staubigen Boden und grinste sie an. »Jetzt musst du mich baden.«

»Auch das noch«, murmelte sie und stellte die Schubkarre wieder hin.

Ollie sprang auf und sammelte die Äpfel mit den Händen ein.

»Aber doch nicht so! Lauf und hol die Schaufel.«

»Bin eh schon schmutzig.« Lachend griff er nach einem weiteren und warf ihn in die Schubkarre.

»Wo er recht hat …«, brummte es hinter ihr.

Erin fuhr herum. »Wird ja Zeit, dass sich einer von euch hier blicken lässt!«

»Hattest du nicht angeboten, auf ihn aufzupassen?«, antwortete John amüsiert.

Erin ging ein paar Schritte von dem Jungen weg, und John folgte ihr. »Ich dachte, wenn ich ihn so richtig rannehme, dann will er noch vor dem Mittagessen nach Hause«, flüsterte sie.

»Du wolltest ihn müde machen.« John nickte. »Mein Neffe ist nicht kleinzukriegen, das hätte ich dir gleich sagen können.«

Erin schnaufte. »Hast du aber nicht.«

»Dafür siehst *du* allerdings ziemlich geschafft aus.« Grinsend sah er sie an.

»Der Junge macht mich fertig«, klagte sie. »Plappert unablässig und schwänzelt um mich herum.« Sie machte eine Pause. »Er ist ja wirklich süß, aber du glaubst nicht, wie froh ich bin, dass du hier bist und ihn wieder mitnimmst.«

John zog die Augenbrauen hoch. »Will er denn mitkommen?«

»Das hoffe ich doch!« Sie drehte sich um und betrachtete das Kind, das weiterhin Pferdeäpfel in die Schubkarre schleuderte. Mehr als die Hälfte ging daneben und kullerte über den Boden. »Zeit, deinen Rucksack zu packen, Ollie!«, rief sie ihm zu.

Ollie sah erst zu ihr, dann zu John. »Ich bleibe hier«, sagte er im Brustton der Überzeugung und wandte sich wieder dem Mist zu.

»Mach was!« Sie versetzte John einen Stoß in die Seite.

Dieser schmunzelte und verschränkte die Arme. »Und was bekomme ich dafür?«

Das war doch nicht zum Aushalten! Natürlich fand ihr bester Freund es mehr als unterhaltsam, sie zappeln zu lassen. »Ich muss morgen früh nach Dunham zur Bank. Daher habe ich heute echt viel zu tun, weil dafür der ganze Vormittag draufgehen wird.« Sie schielte zu ihm hinauf. »Bitte«, murmelte sie.

»Du willst zur Bank?« John musterte sie. »Ist alles in Ordnung?«

»Natürlich. Also bis auf die Tatsache, dass dein Neffe von mir erwartet, ihn zu baden.«

John lachte schallend und schlug ihr auf die Schulter. »Du hast echt keine Ahnung von Kindern.«

»Du doch auch nicht«, gab sie bissig zurück.

»Ich habe jahrelange Erfahrung. Sieh zu und lerne.« John zog den Hut ab und ging zu Ollie hinüber.

Der Kleine sah zu seinem Onkel auf und drehte sich dann demonstrativ weg.

»Kommst du jetzt mit?«, fragte John.

»Du siehst doch, dass ich Erin helfen muss«, sagte Ollie und klaubte den letzten Pferdemist auf.

Erin grinste John an.

»Dann eben nicht.« John setzte sich den Hut wieder auf. »Bleibt mehr von dem Brathähnchen für uns andere.« Er stapfte zum Balken vor der Scheune, an den sein Hengst angebunden war.

Ollie fuhr herum. »Mum hat Brathähnchen gemacht?«

John löste die Zügel. »Zwei sogar.«

Erin beobachtete, wie Ollie zögerte. Dann sah er sie an. »Was gibt es heute bei euch zu essen, Erin?«

»Spinat«, log sie eilig.

Der Junge verzog das Gesicht und wischte sich die Hände an der Hose ab. Dann kam er auf sie zu. »Es tut mir sehr leid, ich muss nun leider ganz schnell nach Hause.«

»Jetzt schon?« Sie schüttelte den Kopf. »Wenn es wirklich sein muss, dann hol geschwind deine Sachen.«

Ollie machte auf dem Absatz kehrt und stürmte zum Haus.

Lachend stellte sie sich neben John. »Danke.«

»Hab den Burschen schon vermisst«, gab er zu. »Ist Nero im Stall?«

Erin nickte. »Du solltest Ollie dringend zeigen, wie man die Trense richtig aufsetzt. Als er hier ankam, waren die Schnallen nicht ganz zu. Falls er sich noch mal entschließt zu mir zu ziehen, sollte er heil ankommen.«

»Werde ich tun.« Johns Mundwinkel zuckten. »Noch ein Bennett, der sein Herz an dich verloren hat.«

»Einer von der Sorte reicht mir«, sagte sie grinsend. Seit sie denken konnte, ging John hier ein und aus. Als Kind war er beinahe täglich hergekommen, andernfalls war sie nach Silverwood hinübergeritten. Doch inzwischen mussten sich beide um die Farmen kümmern und sahen sich seltener. Trotzdem war John noch immer ihr engster Vertrauter, auch wenn er nicht gerade der Redseligste und berüchtigt für sein aufbrausendes Temperament war.

»Dann hole ich jetzt Nero.« John stapfte davon und drehte sich noch einmal um. »Und lass dich mal wieder blicken.«

»Werde sehen, ob ich es einrichten kann.« Sie grinste ihm zu und griff nach der Schubkarre. Auf dem Weg zum Misthaufen flitzte Ollie an ihr vorbei und winkte. Dann wurde er von John auf Nero gehoben, und die beiden ritten davon. Schmunzelnd kippte sie die Pferdeäpfel aus. Eigentlich war ein wenig Unterhaltung während der Arbeit gar nicht so schlecht gewesen, manchmal konnte es auf Elderberry etwas zu ruhig sein. Ganz im Gegensatz zu Silverwood.

Kapitel 2

Das ist der falsche Zeitpunkt«, sagte John entschieden.

»Der Termin steht. Nächste Woche kommt der Transporter«, gab sein Vater brummend zurück.

John nahm den Hut ab und fuhr sich mit dem Arm über die Stirn. Seit Wochen schon brannte die Sonne unerbittlich auf sie nieder, und es war kein Wetterumschwung in Sicht. Das Fell der grasenden Rinder glänzte in der Nachmittagssonne, und es war kaum ein Laut zu vernehmen. Selbst die Vögel verzichteten bei diesen Temperaturen auf ihr übliches Gezeter. »Jetzt zu verkaufen wäre ein Fehler. Wegen der Trockenheit sind viele Farmer gezwungen, ihre Rinder dieses Jahr früher anzubieten. Ich bin mir sicher, wenn wir noch ein paar Wochen abwarten, werden wir einen höheren Preis erzielen«, erklärte er und bemühte sich, ruhig zu bleiben.

»Wenn der Preis weiter sinkt, reicht unser Gewinn nicht, um uns durch das Jahr zu bringen.« Mit zusammengekniffenen Augen starrte Harry auf die Tiere.

»Er wird nicht sinken, das habe ich im Gefühl.« Jedes Jahr hatten sie die gleiche Diskussion, und jedes Jahr setzte Harry seinen Sturkopf durch. Doch es war ein Fehler. John atmete tief durch und setzte erneut an. »Lass uns einmal was riskieren. Denk an den Gewinn, den wir machen könnten«, beschwor er seinen Vater. »Der Stausee hat noch genug

Wasser, und in der Scheune ist genug Heu. Wir halten noch eine Weile durch und passen den richtigen Moment zum Verkaufen ab. Nächstes Jahr können wir die ersten Bio-Jungrinder auf den Markt bringen. Das wird unsere Einnahmen erhöhen.« Nach anfänglicher Skepsis hatte John inzwischen eingesehen, dass die Umstellung auf ökologische Haltung, die sein Bruder Ethan im vergangenen Jahr vorgeschlagen hatte, eine ausgezeichnete Idee war. Silverwood war die einzige Farm in der Gegend, die auf Bio-Aufzucht setzte. Doch nun stand erst einmal der Verkauf der letzten Rinder aus konventioneller Haltung an. Und wie es aussah, hatte sein Vater vor, diesen zu vermasseln.

»Wir verkaufen *jetzt.*« Donnernd grollte Harrys Stimme durch die Luft.

»Verdammt, Harry. Dann wenigstens nur die halbe Herde. Und den Rest verkaufen wir, wenn sich der Markt etwas stabilisiert hat.« John presste die Zähne aufeinander und zog die Augenbrauen zusammen.

»Manchmal ist der Spatz in der Hand besser als die Taube auf dem Dach. Silverwood muss zu viele Menschen ernähren, als dass ich so ein Risiko eingehen könnte.« Energisch wandte Harry sich ab, um zurück zum Haus zu gehen.

»*Wir*, Harry. Wir!« John folgte ihm. »Wir sollten die Entscheidung gemeinsam treffen. Wir arbeiten hier zusammen, und du kannst nicht einfach immer über unsere Köpfe hinweg entscheiden. Frag Jim und Quentin, was sie dazu sagen. Wir alle tragen die Konsequenzen, nicht nur du.« John war sich sicher, dass seine Brüder die Sache ähnlich sahen wie er.

»Das kannst du gerne so machen, wenn du hier irgendwann der Chef bist. Noch habe ich das Sagen«, knurrte Harry.

»Und wann soll das sein?« Wie sehr John das alles frustrierte. Seit Jahren trug er die Verantwortung für die Arbeit auf der Farm, und sein Vater konnte längst nicht mehr mit anpacken wie früher. Und dennoch kommandierte Harry ihn herum, wie es ihm passte. »Wann ziehst du dich denn aus dem Geschäft zurück?«, sprach John die Frage aus, die er und seine Brüder sich nie zu stellen getraut hatten.

Harry blieb abrupt stehen. Seine wachen dunkelbraunen Augen, die in der Sonne beinahe schwarz wirkten, ruhten auf ihm. »Wenn es so weit ist, werde ich es dir mitteilen.«

»Du wirst die Farm nicht übergeben, bevor du tot umfällst, oder?« Fest hielt John seinem Blick stand.

»Das ist meine Farm. Ich habe Silverwood zu dem gemacht, was es heute ist. Du entscheidest nicht, wann es für mich Zeit ist aufzuhören!«, donnerte Harry.

Aus den Augenwinkeln sah John, wie Jim mit alarmiertem Ausdruck auf sie zukam. »Wer hat dir denn geholfen, Silverwood zu dem zu machen, was es ist? Ohne uns wärst du untergegangen. Seit wir Kinder waren, arbeiten wir uns den Hintern für dieses Land ab. Es wird Zeit, dass du uns wie Erwachsene behandelst«, presste John hervor.

»Du wirst warten müssen, bis deine Zeit gekommen ist. Ob es dir passt oder nicht.«

Sie maßen sich einen langen Moment mit Blicken.

»In Ordnung, was ist hier los?« Jim schob sich zwischen sie.

»Er will die Herde verkaufen, und ich möchte noch abwarten, um den Gewinn zu erhöhen«, fasste John zusammen.

»Ich rufe den Händler an und bestätige das Angebot«, sagte Harry und stapfte davon.

John fluchte vor sich hin und wollte seinem Vater folgen,

doch Jim hielt ihn am Arm zurück. »Lass es. Du kennst ihn doch. Es hat keinen Sinn.«

»Er ist stur wie ein Esel. Wir haben so hart gearbeitet, und die Rinder sind von bester Qualität. Harry verkauft weit unter Wert.« Frustriert warf John seinen Hut auf den staubigen Boden und schüttelte den Kopf. »Er macht, was er will. So wie immer.«

»Und Harry wird es tun, egal was du sagst. Also spar dir den Atem.«

»Das geht so nicht mehr weiter. Er macht mich wahnsinnig.« Finster schaute John seinem Vater hinterher.

»Ihr seid euch zu ähnlich, das ist das Problem. Silverwood ist zu klein für zwei von eurer Sorte.« Jim grinste ihn an. »Schau, dass du den Kopf freibekommst. Wenn ihr beiden einen Kleinkrieg führt, leiden am Ende wir alle darunter. Schluck es runter. So wie immer.«

»Ich bin's leid, immer alles runterzuschlucken.« Resigniert bückte John sich, hob den Hut auf und klopfte den Staub ab. »Er hat sich nicht mal darauf eingelassen, nur die halbe Herde zu verkaufen.«

Jim schlug ihm aufmunternd auf die Schulter. »Ich hätte auch später verkauft. Aber unser Vater sorgt sich darum, was passiert, wenn der Preis weiter fällt. Einen Verlust können wir uns nicht leisten.«

»Harry hat seinen Biss verloren«, zischte John und drehte sich um. Mit schnellen Schritten ging er zum Stall und nahm den Sattel von der Halterung an der Wand. Fahrig griff er nach dem Zaumzeug und ging auf den Auslauf seines Hengstes zu. Jim hatte recht: Er musste den Kopf freikriegen.

Buster blinzelte nervös in seine Richtung. John blieb stehen und schloss einen Moment lang die Augen. Wenn der Hengst seine Anspannung spürte, würde er sich nicht einmal den Sattel auflegen lassen. »Alles gut«, flüsterte er dem großen dunkelbraunen Pferd zu und öffnete die Paddocktür. Buster kam grummelnd auf ihn zu und drückte seine Nüstern an Johns Brust. »Lass uns trainieren. Wir müssen beide eine Weile hier raus.«

Als er vom Hof ritt, machte er Harry hinter der Fensterscheibe des Büros aus. John ignorierte ihn, zog sich den Hut ein Stück tiefer ins Gesicht und hielt Buster dazu an, schneller zu laufen. Leichtfüßig trabte das Pferd über den ausgedorrten Boden des schmalen Wirtschaftswegs in Richtung des weitläufigen Weidelands der Farm. Die Blätter der wenigen knorrigen Bäume hingen vertrocknet an den Ästen. John hoffte inständig, dass der Kontinent nicht erneut von heftigen Buschbränden heimgesucht werden würde wie im vergangenen Sommer. Doch noch deutete nichts darauf hin, und die Hälfte der heißesten Jahreszeit war immerhin schon vorüber. Natürlich brannte es wie beinahe jedes Jahr hier und da, allerdings blieb seine südaustralische Heimat meist davon verschont.

Eigentlich war die Januarhitze bei weitem zu heftig, um auszureiten, doch seit er Buster für das große Querfeldeinrennen Ende des nächsten Monats in Dunham angemeldet hatte, trainierten sie jeden Tag. Die anderen hielten es für ein aussichtsloses Unterfangen, ausgerechnet mit Buster am größten Rennen der Region teilzunehmen. Doch mit seinen zwölf Jahren wäre der Hengst bald zu alt, um bei solch einem Wettkampf eine Chance zu haben. Wenn John es jetzt nicht in Angriff nahm, würde sich keine Möglichkeit mehr bieten. Und wenigstens einmal wollte er beweisen, was in seinem Pferd steckte, das vor vielen Jahren bereits auf dem Hof des Abdeckers gestanden hatte. Als er von dem unbändigen Junghengst gehört hatte, den nur der Metzger hatte haben wollen, kratzte er seine Ersparnisse zusammen, um Buster zu kaufen. John hatte kein Interesse daran gehabt, das Temperament des Pferdes zu zügeln, sein Ziel war es gewesen, sich Busters Vertrauen zu verdienen. Es hatte lange gedauert, sogar noch viel länger als angenommen, doch mit der Zeit hatten sie sich zusammengerauft. Seitdem erwies sein Hengst ihm gute Dienste bei der Farmarbeit, und John akzeptierte im Gegenzug Busters Eigenheiten.

Er betrachtete die gewaltige Rinderherde hinter dem ausgeblichenen Holzzaun und zog die Augenbrauen zusammen. »Verfluchter Sturkopf«, brummte er und verlagerte kaum spürbar das Gewicht. Buster galoppierte augenblicklich mit weiten Sätzen los. John lehnte sich weiter nach vorne und genoss den Rausch der Geschwindigkeit. Die dumpfen, schnellen Schläge der Hufe in seinen Ohren, lenkte er das Pferd in die Richtung, die er immer einschlug, wenn er es auf Silverwood nicht mehr aushielt. Buster hatte längst erkannt, wohin es ging, und beschleunigte weiter, begierig, sich auszupowern.

Als der Grenzzaun in Sicht kam, nahm John die Zügel auf, um die Geschwindigkeit anzupassen, und wie üblich sprang Buster mit Leichtigkeit über das Hindernis und galoppierte dann grummelnd den kleinen Hügel hinauf. Am höchsten Punkt ließ John ihn anhalten und sah über die Weiden und Felder der Elderberry Farm. Das kleine Holzhaus lag in einiger Entfernung geschützt an dem auslaufenden Hang. Ungeduldig suchte sein Blick die Grasflächen ab, doch außer der Stammherde waren keine Rinder zu erkennen. Hatte

Graham Holt die Jungrinder bereits verkauft? Mit einem unzufriedenen Brummen schüttelte John den Kopf. Ausgerechnet Graham, der durch die Quelle auf seinem Grundstück den fruchtbarsten Boden und das beste Weideland in der Gegend besaß. Die Farm war zwar nicht so groß wie die meisten anderen, dennoch war es hier möglich, beneidenswert fette Rinder aufzuziehen. Vielleicht zwei oder drei Monate mehr, und die Herde hätte einen stattlichen Profit abgeworfen. Vermutlich hatten Graham und Harry sich gemeinsam entschieden, zu diesem denkbar schlechten Zeitpunkt zu verkaufen. Zwei alte Männer, die lieber auf Nummer sicher gingen, anstatt Geschäftssinn zu beweisen.

Johns Augen richteten sich auf den Stall und seine Mundwinkel verzogen sich zu einem Lächeln, als er Erin an der Scheunenwand erkannte. Seitdem Ollie vor rund drei Wochen ausgerissen war, hatten sie sich nicht mehr gesehen. Das war für sie ungewohnt lange, doch John hatte möglichst viel Zeit mit seinem Neffen verbringen wollen. Gerade als er Buster antreiben wollte, zog ein weißer Mercedes seinen Blick auf sich, der schnell auf das Haus zufuhr und eine gewaltige Staubwolke hinterließ. Was wollte jemand, der so eine schicke Karre fuhr, von den Holts? Wieder zogen sich seine Augenbrauen zusammen. Er lehnte sich nach vorne auf das Sattelhorn und ließ die Zügel locker, damit Buster das verführerische Grün erreichen konnte.

***

Der Akkuschrauber trieb knatternd die Schraube ins Holz. Erin unterdrückte ein Fluchen und ließ ihn neben die Scheunenwand fallen.

»Schon wieder leer, wir brauchen dringend einen weiteren Akku.« Sie versuchte, sich mit den festen Arbeitshandschuhen die juckende Nase zu reiben. Ihre Kleidung war über und über von Holzspänen bedeckt, die sie andauernd zum Niesen brachten. Sie sah sich nach ihrem Vater um. »Ich nehme an, es reicht für heute. Du siehst müde aus, Dad.« Die Schweißperlen im grauen Haaransatz ihres Vaters waren ihr nicht entgangen.

»Ich mache Schluss, wenn du es tust«, gab er zwinkernd zurück.

»Dann ist jetzt Feierabend«, verkündete Erin bestimmt. Sobald ihr Vater sich ins Haus zurückgezogen hätte, würde sie den Akku aufladen und derweil die nächsten Bretter zurechtsägen. Seit Tagen schon bewegte sich ihr Dad langsamer als üblich. Die Hitze machte ihm zu schaffen, das war nicht zu übersehen.

»Du bekommst Besuch«, brummte er und stützte sich an einem Balken ab.

Erin sah die Schotterstraße hinauf zu dem glänzenden weißen Wagen, der schnell näher kam. Eilig zog sie die Lederhandschuhe aus und steckte sie in den Gürtel, dann nahm sie den Hut ab und versuchte, mit den Fingern notdürftig ihre Locken durchzukämmen, doch vermutlich war das aussichtslos. Sie setzte ihn wieder auf und klopfte die Sägespäne von ihrem Shirt.

Das Auto parkte neben der Scheune, und mit einem Lächeln, das seine strahlenden Zähne entblößte, stieg William aus. Trotz der Hitze trug er ein langärmeliges weißes Hemd und eine dunkelblaue Krawatte.

»Mir bricht alleine bei dem Anblick schon der Schweiß aus«, kommentierte ihr Vater.

»Sei still«, zischte Erin und lächelte Will an, während dieser auf sie zukam.

»Mr. Holt, gut sehen Sie aus«, begrüßte er ihren Vater.

»Das ist eine glatte Lüge. Aber sei's drum. Ich gehe ins Haus. Erin wollte auch gerade Feierabend machen.«

Sie beobachtete, wie ihr Dad langsam zum Haus hinüberschlurfte, dann blickte sie zu Will. »Was tust du denn hier? Ich habe angenommen, wir sehen uns erst in ein paar Tagen wieder?«

»Ich war in der Nähe und dachte, ich schaue rasch vorbei. Aber ich muss gleich weiterfahren.«

Erin nickte und betrachtete sein glatt rasiertes Gesicht. Wie schaffte Will es nur, bei diesen Temperaturen ohne Schweißflecken auf dem Hemd durch die Gegend zu laufen? Sie sah zu seinem Wagen. Natürlich half eine Klimaanlage dabei und auch, dass er die meiste Zeit im kühlen Büro verbrachte. »Was bedeutet, in der Nähe?«, hakte sie nach.

»High Valley.« Er drehte sich von ihr weg und schaute auf die Scheune. »Du kommst gut voran, wie ich sehe.«

Erin ignorierte seine Feststellung. »Was willst du auf der Farm von Richard Smith?« Es ging sie nichts an, aber dennoch konnte sie sich die Frage nicht verkneifen.

»Ich habe investiert«, sagte Will mit einem breiten Grinsen.

»Du machst Geschäfte mit diesem …« Sie hielt inne und schüttelte den Kopf. »In was hast du investiert?«

»In ein Pferd«, sagte er beiläufig und lief auf den Paddock zu, in dem einige ihrer Stuten standen.

»Ein Pferd?« Mit schnellen Schritten folgte sie ihm. »Warum hast du mir nichts davon erzählt?«

»Es war ein gutes Angebot, daher habe ich schnell zugeschlagen. Ein Quarter-Horse-Deckhengst, und ich habe vor, mir mit den Decktaxen eine goldene Nase zu verdienen«, erklärte er und wirkte außerordentlich zufrieden mit sich.

»Du reitest nicht einmal.« Erin sah ihn zweifelnd an.

»Es war eine Gelegenheit, und ich habe sie ergriffen. Richard hat mir das Tier vermittelt, und es steht jetzt bei ihm im Stall. Er kann es für seine Zucht einsetzen, und ich muss mich nicht um das Vieh kümmern.«

»Ich würde den Hengst gerne sehen.« Dass ausgerechnet Will sich ein Pferd gekauft hatte, konnte sie noch immer nicht recht glauben. »Aber das Land von Richard Smith werde ich nicht betreten«, fügte sie bitter hinzu.

»Was habt ihr Farmer nur mit euren Fehden? Der Kerl ist ein Geschäftsmann durch und durch. Wer kann es ihm verübeln, dass er Gewinn machen möchte?«

»Richard Smith geht über Leichen«, stieß Erin hervor. »Reißt sich jedes Grundstück im Umkreis unter den Nagel, das angeboten wird, und überbietet alle bei den Auktionen. Noch dazu drückt er mit seinen günstigen Angeboten die Rinderpreise in der Gegend und macht uns kleinen Farmern damit das Geschäft kaputt.« Sie schüttelte den Kopf. »Der Mann ist einfach mies.«

»Er kann es sich leisten.« Fast glaubte Erin, Anerkennung in Wills Stimme zu hören. »Jedenfalls kannst du Red Thunder beim Rennen in Dunham sehen. Ich dachte, das ist die perfekte Gelegenheit, um Werbung für ihn zu machen.«

»Und wer wird ihn reiten?«

»Irgend so ein Vorarbeiter von ihm, meinte Richard.«

»Sicher Ted.« Erin nickte. »Ted ist einer der besten Reiter, die ich kenne.«

»Und er wird das beste Pferd unter sich haben. Du solltest auf es wetten.«

»Ich setze kein Geld beim Rennen. Wie du weißt, muss ich einen Kredit abzahlen.« Sie griff nach seinem Arm. »Willst du sehen, wie weit ich mit den Boxen bin? Die neuen Stuten musst du dir auch unbedingt anschauen.«

Will hob die Hand. »So gerne ich das tun würde, aber ich habe noch einen Termin und muss dringend los. Wollen wir heute Abend essen gehen, wenn ich schon in der Nähe bin?« Charmant lächelte er sie an.

»Ich wollte noch etwas an der Scheune arbeiten und habe einige weitere Kleinigkeiten zu erledigen.« Sie sah auf die Armbanduhr, die kurz nach vier anzeigte. Auf jeden Fall musste sie auch zumindest für eine halbe Stunde auf Silverwood vorbeischauen, das durfte sie nicht vergessen. »Passt es dir um acht? Vorher schaffe ich es vermutlich nicht.«

»Wunderbar.« Er beugte sich vor und drückte seine Lippen auf ihre. Dann ging er zum Wagen, ließ erneut sein perfektes Lächeln sehen und stieg ein.

Mit verschränkten Armen beobachtete Erin, wie das Auto vom Hof fuhr. *Red Thunder.* Alleine der Name versprach schon Geschwindigkeit. *Die perfekte Gelegenheit, um Werbung zu machen.* Sie musterte ihre Stuten. Zwischen all den anderen Pferden beim Rennen wäre eine ihrer zierlichen und flinken Araberstuten ein echter Hingucker. Vielleicht war es an der Zeit, ebenfalls etwas Werbung zu machen?

»Also deshalb bist du seit Wochen nicht bei uns aufgeschlagen«, riss sie eine raue Stimme aus ihren Überlegungen. Ein Grinsen zog sich über ihre Lippen, als sie sich umdrehte.

»Johnny.« Sie ging einen Schritt auf ihn zu. »Nein, das hatte andere Gründe«, beeilte sie sich zu sagen.

Missmutig wich er ihrem Blick aus. »Einer im gebügelten Hemd? Ausgerechnet du?«

»Halte dich zurück, es sei denn, du bist auf Ärger aus.«

»Schon gut.« Versöhnlich schielte er sie an.

»Willst du es sehen?«

»Was?«

»Na den Grund, aus dem ich so lange nicht bei euch vorbeigekommen bin?« Sie versetzte John einen Stoß und ging rasch um die Scheune herum.

»Du baust an?« Mit hochgezogenen Augenbrauen betrachtete er den Rohbau der zusätzlichen Boxen am hinteren Teil der Scheune.

»Ich brauche mehr Platz.« Stolz deutete sie zum Paddock hinüber. »Fällt dir was auf?«

»Neue Stuten«, stellte er fest. »Sehen gut aus. Und teuer.«

Ein Seufzer entwich ihr. »Waren sie auch. Aber wenn ich es mit der Zucht ernst meine, muss ich investieren. Deshalb habe ich einen Kredit aufgenommen.« Erin verschränkte die Arme vor der Brust. Sie wusste genau, was nun kommen würde.

»Einen Kredit?« John sah sie tadelnd aus seinen dunklen Augen an. »Musste das sein?«

»Mach dir keine Gedanken. Will hat sich um alles gekümmert und er sagt, es seien die besten Konditionen, die man auf dem Markt kriegen kann.«

»So ist das also.« John nickte wissend und lehnte sich gegen die Scheunenwand.

»Was ist so?«

»Na man bekommt bessere Konditionen, wenn man …?« Seine Mundwinkel zuckten verräterisch.

»Du brauchst gar nicht so zu schauen. Nicht, dass es dich

was angehen würde, aber es war andersherum. Ich war bei seiner Bank, um einen Kredit zu beantragen, und als alles durch war, hat Will mich zum Essen eingeladen.« Warum verteidigte sie sich überhaupt? Sollte John doch denken, was er wollte – so wie er es immer tat.

»Du in einem Restaurant? Etwa so ein schickes?« Skeptisch sah er an ihr hinab.

»Hüte lieber deine Zunge, Bennett.« Erin runzelte die Stirn. »Was machst du überhaupt hier?«

Ein unzufriedener Ausdruck erschien auf seinem Gesicht. »Ärger mit Harry«, sagte er gepresst. »Er will die Rinder jetzt verkaufen und ich nicht.«

Erin seufzte, ließ sich auf den Boden plumpsen und lehnte sich gegen die Holzbretter. »Ich hatte die gleiche Diskussion mit Dad.«

»Ich habe schon bemerkt, dass eure Rinder weg sind.« Er ließ sich neben sie fallen und nahm den Hut vom Kopf. Die Haare klebten an seinem Kopf, und sein Gesicht glänzte.

»Ich konnte Dad nicht überzeugen abzuwarten. Ich bin mir nicht sicher, aber ich glaube, es steckt mehr dahinter. Er hat mir nicht gesagt, warum er unbedingt sofort verkaufen wollte. Dabei sehen die Weiden noch gut aus und es wäre kein Problem gewesen, noch etwas abzuwarten.« Seit die Rinder in der Woche zuvor abgeholt worden waren, hatte sie mehr und mehr das Gefühl, dass etwas nicht stimmte. Ihr Vater wirkte abwesend, und vielleicht war es nicht nur die Hitze, die ihm zu schaffen machte.

»Harry treibt mich in den Wahnsinn«, brach es aus John heraus.

Mitfühlend lächelte sie ihm zu. Harry Bennett war für sie wie ein Onkel. Ein übellauniger, eigensinniger Onkel, aber sie wusste genau, dass er tief in seinem Innern ein Herz aus Gold hatte. Und John war ihm manchmal unglaublich ähnlich. Ähnlicher, als er selbst annahm. »Wir können es nicht ändern. Sollen wir trinken, um bessere Laune zu bekommen?«, schlug sie lachend vor.

»Ich muss Buster trainieren und dachte, du hättest vielleicht Lust, uns zu begleiten?«

»Stimmt, das Rennen«, murmelte Erin und sah erneut zu den Stuten. »Bekommst du Buster inzwischen in den Anhänger?«

John stöhnte auf. »Ich arbeite daran, und Kat hilft mir dabei. Sie hat einige merkwürdige Ideen, um den sturen Bock zu überzeugen, in den Hänger zu steigen. Ich hoffe, eine davon wird funktionieren. Sonst kann ich das Rennen vergessen.«

»Sie wäre nicht Kat, wenn sie keine verrückten Einfälle hätte.« Erin musste schmunzeln. Die Tierärztin, die im letzten Jahr nach Firefly Creek gezogen und inzwischen mit Jim Bennett zusammen war, unterstützte sie nicht nur mit Leidenschaft bei der Zucht, sondern war auch zu einer guten Freundin für Erin geworden.

»Also was ist nun? Kommst du mit?« Er stand auf und hielt ihr die Hand hin.

Erin ergriff sie und ließ sich von John hochziehen. Eigentlich hatte sie anderes zu tun, doch ein Ausritt klang zu verlockend, um abzulehnen. »Ich habe mich gerade dazu entschlossen, ebenfalls beim Rennen teilzunehmen.« Sie überlegte einen Augenblick lang. »Ich denke, ich melde Molly an. Sie ist die Schnellste und momentan nicht gedeckt.«

»Du weißt, dass du mit ihr keine Chance gegen Buster oder einige der anderen Pferde haben wirst?« Sein Blick sprach Bände.

»Araber sind zäher, als sie aussehen. Aber ja, ich rechne mir keine Chancen aus. Ich nutze es als Werbung für meine Zucht.«

»Werbung?« Er ließ ein amüsiertes Grummeln hören.

»Wenn Molly neben all den anderen Pferden läuft, sieht sie aus wie eine kleine Fee.« Erin sah ihn triumphierend an. »Da werden die Frauenherzen höherschlagen. Die ein oder andere pferdeverrückte Zuschauerin wird sich sicher überlegen, ob eines meiner Tiere nicht was für sie wäre.«

»Das könnte in der Tat funktionieren«, brummte John. »Dann hol deine Fee mal schnell.«

Es war, als würde sie fliegen. Leicht und geschmeidig fegte Molly hinter Buster durch das hohe Gras. Noch immer beschäftigte sie die Frage, warum ihr Vater auf dem frühen Verkauf der Rinder bestanden hatte.

»Springen wir?«, hörte sie John vor sich rufen.

Erin sah zum Zaun. »Natürlich!« Erwartungsvoll lehnte sie sich nach vorne und genoss den eleganten Sprung ihrer Stute. Molly folgte Buster, und Erin schloss die Augen. Wie lang waren sie und John nicht mehr ausgeritten? Zu sehr waren sie in der letzten Zeit von ihren jeweiligen Projekten und der Farmarbeit vereinnahmt worden.

John galoppierte vor ihr über die Weideflächen und schlug schließlich den Weg zu dem kleinen Stausee von Silverwood ein. Vorsichtig ließen sie die Pferde den Damm zur Wasserstelle hinunterlaufen und stiegen ab. Mollys und Busters Fell glänzte vom Schweiß. Gierig senkten sie die Köpfe und tranken in langen Zügen.

»Ich glaube, wir haben uns alle eine Abkühlung verdient.« John lächelte und löste den Gurt von Busters Sattel.

»Das ist eine ganz ausgezeichnete Idee, Johnny.« Erin betrachtete prüfend den Wasserstand. Zwar war er deutlich abgesunken, vermutlich war der See in der Mitte aber noch immer gut zwei Meter tief.

»Ich habe nur ausgezeichnete Ideen.« Er zog sich das schwarze T-Shirt aus.

Erin sah sich um. »Aber wenn sich die Zwillinge hier rumtreiben, mache ich nicht mit. Sollten sie mich in Unterhose sehen, darf ich mir für alle Zeiten die dummen Sprüche deiner Brüder anhören.«

John lachte rau auf. »Quentin und River sind unterwegs. Haben ganz geheimnisvoll getan und wollten nicht sagen, was sie vorhaben.« Er öffnete den Gürtel und zog seine Hose aus. »Nur du und ich.«

»Was soll's?« Sie lachte und spürte Aufregung in sich aufsteigen. Vielleicht war das hier genau das, was John und ihr gefehlt hatte. Erin zog die schweren Stiefel und die dreckige Arbeitshose aus. Dann nahm sie Molly den Sattel ab, griff in die weiße Mähne des Schimmels und schwang sich hinauf.

»Du willst das Shirt anlassen?« Aus den Augenwinkeln sah John zu ihr hinüber.

»Ich werde nicht im BH vor dir herumhampeln, auch wenn du vielleicht darauf hoffst«, gab Erin lachend zurück.

»Ich würde gar nicht hinsehen«, murmelte er. »Höchstens für den Bruchteil einer Sekunde.«

»Und das ist schon zu lang.«

»Spielverderberin.«

Erin beobachtete, wie John in Boxershorts auf Buster zuging. Selbstsicher machte er einen Satz, rutschte aber gleich darauf ab und schaute kopfschüttend auf Busters hohen Rücken.

»Du wirst alt, Bennett«, gluckste sie und gab Molly ein Zeichen, in den Stausee hineinzugehen.

»Dein Hintern war auch schon mal knackiger«, antwortete er grimmig und führte Buster ins Wasser. Als dieser es mit wachsamem Blick und zuckenden Ohren ein Stück hineingeschafft hatte, zog John sich auf seinen Rücken.

Nebeneinander arbeiteten sich die Pferde schnaubend ins tiefe Wasser vor. Das wohltuende Nass umspielte Erins Körper. Beinahe hatte sie vergessen, wie wunderbar es war, mit den Pferden zu schwimmen. Begeistert strahlte sie John an, woraufhin er ihr zunickte. Ja, John hatte ausnahmsweise eine ausgezeichnete Idee gehabt.

Die Pferde stiegen auf der anderen Seite wieder hinaus, und ein Schauer lief über Mollys Fell. Erin rutschte hinunter und nahm ihr die Trense ab. Die Stute begann augenblicklich zu grasen, während Erin sich ins Gras legte. Mit einem wohligen Seufzen streckte sich John neben ihr aus und verschränkte die Arme hinter dem Kopf. »Wir sind damals beinahe jeden Tag schwimmen gegangen«, murmelte er und schloss die Augen.

Zu gerne dachte sie an ihre Jugendzeit zurück, als John, sein Bruder Samuel und sie unzertrennlich gewesen waren. Seit sie klein waren, hatten sie sich gemeinsam auf den weitläufigen Grundstücken herumgetrieben. Schon damals war John, der ein Jahr älter war als sie, ihr bester Freund gewesen. Sie wussten sich gegenseitig zu nehmen, auch wenn sie sich gelegentlich in die Haare bekamen. Doch das ging wohl nicht anders, so dickköpfig wie sie beide manchmal sein konnten.

»Weißt du noch, wie Samuel immer einen Salto vom Pferderücken ins Wasser gemacht hat?«

John lachte leise.

»Samuel konnte ein echter Angeber sein.«

»Ja, das konnte er.« Erin stützte sich auf den Ellenbogen ab und musterte ihren Freund. Mit geschlossenen Augen wirkte er weniger angespannt als üblich. Ihr Blick glitt über seinen Dreitagebart und blieb schließlich an den kleinen Wassertropfen hängen, die sich in seinem dunklen Brusthaar gesammelt hatten. Wie sehr sich John doch von Will mit seinem gepflegten Äußeren und dem stets perfekt rasierten Gesicht unterschied.

John drehte den Kopf in ihre Richtung und schlug die Augen auf. »Gefällt dir, was du siehst?«

»Ach halt die Klappe.«

»Ich zieh dich doch nur auf.« John grummelte und stieß sie in die Seite.

Glucksend parierte sie den Schlag und legte sich wieder auf den Rücken. Für einen Moment fühlte sie sich wie früher als Kind, als sie endlose Nachmittage an ihrer angestammten Badestelle zusammen verbracht hatten.

»Ehe ich es vergesse«, sie linste zu ihm hinüber, »Happy Birthday. Ich wäre heute Abend natürlich noch vorbeigekommen.«

»Du hast daran gedacht«, brummte er.

»Das tue ich immer«, sagte sie. »Auch wenn dir dein Geburtstag nicht viel bedeutet, wäre es trotzdem ein Grund zu feiern.«

»Geboren worden zu sein ist nichts …«

»… wofür man es verdient hätte, gefeiert zu werden«, vollendete sie seinen Satz. Diesen Spruch hatte sie schon oft von John und seinem Vater gehört. »Wenigstens in einer Sache seid du und Harry einer Meinung.«

»Und trotzdem geraten wir sogar an einem Tag wie heute aneinander.« Der Frust in seiner Stimme war nicht zu überhören.

»Hat Liz dir wieder einen Kuchen gebacken?«

»Natürlich. Du kennst meine Schwägerin: Egal ob du fünf oder siebenunddreißig Jahre alt wirst, sie backt dir einen Schokoladenkuchen mit Smarties.« Er musste lachen. »Ich habe gerade noch das letzte Stück erwischt, nachdem meine Brüder darüber hergefallen sind, während ich die Pferde gefüttert habe.«

Erin ließ ihren Blick über die Landschaft schweifen, und das Lächeln verschwand aus ihrem Gesicht. Ein ungutes Gefühl machte sich in ihrem Inneren breit und störte den friedlichen Augenblick. Seit Tagen schon überkam sie immer wieder eine unheilvolle Vorahnung, die Erin nicht in Worte fassen konnte. Unwillkürlich schüttelte sie den Kopf, um die düsteren Gedanken abzuschütteln. Doch es nützte nichts.

***

John sah blinzelnd in die tief stehende Sonne und bemerkte dann Erins merkwürdigen Gesichtsausdruck. »Ist alles in Ordnung?« Er setzte sich auf und befreite seinen Oberkörper von einigen Grashalmen.

»Es ist nichts. Glaube ich zumindest.« Sie machte eine Pause und runzelte die Stirn. »Ich habe nur irgendwie das Gefühl, dass etwas nicht stimmt.«

»Unsere Väter haben das Ergebnis von einem Jahr harter Arbeit zu einem Spottpreis verkauft. Das ist es, was nicht stimmt.« Er stand auf. »Lass uns zurückgehen.« Auch wenn es ihm widerstrebte, heimzureiten und diesen unbeschwerten Moment zu beenden, musste er sich wieder der Realität stellen.

Erin fuhr mit den Fingern durch ihre dunklen Locken, die ihr bis zu den Schultern reichten. Wie immer, wenn ihre Haare nass geworden waren, wellten sie sich noch mehr als üblich. Unauffällig schaute John auf ihre schlanken, langen Beine, die sie sonst in Arbeitshosen versteckte. Im Gegensatz zu seinem Spruch von vorhin konnte sich auch Erins Hintern nach wie vor sehen lassen, doch das konnte er natürlich nicht zugeben. John runzelte die Stirn. Seit wann sah er Erin auf diese Weise an? Vermutlich lag es daran, dass dieser Will Interesse an ihr zeigte, was ihm nicht gefiel. Natürlich wollte er selbst nichts von Erin, aber dieser Kerl passte einfach nicht zu ihr.

»Fangen wir die Pferde ein«, sagte Erin und blickte sich suchend nach ihrer Stute um. John wartete, bis sie sich etwas von ihm entfernt hatte, legte zwei Finger in den Mund und pfiff. Wiehernd trabte Buster auf ihn zu. Immer wieder sah sein Pferd sich nervös nach Erin um. Nicht einmal an sie hatte Buster sich gewöhnt, obwohl niemand außer John besser mit Pferden umgehen konnte als Erin Holt. »Und mit dir will ich an einem Rennen teilnehmen«, brummte John ihm ins Ohr und griff nach den Zügeln. Barfuß führte er Buster um den Damm zu seiner Kleidung und dem Sattel. Im gestreckten Galopp fegte Erin auf ihrer Stute an ihm vorbei, und beim Anblick ihrer schwarzen Unterhose auf dem weißen Pferderücken konnte er sich ein Lachen nicht verkneifen. Für ein paar Stunden war es fast wie früher gewesen, und das hatte verflucht gutgetan. Er bückte sich nach dem Sattel und befestigte ihn auf Buster, dann sammelte er seine Kleidung ein und zog sich an.

»Wir sehen uns«, rief er Erin zu und stieg auf.

Sie hob die Hand, während sie in ihre Hose schlüpfte. Augenblicklich war sie wieder die toughe Farmerin. John ließ Buster antraben und machte sich auf den Rückweg.

Deutlich entspannter als vor dem Ausflug stapfte er in die Küche, wo Ethan mit einigen Unterlagen am Küchentisch saß. Konzentriert tippte sein Bruder auf der Tastatur des Laptops und sah nur kurz zu ihm auf.

»Wo warst du? Jim hat gesagt, du hättest dich zur Feier des Tages mit Harry angelegt.«

»War mit Erin am Stausee«, sagte John und nahm sich eine Bierflasche aus dem Kühlschrank.

»Wie geht es unserer Lieblingsnachbarin?« Ethan warf ihm einen kurzen Blick zu, um gleich darauf erneut auf den Bildschirm zu starren.

»Ich glaube, sie hat einen Freund.« Scheppernd warf John den Kronkorken ins Waschbecken und nahm einen großen Zug.

»Sag bloß.« Sein Bruder lehnte sich im Stuhl zurück. »Und wer ist es?«

»Dieser William Walsh und sein weißes Hemd«, knurrte John.

»Walsh? Meinst du das ernst?« Die Augen seines Bruders weiteten sich, und John war verwundert. Denn auch Ethan trug gern schicke Hemden, und eigentlich war Johns Bemerkung als kleine Stichelei unter Brüdern gedacht gewesen. Entweder hatte Ethan die Anspielung nicht verstanden, oder aber er ließ sich inzwischen weniger leicht provozieren.

»Ich kann es selbst kaum glauben, aber ich habe gesehen, wie sie sich geküsst haben.«

»Das nenne ich mal ein ungleiches Paar«, befand Ethan.

»Anscheinend hat Will ihr einen Kredit vermittelt, und so haben sie sich kennengelernt.«

Ethan schob den Laptop zur Seite und stützte sich auf dem Tisch auf. »Sie hat bei Wills Bank einen Kredit aufgenommen?« Schockiert blickte er ihn an.

»Für ihre Zucht. Erin baut die Scheune um und hat neue Stuten gekauft«, berichtete John.

»Das glaube ich jetzt echt nicht!« Mit einer fahrigen Bewegung klappte Ethan den Laptop zu. »Erin hätte lieber zu mir kommen sollen. Ich hätte ihr einen passenden Kredit rausgesucht, und das habe ich ihr auch schon letztes Jahr gesagt, als ich ihre Steuererklärung gemacht habe.«

Ethan, der sich vor einiger Zeit als Berater für Farmer selbständig gemacht hatte, nahm es offensichtlich persönlich, dass Erin Wills Dienste in Anspruch genommen hatte. »Hat sie es halt woanders gemacht. Warum regst du dich so auf?« Irritiert sah er seinen Bruder an.

»Es geht mir doch nicht darum, dass sie mich nicht gefragt hat«, sagte Ethan, stand auf und nahm sich ebenfalls ein Bier aus dem Kühlschrank. »Ich traue diesem Mann einfach nicht über den Weg. Zum Beispiel habe ich inzwischen mehrfach mitbekommen, dass Walsh eine Neubewertung von mit Hypotheken belasteten Grundstücke vornehmen lässt. Einigen Farmern steht im Moment das Wasser bis zum Hals, und wenn aufgrund der Risikoeinschätzung ein geringerer Wert ermittelt wird, bricht es ihnen das Genick. Der Kerl ist ein aalglatter Geschäftsmann und nicht bereit zu verhandeln, wenn es Probleme gibt.« Er feuerte den Kronkorken ebenfalls in die Spüle.

Noch etwas, das untypisch für Ethan war, der eigentlich

viel seltener die Beherrschung verlor als die restlichen Bennett-Männer. Ethan schien geradezu vor Ärger zu beben. John lehnte sich gegen die Küchenzeile. Selten hatte er seinen Bruder so aufgebracht erlebt. Etwas stimmte hier nicht. Und dass es dabei um Erin ging, behagte ihm ganz und gar nicht. Allerdings hatte er keine Ahnung, wovon Ethan da genau sprach. »Kannst du das auch verständlich erklären?«

Ethan nickte. »Sagen wir, ein Farmer kauft ein Grundstück, dessen Wert auf 600 000 Dollar geschätzt wird, und bekommt dieses Geld von der Bank.« Fragend sah er ihn an.

»Noch kann ich folgen«, versicherte John genervt.

»Nach einiger Zeit äußert der gute Will Zweifel, dass das Grundstück wirklich so viel wert ist, und gibt eine Neubewertung in Auftrag. Er engagiert einen Gutachter und siehe da, das Grundstück ist auf einmal nur noch 500 000 Dollar wert.« Ethan schüttelte den Kopf und sah ihn an. »Jetzt kann Walsh ganz legal die 100 000 Dollar von unserem unglücklichen Farmer zurückfordern, und wenn dieser nicht innerhalb von dreißig Tagen zahlen kann, wird das Grundstück zwangsversteigert.«

John starrte seinen Bruder geschockt an. »Und das ist legal?«

»Das ist es. Aber es passiert selten, und deshalb ist die Häufung dieser Vorfälle hier in der Gegend sehr merkwürdig. Eine Hypothek wird nur selten neu bewertet, da schauen die Banken meist nicht genau hin, solange die Raten bezahlt werden. Aber in den letzten Monaten wurden mehrfach Neubewertungen angesetzt, und zwar immer bei Farmern, die eh schon finanziell in der Klemme stecken. Und alle bei dieser einen Bankfiliale, die immerhin von Will geleitet wird.«

John runzelte die Stirn. »Und da siehst du einen Zusammenhang?«

»Ich weiß es nicht, aber es macht mich hellhörig. Ein Farmer, der keine Mittel hat, kann auch kein Gegengutachten bezahlen oder sich einen guten Anwalt leisten.«

»Das klingt nach einer ganz üblen Masche.«

»Das ist es in der Tat. Wenn es tatsächlich so abläuft, dann verstehe ich nur nicht, woher Walsh weiß, dass die Farmer gerade knapp bei Kasse sind, denn die Kredite wurden in allen Fällen noch bedient. Und erst recht verstehe ich nicht, was Walsh und seine Bank davon haben. Die Bank kann ja nur maximal den Wert des Kredites vereinnahmen, selbst wenn das Grundstück teurer verkauft wird. Die Überschüsse würden in dem Fall an den Farmer gehen. Die Bank riskiert sogar, Minus zu machen, falls das Grundstück unter dem Schätzwert versteigert wird.«

»Also könnte es auch Zufall sein?«, fragte John nach. »Immerhin hat Erin bei der Bank auch einen Kredit abgeschlossen.« Dieser Gedanke beunruhigte ihn nun ebenfalls.

»Es könnte natürlich nur ein Zufall sein … Ein ziemlich großer allerdings.« Ethan zuckte mit den Schultern. »Abgesehen davon hat Erin ja nur einen kleineren Kredit aufgenommen, für den nicht mit Elderberry gebürgt wird, wie ich vermute. Ich glaube also nicht, dass es ihr gefährlich werden könnte.«

»Du *glaubst* es?«, knurrte John.

»Sicher kann ich es dir nicht sagen, wer weiß, welche Klauseln dieser Banker in Erins Vertrag eingebaut hat. Aber selbst wenn Will tatsächlich solche miesen Nummern abzieht – da er Erin mag, wird er sie ja wohl in Ruhe lassen.«

»Das können wir nur hoffen.« Johns Finger umklammerten die Bierflasche. Er würde diesem Lackaffen den Hintern versohlen, wenn er Erin durch irgendwelche Tricksereien in Probleme brachte, das stand fest.

»Ich werde mal schauen, ob ich etwas mehr über diese Zwangsversteigerungen in Erfahrung bringe. Seit ich davon gehört habe, lässt es mir keine Ruhe«, murmelte Ethan.

Auf einmal flog die Tür auf, und Quentin und River stürzten feixend in die Küche. Wild durcheinanderredend zogen seine jüngsten Brüder ihre Stiefel aus und warfen sie neben die Seitentür. John schielte schuldbewusst auf seine eigenen, die den getrockneten Schlamm der Wasserstelle in der Küche verteilt hatten. Liz würde ihm sicherlich eine Standpauke erteilen, wenn sie den Dreck hier entdeckte. John nahm sich vor, den Besen zu holen, ehe seine Schwägerin in die Küche käme. Während er noch überlegte, wo sich dieser wohl befand, wandte sich Ethan an die Zwillinge.

»Wie war's?«, wollte er von ihnen wissen.

»Wir ziehen es durch«, sagte Quentin aufgekratzt und grinste River an.

John unterbrach seine Suche und sah von einem zum anderen. »Was ist hier los?«

»Wir müssen mit Harry reden und brauchen dich als Rückendeckung«, antwortete Ethan und stellte sein Bier auf dem Tisch ab.

»Schätze, dafür bin ich heute nicht der Richtige.« Wieder kam ihm der Streit mit seinem Vater in den Sinn, und erneut verspürte John Wut in sich aufsteigen. Und wo verflucht nochmal steckte der Besen?

»Es muss heute sein, es ist dringend. Jim ist bei Kat, also musst du auf jeden Fall mit.« Ethan nahm ihm das Bier ab und schob ihn zum Flur. »Harry sitzt im Büro. Lasst es uns durchziehen.«

»Hast du eine Ahnung, wo Liz den Besen versteckt?«, fragte John Ethan.

»Abstellkammer, großer Bruder. Und beeil dich lieber mit dem Fegen. Liz bekommt momentan wenig Schlaf und ist ziemlich gereizt«, gab Ethan flüsternd zurück. »Das Baby hat schon wieder die halbe Nacht gebrüllt, und ich hab hier unten auf dem Sofa geschlafen.«

Vor der Bürotür blieben sie stehen, und John beobachtete, wie Ethan die Schultern straffte, ehe er anklopfte. Allmählich wurde er neugierig, was seine Brüder da im Schilde führten.

***

Das Klopfen an der Tür riss Harry aus seinen Gedanken. Seit dem Nachmittag zog er es vor, sich im Büro zu vergraben, anstatt eine weitere Diskussion mit John zu riskieren. »Herein«, antwortete er mit fester Stimme.

Ethan trat ein, gefolgt von den Zwillingen und John, und alle vier sahen ihn angespannt an. Hatte sich die Bande etwa zusammengeschlossen, um ihn vom Verkauf der Rinder abzubringen? Er verschränkte die Arme vor der Brust.

»Wir müssen mit dir reden«, sagte Ethan ohne Umschweife und setzte sich auf den alten Ledersessel an der Wand, während John sich gegen den Türrahmen lehnte und ihn grimmig anschaute. Quentin und River hingegen schienen kaum an sich halten zu können. Unentwegt flüsterten seine beiden jüngsten Söhne miteinander.

»Was ist los?«, fragte Harry gereizt. Wenn vier seiner fünf

Söhne ihn sprechen wollten, musste es ein größeres Problem gegeben.

»Ich will Fox Brow kaufen«, brach es aus Quentin heraus, und River nickte zustimmend.

»Fox Brow?« Harry kannte die kleine Farm, die knapp dreißig Minuten von Silverwood entfernt lag und seit einem halben Jahrzehnt unbewohnt war. »Wie kommst du auf so einen Mist?«, herrschte er ihn an. Mit seinen fünfundzwanzig Jahren war Quentin viel zu jung, um darüber nachzudenken, sich eine eigene Farm zuzulegen, sicherlich hatte er die Sache nicht bis zum Ende durchdacht.

Er sah, wie Quentin Luft holte, um zu antworten, doch Ethan sprang auf und stellte sich vor den Schreibtisch. »Wir haben das alles durchgerechnet und besprochen. Es macht Sinn. Also hör es dir bitte einfach an, in Ordnung?«

Harry schaute zu John, der wiederum mit gerunzelter Stirn Ethan musterte. John wusste offensichtlich nichts von der Sache. Seine Brüder hatten hinter seinem Rücken einen Plan ausgeheckt, ihn aber dennoch mitgeschleift, um sich Gehör zu verschaffen. Das hatten sie geschickt eingefädelt, das musste er ihnen lassen. »Ich warte«, brummte Harry.

Ethan steckte die Hände in die Hosentasche und blickte ihn ernst an. »Silverwood ist groß, aber auf Dauer nicht groß genug, um so viele Söhne und ihre zukünftigen Familien zu ernähren«, begann er.

Harry hatte nicht vor, sich länger als notwendig mit dieser fixen Idee aufhalten zu lassen und hob eine Hand, woraufhin Ethan verstummte. »Das ist mir bewusst. Deshalb gehe ich kein Risiko ein«, knurrte er an John gerichtet.

»Daher spielt Quentin schon länger mit dem Gedanken, sich irgendwann eine eigene Farm für seine Schafzucht zu kaufen. Und vor kurzem haben wir entdeckt, dass Fox Brow in drei Tagen versteigert wird.«

Harry sagte nichts und fixierte Ethan, gespannt, wie sein Sohn ihm die Sache schmackhaft machen wollte.

»Fox Brow ist nicht allzu groß, und es muss viel gemacht werden, daher ist der Preis, für den die Farm vermutlich verkauft wird, niedriger als üblich. Du weißt ja, wie selten hier Land zum Verkauf steht. Es ist eine einmalige Möglichkeit. Wenn wir die Schafzucht dorthin verlagern, können du, John und Jim die Rinderzucht hier auf Silverwood ausweiten. Somit können wir gleichzeitig mehr Schafe und Rinder aufziehen«, fasste Ethan den Plan zusammen.

»Und wie wollt ihr das finanzieren? Auch wenn die Farm tatsächlich günstig zu haben wäre, wird Quentin sie wohl kaum alleine kaufen können.«

»Ich habe gespart, und Ethan hat noch etwas Geld von seinem Autoverkauf, das er mir leihen wird. River wird mit mir in Fox Brow einziehen und Miete zahlen«, zählte Quentin auf.

Harry verkniff sich einen Hinweis darauf, dass er hier von niemandem Miete verlangte, es aber durchaus zumindest für River, der immerhin im Ort als Mechaniker arbeitete, durchaus angemessen wäre, schon jetzt seinen Anteil zu leisten.

»Uns fehlen noch etwa zehntausend Dollar für das restliche Eigenkapital, aber ich habe eine Bank gefunden, die Quentin einen Kredit bewilligen wird, wenn wir diesen Betrag auftreiben.« Fragend sah Ethan ihn an.

Seufzend rieb Harry sich über den Schnurbart. Die Idee seiner Jungs war gut, auch wenn er es ungern zugab. Mit so vielen Söhnen hatte er sich immer um die Zukunft gesorgt. Sollten sie heiraten und Familien gründen, würde Silverwood nie genug Einkommen für alle bieten. »Ich würde es euch geben, aber ich habe dieses Geld nicht«, sagte er leise. Jahrzehntelang hatte er Tag für Tag geschuftet und nun waren nicht einmal zehntausend Dollar übrig, die er Quentin für seinen Traum geben konnte. Das Gefühl, versagt zu haben, nagte an ihm.

»Ich gebe Quentin das Geld«, hörte er John sagen.

»Wirklich?« Mit einem Grinsen im Gesicht sah Quentin sich zu seinem ältesten Bruder um.

»Wir müssen mehr Rinder züchten, wenn wir sie zu so miesen Preisen verkaufen«, brummte John.

»Ich erwarte nicht, dass du mir alle Schafe einfach überlässt, aber wenn es für dich in Ordnung ist, würde ich die Hälfte der Herde mitnehmen, um einen Grundstamm für die Zucht zu haben.« Hoffnungsvoll blickte Quentin ihn an.

Harry dachte für einen Augenblick nach. »Ich kann dir das Geld nicht geben, aber du bekommst die komplette Herde. Deine Brüder haben recht: Wir müssen mehr Rinder aufziehen. Außerdem hast du die Schafzucht aufgebaut. Sie gehören dir.«

Mit einem Schrei schlugen Quentin und River ein, und Ethan nickte ihm dankbar zu.

»Und jetzt raus, ich habe noch was zu erledigen.« Harry griff nach dem Ordner mit der Futterkalkulation und ließ ihn demonstrativ vor sich auf den Schreibtisch fallen. Zwar hatte er nicht vor, sich heute noch mit Zahlen zu beschäftigen, doch das ging seine Söhne nichts an.

Die Zwillinge liefen hinaus, und Ethan folgte ihnen. Nur John stand noch immer unbeweglich neben der Tür und blickte ihn starr an.

»Was willst du?«, fuhr Harry ihn an.

»Dir sagen, dass ich hier nur noch arbeite, wenn ich mehr Mitspracherecht bekomme.«

»Was willst du sonst machen?«

John löste sich von der Wand und stemmte die Hände in die Hüften. »Den Vorarbeiter kann ich auch auf anderen Farmen spielen. Also überleg dir, wie es weitergehen soll.« Mit energischen Schritten ging er hinaus und warf die Tür hinter sich zu.

»Zum Teufel.« Angespannt stand Harry auf und trat ans Fenster. Er konnte seinen Sohn verstehen, hatte er doch selbst damals, vor einer Ewigkeit, unter seinem Vater auf Silverwood gearbeitet. Und auch er hatte es gehasst. Doch dann war sein Vater überraschend gestorben und die Farm an Harry gegangen. Er konnte den Wunsch von John verstehen, mit seinen siebenunddreißig Jahren endlich das Sagen zu haben. Vermutlich war sein Sohn aufgrund seines Geburtstags heute noch gereizter als üblich. Er wollte seine Zukunft endlich in die eigenen Hände nehmen. Doch Harry war nicht bereit, schon aufzuhören. Noch ging es ihm gut, und auch wenn nie in Frage gestanden hatte, dass John eines Tages die Farm übernehmen würde, so war es nicht an der Zeit dafür. Zu sehr lag Silverwood Harry am Herzen, und zu viel hatte sich innerhalb der Familie in den letzten Jahren verändert. Ethan und Liz lebten nun mit ihren Kindern hier, was ihn freute. Das Haus war groß genug, und die Enkel in der unmittelbaren Nähe zu haben, war eine Freude. Nur nicht nachts, wenn die kleine Charlie mit ihrer kräftigen Stimme die Wände zum Wackeln brachte, aber auch das würde sich bald von selbst erledigen, so viel Erfahrung hatte er nach sechs Söhnen.

Doch Ethan und River waren die Einzigen, die momentan

unabhängig von Silverwood Geld verdienten: Ethan als betriebswirtschaftlicher Berater für Farmen, seit er aus Sydney in den Schoß der Familie zurückgekehrt war, und River in der Werkstatt in Firefly Creek. Alle anderen hingen finanziell von der Farm ab. Und damit von ihm. Jetzt das Ruder an John zu übergeben kam nicht in Frage. Wenn Quentin es schaffen sollte, Fox Brow zu ersteigern, stünden erneut Veränderungen ins Haus. Und Harry kannte seine Söhne gut. Zu oft verschlimmerten sie die Dinge, wenn sie Probleme auf ihre Art zu lösen versuchten. Zwar hielten sie seit dem großen Streit von John und Ethan, der fast die Familie zerstört hatte, zusammen wie Pech und Schwefel, aber manchmal hatte er den Verdacht, dass sie gegenseitig ihre Eigenarten verstärkten und sich damit gemeinsam in Schwierigkeiten brachten.

Er fuhr sich erneut über den ergrauten Schnauzbart. Nicht umsonst brüllte er und stampfte regelmäßig mit dem Fuß auf. Seine Autorität in diesem Haus war unverzichtbar. So war es schon immer gewesen mit diesem Haufen Wilder, die er alleine aufgezogen hatte. Ohne ihn hätten sich die Zwillinge irgendwann bei ihren Motorrad-Stunts umgebracht, John würde beim Rinderverkauf pokern, bis er mit Verlust aus der Sache rausging, und Jim würde ihn dabei auch noch unterstützen. Harrys Faust donnerte auf die Fensterbank. Nein, sie waren noch nicht so weit. Keiner von ihnen.

Kapitel 3

Will griff nach ihrer Hand und drückte sie. »Es ist schön, hier ungestört mit dir zu sein«, sagte er.

Erin nickte. Auszugehen war eine angenehme Abwechslung zu ihrem anstrengenden Alltag. So viele Jahre lang hatte sie kaum Zeit gefunden, dies zu tun, und es war eine ganze Weile her, seit sie das letzte Mal mit einem Mann zusammen gewesen war. Dass Will sich ausgerechnet für sie interessierte, wunderte Erin nach mehreren Wochen, in denen er sich jetzt schon um sie bemühte, noch immer. Zuerst hatte sie seine Avancen als charmante Verkaufsstrategie missverstanden, doch auch nachdem sie bei ihm den Kreditvertrag unterschrieben hatte, wollte Will sich mit ihr treffen. Und tatsächlich machte es Spaß, mit ihm zu reden, zu lachen und seine Gesellschaft zu genießen. Von den meisten Männern in ihrem Umfeld wurde sie nicht wirklich als Frau wahrgenommen, zumindest hatte sie meist diesen Eindruck gehabt. Die Bennetts waren ein fester Bestandteil ihres Lebens, doch nie hatte ihr einer von ihnen das Gefühl gegeben, eine schöne oder interessante Frau zu sein. Sie verhielten sich in ihrer Gegenwart, als wären sie unter sich. Und John war der Schlimmste von allen. Hin und wieder war es nett, auch mit anderen Augen gesehen zu werden, gestand Erin sich ein. So wie heute von Will.

Außer Samuel hatte es keiner der Söhne geschafft, zu heiraten und eine Familie zu gründen, doch dann war er an Krebs erkrankt, und schon wenige Monate später hatten sie alle an seinem Grab gestanden. Nach seinem Tod hatte es viele Jahre lang so ausgesehen, als hätte keiner der Bennetts vor, sich zu binden. Jedenfalls bis Ethan sich schließlich in Liz verliebt hatte.

Die Bennetts waren schon immer das bevorzugte Tratschthema der Kleinstadt gewesen. Das turbulente Leben der Familie hatte Erin in ihrer Kindheit hautnah miterlebt, auf Silverwood ging es selten ruhig zu.

Und dann hatte sie im letzten Winter mit angesehen, wie Jim Bennett sich Hals über Kopf in Kat verliebte, die neue Landtierärztin, die so genial wie ungewöhnlich war. Jim war im Gegensatz zu Johns aufbrausendem Temperament oft die Stimme der Vernunft in der Familie. Erin schätzte seine besonnene Art und seine Gutmütigkeit. Häufig zog sie es vor, ihn in Dingen um Rat zu fragen, die den Farmalltag angingen, anstatt sich eine von Johns einsilbigen Antworten anzuhören. Und nun war gerade der zurückhaltende, ruhige Jim mit der temperamentvollen Kat zusammen, die ihn schon in allerhand verrückte Dinge hineingezogen hatte, und zu jedermanns Überraschung schien die Sache tatsächlich zu funktionieren.

Auch wenn Erin sich bislang nie nach der großen Liebe gesehnt hatte, so führte ihr das Glück von Jim und Kat eines vor Augen: In ihrem Leben fehlte die Leidenschaft. Doch nun war da Will und bemühte sich um sie. Behandelte sie wie eine Frau, die es wert war, ausgeführt und auf Händen getragen zu werden. Nie hätte sie erwartet, dass ihr das gefallen könnte, doch zu ihrer eigenen Überraschung tat es das.

»Du bist so still.« Prüfend sah Will sie mit seinen strahlend blauen Augen an.

»Ich habe nur nachgedacht.«

»Und über was?«

»Wie überraschend es für mich kommt, dass wir beide hier sitzen«, sagte sie wahrheitsgetreu.

»Was ist daran überraschend?«

Erin lachte auf. »Dass einer wie du sich für mich interessiert, war nicht unbedingt zu erwarten. Ich hätte angenommen, dass du auf einen anderen Typ Frau stehst. Eine, die nicht mit den Händen arbeitet und sich selten hübsch macht.«

»Heute bist du besonders hübsch.« Er beugte sich vor und drückte ihr einen Kuss auf die Lippen. »Und du riechst zur Abwechslung nicht nach Pferd.«

»Ich habe nur für dich geduscht, nachdem ich im Stausee schwimmen war.«

»In welchem Stausee?« Er sah sie fragend an.

»Er liegt auf Silverwood. Früher sind wir dort ständig schwimmen gegangen. Es war eine herrliche Abkühlung nach dem Ausritt. Ich habe Molly trainiert, damit ich mit ihr in Dunham starten kann.«

Will zog die Augenbrauen hoch. »Du willst auch beim Rennen mitmachen?«

Sie konnte sich ein Grinsen nicht verkneifen. »Du hast mich auf diese Idee gebracht. Wenn ich eine meiner Stuten dort vorführe, kann das meine Zucht voranbringen. Und da John mit Buster antreten will, haben wir gemeinsam trainiert.«

»Du warst mit John Bennett schwimmen?« Wills Blick wurde stechend.

»Er ist ein guter Freund, eigentlich bin ich mit allen Bennetts befreundet.« Wills offensichtliche Eifersucht schmeichelte ihr. Doch was John anging, musste er sich wirklich keine Sorgen machen.

»Was ich über diese Familie gehört habe, ist nicht gerade vorteilhaft«, grummelte er. »Richard hält Harry für einen unfähigen Farmer, und John hat den Ruf, schwierig zu sein.«

»Dass Richard und Harry sich nicht riechen können, ist kein Geheimnis. Allerdings bin ich in diesem Punkt klar auf Harry Bennetts Seite.« Erin entzog ihm ihre Hand. »Und ich kann dir sagen, dass John zwar schwierig, aber grundehrlich ist. Das kann man von den wenigsten Menschen behaupten. Ich konnte mich immer auf ihn verlassen, wenn's drauf ankam.« Mit einem Seufzer griff sie nach dem Weinglas. Wie hatte es dazu kommen können, dass sie bei einem Date ausgerechnet von John sprach?

»Und dieser andere Bruder, der, der sich seit einer Weile als Berater versucht, macht mir Schwierigkeiten«, sagte Will schneidend.

»Ethan?«

»Ja, genau der. Wie ich mitbekommen habe, rät er den Farmern davon ab, bei meiner Bank Kredite aufzunehmen.« Will lachte bitter auf. »Der hat doch keine Ahnung vom Geschäft und macht das jetzt nur, weil er wohl in Sydney krachend gescheitert ist.«

Erin setzte zu einer Erklärung an, dass Ethan für Liz zurückgekehrt war und zuvor viele Jahre Karriere gemacht hatte, doch sie entschied sich dagegen, um die Stimmung nicht weiter zu verschlechtern, und nahm nachdenklich einen Schluck. Ethan hatte ein Gespür für geschäftliche Dinge, doch Will arbeitete seit Jahren in dieser Branche.

Dass Ethan bei den Farmern gegen Will Stimmung machte, irritierte sie. Warum tat er so etwas? Sie schaute Will an und bemühte sich zu lächeln. Dieses Date drohte zu einem Fiasko zu werden. »Lass uns nicht über die Arbeit reden«, schlug sie vor und sah auf die Uhr. »Ich muss bald zurück, es ist schon spät.«

»Noch ein Glas?« Will gab der Bedienung ein Zeichen. »Ich würde dich gerne schicker ausführen, aber Firefly Creek hat nur diese Pizzeria zu bieten. Lass uns doch das nächste Mal zu mir nach Dunham fahren, dort gibt es bessere Lokale.«

»Du willst das hier wiederholen?« So schlecht lief das Date wohl doch nicht. Erin musste lächeln. Was zog man überhaupt in ein schickes Restaurant an? Sie hatte ihr einziges halbwegs vorzeigbares Oberteil an und ganz hinten im Schrank zum Glück eine Jeans gefunden, die weder Löcher noch Flecken aufwies. Arbeitshosen besaß sie stapelweise, aber keine ordentlichen Exemplare ohne Spuren von Maschinen-Schmierfett. Vielleicht würde ihr Liz einen Rat geben können. Sie wusste, wie man sich hübsch anzog, auch wenn Erin befürchtete, von ihr am Ende in ein Kleid gesteckt zu werden. Kat kam als Ratgeberin nicht in Frage mit ihren Biker-Stiefeln und dieser ollen Lederjacke, die sie in jeder Lebenslage trug. Erin und sie hatten beide nicht das geringste Gespür für Mode. Doch Erin hatte es auch nie gebraucht.

»Immer und immer wieder.« Will hob sein Glas und stieß mit ihr an. Eigentlich war das alles hier gar nicht so schlecht. Vielleicht hatte sie in den letzten Jahren vieles verpasst?

Will parkte in der Dunkelheit bei der Scheune und sah sie an. »Das war schön«, sagte er.

»Das war es.« Erin erwiderte seinen Blick lächelnd. »Gibt es einen Grund, dass du so weit vom Haus entfernt parkst?«

»Damit deine Eltern das hier nicht mitbekommen.« Er zog sie an sich und fuhr mit seiner Hand über ihren Rücken. Fordernd pressten sich seine Lippen auf ihre. Erin atmete den Geruch seines Rasierwassers ein und strich über seine glatte Wange. Als sich seine Hand unter ihr Oberteil schob, löste sie sich mit einem unsicheren Lachen von ihm.

»Willst du das nicht?« Er runzelte die Stirn und wirkte enttäuscht.

»Nicht jetzt«, murmelte Erin.

Er seufzte. »Diese Tradition hier auf dem Land, dass erwachsene Kinder noch bei ihren Eltern leben, ist doch wirklich zu störend.«

»Wir stehen im Morgengrauen auf und arbeiten den ganzen Tag. Woanders zu wohnen wäre einfach unpraktisch.«

»Für dich und mich ist es gerade dadurch unpraktisch«, witzelte er.

»Ich melde mich bei dir«, flüsterte Erin und stieg aus. Rasch ging sie hinüber zum Haus. Dass sie sich noch nicht nähergekommen waren, lag nicht an ihren Eltern. Sie hatte auch früher schon Mittel und Wege gefunden. Doch es ging ihr zu schnell mit Will. Etwas in ihr hielt sie davon ab, den letzten Schritt zu wagen. Sie brauchte noch ein wenig mehr Zeit und konnte nur hoffen, dass Will ihr diese zugestehen würde.

Leise, um niemanden zu wecken, trat sie ein. Aus der kleinen Küche fiel Licht in den Flur, und Erin ging auf die offene Tür zu. »Was machst du denn um diese Zeit hier?«

Am Esstisch saß ihr Vater mit einem halbleeren Wasserglas vor sich. »Ich kann nicht schlafen.«

Erin nickte. Obwohl die Erschöpfung eines langen Tages sie nun übermannte, setzte sie sich ihm gegenüber. Wieder sah das Gesicht ihres Dads fahl aus, und seine Haut war von einem feuchten Film überzogen. »Was ist denn nur mit dir los? Irgendwas stimmt doch nicht. Erst der übereilte Verkauf der Rinder, und jetzt scheinst du seit Tagen neben dir zu stehen.«

»Der Verkauf war richtig«, entgegnete er und nahm einen Schluck aus dem Glas.

»Aber warum? Du hast hier nicht annähernd so viele Mäuler zu stopfen wie Harry. Ich verstehe es einfach nicht. Du erzählst mir doch sonst auch immer alles.« Nur mühsam verkniff sie sich einen trotzigen Unterton. Ihr Vater und sie hatten eine innige Beziehung, wodurch die Zusammenarbeit gut klappte und sie es schafften, die Farm auch mit wenig Hilfe von außen am Laufen zu halten. Doch in diesem Jahr hatte er sie nicht wie üblich in seine Überlegungen miteinbezogen.

»Ich habe meine Gründe«, antwortete er knapp und lächelte matt. »Und du hattest einen schönen Abend? Tut dir gut, mal wieder etwas rauszukommen.«

»Er war gut, denke ich.« Natürlich fiel ihr auf, dass ihr Dad sich bemühte, das Thema zu wechseln.

»Ist das was Ernstes mit dir und diesem Banker?«

»Das kann ich noch nicht sagen. Und nenn ihn nicht so, er hat einen Namen.«

Ihr Vater zog die Augenbrauen zusammen. »Aber er ist ein

Banker, und du hast bei ihm einen Kreditvertrag abgeschlossen, ohne mir davon zu erzählen.«

»Ach, Dad.« Erin lehnte sich im Stuhl zurück. »Es ist meine Zucht und meine Verantwortung. Ich habe alles durchgerechnet, und es wird funktionieren. Und ich habe es dir gleich danach erzählt«, verteidigte sie sich.

»Du hättest Ethan fragen sollen«, murmelte er und stand auf. »So wie ich es hätte tun sollen.«

Irritiert kniff sie die Augen zusammen. »Was soll das bedeuten?«

Bewegungslos stand ihr Vater vor ihr und sah sie einfach nur an. Plötzlich wurde sein Blick starr und Erin beobachtete, wie sich seine Hände verkrampften und er sich an die Brust fasste.

»Dad!« Panisch sprang sie auf, doch ihr Vater sackte vor ihr auf den Boden, ehe sie ihn erreichen konnte. Mit aller Kraft drehte sie ihn hektisch auf den Rücken. Er rang keuchend nach Luft, sein Gesicht war schmerzverzerrt, die Augen geschlossen. »Mum!«, schrie Erin in den Flur und stürzte zum Telefon. Mit zitternden Händen wählte sie die Nummer des Rettungsdienstes und kniete sich wieder neben ihn. »Du darfst nicht sterben, Dad, bitte nicht. Ich schaffe das hier nicht ohne dich, und ich brauche dich«, flüsterte sie ihm zu und rieb über seine grauen Haare.

***

John trank seinen Kaffee und bemühte sich, Quentins und Rivers aufgeregtes Geplapper über die anstehende Auktion zu ignorieren. Offensichtlich planten seine Brüder, Fox Brow in das Partyzentrum von Firefly Creek zu verwandeln. Ethan saß mit der kleinen Charlie auf dem Arm neben ihm und hörte belustigt zu. Schweigend stocherte Harry in seinem Rührei, als Jim durch die offene Seitentür eintrat. »Ich soll euch von Kat grüßen«, sagte er und setzte sich. Sein Bruder verbrachte regelmäßig die Nächte in Kats kleiner Wohnung hinter der Tierarztpraxis. Doch da seine Freundin in der Küche eine absolute Niete war, genau wie er selbst, schlug Jim stets rechtzeitig zum Frühstück hier auf und schlief hin und wieder alibimäßig in seinem Zimmer im ersten Stock. Auch Kat übernachtete gelegentlich auf Silverwood und verbrachte abends Zeit mit Harry in dessen Büro. Und jedes Mal roch sie im Anschluss nach den guten Zigarren seines Vaters. Harry hatte ohne Frage einen Narren an dieser ausgeflippten kleinen Person gefressen, und auch John fand Kat zunehmend weniger störend.

John schaute zu Liz, die in einem Blumenkleidchen durch die Küche wirbelte, Ollie ermahnte, ordentlich zu essen, und eine Reihe Eier in die Pfanne schlug. Charlie krähte auf Ethans Arm und beförderte die Rassel, die ihr Vater ihr als Ablenkung reichte, zu ihrem Mund. Seine Nichte war eine wahre Schönheit, daran bestand kein Zweifel. Auch wenn es John in seinem Zuhause oft zu sehr von Menschen wimmelte, konnte er es sich doch nicht anders vorstellen. Ollie steckte sich mit den Fingern ein Stück Speck in den Mund, und John gab ihm unauffällig ein Zeichen, um ihn vor seiner Mutter zu warnen, die die Pfanne auf den Tisch stellte. Eilig griff der Junge nach der Gabel und grinste ihn an.

Auch wenn Liz meist das Kochen übernahm, gaben sich die Männer der Familie Mühe, sich nicht wie in der Vergangenheit zu sehr zurückzulehnen. Seit Liz vor einiger Zeit auf den Tisch gehauen und in Streik getreten war, hatte sich viel verändert. Seit neustem hing sogar ein Küchenplan am Kühlschrank: Jeden Tag räumte ein anderer nach dem Frühstück auf, damit nicht wieder der gesamte Haushalt an Liz hängenblieb. Erleichtert stellte John fest, dass er selbst heute nicht an der Reihe war, das morgendliche Chaos zu beseitigen.

Unaufgefordert reichte Liz Jim eine Tasse und einen Teller. So wie sein Bruder sich auf das Essen stürzte, hatte Kat vermutlich einmal mehr das Abendessen vergeigt. Jim ließ sich neuerdings von Liz einfache Gerichte beibringen. Der arme Kerl musste so verschossen in die Tierärztin sein, dass er sogar Kochen lernen wollte. Ein amüsiertes Grummeln drang aus Johns Brust.

Als das Telefon klingelte, wollte Liz abnehmen, doch Harry hielt sie zurück. »Ich mache das. Setz dich hin und frühstücke endlich selbst etwas. Stillende Mütter brauchen Energie.«

Jim warf John einen amüsierten Blick zu. So ähnlich sprach ihr Vater auch von den Kühen, die gekalbt hatten, wenn er ihnen eine Extraportion Futter auf die Weide warf.

»Bennett.« Harry lehnte sich an die Wand und horchte. John konnte erkennen, wie sich sein Blick verfinsterte. »Ich verstehe.« Einige Sekunden lang sagte sein Vater nichts und fuhr sich mehrfach über den Schnauzbart. »Wir kümmern uns darum. Ruf an, wenn ihr Hilfe braucht.« Dann hängte er auf und setzte sich an den Tisch. Schweigend starrte er in seine Tasse.

»Haltet die Klappe«, zischte John den Zwillingen zu, ohne seinen Vater aus den Augen zu lassen. Irgendetwas stimmte nicht. Überhaupt nicht.

Harry schaute nicht auf, räusperte sich und schluckte

schwer. »Graham Holt ist vergangene Nacht gestorben«, brummte er.

John stützte den Kopf in die Hände und schloss die Augen. Er sah Erin vor sich, wie sie ausgelassen mit ihm im Stausee geschwommen und anschließend entspannt auf der Wiese gelegen hatte. Es war schön, dass sie sich diesen Moment des Friedens gegönnt hatten, die alten Zeiten noch einmal hatten aufleben lassen, auch wenn Erin bereits dieses ungute Gefühl gehabt hatte. Es musste eine Vorahnung gewesen sein, da war er sich sicher. Der Tod ihres Vaters würde Erin den Boden unter den Füßen wegziehen. Graham hatte seine Tochter mit viel Liebe aufgezogen, und sein Stolz auf sie war nicht zu übersehen gewesen. Erin vergötterte ihren Vater. Und jetzt war er tot.

Als er aufsah, erkannte er, dass auch Harry um Fassung rang. Graham war für seinen Vater nicht nur ein Nachbar gewesen, sondern auch ein enger Vertrauter. Jeden Mittwochabend hatten sie in den vergangenen dreißig Jahren beisammengesessen und gemeinsam über das Leben und die Rinderzucht sinniert. Sein Vater hatte gerade einen seiner wenigen Freunde verloren. Einen, der Harry mit seinen Eigenarten zu nehmen wusste und seine Qualitäten schätzte.

Liz nahm Ethan Charlie ab und verließ mit Tränen in den Augen die Küche. Keiner sagte etwas, bis Harry die Stille brach. »Erin und Claire sind noch in Dunham. Sie sind vom Krankenhaus direkt zum Bestatter gefahren, um alles zu regeln. Erin hat darum gebeten, dass wir die Pferde füttern und bei den Rindern nach dem Rechten sehen.«

»Ich mache das«, sagte John.

Harry nickte und stand auf. »Ich bin im Büro, wenn was ist.« Mit hängenden Schultern schlurfte er in den Flur.

»Verdammt«, brach es aus John hervor. Geräuschvoll stieß er den Stuhl zurück und griff seinen Hut von dem Haken an der Wand.

»Ich komme mit«, rief Jim und sprang ebenfalls auf. »Quentin kann sich hier so lange um alles kümmern.«

John nickte nur und lief zu seinem Pick-up.

Schweigend fuhren sie auf das Nachbargrundstück und stiegen aus. John blickte auf das kleine Holzhaus und dann über die sanften Hügel. Sich die Elderberry Farm ohne Graham Holt vorzustellen, war unmöglich. Er kannte den warmherzigen Mann schon sein ganzes Leben lang, und auch wenn John nur mit wenigen Menschen gut auskam, Graham hatte er immer gemocht.

»Wie soll Erin das alleine schaffen?« Jim blickte sich zweifelnd um.

»Sie wird Hilfe brauchen.« Mit festen Schritten ging John auf den Stall zu. »Jede Menge davon, und sie wird sie nicht annehmen wollen.«

Jim folgte ihm. »Das wird sie aber müssen. Sie haben es zu zweit schon kaum geschafft, die Farm zu bewirtschaften, alleine wird sie keine Chance haben.«

»Du kennst Erin doch. Sie wird eher Tag und Nacht schuften, anstatt Hilfe anzunehmen.«

»Dann bring sie dazu. Wenn sie jemand überzeugen kann, dann du. Wir können uns aufteilen. Wenn jeder hier die ein oder andere Aufgabe übernimmt, dann kann sie sich über Wasser halten, bis sie jemanden eingestellt hat.« Jim griff nach der Mistgabel und spähte in die Boxen hinein. »Lass uns noch ausmisten, dann hat sie wenigstens heute Ruhe.«

John öffnete das Gatter zum Paddock und ließ die ersten Stuten hinaus, Erins ganzen Stolz, die ausgelassen über den staubigen Boden tobten. Er sah auf und kniff die Augen zusammen. Zwischen den Hügeln war ein Auto auf dem Weg zu erkennen. Missmutig ging er zurück zu Jim und nahm ebenfalls eine Mistgabel. Als das Auto vor der Scheune parkte, warf sein Bruder einen Blick durch das offene Scheunentor und schaute ihn fragend an, doch John schüttelte nur den Kopf und lud eine weitere Ladung in die Schubkarre.

Will trat mit seinen glänzenden Schuhen in die Scheune und John beobachtete aus den Augenwinkeln, wie er sich die Krawatte zurechtrückte. John biss seine Zähne fest aufeinander und bereute es sofort. Seit einigen Tagen bereitete ihm, wie schon so oft zuvor, einer seiner Backenzähne Probleme. Will ging auf sie zu und beäugte sie beide skeptisch. »Was macht ihr hier?« Sein Ton verriet John, dass er ebenso wenig begeistert war, ihn zu sehen, wie es umgekehrt der Fall war. Er kannte den Kerl bisher nur vom Sehen, doch Will war ihm, seit er von dessen dubiosen Geschäftspraktiken erfahren hatte, mehr als unsympathisch. Wie kam Erin nur dazu, sich auf so einen geschniegelten Typen einzulassen? War das tatsächlich ihr Männergeschmack?

»Wonach sieht's denn aus?«

»Wo ist sie?«, gab Will zurück.

»Erins Vater ist heute Nacht verstorben. Sie ist mit ihrer Mutter beim Bestatter«, sagte John.

»Hmm.« Will sah sich einen Moment lang unschlüssig um, dann ging er hinaus und stieg in seine protzige Angeberkarre mit den auffälligen Felgen.

»Was war das denn?« Jim schaute dem Auto nach.

»Will treibt es mit Erin.« John stieß die Mistgabel mit voller Wucht ins Stroh.

»Mit unserer Erin?« Jim starrte ihn fassungslos an. »Lässt

der Kerl sie mit ihren dreckigen Stiefeln überhaupt in seinen Wagen?«

Gegen seinen Willen musste John lachen. »Ich nehme an, für ihn macht Erin eine Ausnahme und brezelt sich auf.«

»Kann sie das denn?« Amüsiert schien Jim sich Erin in schicken Kleidern vorzustellen.

»Ich habe es jedenfalls noch nicht erlebt.«

Mit schnellen Bewegungen arbeiteten sie sich durch die Boxen. Trotz der frühen Stunde war die Januarhitze schon jetzt kaum auszuhalten. »Meinst du, Kat kann die Tage mal nach Erin sehen, um sie auf andere Gedanken zu bringen?«, fragte John.

»Darum muss ich sie nicht erst bitten. Sobald sie von Grahams Tod erfährt, wird sie hier auftauchen«, versicherte Jim. Er sah sich zufrieden um. »Alles erledigt, lass uns fahren.«

»Nimm meinen Wagen, ich bleib hier.«

»Du willst auf Erin warten?«

John nickte und trat aus der Scheune.

»Ruf mich an, wenn ich dich abholen soll. Bei dieser Hitze willst du sicher nicht über eine Stunde lang nach Hause laufen.«

John warf Jim den Autoschlüssel zu und ging zum Haus. Mit einem Satz sprang er die Stufen zur Holzterrasse hinauf und legte sich auf die Bank, die im Schatten unter dem Vordach an zwei Eisenketten hing. Er schob einen Arm hinter den Kopf und zog sich dann den Hut über die Augen. Und wenn er bis zum Abend ausharren müsste, bis Erin zurückkam, nichts konnte ihn hier wegbekommen, ehe er sich vergewissert hatte, dass es ihr einigermaßen gut ging.

***

Für heute waren alle Tränen geweint. Erschöpft lenkte Erin das Auto über die Landstraße. Neben ihr saß ihre Mutter in sich zusammengesackt. Erin betrachtete sie einen Moment lang. Die Locken, die früher die gleiche Farbe wie Erins gehabt hatten, nun aber von grauen Strähnen durchzogen waren, saßen nicht wie üblich perfekt. Im Gegensatz zu Erin, die den Kampf gegen ihre widerspenstigen Haare längst aufgegeben hatte und sich morgens einfach den Lederhut aufsetzte, verbrachte ihre Mutter täglich eine halbe Stunde damit, sich zu frisieren. Das Gesicht ihrer Mum wirkte eingefallen, und ihr Blick war leer. Einundvierzig Jahre lang waren ihre Eltern verheiratet gewesen, und Erin hatte nie an der Innigkeit ihrer Liebe gezweifelt. Während ihr Vater und sie die Farmarbeit übernahmen, hatte ihre Mutter sich liebevoll um das Haus und den dahinter liegenden Garten gekümmert und ihnen den Rücken freigehalten. Auch nach so langer Zeit hatten sich ihre Eltern jeden Morgen vor dem Frühstück einen Kuss gegeben und auch während des Tages Zärtlichkeiten ausgetauscht. Und nun war ihre Mum eine Witwe.

Erin presste die Lippen aufeinander und griff nach der Hand ihrer Mutter. »Wir schaffen das.«

Ihre Mutter warf ihr ein trauriges Lächeln zu und drückte ihre Finger. »Ich weiß nicht, wie wir das schaffen sollen. Die Arbeit war schon für euch zwei zu viel, und du weißt, dass ich auf der Farm nicht helfen kann. Ich bin zu alt und hatte schon immer zwei linke Hände, wenn es um solche Dinge geht. Was machen wir nur?« Betrübt sah sie aus dem Fenster.

»Wir müssen wohl jemanden einstellen. Ich werde Ethan bitten, sich die Finanzen der Farm anzusehen und durchzurechnen, wie viel Unterstützung wir uns leisten können.«

Ihre Mutter nickte. »Wie konnte das nur passieren? Er war doch erst vierundsechzig.« Ein Schluchzen drang aus ihrer Brust, und mit zitternden Händen griff sie nach einem weiteren Taschentuch.

Mit aller Macht bemühte sich Erin, nicht ebenfalls in Tränen auszubrechen, dennoch verschwamm ihr Blick. »Irgendetwas hat Dad beschäftigt. Hast du nicht auch den Eindruck gehabt, dass etwas nicht stimmt?«

»Ich bin mir nicht sicher. Er war ruhiger als sonst, doch er wollte nicht mit mir reden. Ich dachte, er würde mit dir darüber sprechen.«

»Das hat er nicht.« Noch immer konnte Erin nicht verstehen, weshalb ihr Vater sie in den letzten Wochen nicht wie üblich in seine Gedanken eingeweiht hatte. Seit sie denken konnte, arbeiteten sie tagtäglich miteinander und immer war sie seine engste Vertraute gewesen. Es musste einen Grund für seine Verschlossenheit geben und damit vielleicht auch für den plötzlichen Herzinfarkt. Doch nach einer Nacht ohne Schlaf war es Erin kaum möglich, einen klaren Gedanken zu fassen. Sie würde darüber nachdenken, sobald sie sich etwas erholt hatte. Irgendwie musste doch rauszufinden sein, was ihr Vater verschwiegen hatte.

Das Land ihrer Farm kam in Sicht, und der Anblick hatte etwas Tröstliches. Erleichtert, endlich zu Hause zu sein, bog Erin in die Einfahrt ein. Sie betrachtete den großen Stein am Wegesrand, auf dem in der Handschrift ihres Vaters in weißer Farbe der Name der Farm prangte. Wie stolz ihr Dad damals, Jahre vor ihrer Geburt, gewesen sein musste, als er das Land kaufte und das Haus baute. Wieder seufzte ihre Mutter. Als sie sich dem Hof näherten, entdeckte Erin eine Silhouette auf der Bank vor dem Wohnhaus. *John.* Als sie parkte, zog er sich den Hut vom Gesicht und setzte ihn auf. Er sah sie mit unbewegter Miene durch die Windschutzscheibe an, dann sprang er hinunter, öffnete die Beifahrertür und half ihrer Mutter aus dem Wagen.

»Claire, es tut mir so leid. Uns allen. Wenn du Hilfe brauchst, dann melde dich bitte bei uns«, vernahm sie seine raue Stimme.

»Ach, John. Es ist so schrecklich.« Mit einer Hilflosigkeit im Blick, die Erin die Luft abzuschnüren drohte, blickte ihre Mum zwischen ihr und John hin und her. »Ich gehe hinein. Ich brauche dringend etwas Ruhe.« Mit unsicheren Schritten ging sie die Stufen hinauf.

Erin wartete, bis die Tür ins Schloss gefallen war, und sah dann zu John. Sie brachte kein Wort heraus. Ihr Kopf, ihr Herz – alles schien so leer und dennoch gleichzeitig kurz vor dem Überlaufen. Er schaute sie nervös an, dann bedeutete er ihr, ihm zum Stall zu folgen. Unfähig, noch eine einzige Entscheidung an diesem Tag zu treffen, ging sie hinter ihm her.

»Erin …« Er presste die Lippen aufeinander und schüttelte den Kopf.

Das Mitgefühl in seinen Augen reichte aus, ihre mühsame Beherrschung zunichte zu machen. Erin warf sich in seine Arme, vergrub ihr Gesicht in seinem Hemd, und ein Beben fuhr durch ihren Körper. Den ganzen Tag hatte sie sich bemüht, für ihre Mutter stark zu sein, hatte still ihre Tränen vergossen und alles Organisatorische geregelt. Doch jetzt brach sich ihre Trauer unaufhaltsam Bahn. Sie hatte sich geirrt. Es waren längst nicht alle Tränen geweint. Es hatte etwas Tröstliches, den groben Stoff seines Hemdes auf ihrer

Haut zu spüren und von seinen Armen gehalten zu werden. Sie waren sich nur selten so nahegekommen in all den Jahren. Nur damals, als sie noch Kinder waren und die Mutter der Brüder bei Ethans Geburt starb, hatte sie John in ihren Armen gehalten. Und dann später, als Samuel so unerwartet schwer erkrankte und starb, waren sie in ihrer Trauer vereint gewesen. Nun war sie es, die gehalten werden musste. Die sich mit einem Mal so ungewohnt schwach und hilflos fühlte.

John sagte nichts. Alles, was sie spürte, waren seine Arme und sein Kinn, das auf ihren Locken ruhte. Allmählich ließ das Zittern nach, und Erin atmete den Geruch seines Hemdes ein: eine Mischung aus Waschmittel und Heu und dem herben Duft seines Duschgels. Seine gleichmäßigen Atemzüge wirkten beruhigend auf sie.

Erin wusste nicht, wie lange sie so zwischen den Pferdeboxen, Schubkarren und Heuballen gestanden hatten. Für einen Moment hatte alles andere aufgehört zu existieren. Doch schließlich löste sie sich von ihm und strich sich mit dem Handrücken die letzten Tränen von den Wangen. John schob sie zu den Ballen, und sie setzten sich schweigend nebeneinander. Geistesabwesend zupfte sie mit ihren Fingerspitzen getrocknete Halme aus dem gepressten Heu.

»Wie geht es jetzt weiter?«, fragte John nach einiger Zeit leise.

Erin atmete tief ein und rief sich das Gespräch mit dem Bestatter in Erinnerung. »Die Beerdigung ist in drei Tagen. Morgen muss ich Dads Anzug hinbringen, damit …« Nein, sie konnte es nicht aussprechen. Noch nicht.

»Das kann ich übernehmen. Du solltest dir etwas Ruhe gönnen. Kümmere dich um Claire und um dich selbst.«

Abwehrend hob sie die Hand. »Nein. Das ist das Letzte, was ich für Dad tun kann. Und du weißt doch, dass ich ungerne rumsitze.« Ihr Blick wanderte durch das offene Tor und die Hügel hinauf. »Wir wollten jetzt eigentlich mit der Heuernte beginnen, das wird mich ablenken.«

John runzelte die Stirn. »Das schaffst du nicht alleine. Bei all der Arbeit, die täglich anfällt, wirst du nicht genügend Zeit erübrigen können, um auch noch das Heu zu machen. Ich werde mit Jim und Quentin reden, und dann organisieren wir uns für die nächste Zeit etwas um, damit immer einer hier helfen kann.«

»Sicher nicht.« Erin stand auf. Es rührte sie, dass die Bennetts sie unterstützen wollten, doch dies war nun ihre Farm. Ab jetzt war sie hier alleine verantwortlich und sie hatte fest vor, es zu schaffen. Elderberry war das Lebenswerk ihres Vaters, und er hatte sie ihr ganzes Leben auf diesen Moment vorbereitet. »Ich schaffe das alleine. Ganz sicher.« Sie sagte die Worte mehr zu sich selbst als zu John.

»Es ist keine Schande, auch mal Hilfe anzunehmen.« Sie konnte erkennen, wie er sich bemühte, ruhig zu bleiben. Sein Blick verriet jedoch, dass er mit ihrer Antwort alles andere als einverstanden war. Natürlich wollte John ihr seine Hilfe aufdrängen, doch wie immer würde er damit keinen Erfolg haben.

»Du würdest es an meiner Stelle ebenso machen«, konterte sie.

»Das würde ich wohl. Und trotzdem wäre es ein Fehler und kurzsichtig.«

»Wir sind vom gleichen Schlag, Johnny. Ich muss tun, was ich tun muss. Erst recht, da es nun meine Farm ist. Die anderen Farmer sollen mich ernst nehmen. Elderberry wird weiterhin so bewirtschaftet werden, wie es immer war.«

»Dich nimmt doch schon jetzt jeder ernst. Alle wissen, dass du mehr deinen Mann stehst als die meisten Männer.« Er stand auf, und die Furche zwischen seinen Augenbrauen war noch tiefer als üblich. »Jim und ich haben hier so weit alles erledigt. Ich rufe ihn an, damit er mich abholt, und schaue so lange noch nach der Wasserpumpe. Ich habe den Eindruck, dass der Druck in der Leitung zu uns abgenommen hat. Versprich mir wenigstens, dass du heute nichts mehr tust. Du musst trauern.« Er ging einen Schritt und drehte sich dann noch einmal um. »Ich kenne mich da aus.«

Mühsam widerstand sie dem Wunsch, sich erneut an ihn zu lehnen. Ja, John kannte sich mit Trauer aus. Sie sah ihn als Siebenjährigen vor sich, wie er wenige Stunden nach Ethans Geburt durch ihr Schlafzimmerfenster im ersten Stock gestiegen war. Der Tag, an dem Charlotte Bennett ihr Leben verlor, hatte sich auch in Erins Erinnerung eingebrannt. John war, nachdem er den ganzen Weg von Silverwood zu ihr gerannt war, auf dem Fußboden ihres Zimmers zusammengebrochen. Mit tränenerstickter Stimme hatte er das Unbegreifliche erzählt: Das Baby war da, aber Charlotte weg. Hilflos hatten ihre Hände immer wieder über seine dunklen Haare gestreichelt, bis Harry auf der Elderberry Farm angerufen hatte. Claire hatte beide Kinder schließlich in dem Zimmer gefunden und sie mit zu sich nach unten geholt. Sie nahm jedes Kind auf einer Seite in den Arm, und so saßen sie dann stundenlang zusammen unter den Holunderbüschen im Garten, während Erins Dad nach Silverwood fuhr, um dort die Arbeit des Tages für Harry zu übernehmen. Gegen Abend war John endlich dazu bereit gewesen, wieder nach Hause zu gehen. Erin hatte ihn bis zum Grenzzaun begleitet, und noch immer hatte sie das Bild, wie der kleine Junge mit hängenden Schultern über die Weide davonlief, den grauen Winterhimmel über sich, lebhaft vor Augen, als wäre es erst gestern passiert. Doch sie waren längst keine Kinder mehr. Sie war inzwischen erwachsen und musste sich nun zusammenreißen. »Danke.« Mehr brachte sie nicht heraus.

John nickte ihr zu und ging hinaus. Erschöpft sah sie sich in dem großen Stall um. Nur noch wenige Heuballen lagen aufgestapelt hier im hinteren Bereich. Gleich nachdem sie morgen die Kleidung zum Bestatter gebracht hätte, würde sie den Traktor aus dem Unterstand holen und mit dem Heumachen beginnen.

Das Handy in ihrer Hosentasche klingelte. Sie nahm es heraus und starrte auf den Bildschirm. »Hallo«, sagte sie matt.

»Es tut mir so leid, Erin«, hörte sie Wills Stimme.

»Danke.«

»Wie geht es dir?«

»Es geht.«

»Soll ich zu dir kommen?«

Ein Lächeln stahl sich auf ihre Lippen. »Nicht heute. Ich muss mich um Mum kümmern und selbst etwas nachdenken.«

»Dann komme ich in den nächsten Tagen vorbei. In Ordnung?«

»Das würde mich freuen.«

»Bis dann.«

Sie steckte das Handy wieder ein. Woher wusste Will Bescheid? Vermutlich hatte es sich schon im Ort herumgesprochen. Sicherlich würde man ihr beim nächsten Besuch in Firefly Creek unablässig Beileid aussprechen. Dazu war sie noch nicht bereit. Der Schmerz war noch zu frisch. Sie musste nach ihrer Mutter sehen. Erin zwang sich aufzustehen und ging aus der Scheune.

Kapitel 4

Wie ist die Lage?« Harry sah ihn prüfend an, als er die Küche betrat.

John rieb sich über die Bartstoppeln und warf seinen Hut auf den Tisch. »Claire sieht nicht gut aus. Erin wird durchhalten.«

»Was können wir tun, um zu helfen?«

John schüttelte den Kopf. »Erin will keine Hilfe. Noch nicht.« Die Heimfahrt hatte seinen Frust über Erins Starrsinn nicht geschmälert. Warum musste sie nur so verdammt eigensinnig sein?

Es blitzte in Harrys Augen. »Sie ist zäh. Graham war mit Recht stolz auf sie.«

»Das ist sie.« John musterte seinen Vater. »Er war dein Freund. Wie geht es dir damit?« Wenigstens für heute wollte er die Wut auf seinen Vater hinunterschlucken.

»Von nun an werde ich wohl mittwochs meinen Whisky alleine trinken. Er war ein guter Mann.«

John dachte daran, wie Harry jede Woche zu Graham hinübergefahren war. Hatte Graham sich seinem Freund wohl anvertraut? »Weißt du, ob bei ihm alles in Ordnung war?«

»Was meinst du?« Harry musterte ihn.

»Erin glaubt, irgendwas hätte nicht gestimmt. Und dann hat er die Rinder verkauft, obwohl sie ohne Probleme hätten abwarten können. Sie hat erst gestern davon gesprochen. Vielleicht ist da ja was dran an ihrem Gefühl?«

»Nicht schon wieder dieses Thema«, herrschte sein Vater ihn an. »Nicht heute.«

John zog die Augenbrauen zusammen. Warum musste Harry ihn immer falsch verstehen? »Ich will nur wissen, ob Erin Schwierigkeiten bekommt.«

»Davon weiß ich nichts.« Sein Vater stand auf, streckte den Rücken durch, und einen Moment lang schauten sie sich an. Auch mit siebenundsechzig war Harry noch eine imposante Erscheinung. Mit seiner beachtlichen Größe, der unbewegten Miene, dem dicken Schnauzbart und den stets zusammengezogenen Augen wirkte er auf den ersten Blick wenig freundlich. Vermutlich würde er selbst in einigen Jahrzehnten ähnlich aussehen, überlegte John. Auf Fotos von früher sah Harry ihm jedenfalls zum Verwechseln ähnlich. Sein Vater kniff die Augen zusammen und stapfte in den Flur. Etwas sagte John, dass der alte Knabe mehr wusste, als er zugab.

Kaum war Harry in seinem Büro verschwunden, tauchte Jim in der offenen Seitentür auf und klopfte den Staub von seiner Hose, ehe er eintrat. Als sie eben auf den Hof gefahren waren, hatte Quentin schon ungeduldig auf sie gewartet, da es irgendwelche Probleme gab. Doch John hatte entschieden, dass ihn das heute alles nichts anging, und Jim zu ihm geschickt. »Bier?«, fragte sein Bruder und holte, ohne Johns Antwort abzuwarten, zwei Flaschen aus dem Kühlschrank.

John nahm sein Bier entgegen und schlug den Kronkorken an der Holzplatte des Küchentischs ab.

»John, lass das doch endlich«, wies Liz ihn zurecht, die

mit Charlie auf dem Arm in die Küche eilte. »Die Stelle, an der du immer sitzt, ist am Rand schon voller Kratzer.«

»Entschuldige«, murmelte er und warf den Kronkorken hinter sich ins Waschbecken. Unauffällig betrachtete er seine Schwägerin. Da Charlie noch immer nichts davon hielt durchzuschlafen und auch sonst ein anspruchsvolles Baby war, zeichneten sich dunkle Augenränder in Liz' Gesicht ab. Zwei nasse Flecken prangten auf ihrer Bluse, während sie versuchte, eine Banane mit dem Kind im Arm zu öffnen.

»Du bist ausgelaufen«, brummte er beiläufig und Jim nickte bestätigend.

»Nicht schon wieder.« Liz schaute an sich hinab und zupfte am Stoff ihres Oberteils. »Bald wird sie sechs Monate alt, aber außer Milch lehnt sie alles ab.« Seufzend biss sie in die Banane und blickte dann lächelnd ihre Tochter an.

»Reich mir meine Nichte. Ich kann etwas Aufmunterung gebrauchen, und du siehst aus, als ob du eine Dusche vertragen könntest.«

Ein Anflug von Dankbarkeit zeichnete sich auf Liz' Gesicht ab. Ehe er sich's versah, hielt er schon das Baby im Arm. Liz schaute ihn mitleidig an. »Ist es noch zu früh, um Erin zu besuchen?«

»Gib ihr ein paar Tage. Ich glaube, sie hat noch nicht ganz begriffen, was passiert ist. Aber ich bin mir sicher, sie freut sich über einen Anruf.« Charlie griff nach einem Knopf an seinem Hemd und krallte sich daran fest. Sie zog daran, um ihn in ihren Mund zu manövrieren.

»Graham war doch noch gar nicht so alt.« Kopfschüttelnd ging Liz aus der Küche, und kurz darauf war im oberen Stockwerk Wasserrauschen zu hören.

»Es ist wohl etwas unpassend, aber ich wollte fragen, ob du nachher mit in den Pub kommst? Kat spielt heute, und ich würde gerne hingehen.« Jim sah wieder zu seiner Nichte und schnitt ihr eine Grimasse, was diese mit einem Glucksen kommentierte.

John nahm einen Schluck vom Bier und überlegte. Beim Gedanken an Erin und das, was sie gerade durchmachte, zog sich sein Magen zusammen. Doch er konnte ihr gerade nicht helfen. Alles, was er hatte tun können, war, sie zu halten. Jetzt musste sie sich ihrer neuen Realität stellen und es gab nichts, was er daran ändern konnte. Auch wenn er Menschenansammlungen in der Regel mied, so wäre ein Pubbesuch besser, als hier zu sitzen und an Erin zu denken. Und auch wenn Kat ganz schön anstrengend sein konnte, hatte sie eine beeindruckende Stimme. Regelmäßig trat sie, genau wie Jim, im Pub auf. Allerdings hatten die beiden bisher zum Glück noch nicht zusammen gesungen. Aber sicherlich würden sie früher oder später gemeinsam schnulzige Liebeslieder zum Besten geben. John schüttelte sich innerlich. »Ich komme mit. Lass uns auf Graham trinken.«

»Genau das hatte ich vor. Ethan hat schon zugesagt, und die Zwillinge treiben sich vermutlich auch dort rum.« Jim machte eine Pause. »Können wir Harry heute wohl alleine lassen?«

»Ich bin sicher, es wird ihm recht sein, wenn er seine Ruhe hat. Außerdem sind Liz und die Kinder ja noch da. Er wird schon zurechtkommen.«

Charlie streckte ihre dicken Händchen nach der Bierflasche aus und kreischte verärgert, als John sie weiter weg hielt. Lächelnd betrachtete er ihre bezaubernden blauen Augen. »Du bist eine echte Bennett«, flüsterte er ihr zu. »Allerdings wirst du noch ein paar Jahre warten müssen, bis du dir dein erstes Bier stibitzt.«

Jim ließ ein tiefes Lachen hören. »Bin gespannt, ob sie oder Ollie den Rekord der Zwillinge brechen.«

Auch John konnte sich ein Grinsen nicht verkneifen. Quentin und River hatten ihr erstes Bier mit gerade einmal neun Jahren aus dem Kühlschrank gemopst. Natürlich hatten sie nach ein paar kleinen Schlucken aufgehört, doch Harry hatte es herausgefunden und sie gezwungen, die Flasche auszutrinken. Mit angewiderten Gesichtern hatten sie die bittere Flüssigkeit heruntergewürgt und danach tatsächlich einige Jahre lang einen Bogen um jegliche alkoholischen Getränke gemacht. Bis sie sich beide an ihrem dreizehnten Geburtstag den ersten Vollrausch und damit eine Strafpredigt von Harry eingehandelt hatten. »Meinst du, Mädchen bauen auch so viel Mist?« Prüfend betrachtete John Charlies angestrengtes Gesicht, während sie sich erneut nach der Flasche reckte.

»Diese hier macht mir ganz den Eindruck«, kommentierte Jim und räumte beide Biere auf die Küchenablage. »Soll ich sie dir abnehmen, bis Liz aus dem Bad kommt?«

John schüttelte den Kopf. Er hatte selten genug das Glück, das Baby ganz für sich zu haben. Bei dieser vielköpfigen Familie war es gar nicht so leicht, an die kleine Prinzessin heranzukommen. Irgend jemand hatte sie meistens schon auf dem Arm und trug sie durch die Gegend. Kaum machte sie einen Mucks, war jemand zur Stelle, um sie zu trösten. Ganz sicher würde er Charlie nicht hergeben, ehe Liz sie zurückforderte.

Die Seitentür sprang auf und mit hochrotem Kopf und seiner Aktentasche unter dem Arm rauschte Ethan hinein und stürzte zur Spüle, um sich Wasser in ein Glas einzufüllen. »Diese verdammte Hitze«, fluchte er und leerte es in einem Zug.

»Hattest du einen Termin?«, hörte er Jim fragen.

»Den ganzen Tag lang klingelt mein Telefon. Jeder Farmer in der Umgebung will wissen, ob er jetzt verkaufen oder sich in Geduld üben soll.«

Grimmig sah John zu Ethan. »Und was sagst du?«

»Das ist unterschiedlich. Ich fahre von Farm zu Farm und sehe mir die Bücher an. Rechne aus, was sie an Verlust verschmerzen können und wie es um ihre Finanzen steht. Einige müssen verkaufen, anderen rate ich abzuwarten.«

»Was hast du Harry geraten?« John zog die Augenbrauen zusammen.

Ethan seufzte. »Das Gleiche wie du. Ausnahmsweise sind wir einer Meinung. Nur hört unser alter Herr nicht auf uns.« Er trat auf ihn zu und streckte seine Arme nach Charlie aus.

»Hab sie eben erst bekommen«, knurrte John und ignorierte Ethans Versuch, das Baby zu nehmen.

»Wo ist Liz?«

»Unter der Dusche.«

»Ach, echt?« Ein Grinsen breitete sich im Gesicht seines Bruders aus. »Meinst du, du kannst noch für eine halbe Stunde auf Charlie aufpassen?«

»Hast du es so nötig?« John schüttelte den Kopf.

»Wir haben ein Baby in unserem Schlafzimmer, wie viel da noch läuft, kannst du dir sicher ausrechnen«, gab Ethan schulterzuckend zurück und verschwand in den Flur. Sie hörten seine Schritte auf der Treppe dröhnen und dann, wie die Badezimmertür geöffnet und zugeschlagen wurde.

Schallend hallte Jims Lachen durch den Raum.

»Dir ist klar, dass sie es in der gleichen Dusche treiben, die wir auch benutzen?«, murrte John.

»Entspann dich. Nur weil du jeder Frau aus dem Weg gehst, müssen wir anderen nicht ebenfalls wie Mönche leben.« Er schlug ihm fest auf die Schulter. »Ich gehe noch die Pferde füttern, und dann können wir später los zum Pub.«

Johns Blick folgte ihm. »Wie ein Mönch«, wiederholte er kopfschüttelnd und stand mit Charlie auf, die langsam, aber sicher unruhig wurde. Für ihn stand seit langem fest, dass eine Beziehung nicht in Frage kam. Der unglückliche Ausgang der Liebesgeschichten seines Vaters hatte ihn geprägt. Er hatte miterlebt, wie der Schmerz Harry jede Lebensfreude geraubt hatte. Und auch, wie verzweifelt Liz nach Samuels Tod gewesen war. Zu lieben, das stand für John fest, bedeutete nichts als Kummer. Und abgesehen davon gab es wohl keine Frau, mit der er es auf Dauer aushalten würde. In den wenigen kurzen Beziehungen, die er bisher gehabt hatte, war ihm stets vorgeworfen worden, dass er zu wenig redete. »In einer Beziehung teilt man sich mit«, äffte er eine Frauenstimme nach, und Charlie gluckste. Nur war er nun mal nicht der mitteilsame Typ und konnte andauerndes Geplapper selbst schwer ertragen. Gelegentlich hatte er hier und da etwas Unverbindliches am Laufen, doch da er selten ausging, lag das letzte Mal schon eine Weile zurück. Auch wenn seine Brüder es anders sahen: Der Stress, den Frauen unweigerlich mit sich brachten, war es nicht wert. Nein, das war das Letzte, was John gebrauchen konnte.

»Auf Graham Holt. Einen fähigen Farmer und feinen Kerl«, sagte Jim. Die Brüder hoben ihre Gläser. John würde den Mann vermissen. Nur mühsam verdrängte er den Gedanken an Erin, die den ersten Abend ohne ihren Vater verbringen musste. Sein Blick wanderte durch den gut besuchten Pub. Im Hintergrund spielte Kat Klavier und sang, und immer wieder sah Jim mit einem dämlich verliebten Blick zu ihr hinüber. Ethan hingegen gähnte alle paar Minuten, was wohl auf Charlies nächtliche Schreiattacken zurückzuführen war. An der linken Seite des großen Raumes waren River und Quentin damit beschäftigt, mit zwei jungen Frauen Billard zu spielen. Aufgekratzt schwänzelten die Zwillinge um ihre Eroberungen herum und schienen sich prächtig zu amüsieren. Die sanften Klänge von Kats Klavierspiel verstärkten Johns melancholische Stimmung. Er schaute sich suchend nach Conny um, doch die Bedienung füllte am Tresen eilig ein Bierglas nach dem anderen. Statt abzuwarten, bis sie ihre nächste Runde durch den Raum drehte, stand er auf. »Ich bestelle mir was zu essen, wollt ihr auch was?«

Abwehrend hoben seine Brüder die Hände, und John quetschte sich zwischen den Tischen und Gästen hindurch, bis er den Tresen erreichte.

»Ein seltenes Gesicht«, begrüßte Conny ihn und lehnte sich strahlend zu ihm vor. Die stets fröhliche Bedienung gehörte zum Inventar der Bar. Sie musste schon über vierzig sein und arbeitete hier, seit er denken konnte. Inzwischen gehörten ihr Anteile an dem Pub und sie organisierte regelmäßig Auftritte von Hobbymusikern wie Jim oder Kat. Vermutlich würde Conny noch in dreißig Jahren mit ihrem entzückenden Lächeln hinter dem Tresen stehen.

»Ab und zu muss selbst ich mal raus«, gab er zurück und bemühte sich zu lächeln. »Bringst du mir einen Burger?«

»Natürlich.« Das Strahlen verschwand aus ihrem Gesicht. »Wie geht es Erin denn?«

Also hatte sich Grahams Tod schon herumgesprochen. »Das wird schon wieder.«

»Ich bringe dir dein Essen, wenn es fertig ist.«

John nickte und sah zur Bühne hinüber. Wie merkwürdig es war, Kat dort zu sehen. Eine Zeitlang hatte er nicht geglaubt, dass die neue Tierärztin in Firefly Creek bestehen würde. Doch sie hatte bewiesen, was sie draufhatte, und sich den Respekt der Farmer verdient. Auch seinen. Immerhin erwies sie sich im Umgang mit Buster als wahre Pferdeflüsterin. John betrachtete ihre leuchtend roten Haare und ihr konzentriertes Gesicht. Auch wenn sie nicht wie eine typische Landtierärztin wirkte, war Kat vermutlich die Beste ihrer Zunft. Natürlich würde er ihr das niemals sagen.

Eine Stimme neben ihm riss ihn aus seinen Gedanken. Er schaute sich nach dem Mann um, der nicht weit von ihm entfernt saß und mit einer Frau sprach. John presste die Zähne aufeinander und wieder fuhr ein stechender Schmerz in seinen Kiefer. Hätte er ihn nicht bereits an seiner selbstgefälligen Stimme erkannt, dann hätte ihm spätestens das weiße, astrein gebügelte Hemd verraten, wer dort seinen Charme spielen ließ. Angeregt unterhielt Will sich mit einer Blondine. Johns Blick wanderte zu Wills Hand, die auf ihrem Bein lag, und auch wenn Will ihm den Rücken zuwandte, erkannte er dennoch, dass er viel zu nah bei dieser Frau saß.

John ging zu ihm und blickte ihn finster an. »Will«, knurrte er.

»John.« Entspannt wandte Will sich wieder zu der Frau

um und flüsterte ihr etwas zu. Diese kicherte daraufhin und fuhr mit einer Hand über seinen Arm.

»Warst du schon bei Erin?«, blaffte John ihn an.

Will sah ihn mit seinen stechenden blauen Augen an, murmelte seiner Begleiterin etwas zu und stand auf. Er entfernte sich einige Schritte.

Fluchend folgte John ihm.

»Was willst du von mir?«, zischte Will.

»Ihr Vater ist gestorben, und du machst hier mit einer anderen rum?« John fiel es schwer, sich zu beherrschen.

»Das geht dich wohl kaum etwas an. Außerdem möchte sie im Moment keinen Besuch haben«, verteidigte Will sich.

»Und was, wenn sie das nur so sagt?« Er atmete tief ein, um sich zu beruhigen.

»Es war nicht mein Vater, soll ich etwa um einen Mann trauern, den ich kaum kannte?« Er schielte an John vorbei zu seiner Begleitung.

»Weiß Erin, dass du dich mit anderen triffst?«

»Sie hat nicht gefragt.« Will grinste ihm süffisant zu. »Das mit Angie ist nichts Ernstes. Nur etwas Spaß. Das verstehst du doch sicher.« Lachend verpasste er John einen Schlag gegen den Oberarm.

Starr schaute John ihn an. Er konnte hören, wie seine Zähne trotz der Schmerzen aufeinandermahlten. Nur mit Mühe widerstand er dem Verlagen, diesen Scheißkerl am Kragen zu packen. »Du wirst es ihr sagen«, stieß er hervor.

»Nein.« Wieder grinste Will ihn an. »Das werde ich nicht.«

»Dann mache ich es.« Um seiner Drohung Nachdruck zu verleihen, beugte John sich zu ihm vor, bis er sein aufdringliches Rasierwasser riechen konnte. Was sah Erin nur in diesem Kerl?

»Tu, was du nicht lassen kannst. Aber sie wird dir nicht glauben. Sie mag mich sehr, das kann ich dir versichern.«

Das reichte. John packte Will am Kragen und stieß ihn rückwärts gegen den Tresen. Einige Leute johlten und er hörte, wie Conny seinen Namen rief. »Treib es nicht zu weit«, knurrte er Will zu.

»Was sonst? Willst du dich mit mir prügeln?« Will lachte arrogant. »Dafür ist deine Familie ja bekannt. Farmer, die mit den Händen nachhelfen, wenn sie sich sonst nicht zu wehren wissen. Jeder weiß, dass ihr es mit eurer Farm bisher nicht weit gebracht habt.«

John spürte, wie sich seine rechte Hand zur Faust ballte.

»John. Nicht«, vernahm er Jims Stimme neben sich.

Finster sah er zu seinem Bruder. »Halt dich da raus.«

»Nicht heute. Wir sind hier, um auf Graham zu trinken.«

»Wie wäre es mit einer Wette?«, schlug Will vor, schüttelte Johns Hand ab und richtete sein Hemd.

»Was für eine Wette?« Noch immer war er kurz davor, seine Faust in diesen selbstverliebten Mistkerl zu rammen.

»Du nimmst am Rennen teil, habe ich gehört. Ich habe einen Zuchthengst, den ich starten lasse.«

John runzelte die Augenbrauen. Einem Kerl wie Will hatte er kein Pferd zugetraut. Nichts an ihm deutete darauf hin, dass er sich die Hände auch nur ein einziges Mal in seinem Leben schmutzig gemacht hatte. »Du reitest?«

Will schüttelte verächtlich den Kopf. »Natürlich nicht. Ich habe in das Vieh investiert. Richard Smiths Vorarbeiter wird ihn reiten.«

Das erklärte alles. Und mit Ted hatte dieser Schmierlappen sich einen hervorragenden Reiter gesichert. John sollte die Wette ausschlagen. Einen Handel mit diesem Kerl einzugehen war keine gute Idee. Schon gar nicht, wenn Erin von der Sache Wind bekam. »Einverstanden«, brummte er, und Jim stöhnte neben ihm hörbar auf.

»Um was wetten wir?« Will verschränkte die Arme vor der Brust. »Sind fünfhundert Dollar zu viel für dich?«

»Mach tausend draus.« Ohne eine Antwort abzuwarten, stapfte John zurück zum Tisch, ließ sich auf einen Stuhl fallen und leerte sein Glas in einem Zug.

»Musste das sein?« Mit tadelndem Gesichtsausdruck setzte sich Jim neben ihn.

Die Zwillinge stürzten an den Tisch. »Was war los?«, wollte River wissen.

»Nichts.« Er knallte sein Glas auf die Tischplatte.

»Dieser Anzugträger hat was mit Erin und macht hier mit einer anderen rum. Unser Bruder hat sich mal wieder selbst übertroffen und mit ihm um tausend Dollar gewettet, dass er mit Buster gegen seinen Zuchthengst und Ted Berrings beim Rennen gewinnt«, klärte Jim die anderen auf.

Quentin stieß Luft zwischen den Zähnen aus. »Bekommst du Buster inzwischen in den Hänger?«

»Ich arbeite noch dran.«

»Na dann.«

»Dieser Typ ist eine Landplage«, sagte Ethan. »Will ist ein mieser Typ. Und ihm ist egal, was aus den anderen wird. Du solltest Erin erzählen, was er hier treibt.«

»Will hat recht: Sie wird mir nicht glauben.« John rieb sich über den Nacken. »Sie wird glauben, es sei wie damals bei dir und Liz. Dass ich nur was gegen ihn habe und ihr das Glück nicht gönne.« John machte eine Pause. »Außerdem ist jetzt der falsche Zeitpunkt, um ihr so etwas zu sagen. Sie ist schon am Boden. Soll ich da etwa nachtreten?«

Ethan nickte und lehnte sich zurück. »Dann hoffen wir mal, dass sie von alleine erkennt, mit wem sie es zu tun hat.«

River und Quentin rauschten wieder zu ihren Mädchen ab, und John blieb mit seinen finsteren Gedanken zurück.

»Bist du etwa eifersüchtig?«, raunte Jim ihm zu.

John warf ihm einen vernichtenden Blick zu.

Beschwichtigend hob Jim eine Hand. »Könnte doch sein. Ich meine, das mit dir und ihr, war da jemals mehr als Freundschaft?«

»Seit du mit Kat zusammen bist, bist du viel zu gesprächig. Lässt sich das irgendwie rückgängig machen?« John griff nach dem Bier seines Bruders und nahm einen Schluck. »Da war nie etwas zwischen uns, falls du es unbedingt wissen willst.«

»Hmm.« Jim nahm ihm sein Bier aus der Hand und leerte es.

John sah ihn genervt an. »Was, hmm?«

»Wenn auch nur die geringste Möglichkeit besteht, dass du mehr willst, dann wäre jetzt vielleicht der richtige Zeitpunkt, um das endlich anzugehen.«

»Hast du mir nicht zugehört?« Aufgebracht lehnte John sich vor. »Es war nie mehr, und das wird auch so bleiben!«

»Schon gut, reg dich ab.«

Wie aufs Stichwort drängte Conny sich zwischen sie und schob den Teller mit dem Burger vor John. »Wieder schlecht drauf, Bennett?«, neckte sie ihn und tätschelte seine Schulter.

»Nicht mehr als sonst«, sagte Ethan, und die Bedienung eilte grinsend davon.

Aus den Augenwinkeln schaute John zu Will hinüber. Als

wäre nichts gewesen, verließ er Hand in Hand mit der Frau den Pub. *Mistkerl.* Morgen konnte Buster sich darauf gefasst machen, endlich den Hänger zu besteigen. Bei dieser Wette ging es mehr als um die Ehre. Hätte er nicht geahnt, dass Erin ihm dafür den Kopf abreißen würde, hätte er darum gewettet, dass Will sich bei einer Niederlage von ihr fernhalten sollte. Doch Erin war alt genug. Er konnte nur hoffen, dass sie bald erkennen würde, auf wen sie sich eingelassen hatte.

***

Der nervige und zu laute Klingelton ihres Handys riss Kat aus dem Schlaf. Mit halb geöffneten Augen tastete sie auf dem Nachttisch danach und nahm ab.

»Ja?«, sagte sie heiser.

»John hier. Kannst du kommen?«

Mit einem Gähnen reckte sie sich, um auf den Wecker sehen zu können. »Es ist kurz nach sechs, John«, sagte sie empört. »Ist es dringend? Ist eins der Tiere verletzt?« Auf einmal war sie hellwach.

»Wir müssen Buster in den Hänger bekommen«, sagte er ernst. »Also, kommst du?«

Kat rieb sich über die Augen und setzte sich auf. »Wenn es sein muss, du Nervensäge. Wenn ich gleich losfahre, haben wir zwei Stunden, ehe ich zur Sprechstunde zurück sein muss.«

»Ich bereite alles vor.« Ohne sich zu verabschieden, legte er auf.

»Wer war das?«, murmelte Jim im Halbschlaf neben ihr.

»Dein Bruder.« Sie betrachtete lächelnd Jims breiten Rücken und fuhr mit der Hand darüber.

»Welcher?«

»John.«

Mit einem Seufzer drehte er sich um und streckte seine Hand nach ihr aus. »Das kann doch warten. Komm noch mal her.«

Kat wich glucksend zurück und stand auf. »So verlockend dein Angebot ist, aber ich glaube, ein anderer Bennett braucht mich jetzt dringender.«

»John wird keine Ruhe geben, bis du das Vieh in den Hänger bekommst«, sagte Jim mit seiner vom Schlaf rauen Stimme und setzte sich auf. »Er hat sich gründlich in den Schlamassel geritten mit dieser Wette.«

»Was hat er sich nur dabei gedacht? Selbst wenn wir Buster zum Rennen transportiert bekommen, werden die Zuschauer und die Lautstärke ein Problem werden.« Kopfschüttelnd suchte sie sich eine frische Hose aus dem Schrank. Nie hatte sie ein schreckhafteres und temperamentvolleres Pferd erlebt als Buster. Der Hengst stand seinem Besitzer in nichts nach, was seinen verkorksten Charakter anging. Kaum hatte Kat am Abend zuvor im Pub das Klavier zugeklappt, hatte Jim ihr von dieser schwachsinnigen Wette berichtet. Und davon, was dieser widerliche Will hinter dem Rücken ihrer Freundin trieb. Jim hatte sie eindringlich gewarnt, Erin gegenüber nichts von der Sache mit Will zu erwähnen. John hielt es anscheinend nicht für den richtigen Moment, diese Bombe platzen zu lassen. Kat musste auf seine Intuition vertrauen. Doch sie wollte Erin unbedingt besuchen, sobald sie Zeit dazu hatte. Natürlich hatte Kat sie gestern gleich angerufen, aber Erin war wortkarg und hörbar erschöpft gewesen.

Jim lachte heiser auf. »Was John sich dabei gedacht hat?

Nicht mehr als du, wenn du wieder eine deiner komischen Einfälle hast, fürchte ich. Es geht um Erin, da setzt es bei ihm aus. Besser, Will und er regeln das mit einer Wette als mit den Fäusten.«

»Mit den Fäusten hätte er mehr Chancen zu gewinnen. So wird es höchstwahrscheinlich in einem Desaster enden.« Wie gut sie John verstehen konnte. Doch so langsam zweifelte sie daran, ob sie Buster jemals dazu bringen könnten zu tun, was John sich erhoffte. Sie hatte jeden Trick angewendet, der ihr eingefallen war, doch bisher hatte das Pferd keinen Huf auf die Rampe gesetzt.

Rusty stürmte bellend ins Schlafzimmer und leckte ihre Zehen, während Kat sich bemühte, trotz des freundlichen Angriffs in die Hose zu schlüpfen. Der Australian Shepherd warf sich auf den Boden und rollte sich auf den Rücken, um seine morgendlichen Streicheleinheiten einzufordern. So viel Zeit musste sein. Kat kniete sich neben den Hund und kraulte das weiche Fell. »Kommst du mit mir mit? Dann kannst du mit Fred toben«, flötete sie. Rusty und der Farmhund der Bennetts waren längst die dicksten Freunde, und so nahm sie ihn mit, wann immer sie nach Silverwood fuhr. Sie stand auf und suchte Socken aus der Kommode heraus. Ein letztes Mal blickte sie zu Jim, der die Augen geschlossen hatte und auf dem Rücken liegend das gesamte Bett einnahm. Jeden Tag dankte sie dem Schicksal, dass dieser Mann in ihr Leben getreten war. Da sie nicht widerstehen konnte, beugte sie sich über die Matratze und drückte ihm einen Kuss auf die Lippen. Jim brummte wohlig und versuchte erneut, sie zu sich zu ziehen, doch wieder gelang es Kat, sich aus seinen kräftigen Armen zu winden. Mit einem Lächeln auf den Lippen verließ sie die Wohnung und stieg in den alten Pick-up mit dem Praxislogo an der Seite. War ihr Leben nicht einfach wundervoll?

Wenig später parkte sie vor dem alten Wohnhaus von Silverwood und sah John bei Busters Auslauf. Der Hänger stand bereits daneben. Zielstrebig ging sie zu ihm hinüber, während Rusty zur Seitentür rannte, die in die Küche führte.

Johns Anspannung war schon von weitem zu erkennen. Mit starren Bewegungen öffnete er die Hängerklappe.

»Guten Morgen!«, rief sie und trat neben ihn.

»Hast du eine neue Idee?«, kam er ohne Umschweife auf den Punkt.

Kat zuckte mit den Schultern. »Ich fürchte, ich bin langsam mit meinem Latein am Ende. Eigentlich wäre er ein Pferd, dem ich für eine Fahrt, wenn sie denn unbedingt nötig wäre, eine Beruhigungsspritze geben würde. Doch das kommt nicht in Frage, da er danach ein Querfeldeinrennen absolvieren soll.«

»Verdammt.« Mit verschränkten Armen lehnte er sich gegen den Zaun. »Ich verstehe es einfach nicht. Ja, er ist schreckhaft, aber sonst vertraut er mir blind. Nur bei dieser einen Sache nicht.«

»Blindes Vertrauen«, murmelte Kat und sah hinüber zu Buster. Nervös schielte der Hengst zum Hänger. »Zieh dein Shirt aus«, forderte sie John auf.

Mit hochgezogenen Augenbrauen schaute er sie an. »Taugt Jim so wenig, dass du mich nackt sehen möchtest?«

Sie legte sie den Kopf schief und gluckste amüsiert. »Dein Bruder ist unübertrefflich. Ich habe eine Idee, also mach schon.«

Sichtbar verwirrt nahm er den Hut ab und zog das Shirt

über den Kopf. Unauffällig musterte Kat ihn. Wie konnte Erin nur diesen glatt rasierten Banker einem Kerl wie John vorziehen? John strotzte gerade so vor Testosteron, und wie sie sich eingestehen musste, sah er oben ohne unverschämt gut aus.

»Also?«, holte er sie zurück in die Wirklichkeit.

Eilig sammelte sie sich wieder. »Jetzt geh zu Buster in den Auslauf und zieh es ihm über den Kopf. Er darf nichts sehen, und der Stoff sollte über seine Nüstern reichen, damit er dich riechen kann«, erklärte sie.

»Ich bin inzwischen zu allem bereit«, antwortete John und stieg über den Zaun.

Kat beobachtete, wie er sein Pferd erst an dem Shirt riechen ließ und es ihm dann geschickt über den Kopf zog, während sie das Gatter öffnete und John bedeutete, mit Buster näher zu kommen.

Schnaubend trat das Tier unsicher vorwärts, doch als John ihm eine Hand an den Hals und die andere ans Maul legte, folgte es willig.

Kat sprang zur Seite und hielt die Luft an. Buster betrat prustend die Rampe und scharrte mit einem Huf. John sprach beruhigend auf ihn ein und forderte ihn auf, weiterzugehen. Ungläubig betrachtete sie, wie der Hengst schließlich bis ganz nach vorne in den Hänger trat.

»Lass das Shirt drauf und komm raus. Wie schließen die Klappe, warten einige Minuten und holen ihn dann wieder raus«, flüsterte sie ihm zu.

»Es hat tatsächlich funktioniert.« Fassungslos und mit Stolz im Blick sah John auf Buster.

»Das übst du jetzt täglich mit ihm, und dann brauchen

wir nur noch eine Idee, wie wir ihn so weit bekommen, die ganzen Menschen beim Rennen auszublenden.« Kat stützte zufrieden die Arme auf dem Zaun ab.

»Wenn es nicht gefährlich wäre, würde ich ihn blind reiten«, brummte John.

Etwas sagte ihr, dass diese Idee nicht so verrückt war, wie sie klang. »Ich denke darüber nach. Mit etwas Glück fällt mir was ein.«

»Du bist genial.«

»Das ist das Netteste, dass du bisher zu mir gesagt hast.« Lachend stieß sie ihn in die Seite.

»Ich habe mich immerhin schon für dich geprügelt, das sollte als Kompliment ausreichen.« Er zog sich den Hut tiefer in die Stirn.

»Und was soll es mir sagen, dass du gegen Erins Freund wettest?« Vielleicht würde es ihr gelingen, etwas aus John herauszukitzeln.

»Dass er ein Arsch ist, nehme ich an.« Mit zusammengekniffenen Augen starrte er vor sich hin.

»Du zäumst das Pferd von hinten auf, John.«

»Was meinst du?«

»Meine Güte, bist du schwer von Begriff«, stieß sie hervor. »Ich bin ja noch nicht lange hier, aber sogar ich habe erkannt, dass ihr perfekt zusammenpasst. Statt dich mit diesem Trottel anzulegen, solltest du den Mut finden, Erin einfach zu zeigen, was sie dir bedeutet.«

Amüsiert bemerkte sie, wie er nach den richtigen Worten suchte. Ja, das war direkt gewesen, aber manchmal war das eben nötig. Sicher täte es Erin in ihrer jetzigen Situation gut, sich bei diesem Mann anzulehnen. Obwohl, konnte man sich bei einem wie John überhaupt anlehnen? Sie kannte sein aufbrausendes Temperament. Nur wenige konnten damit so gut umgehen wie Jim. Und sie hatte von seiner Abneigung gegen Beziehungen gehört. Dass Erin einen speziellen Platz in seinem Herzen einnahm, war allerdings nicht zu übersehen. Und auch Erin mochte John und hatte den Dreh raus, mit ihm umzugehen.

»Ich will nicht mit Erin zusammen sein, wie kommst du auf so einen Mist, Tierärztin? Und sie hat ebenfalls noch nie etwas in diese Richtung durchblicken lassen. Außerdem scheine ich nicht ihrem Männergeschmack zu entsprechen, wenn ich mir ihren aktuellen Lover ansehe.«

»Wenn du nur wüsstest, wie gut du aussiehst«, flötete Kat. »An der Verpackung sollte es nicht scheitern, der Charakter ist eher das Problem.« Sie drehte sich beschwingt weg und ging auf das Haus zu.

»Wie hält mein Bruder es nur mit dir aus?«, rief er ihr empört hinterher.

»So, wie er es mit dir schafft«, gab sie zurück. »Wir beide haben Jim gar nicht verdient!«

Kat klopfte an den Rahmen der offenen Seitentür und trat ein. Augenblicklich tauchte sie in das morgendliche Gewusel der Großfamilie ein. Lächelnd ließ sie den Blick durch die Küche schweifen. Ollie winkte ihr mit der Gabel in der Hand zu, woraufhin ein Stück Rührei auf den Boden flog. Sofort stürzte sich Rusty darauf und Ollie lachte ausgelassen, um dann ein weiteres zu Fred zu werfen.

Liz kam strahlend mit Charlie auf dem Arm auf sie zu. »Was machst du denn hier? Ist Jim auch da?« Suchend sah sie sich um.

»Er müsste bald kommen. Vermutlich nutzt er die Ruhe, um die Zeitung von vorne bis hinten durchzulesen.«

»Und was machst du hier? Haben wir ein krankes Rind?«

»Ich wurde angefordert«, sagte Kat und verdrehte die Augen. »John und Buster.«

»Ach herrje. Ich habe schon von der Sache gehört.« Liz seufzte. »Hast du überhaupt gefrühstückt?«

Kat verneinte und schielte auf die restlichen Rühreier und den Schinken, der auf dem großen Esstisch stand. »Um ehrlich zu sein, habe ich mal wieder vergessen einzukaufen.« Ein Wunder, dass sie bisher überhaupt überlebt hatte. Es war kein Problem für Kat, sich unzählige Medikamente und deren Dosierung zu merken, doch Lebensmittel einzukaufen ging regelmäßig im Alltagsstress unter. Wie gut es hier duftete!

»Na los«, forderte Liz sie auf.

Kat setzte sich auf ihren Stuhl. Wie schön es doch war, dass sie inzwischen ihren eigenen Platz an diesem Tisch hatte. Seit dem Abend, als Jim sie damals zurückgebracht hatte, befand er sich neben Harrys. Mit einem Nicken begrüßte der alte Mann sie und schob ihr einen unbenutzten Teller hin. Ollie schnitt ihr eine Grimasse, und Kat rollte wild mit den Augen und streckte ihm die Zunge heraus.

»Das schafft er nicht mit Buster«, verkündete Quentin überzeugt.

Harry schüttelte nur den Kopf, doch River ging auf den Kommentar seines Zwillingsbruders ein. »Wenn er ihn erst einmal nach Dunham bekommt, hat er gute Chancen. Wir wissen doch alle, wie schnell diese Ausgeburt des Bösen ist.«

»Aber er wird ihn nicht in den Hänger bekommen. Gestern Abend hat er es wieder versucht, und Buster hat nach ihm getreten. Keine Chance«, hielt Quentin dagegen, und eine Locke fiel ihm in die Stirn, so heftig nickte er.

»Und was, wenn es doch klappt?«, klinkte Kat sich in die Unterhaltung ein.

»Willst du wetten?« Quentins Augen strahlten schelmisch.

»Klar«, murmelte sie, während sie sich eine Gabel Eier in den Mund schob.

»Zehn Dollar dagegen.« Quentin streckte ihr die Hand über den Tisch hinweg hin.

Kat schlug ein und schluckte das Essen hinunter. »Du schuldest mir zehn Dollar«, sagte sie breit grinsend. »Buster stand eben für einige Minuten im Hänger.«

»Du hast mich reingelegt.« Er verschränkte die Arme vor der Brust und zog eine Schnute. Mit seinem wilden Lockenkopf und den unzähligen Sommersprossen konnte man Quentin einfach nur mögen, fand Kat. Und wie sein Zwillingsbruder war er immer für Späße zu haben – im Gegensatz zu John, dem alten Miesepeter.

»Du wolltest doch wetten.« Liz stellte eine Tasse mit Kaffee vor ihr ab, und Kat lächelte ihr dankbar zu.

»Wie hast du das geschafft?«, brummte Harry.

»Dein Sohn musste sich nur ausziehen. Wird vielleicht etwas merkwürdig beim Rennen, aber es funktioniert.« Kat zwinkerte ihm zu und sog den Zigarrengeruch ein. Harry war inzwischen zu einem zweiten Vater für sie geworden. Er konnte zwar schwierig sein, aber dennoch sah sie zu ihm auf und respektierte ihn.

»Du bist unmöglich«, nuschelte er unter seinem Schnauzbart hervor.

»Ich weiß.« Zufrieden beobachtete sie, wie Liz das Baby

an Ethan überreichte. Diese Teilzeitfamilie war abgesehen von Jim das Beste, was ihr hatte passieren können.

***

»Ich bin zurück«, rief Erin und trat durch die Hintertür in den Garten. Unter den Holunderbüschen saß ihre Mutter auf der Bank, die ihr Vater vor vielen Jahren gebaut hatte. Sie schluckte mühsam die erneut hochkommende Traurigkeit hinunter und zwang sich zu einem Lächeln. Nach der Übergabe des Anzugs an den Bestatter hatte dieser sie in einen kleinen Nebenraum geführt. Dort lag ihr Vater in dem Sarg aufgebahrt, den sie am Tag zuvor ausgewählt hatten. Über eine Stunde lang hatte Erin bei ihm gesessen, mit ihm gesprochen und um ihn getrauert. So wie John es ihr geraten hatte. Schließlich war sie mit schwerem Herzen die gut halbstündige Strecke von Dunham zurückgefahren.

Mit eingefallenen Wangen erwiderte ihre Mutter matt das Lächeln. Seufzend setzte Erin sich neben sie. »Das hier war immer mein Lieblingsplatz«, flüsterte ihre Mum.

»Ich weiß.«

»Dein Vater hat die Büsche damals direkt nach dem Hausbau für mich gepflanzt, weil er wusste, wie sehr ich seit unserer Hochzeitsreise nach Europa Holunderblütensirup liebte. Wir hatten dort für einige Nächte eine kleine Ferienwohnung in Frankreich gemietet, und vor dem Fenster stand ein Holunderbusch, dessen Blüten so wunderbar rochen.« Sie lachte leise. »Es war nicht leicht, die Pflanzen hier in Australien aufzutreiben, aber dein Dad hat nicht lockergelassen. Und schau nur, wie gut sie gewachsen sind.«

Erin betrachtete die großen Büsche, die ein schattenspendendes Dach über der Bank bildeten. Im Sommer goss ihre Mutter die Pflanzen jeden Abend, und diese dankten es ihr im Frühjahr mit unzähligen Blütendolden und im Herbst mit dunklen, dicken Beeren, die ihre Mum zu Saft verarbeitete. Sie schwor auf die heilende Wirkung von Holunderbeerensaft bei Grippe, und sobald einer in der Familie nur nieste, nahm sie eine Flasche davon aus dem Küchenschrank. Und auch die Farm verdankte ihren Namen diesen Büschen.

Jetzt, in der Nachmittagssonne, glich der grüne Garten hinter dem Haus einer Oase. Jenseits des niedrigen weißen Holzzauns breitete sich das ausgedörrte Weideland aus. An den Hügeln waren die grasenden Rinder zu erkennen. Beinahe schien alles wie immer zu sein. Die Welt hatte nicht aufgehört, sich zu drehen.

Ein Klingeln an der Haustür veranlasste beide Frauen aufzustehen.

»Will«, entfuhr es Erin. »Du hast gar nicht angekündigt, dass du heute vorbeikommst.«

»Ich war in Firefly Creek bei einem Termin und wollte nach euch sehen.« Er schob sich an ihr vorbei und reichte ihrer Mutter einen zierlichen Strauß mit verschiedenen weißen Blumen. »Mein Beileid, Mrs. Holt. Ihr Mann war eine einzigartige Persönlichkeit.«

Ein sanftes Lächeln zeichnete sich auf dem Gesicht ihrer Mutter ab. »Möchten Sie nicht zum Abendessen bleiben? Ich habe einen Braten im Ofen, und«, sie stockte, »ich habe zu viel für uns beide gemacht.«

»Gerne.« Sein charmantes Lächeln entblößte wie üblich eine Reihe strahlend weißer Zähne. Dann hob er die andere Hand an. »Ich habe einen Wein mitgebracht. Ich dachte, wir könnten auf Graham anstoßen.«

»Das ist ein schöner Gedanke. Es dauert noch etwas, bis das Essen fertig ist. Macht doch einen Spaziergang«, schlug sie vor.

»Ich muss die Pferde füttern«, sagte Erin und griff nach ihrem Hut, der wie üblich auf der Ablage neben der Eingangstür lag. Für den Bruchteil einer Sekunde hielt sie in der Bewegung inne und starrte auf den ausgeblichenen Lederhut ihres Vaters, der daneben ruhte und nur darauf zu warten schien, dass sein Besitzer jeden Moment nach ihm greifen würde. Sie riss sich zusammen, ging hinaus und lief mit schnellen Schritten auf die Scheune zu.

Will folgte ihr eilig und holte sie ein. »Wie geht es dir?«, fragte er besorgt.

»Es geht schon. Das muss es ja.«

»Ich hoffe, es ist in Ordnung, dass ich einfach hergekommen bin?«

»Natürlich.« Sie sah zur Seite und lächelte ihm zu. »Ich freue mich. Es ist plötzlich so still hier.« Mit Schwung schob sie das große Scheunentor auf und ging zum Ende des Gebäudes. Mit dem Taschenmesser aus ihrer Hosentasche durchtrennte sie die Schnüre an mehreren Heuballen und begann, es in den Boxen zu verteilen.

Will stand in der Mitte des Gangs und beobachtete sie.

Sie zählte die verbleibenden Ballen durch. »Morgen muss ich unbedingt mit dem Heumachen beginnen. Wir …«, sie stockte, »*ich* habe kaum noch Heu.«

»Kann das nicht noch etwas warten?«

»Nein, das kann es nicht. Wir haben das beste Weideland in der Gegend und verkaufen jedes Jahr die Hälfte unseres Heus. Es bringt gutes Geld ein, das ich dringend benötigen werde. Vermutlich muss ich bald eine Hilfskraft einstellen.«

Will nickte und trat auf sie zu. Mit einer Hand fasste er ihr unter das Kinn und zog sie näher an sich heran. Sanft drückten sich seine Lippen auf ihre. Erin schloss die Augen und genoss die tröstende Nähe. Als er von ihr abließ, sah er sie frech an. »Was hältst du davon, wenn ich heute hier übernachte?«

»Meine Mutter trauert um ihren Ehemann. Ich kann unmöglich, am Tag nachdem mein Vater gestorben ist, einen Mann bei mir übernachten lassen.«

Die Enttäuschung war ihm deutlich anzusehen. »Lass uns nachsehen, ob das Essen schon fertig ist.« Er griff nach ihrer Hand und zog sie zum Haus.

Wie durch einen Nebelschleier lauschte sie den Stimmen. Will hatte es tatsächlich geschafft, ihre Mum etwas aufzuheitern. Sie erzählte von früher: von der Europareise mit ihrem Mann und den alten Zeiten. Erin war Will dankbar, dass er so verständnisvoll mit ihrer Mutter umging. Immer wieder schenkte diese ihm Wein nach, inzwischen stand eine weitere Flasche auf dem Wohnzimmertisch.

»Ich fürchte, ich kann kein Auto mehr fahren. Das war mein viertes Glas«, sagte Will lachend.

»Dann schlafen Sie hier auf dem Sofa. Ich werde es Ihnen gleich zurechtmachen.« Ihre Mutter stand auf und rauschte hinaus in den Flur.

Mit zusammengezogenen Augenbrauen musterte Erin ihn. »War das ein Trick?«

»Was meinst du?« Mit unschuldiger Miene sah er sie an. »Deine Mum hat mir den Wein nachgeschenkt«, verteidigte er sich.

»Und du hast getrunken.«

»Bist du mir böse, dass ich in deiner Nähe sein möchte?«

»Nein, das bin ich nicht.« Eigentlich war es niedlich, dass er ihrer Mutter einen Streich gespielt hatte, um die Nacht hier verbringen zu können. »Ich schätze, das Sofa ist nicht sehr bequem, aber damit musst du jetzt leben«, antwortete Erin.

»Das ist es mir wert.« Seine Hand fuhr über ihren Rücken.

»Brauchst du noch irgendwas? Ich würde jetzt duschen gehen und dann ins Bett. Sobald die Sonne aufgeht, muss ich raus.«

»Ich habe im Wagen, was ich brauche.« Ihm war anzusehen, wie zufrieden er mit sich war.

»Das hast du alles vorher geplant«, stellte sie fest und erhob sich. »Dann gute Nacht.«

Erin lauschte in die Dunkelheit hinein. Ihre Mutter war vor einiger Zeit zu Bett gegangen, und durch das gekippte Fenster war das Zirpen der Grillen zu hören. Hier und da muhte ein Rind. Ein sachtes Klopfen drang von der Zimmertür zu ihr. Sie setzte sich lächelnd auf. »Komm rein.« Will hatte länger abgewartet als angenommen.

Er öffnete die Tür und schloss sie kaum hörbar hinter sich. Im Mondschein konnte sie erkennen, wie er auf sie zukam. Die Matratze gab etwas nach, als er sich neben sie setzte.

»Solltest du nicht auf dem Sofa bleiben?«

»Das ist wirklich unbequem. Und es ist einsam«, sagte er, beugte sich vor und küsste sie.

Noch immer fühlte sie sich nicht wirklich bereit dazu, ihn in ihr Bett zu lassen, doch seine Wärme tat so gut. Geschmeidig schlüpfte Will unter die Decke und drückte seinen nackten Oberkörper gegen sie. Erin strich über seine glatte Haut und atmete den Geruch seines Rasierwassers ein. War es Zeit, dass sie sich endlich fallen ließ? Bei Will? Seine Hand fuhr unter ihr Shirt und über ihre Brüste. Erin legte ihre Stirn an seinen Hals. Vielleicht es war gut, endlich wieder auf diese Art berührt zu werden. Jedenfalls fühlte sie sich schon etwas weniger einsam.

Kapitel 5

Ethan saß angespannt auf einem der unbequemen Stühle im großen Rathaussaal. Neben ihm rutschte Quentin auf der Sitzfläche hin und her. Es hatten sich einige Farmer eingefunden, ob nur aus Neugier oder ob sie tatsächlich auf Fox Brow bieten wollten, war schwer abzuschätzen. Nervös drehte Quentin das Schild, mit dem er gleich bieten würde, in der Hand.

Ethan beugte sich zu ihm hinüber. »Mach es so wie abgesprochen. Sobald der Preis unser festgelegtes Limit übersteigt, sind wir raus.«

Sein Bruder sah sich im Raum um, und Ethan erkannte, wie seine Miene gefror. »Was macht *der* denn hier?«, zischte er.

Ethan folgte seinem Blick und erkannte Richard Smith in der hintersten Stuhlreihe. »Verdammt«. Dass der reichste und dazu widerwärtigste Farmer der Gegend hier war, konnte kein gutes Zeichen sein.

»Fox Brow ist doch viel zu klein für ihn. Hoffentlich will er nicht mitbieten.« Aufgebracht fuhr Quentin sich durch die dunklen Locken.

»Könnte sein, dass er die Farm als Spekulationsobjekt kaufen möchte«, überlegte Ethan.

»Was soll das sein?«

»Er kauft die Farm jetzt zu einem guten Preis. Dann renoviert er das Haus, bringt das Grundstück in Schuss und verkauft es später, wenn der Markt günstig ist, für deutlich mehr Geld.«

»Das ist *meine* Farm«, sagte Quentin zähneknirschend.

»Warten wir einfach ab, wir können es jetzt eh nicht ändern. Vielleicht ist er nicht bereit, so viel zu zahlen wie wir.« Ethan wollte glauben, was er zu seinem Bruder sagte, doch in Wahrheit befürchtete er das Schlimmste.

Der Hammer des Auktionators knallte auf das kleine Holzpult vor ihm. Zügig stellte er die zur Versteigerung stehende Farm vor. Ethan drehte sich erneut nach Richard um und sah, wie Will Walsh neben ihm Platz nahm. Leise sprachen die beiden miteinander, und mit einem überheblichen Grinsen erwiderte Will Ethans Blick. Richard und Will machten gemeinsame Sache? *Ihr passt zusammen.* Zwei skrupellose Männer, denen es nur um Gewinn ging. Innerlich fluchend wandte Ethan sich wieder dem Auktionator zu. Richard wollte bieten, das war klar. Kaum wurde der Mindestkaufpreis genannt, schnellte Quentins Arm nach oben. In Fünftausender-Schritten wurden neue Preise aufgerufen. Zwei andere Mitbieter schüttelten die Köpfe, als der Betrag gefährlich nah an Quentins und seiner Schmerzgrenze kratzte. Die Begeisterung auf dem Gesicht seines Bruders war nicht zu übersehen. Und zu Ethans Überraschung hatte Richard Smith nicht mitgeboten.

»Weitere Gebote?«, dröhnte die Stimme des Auktionators durch den Saal.

»Wir haben Fox Brow«, flüsterte Quentin ihm zu.

»Zehntausend mehr«, hörte Ethan Richards süffisante Stimme hinter sich. Er schloss kurz die Augen, bevor er zu Quentin schaute.

Dessen Schultern sackten nach unten, und wie benommen starrte er auf das Schild in seiner Hand.

»Wir haben noch etwas Spielraum. Biete fünftausend mehr«, riet Ethan ihm.

Quentin hob das Schild erneut an, doch gleich darauf tat Richard es ihm gleich.

»Wir sind raus«, murmelte Ethan.

Wortlos legte Quentin das Schild auf dem freien Stuhl neben sich ab.

»Und zum Letzten!«, verkündete der Auktionator und der Hammer sauste auf die Holzplatte hinab. Richard Smith hatte ihnen die Farm vor der Nase weggeschnappt. Alle erhoben sich, und Quentin trottete hinter Ethan hinaus in die Eingangshalle des Rathauses.

»Die Bennetts wollen tatsächlich Land kaufen?« Richard Smith stellte sich ihnen in den Weg.

»Wüsste nicht, was Sie das angeht«, platzte es aus Quentin heraus und Ethan sah ihn tadelnd an. Es war nicht nötig, dass sein Bruder diesem Arsch auch noch zeigte, wie sehr es ihn ärgerte, dass er die Farm nicht bekommen hatte.

»Es gibt noch andere Farmen«, sagte Ethan und wollte weitergehen.

»Auch diese werdet ihr nicht bekommen. Kein Bennett wird hier Land kaufen, solange ich lebe.« Mit stechendem Blick schaute Richard ihm in die Augen. Ethan glaubte sein Blut in den Ohren rauschen zu hören, als er in Richards winzige Pupillen sah, die ihn höhnisch anstarrten. Etwas abseits stand Will und beobachtete den Schlagabtausch sichtlich amüsiert. Ethan entschied, nicht auf die Aussage einzugehen, und packte Quentin am Arm, der offensichtlich kurz vor einem Wutausbruch stand. »Schönen Tag noch, Richard«, sagte Ethan gelassen und schob seinen Bruder in Richtung der breiten Eingangstüre.

»Grüßt euren Vater von mir«, hörte er Richard rufen.

»Was den angeht, gibt es Sie nicht«, gab Quentin patzig zurück.

Kaum saßen sie im Auto, brach es aus seinem Bruder heraus. »Dieser verfluchte Mistkerl hat mir meine Farm weggeschnappt!« Quentins Faust donnerte auf das Armaturenbrett. »Richard braucht doch nicht mehr Land, warum zum Teufel hat er das getan?«

»Weil er es kann.« Zu gut verstand Ethan den Ärger seines Bruders. Fox Brow zu kaufen wäre nicht nur die Erfüllung eines Traums für ihn gewesen, es hätte auch die Einnahmen der Familie erhöht, die immer etwas knapp waren. Und nun würde es auf absehbare Zeit auch so bleiben. Richards Drohung, ihnen auch in Zukunft zum Verkauf stehendes Land wegzuschnappen, war ohne Frage ernst zu nehmen. So wie es aussah, war der Großgrundbesitzer, der seit Jahrzehnten eine verbitterte Fehde mit Harry führte, in diesem Fall am längeren Hebel.

»Was sagen wir Harry?«, fragte Quentin.

»Die Wahrheit. Vielleicht wäre es an der Zeit, dass er uns mitteilt, weshalb er und Richard sich derart hassen.«

»Ich fürchte, wir werden es nie erfahren.« Quentin setzte resigniert die Sonnenbrille auf und verschränkte die Arme vor der Brust. »Und das, obwohl dieser Kleinkrieg uns die Zukunft verbaut.«

»Harry wird seine Gründe haben, warum er den Kerl so verabscheut. Was mich viel mehr ärgert, ist, dass Will bei ihm war. Offensichtlich hat Richard sich mit ihm verbündet, um seinen Einfluss hier in der Gegend zu vergrößern.«

»Hoffentlich tritt John ihm bei dem Rennen kräftig in den Arsch«, gab Quentin zurück und stellte das Radio an. Laut dröhnte Technomusik durchs Auto, doch Ethan entschied, seinem Bruder nach der herben Enttäuschung, die er soeben erlitten hatte, zumindest in diesem Bereich seinen Willen zu lassen.

Ethan fuhr aus der Stadt hinaus und auf die Landstraße. Will musste Richard wohl günstige Kredite verschaffen und dafür ordentlich Provision kassieren. Anders war diese plötzliche Freundschaft der beiden Männer nicht zu erklären. Doch etwas sagte ihm, dass es um etwas wesentlich Größeres ging. Auf jeden Fall beunruhigte es ihn mehr, als er Quentin gegenüber zeigen wollte. Hier lief irgendeine miese Nummer, und Ethan nahm sich vor herauszubekommen, was es war.

»Und?« Mit festen Schritten kamen John und Harry auf sie zu, als sie vor dem Haus aus dem Wagen stiegen. Am räumlichen Abstand, den sie zueinander einhielten, ließ sich ablesen, dass sich die Stimmung zwischen ihnen noch nicht gebessert hatte.

»Richard Smith hat den Zuschlag bekommen«, sagte Quentin grimmig, und Ethan konnte sehen, wie er Harry einen wütenden Blick zuwarf.

»Mist.« John nahm den Hut ab. »Ich dachte, wir könnten nächstes Jahr zusätzliche Rinder aufziehen. So wird das nichts.«

»Es sollte nicht sein.« Harry hielt Quentins Blick für einen Augenblick stand und stapfte dann davon.

»*Es sollte nicht sein*«, äffte dieser seinen Vater nach.

»Wir finden eine andere Farm für dich.« Aufmunternd schlug John ihm auf die Schulter.

»Die wird Richard ebenfalls kaufen, das hat er klargemacht.« Er sah niedergeschlagen über die Schulter zu Ethan und stürmte dann zum Haus. Gleich darauf war zu hören, wie die Küchentür zuschlug.

Harry stand vor der Scheune und schaute zum Haus. Zu gerne wollte Ethan wissen, was sein Vater in diesem Moment dachte.

»Was soll das heißen?« Finster blickte John ihn an.

»Richard will anscheinend nicht zulassen, dass wir hier Land kaufen.«

»Dieser verfluchte …« Der Blick seines Bruders verfinsterte sich noch weiter.

»Da ist noch was.« Ethan war sich nicht sicher, ob es gut war, John von seiner Beobachtung zu berichten. Doch letztlich würde er es früher oder später sowieso herausfinden. »Will macht mit Richard Geschäfte. Sie waren gemeinsam bei der Auktion.«

John sagte nichts, sondern presste nur die Zähne aufeinander und rieb sich gleich darauf fluchend über die Wange. Offensichtlich litt sein Bruder noch immer unter Zahnschmerzen.

»Ich muss nachher rüber nach Elderberry. Erin hat mich heute Morgen angerufen und gebeten, die Unterlagen ihres Vaters durchzugehen, um ihr zu sagen, wie die Farm finanziell dasteht. Willst du mitkommen?«

»Hab zu tun.« Damit stapfte auch John davon.

»Das ist ja ganz wunderbar«, murmelte Ethan. Die nächsten Tage versprachen unangenehm zu werden. Hing der

Haussegen auf Silverwood erst einmal schief, dann änderte sich das nicht so schnell. Wenn es unter seinen Brüdern Ärger gab, regelten sie das meist auf ihre Art, die gelegentlich ein Veilchen und eine aufgeplatzte Lippe zur Folge hatte, doch dann war der Spuk vorbei, sobald sich der Staub gelegt hatte. Aber dieses Mal war Harry der Auslöser des allgemeinen Ärgers, und auch wenn seine Brüder sich selten zu benehmen wussten, versuchten sie stets, eine direkte Konfrontation mit ihrem Vater zu vermeiden.

Wie sehr Ethan das alles von früher vertraut war, als er hier aufwuchs. Mit seinen zwei linken Händen hatte er sich auf der Farm immer fehl am Platz gefühlt. Seine Beziehung zu Harry war alles andere als einfach gewesen, und auch mit John hatte er oft Probleme gehabt. Nicht zuletzt deshalb hatte er es vorgezogen, in Sydney zu studieren und dort Karriere zu machen. Und dann, durch eine Wendung des Schicksals, war er wieder auf Silverwood gelandet und hatte sich hoffnungslos in Liz verliebt. Dass sie mit Charlie schwanger wurde, war zwar eine Überraschung gewesen, aber eine mehr als willkommene. Ethan hatte Ollie als seinen Sohn angenommen, auch wenn er eigentlich dessen Onkel war. Er lachte in sich hinein. Waren eigentlich alle Familien so kompliziert wie diese? Doch nie war er so glücklich gewesen wie im vergangenen Jahr. Beinahe von heute auf morgen war er, der frühere Geschäftsmann, plötzlich zum Familienvater geworden. Ihm war nie etwas Besseres passiert. Auch wenn es nicht immer einfach war, hier auf dem Familienwohnsitz zu leben, hatten Liz und er sich letztlich dagegen entschieden auszuziehen. Zwar war es in erster Linie eine Entscheidung für die Kinder gewesen, die hier aufwachsen sollten, doch auch Liz und er genossen an den meisten Tagen die Betriebsamkeit in dem großen alten Haus. Nur heute lag entschieden zu viel Drama in der Luft.

***

Harry fuhr mit den schwieligen Händen über die spröden Bretter des Zauns. Einen Fuß hatte er auf die untere Latte gestellt und blinzelte nun in die tief stehende Sonne. Heute Morgen war er mit einem Flattern im Bauch aufgestanden. Quentins Aufregung war auf ihn übergegangen, und er hätte seinem Sohn den Zuschlag wirklich gegönnt. Der Vorwurf in Quentins Gesicht war nicht zu übersehen gewesen. Jedem in diesem Haus war klar, warum Richard sich eingemischt hatte. Und sie hatten recht. Harry war dafür verantwortlich. Seine Entscheidung, Richard die Stirn zu bieten, zog nun auch die nächste Generation in diesen Krieg hinein, den er nie hatte führen wollen. So gut es ging, hielt er sich von dem Mann fern, den er aus tiefster Seele verachtete. Der ihm und seinen Söhnen etwas weggenommen hatte, das unersetzbar war. Doch keiner außer ihm kannte die Wahrheit, und der Schwur, den er vor Jahrzehnten geleistet hatte, verpflichtete ihn, es für sich zu behalten. Indem er ihnen die Wahrheit vorenthielt, schützte er die Jungen davor, den gleichen Hass für Richard zu empfinden, den er verspürte. Mit ihrem aufbrausenden Temperament, ihrem Drang nach Gerechtigkeit und ihrem unbändigen Familienstolz würden sie einen Wirbelsturm entfesseln, sobald sie die Geschichte kannten. Sie alle hatten ihr Kindermädchen geliebt, das zum Muttersatz für sie geworden war. Fiona war auch Harrys letzte Liebe gewesen. Zwar hatte sie seine Gefühle nicht auf die gleiche Art erwidert, und doch war da Vertrauen und Zuneigung zwischen ihnen gewesen. Dass Richard der Grund war, warum Fiona sie schließlich verließ, war ein Geheimnis, das er mit ins Grab nehmen würde.

»Fiona«, murmelte Harry und schloss die Augen. Ein Lächeln zuckte in seinen Mundwinkeln, als ihr Gesicht vor seinem geistigen Auge aufschien. Was war sie für eine Schönheit gewesen! Diese Grübchen, die frech auftauchten, wann immer sie lachte. Und Fiona hatte viel gelacht, ausgelassen und befreiend, und das hatte ihnen allen gutgetan. Was würde er dafür geben, dieses Lachen nur ein einziges weiteres Mal zu hören.

»Das geht auf deine Kappe.« Heiser stieß John die Worte hervor, als er neben ihn trat.

»Das ist mir bewusst.« Fionas Gesicht löste sich auf, und stattdessen starrte Harry auf das ausgedorrte Gras hinter dem Zaun.

»Soll das ewig so weitergehen? Wird Richard all unsere Pläne zerstören, weil er dich hasst?« Sein Sohn brachte es nicht einmal über sich, ihn anzusehen. Mit starrer Miene blickte er auf den Horizont.

»Hass ist eine starke Motivation. Und Richard hasst ebenso stark wie ich.«

»Also bleibt es so?« Mit der Hand schlug John auf das Holzbrett vor ihm, und Harry spürte die Erschütterung unter seinen Armen. »Wir haben keine Chance, uns zu vergrößern, weil zwei alte Männer ihre Feindschaft nicht beilegen können und du darauf beharrst, weiter an der Vergangenheit festzuhalten?«

»Du weißt nicht, wovon du sprichst.« Es fiel Harry schwer, nicht laut zu werden. Dass John ihn so offen angriff, kam selten vor.

»Natürlich weiß ich das nicht! Weil du uns nichts sagst. Weil du uns nie etwas sagst und keinerlei Wiederspruch duldest. Bisher hast du zumindest noch hin und wieder auf das gehört, was ich gesagt habe, aber jetzt scheinst du mehr denn je zuvor auf deiner Meinung zu beharren.« John atmete tief ein, um gleich darauf in den grollenden Tonfall zu verfallen, den Harry selbst verwendete, wenn er seine Dominanz zeigen wollte. John hatte sich mehr von ihm abgeschaut, als er glaubte. »Und nun zerstört Richard Quentins Chance auf eine eigene Farm. Ich weiß, er ist ein Mistkerl, und ich kann gut verstehen, dass du ihn nicht magst. Aber das geht zu weit. Du musst was unternehmen, damit das aufhört. Rede mit Richard und räum aus, was zwischen euch steht.«

Harry spürte, wie ihm das Blut in den Kopf stieg. Unwillkürlich ballten sich seine Hände zu Fäusten. John ging zu weit. Er hatte keine Ahnung, was Richard getan hatte. Dass er sein Handeln derart in Frage stellte, kam einem Verrat gleich. Sein Sohn sollte eigentlich genau wissen, dass Harry zwar manchmal unbeherrscht, aber nie unbegründet handelte. »Ich soll mich mit diesem Mann an einen Tisch setzen?« Er funkelte John an. »Du hast keine Ahnung, was du da von mir verlangst. Eher friert die Hölle zu, als dass ich diesem Mann die Hand reiche.«

»Aber du musst etwas tun, oder es wird uns alle kaputtmachen. Das heute war erst der Anfang, das habe ich im Gefühl.« John baute sich vor ihm auf, und auch Harry streckte den Rücken durch. Früher einmal hatten sein Ältester und er exakt die gleiche Größe gehabt, doch inzwischen überragte John ihn um wenige Zentimeter. Aber noch konnte er seinem Sohn auf Augenhöhe begegnen.

»Ich hätte vor vielen Jahren etwas tun sollen«, donnerte

er los. »Ich hätte diesen Mistkerl ersaufen lassen sollen, als ich die Gelegenheit dazu hatte!«

Wie vom Donner gerührt starrte John ihn an.

Harry stieß wilde Verwünschungen aus und nahm den Hut vom Kopf. In Rage war ihm etwas herausgerutscht, das er nicht einmal über Richard Smith hätte sagen sollen. Er seufzte und blickte erneut in Johns dunkle Augen. Manchmal glaubte er beinahe, in einen Spiegel zu sehen. »Ich weiß, es ist hart für euch, dass Richard uns das Leben schwer macht. Ihr könnt mich dafür verantwortlich machen, wenn euch das hilft. Aber ich werde niemals, unter keinen Umständen, auch nur einen Zentimeter auf diesen Mann zugehen. Und gerade du solltest das am besten verstehen.«

»Warum ausgerechnet ich?«, knurrte John.

»Weil du mir am ähnlichsten bist. Und weil ich keinen Zweifel daran habe, dass du an meiner Stelle vor über zwanzig Jahren ebenso gehandelt hättest wie ich.«

John rieb sich über das Gesicht. »Gut möglich. Und trotzdem könnte diese Entscheidung falsch gewesen sein. Wie du sagst: Wir sind uns ähnlich. Wir beide neigen dazu, aufgrund unseres Temperaments überzureagieren.«

Harry nickte und erkannte, dass Johns Körperhaltung sich entspannte. »Ja, wir übertreiben gerne. Aber in diesem Fall musst du mir vertrauen. Hätte ich übertrieben, hätte ich Richard weit mehr als nur die Nase gebrochen.«

Johns Augenbrauen zogen sich nach oben. »Sag nicht, dass er diesen Knick in seiner hässlichen Nase dir zu verdanken hat?«

Harry setzte den Hut wieder auf und legte beide Hände an den Gürtel. »Ich habe nur dafür gesorgt, dass sein Gesicht zu seinem Charakter passt.«

John trat einen Schritt auf ihn zu. »Also bist du keinen Deut besser als wir, oder? Was hast du uns für Vorhaltungen gemacht, als wir uns damals in Kats Praxis mit ihrem fiesen Ex geprügelt haben. Ist das nicht etwas scheinheilig?«

»Was denkst du, von wem ihr das habt? Ich war auch mal jung, vergiss das nicht. Ich habe mich für das eingesetzt, woran ich glaubte, so wie ihr. Aber ich habe mit den Jahren dazugelernt. Deshalb steht es mir auch zu, euch zurückzupfeifen, wenn ihr zu weit geht.«

John sah einen Moment lang in den Himmel, dann zu ihm. »Vielleicht gehen wir gar nicht zu weit. Vielleicht handhaben wir die Dinge genau richtig, und du vertraust uns nur einfach nicht genug?«

»Das mag sein.« Harry streckte die Hand aus und legte sie auf die Schulter seines Sohnes. »Auch wenn du nicht den Eindruck hast, bin ich stolz auf dich. Verwechsle meine Entscheidungen nicht mit mangelnder Anerkennung.«

Unfähig zu antworten, nickte sein Ältester nur und ging dann Richtung Haus davon. Als Harry sich umwandte, bemerkte er, wie Jim mit verschränkten Armen an der Hauswand lehnte und ihn ansah. Harry ging auf ihn zu. »Hast du alles gehört?«

»Das habe ich.«

»Gut. Dann sorg dafür, dass Quentin die anderen nicht aufstachelt, etwas Dummes zu tun.«

Jim bewegte sich kein Stück und musterte ihn stattdessen weiter. »Ich stehe, was das angeht, zu dem, was John gesagt hat: Wir sind nicht so unbesonnen, wie du glaubst.«

Harry rammte seinen Stiefel in den trockenen Erdboden. »Verdammt, Jim, mach du mir nicht auch noch das Leben schwer.«

»Das schaffst du schon selbst ganz gut.« Jim klopfte ihm auf die Schulter lief zu seinem Pick-up.

»Für heute reicht's«, murmelte Harry. Er hatte vor, sich für den Rest des Tages in seinem Büro zu verschanzen und das ein oder andere Glas Whisky zu trinken. Zu gerne wäre er stattdessen heute Abend zu Graham hinübergefahren, doch diese Zeiten waren vorbei.

***

Mühsam lenkte Erin den großen Traktor mit dem Heuschneider zurück zu dem hohen Unterstand neben der Scheune. Sonst hatte ihr Vater diese alljährliche Aufgabe übernommen, und das schwere Arbeitsgerät bereitete ihr einige Probleme. Sicherlich brauchte sie doppelt so lange wie ihr Dad, um das Heu zu machen. Aber es half nichts. Sie parkte den Traktor ziemlich schief und stieg herunter. Schweißflecken hatten sich unter ihren Achseln gebildet, und das ganze Shirt schien an ihr zu kleben. Rasch wusch sie sich zumindest Hände und Gesicht am Außenwasserhahn und trat dann erschöpft ins Haus. Kein Laut war zu hören. Vermutlich hatte ihre Mutter sich etwas hingelegt. Sie ging zum Arbeitszimmer und öffnete die Tür. Wie schon Stunden vorher saß Ethan noch immer im alten Lederstuhl ihres Vaters und wühlte sich durch die Unterlagen. Als er zu ihr aufsah, wirkte er angespannt.

»Brauchst du noch etwas Zeit?«, fragte Erin.

»Nein. Ich bin durch. Setz dich.« Mit der Hand deutete er auf den Sessel in der Ecke des Raumes, in dem ihr Vater so oft mittags gedöst hatte.

Erin ließ sich auf das weiche Polster fallen.

»Du arbeitest hart«, stellte Ethan mit einem Blick auf ihr durchgeschwitztes Hemd fest.

»Ich hoffe, es stört dich nicht, aber ich bin noch nicht fertig. Eine Dusche lohnt sich erst nachher.« Sie lachte leise.

»Meine Brüder stinken schlimmer bei diesem Wetter, mach dir keine Gedanken.« Er drehte sich zu ihr, und sie bemerkte, dass sein Blick ernst wurde. »Ich weiß nicht, wie ich anfangen soll.«

Ein ungutes Gefühl beschlich sie. So wie kurz vor dem Tod ihres Vaters. »Er hat mir etwas verheimlicht, oder?«, fragte sie beinahe tonlos.

»Ich glaube schon.« Ethan stützte sich mit den Ellenbogen auf seinen Knien ab und legte das Kinn auf seine Hände. »Oder hast du gewusst, dass er im letzten Jahr eine weitere Hypothek auf die Farm aufgenommen hat?«

Einen Moment lang schloss sie die Augen. Natürlich hatte sie es nicht gewusst. »Also haben wir jetzt zwei Kredite abzuzahlen?«

Ethan schüttelte den Kopf. »Drei. Er hat drei Hypotheken auf die Farm aufgenommen. Die erste beim Kauf, eine vor fünf Jahren und dann die neuste.«

»Vor fünf Jahren?«

»Für den größeren Traktor«, beantworte Ethan ihre Frage. »Und noch etwas zusätzliches Geld, aber ich kann anhand der Unterlagen nicht erkennen, für was er es verwendet hat.«

Erin sackte in sich zusammen. Sie wusste es, und es war ihre Schuld. »Dad hat mir vor fünf Jahren einen Bonus gegeben, als ich mit dem Gedanken gespielt habe, eine Pferdezucht aufzubauen. Aber ich wusste nicht, dass das Geld von einem Kredit stammte. Ich dachte, er hätte gute Rücklagen gehabt.«

»Die hatte er nicht.« Ethan sah zu seinen Notizen auf dem Schreibtisch. »Das Problem ist, dass ihr nicht das volle Potenzial eures Landes genutzt habt. Ihr hättet wesentlich mehr Rinder aufziehen und verkaufen können.«

Sie nickte. »Mehr haben wir zu zweit nicht geschafft, und Dad hat sich davor gescheut, jemanden einzustellen. Er mochte es nicht, andere Menschen auf der Farm zu haben. Vermutlich war das ein Fehler.«

»Das war es leider.« Er richtete sich auf. »Jetzt ist es wichtig, dass wir einen Plan für dich machen. Das Wasser stand euch, auch wenn du es nicht gewusst hast, schon vor Grahams Tod bis zum Hals.«

»Deshalb hat er dieses Jahr so früh verkauft«, flüsterte sie. Hätte er ihr doch nur gesagt, wie schlimm es um sie stand, anstatt die Sorgen in sich hineinzufressen. Vielleicht hätten sie gemeinsam eine Lösung gefunden.

»Das vermute ich. Kurz vor dem Verkauf kam ein Brief von seiner Bank. Er war mit den Raten in Verzug. Sicherlich wollte er etwaige Verluste verhindern und hat einfach sofort verkauft. Dabei wäre ein guter Gewinn drin gewesen, wenn er abgewartet hätte.«

»Wieso habe ich das nicht mitbekommen?« Wie so oft in den letzten Tagen brannte es in ihren Augen. Nur dieses Mal vor Wut und Ärger und nicht aus Trauer. Es war ihre Schuld. Zu lange hatte sie sich aus diesen Angelegenheiten herausgehalten. Hatte die Versicherungen, dass alles in Ordnung wäre, ohne Nachfragen geschluckt. Dabei war nichts in Ordnung gewesen. »Was mache ich denn jetzt?«

»Ich bin mir noch nicht ganz sicher, was ich dir raten soll. Es gibt einiges abzuwägen. Wenn du über die nächsten Jahre die Rinderzucht vergrößern könntest, wäre es eventuell zu schaffen. Allerdings bekommst du das alleine nicht hin. Du müsstest ein, besser zwei Mann einstellen, doch dafür fehlt das Geld. Inzwischen kam zwar das Geld vom Rinderverkauf rein, doch der magere Gewinn wird nicht lange reichen, um die Bank ruhigzustellen.« Ethan schluckte. »Und du wirst noch die Beerdigung bezahlen müssen.«

Natürlich, ihre Mum hatte einen schönen Sarg für ihren Mann gewollt, und Erin hatte keine Ahnung gehabt, wie teuer so ein Teil war. Fieberhaft dachte sie nach. »Ich bin gerade bei der Heuernte. Das bringt einige tausend Dollar ein«, sagte sie hoffnungsvoll.

»Das ist gut, aber auch nur ein Tropfen auf den heißen Stein.«

»Im nächsten Jahr werde ich einige Jungpferde verkaufen können, zwei Fohlen könnte ich schon Ende des Jahres anbieten. Allerdings«, sie stockte, »habe ich für die neuen Stuten und den Umbau des Stalls ebenfalls einen Kredit aufgenommen.«

Sie konnte sehen, wie Ethan versuchte, sich seinen Ärger nicht anmerken zu lassen. Doch es gelang ihm nicht recht. »Warum hast du mich nicht vorher gefragt? Ich hätte deinen Vater gebeten, mir Einblick in eure Gesamtverschuldung zu geben, ehe ich dir zu-, oder eben von einem Kredit abgeraten hätte.«

Es rührte sie, dass er sich so sehr für sie einsetzte. Doch sie hatte ihren eigenen Berater gehabt, einen, dem sie vertrauen konnte. »Will hat alles für mich durchgerechnet.«

Ethan presste die Lippen aufeinander. Einen Moment lang schaute er sie nur an. »Bei ihm hat dein Vater die Hypothek im letzten Jahr aufgenommen.«

»Bei Will?« Erin starrte auf ihre Hände. Davon hatte er

nichts erwähnt. Sicherlich hatte er ihr wegen der Schweigepflicht nichts davon sagen dürfen. »Vermutlich wusste er nicht, wie schwierig die Lage bei meinem Dad war.«

»Das hätte er aber bei der Überprüfung der Unterlagen vor Bewilligung des neuen Kredits sehr deutlich erkennen sollen.« Ethan stand auf und ging im Zimmer umher. »Meiner Einschätzung nach ist dein Vater nicht ordentlich beraten worden.«

»Das kannst du doch nicht sicher wissen.« Erin spürte erneut Ärger in sich aufsteigen. Was Ethan hier andeutete, war unfair. Unfair Will gegenüber.

»Aber ich schließe es nicht aus. Nach allem, was ich in diesen Unterlagen sehe, ist dein Vater geradewegs in sein Verderben gelaufen und hätte mehr Aufklärung gebraucht. Stattdessen wurde dir ein weiterer Kredit bewilligt.«

Sie bemühte sich, ruhig zu bleiben, und atmete tief ein. Will hatte sie nur bei der Verwirklichung ihres Traums unterstützen wollen, aber Ethan konnte das nicht erkennen. »Lassen wir das. Was soll ich jetzt machen? Muss ich meine Pferde verkaufen?« Der Gedanke, die Zucht aufzugeben, erschien ihr unerträglich. Das würde sie nur tun, wenn es keine andere Möglichkeit gab.

»Wie hoch ist der Kredit, den du aufgenommen hast?« Ethan setzte sich wieder und machte sich Notizen.

»Fünfunddreißigtausend.«

»Was du in die Scheune gesteckt hast, bekommst du natürlich nicht mehr zurück. Selbst wenn du einen Teil der Pferde verkaufst, hast du erst einmal deinen Kredit zu begleichen. Was dann übrig bleibt, wird dich vielleicht für eine Weile über Wasser halten, aber es wird das Unabwendbare nur hinausschieben.«

»Das Unabwendbare?« Blass sah sie ihn an. In ihren Füßen begann es unangenehm zu kribbeln. Sie wollte nicht hören, was er gleich sagen würde, doch Ethan musste es aussprechen.

»Du solltest über einen Verkauf der Farm nachdenken.« Er schaute sie nicht an, sondern starrte auf das Blatt vor ihm.

»Das geht nicht«, flüsterte sie. Dieses Land war ihr Zuhause. Hier hatte ihr Vater die letzten vierzig Jahre lang gearbeitet. *Mum*. Wieder schluckte sie. Wenn sie die Farm aufgeben müssten, würde ihre Mutter das Letzte verlieren, was ihr von ihrem Mann geblieben war.

»Noch würdest du mit Gewinn aus der Sache rausgehen. Vermutlich genug für eine Anzahlung auf ein kleines Häuschen. Und du könntest dir einen Job suchen«, schlug Ethan vor.

»Was soll ich denn mit einem Haus?« Frustriert stand sie auf und blickte ihn wütend an. »Ich bin Farmerin. Ich kann mir nicht einfach einen neuen Job suchen. Das hier ist mein Leben.« Ihre Stimme klang schrill.

»Das weiß ich doch.« Besänftigend lächelte er sie an. »Es tut mir selbst weh, dir dazu zu raten. Ich weiß nur nicht, wie wir das Problem sonst lösen können.«

»Ich werde arbeiten. Mehr als bisher. Das Heu verkaufen, dann die Fohlen. Ich habe eine kleine Herde Färsen, die Dad dieses Jahr noch nicht zur Zucht einsetzen wollte. Das ist jetzt nötig. Irgendwie klappt das schon. Ich muss mich nur bis zum nächsten Jahr durchhangeln, wenn ich mehr Jungpferde verkaufen kann.« Ihre Gedanken überschlugen sich. »Ich könnte auch anbieten, Pferde zuzureiten. Du weißt, ich kann das, und es wäre ein Zuverdienst.«

»Erin.« Ethan trat auf sie zu. »Der Tag hat nur vierundzwanzig Stunden. Wie willst du das alles schaffen?«

»Es wird gehen. So wie es immer gegangen ist. Das ist jetzt meine Farm, und ich werde sie nicht aufgeben.« Wie früher, wenn ihr als Kind etwas nicht passte, stampfte sie mit dem Fuß auf.

»In Ordnung. Ich werde sehen, ob ich bei den Banken, bei denen die ersten Kredite aufgenommen wurden, etwas für dich aushandeln kann. Mit etwas Glück senken sie die Tilgungsraten.« Wieder hatte er diesen merkwürdigen Blick. »Und du bittest Will zu prüfen, ob das bei seiner Bank ebenfalls möglich ist. Wenn er die Zahlungen für den letzten Kredit deines Vaters und deinen eigenen etwas senken kann, wäre das gut. Aber dir muss klar sein, dass du somit auf sehr lange Zeit verschuldet bleiben wirst.«

Erin nickte eifrig. Es war keine ideale Lösung, aber es war ein Anfang. »Ich danke dir.«

»Ich wünschte, ich hätte etwas davon geahnt. Aber aus den Unterlagen, die Graham mir für die Steuererklärungen gegeben hat, ging das Ausmaß der Verschuldung nicht hervor.« Er umarmte sie flüchtig, was Erin rührte. »Wir sehen uns morgen auf der Beerdigung. Grüß bitte deine Mutter von mir.« Er ging zur Tür.

»Ethan?« Erin folgte ihm. »Kein Wort zu John. Ich kann es nicht gebrauchen, dass er sich hier einmischt.«

Mit gerunzelter Stirn sah er sie an. »Ich werde John nicht anlügen. Wir haben uns erst letztes Jahr wieder angenähert, das will ich nicht aufs Spiel setzen.«

»Dann bleib etwas vage, falls er nachfragt. Sag ihm nicht die ganze Wahrheit. Mach ihm klar, dass ich einen Plan habe.«

»Das ist kein Plan, Erin. Das ist ein verzweifelter Rettungsversuch.« Wieder lächelte er ihr traurig zu, dann verließ er den Raum.

Unschlüssig schaute sie sich um. Mit wackeligen Schritten ging sie auf den Schreibtisch zu, öffnete eine der Seitentüren und nahm die Schnapsflasche ihres Vaters heraus. Mit zitternder Hand setzte sie diese an und nahm einen Schluck. Brennend rann die Flüssigkeit ihre Kehle hinab. Davon durfte niemand etwas erfahren. Vor allem ihre Mutter nicht.

Kapitel 6

Wie jeden Abend in den letzten Wochen sattelte John sein Pferd. Noch immer trieb ihn das merkwürdige Gespräch mit Harry am Nachmittag um. Allmählich glaubte er, dass sein Vater vielleicht wirklich einen guten Grund hatte, Richard Smith derart zu hassen. John schüttelte den Gedanken ab. Er musste sich auf Busters Training konzentrieren. Auch wenn der Hengst schon von Natur aus ausdauernd und schnell rannte, hatte ihn spätestens seit der Wette mit Will der Ehrgeiz gepackt. Er würde nicht einfach aus Spaß an dem Rennen teilnehmen, es ging um mehr. Es war eine Frage der Ehre. Natürlich war es kindisch, dennoch wollte er diesem schleimigen Mistkerl, der nicht einmal selbst ritt, zeigen, dass er besser war. Mit einem Satz stieg er auf, und Buster brummelte augenblicklich erwartungsvoll.

Ohne dass er es beabsichtigt hatte, lief das Pferd Richtung Grundstücksgrenze. »Du willst dir die hübschen Stuten ansehen, oder?«, murmelte John.

Nach einer Weile erreichten sie den Zaun und John öffnete das schwere Holzgatter, das Erin und er vor Jahren gebaut hatten, um sich leichter besuchen zu können. Heute war ihm nicht danach zu springen, er sehnte sich nach etwas Ruhe. Zügig trabte Buster den sanften Hügel hinab zur Scheune. John sah auf den Traktor, der nur halb unter dem Dach stand, und dann auf die gemähte Fläche, die sich auf der anderen Seite des Grundstücks befand. Erin musste den ganzen Tag Heu gemacht haben, doch die schrägen Spuren im abgeschnittenen Gras wiesen darauf hin, dass sie mit dem großen Traktor noch nicht wirklich gut zurechtkam.

Vor der Scheune ließ er das Pferd anhalten, stieg ab und band Buster an. Er hörte, wie hinter ihm ein Auto hielt. Als er sich umsah, grinste ihn Kat frech an.

»Was machst du hier?«, brummte er, während sie ausstieg.

»Nach Erin sehen. Morgen ist ja die Beerdigung, und ich wollte sichergehen, dass es ihr einigermaßen gut geht.«

Er nickte, und gemeinsam gingen sie auf das Haus zu. Claire Holt öffnete die Tür und lächelte ihnen traurig zu. Ihre Augen zierten dunkle Ringe, und die sonst so ordentlichen Haare hingen ihr wirr um das Gesicht.

»Claire.« John nickte ihr zu.

»Ich habe eine Suppe gekocht«, sagte Kat und reichte ihr den Topf, den sie unter dem Arm getragen hatte.

»Das ist lieb von Ihnen, Ms. Roberts.« Lächelnd nahm Claire ihr die Suppe ab. »Ihr wollt sicher zu Erin. Sie ist im Büro, ich hole sie gleich. Möchtet ihr ein Bier?«

John nickte erneut. »Wenn's keine Mühe macht.«

Sie verschwand im Haus, und er nahm auf einem der Stühle auf der Terrasse Platz, während Kat sich auf die Hängebank fallen ließ.

»Du hast echt gekocht?« Skeptisch blickte er sie an. Nach allem, was er über Kats Kochkünste gehört hatte, würde er lieber hungern, als ein Essen von ihr zu verspeisen.

»Natürlich nicht. Im Pub gab es heute Suppe zum Mittagstisch. Ich habe mehrere Portionen gekauft und in den Topf gekippt.« Zufrieden räkelte Kat sich auf der Bank und streckte die Beine aus.

»Schätze, es ist der Gedanke, der zählt.«

»Es zählt immer nur das Ergebnis, John. Nicht der Weg dorthin.«

Vermutlich hatte dieses freche Luder recht. Dass Jim auf Dauer mit Kat zurechtkam, wunderte John noch immer. Doch sein Bruder liebte diese Frau abgöttisch, das war nicht zu übersehen. Und Kat hatte Jims Leben dafür auf den Kopf gestellt. *Hättest du mal besser aufgepasst, Bruder.* In sich hineinlachend betrachtete er, wie die Veterinärin etwas Dreck von der Hose knibbelte. Auch wenn sie sich mit ihrer guten Arbeit längst seinen Respekt verdient hatte, beneidete er Jim nicht um den Stress, den eine Beziehung mit einer Frau wie Kat zwangsläufig mit sich brachte. Eigentlich beneidete er niemanden um irgendeine Beziehung. Das machte das Leben unnötig kompliziert. Männer, die sich den Kopf von Frauen verdrehen ließen, büßten meist an Stärke und Charakter ein. Und am Ende blieben sie gebrochen zurück, so wie Harry. Nein, nichts in der Welt würde ihn dazu bringen, sich auf die Liebe einzulassen.

Erin erschien in der Tür und sah ihn mit einem Blick an, den er nicht recht deuten konnte. »Hast du mit Ethan gesprochen?« Sie reichte ihm ein Bier und setzte sich dann zu Kat.

»Warum?« Gab es etwas, was sein Bruder ihm hätte sagen sollen?

»Ach nichts, alles gut.« Sie reichte Kat die andere Flasche und wurde von der Tierärztin mit einer innigen Umarmung bedacht.

Schmunzelnd beobachtete John, wie angespannt Erins Körper auf die Nähe reagierte. Sie ließ sich nicht gerne umarmen. *Eigentlich.* Kürzlich in der Scheune hatte es ihr gutgetan, das war deutlich zu spüren gewesen. Kat flüsterte ihr etwas zu, und Erin nickte. Wie gut es war, dass hier auf dem Land niemand alleine dastand. Man hielt zusammen und konnte sich aufeinander verlassen. Er setzte das Bier an, nahm einen Schluck und stieß ein Stöhnen aus. Die Kälte des Getränks verursachte an seinem Zahn ein schmerzhaftes Ziehen.

»Was ist los?«, fragte Kat besorgt.

»Nichts.« Gereizt stellte er die Flasche beiseite.

»Sein Zahn, würde ich vermuten«, erriet Erin das Problem. »Ist doch so, oder?«

Er brummte.

»Hast du schon einen Termin beim Zahnarzt?«, fragte Kat nach.

Erin lachte auf und setzte ihre Flasche an.

»Nein.« John verschränkte die Arme vor der Brust.

»Dann kümmer dich drum.«

»Nein.«

»Muss ich das verstehen?« Kopfschüttelnd lehnte Kat sich zurück.

»Der große John Bennett hat schreckliche Angst vorm Zahnarzt«, klärte Erin sie auf und schaffte es kaum, einen Lachanfall zu unterdrücken. »Dieser Zahn macht ihm schon seit einer Weile Probleme. Letztes Jahr hatte er eine Wurzelbehandlung, und seitdem entzündet er sich immer wieder. Eigentlich muss das Ding raus, aber John weigert sich, dort noch einmal hinzugehen.«

Auf Kats Gesicht zeichnete sich Belustigung ab. »Aber zur

Wurzelbehandlung warst du da? Dann schaffst du es doch auch, ihn ziehen zu lassen.« John konnte erkennen, wie sehr sie sich zusammenreißen musste, um nicht ebenfalls zu lachen.

»Ich gehe nicht noch einmal zu diesem Metzger«, knurrte er.

»Ist der Zahnarzt hier so schlecht?«

»Keine Ahnung, wo der seinen Abschluss gemacht hat, aber er kann keine Spritze richtig setzen. Er hat mir als Jugendlicher die Weisheitszähne gezogen, und seit damals bekomme ich Schweißausbrüche, wenn ich nur an Zahnärzte denke.« Unwillkürlich schüttelte es ihn.

»Vor der Wurzelbehandlung habe ich ihn abgefüllt, und trotzdem wollte er dem Doc an den Kragen gehen.« Erneut brach Erin in Gelächter aus.

Immerhin lachte sie wieder, auch wenn es über ihn war.

Eindringlich sah Kat ihn an. »Ein entzündeter Zahn ist keine Kleinigkeit. Im schlimmsten Fall kann sich eine Sepsis entwickeln.«

John machte eine abwehrende Handbewegung. »Es hat sich jedes Mal wieder beruhigt. Das wird schon wieder.«

»Ich könnte ihn dir ziehen.«

»Du bist Tierärztin!« Kopfschüttelnd schaute er sie an.

»Ich ziehe ständig Zähne bei Katzen, Hunden und Pferden. So anders ist das nicht, und ich verspreche dir, ich setze ganz wunderbare Betäubungsspritzen.«

»Als ob deine Patienten das bestätigen könnten«, gab er zurück.

Erin zog die Augenbrauen hoch und sah ihn fragend an.

»Das kann nicht euer Ernst sein«, sagte John.

»Dann bleibt dir nur, nach Dunham zu fahren und dort

zum Zahnarzt zu gehen. Vielleicht versteht der sein Handwerk ja besser als sein Kollege hier.« Gleichgültig nahm Kat einen Schluck.

Wieder schüttelte es ihn bei dem Gedanken an einen Zahnarztstuhl und den Geruch nach Desinfektionsmitteln. »Das beruhigt sich wieder«, wiederholte er.

Kat, die sich offensichtlich bemühte, Erin von ihrer Trauer abzulenken, berichtete, wie sie Buster dazu gebracht hatten, den Hänger zu besteigen. »Ich habe übrigens eine Idee, wie wir dafür sorgen, dass er sich während des Rennens nicht so sehr aufregt.«

John war plötzlich ganz Ohr.

»Scheuklappen.« Triumphierend schaute sie ihn an.

»Scheuklappen? So wie Kutschpferde?«

»Warum nicht? Er kann nach vorne sehen, aber nicht alles wahrnehmen, was um ihn herum passiert. Du meintest ja, du würdest ihn am liebsten blind reiten. Das hat mich auf die Idee gebracht. Wir schränken seine Sicht ein. So muss er mehr auf dich vertrauen und wird nicht so sehr von den anderen Pferden und Menschen abgelenkt.«

»Das könnte funktionieren«, überlegte er laut.

»Allerdings müssen wir erst welche auftreiben. Ich habe leider keinen einzigen Kunden, der Kutsche fährt.«

»Dad hat nie etwas weggeworfen. Wir haben noch welche von seinem Vater in der Sattelkammer.« Erin zwinkerte ihm zu.

Kat klatschte begeistert in die Hände. »Wunderbar. So hast du wirklich eine Chance, gegen Will zu gewinnen.«

Mist. John schloss einen Moment lang die Augen und spürte dennoch Erins Blick auf sich ruhen.

»Was soll das heißen?«, zischte sie.

Erschrocken sah Kat ihn an und formte »Sorry« mit den Lippen.

Seufzend zuckte er mit den Schultern. »Will wollte gegen mich wetten. Also bin ich eingestiegen.«

Erins Augen verengten sich zu schmalen Schlitzen. »Hast du dich mit ihm angelegt?«

»Wir waren beide daran beteiligt«, verteidigte er sich.

»Kannst du dich nicht einfach für mich freuen? Ist das so schwer? Musst du dich gleich einmischen und Ärger machen?«, fauchte sie.

»Es ist deine Sache, mit wem du vögelst«, platzte es aus ihm heraus.

Erin hielt die Luft an. Abrupt stand sie auf und stiefelte zur Scheune hinüber.

»Entschuldige«, murmelte Kat.

»Ist egal. Früher oder später hätte sie es eh mitbekommen.«

»Willst du ihr nicht sagen, dass Will mit einer anderen im Pub war?«

»Jim hat es dir erzählt?« Grimmig dachte er an den Abend zurück. Wie selbstverständlich dieser Schmierlappen die andere Frau vor seinen Augen betatscht hatte.

»Jim hat sich furchtbar aufgeregt. Über dich, weil du so dämlich warst, dich auf die Wette einzulassen, und über diesen Arsch, der mit einer anderen rummacht.«

»Ich kann es Erin nicht sagen. Sie würde es mir nicht glauben. Du hast keine Ahnung, wie bescheuert ich mich damals bei der Sache mit Ethan und Liz aufgeführt habe. Sie wird nur denken, dass ich mich wieder einmische und den Beschützer raushängen lasse.«

Kat gluckste. »Ich habe schon gehört, was du damals

abgezogen hast. Trotzdem willst du sie doch eigentlich beschützen. Oder liege ich falsch?«

Aus den Augenwinkeln sah er Erin zurückkommen und warf Kat einen warnenden Blick zu. Erin stapfte die Stufen zur Holzterrasse hinauf und schleuderte ihm die Scheuklappen auf den Schoß.

»Lass mich aus der Nummer raus. Tu, was du nicht lassen kannst. Aber sei dir klar darüber, dass du gegen einen Quarter Horse Zuchthengst antrittst, der von Ted Berrings geritten wird. Leicht wird es nicht werden.«

»Ich mag es nicht leicht, so gut solltest du mich kennen.«

»Nein. Du liebst Schwierigkeiten.« Eindringlich schaute Erin ihn an.

Er stand auf und drehte sich von ihr weg. »Danke für die Scheuklappen. Wir sehen uns morgen.« Zügig ging er auf Buster zu, löste die Zügel von dem Holzbalken vor der Scheune und saß auf. Er hatte nicht beabsichtigt, sich am Abend vor der Beerdigung mit Erin zu streiten. Aber wann lief hier schon mal was nach Plan?

***

Harry strich sich abwesend über den Schnauzbart. Im Schutz der großen Bäume standen sie bei sengender Hitze auf dem trostlosen, mit vertrocknetem Gras überzogenen Friedhof von Firefly Creek. Er lauschte den Worten des Pfarrers, der über einen seiner engsten Freunde sprach. Nein, über seinen engsten Freund. Harry war nicht gesellig, doch mit Graham Holt hatte ihn eine jahrzehntelange Freundschaft verbunden. Jede Woche hatten sie beisammengesessen, über alte Zeiten, ihre Kinder und die Zucht gesprochen. Manchmal hatten sie auch einfach nur schweigend am Whisky genippt und ihre

Zigarren genossen. Das war jetzt vorbei. Und er würde es schmerzlich vermissen.

Sein Blick wanderte zu Claire. Er schätzte diese Frau, und ihren Schmerz zu sehen war schwer auszuhalten. Gleich daneben stand ein Mann, den Harry nicht kannte. »Wer ist das?«, flüsterte er Jim zu, der mit Kat neben ihm stand.

»Erins Freund.«

Harry zog die Augenbrauen zusammen. Der Mann mit dem schicken Anzug, den Lackschuhen und Haaren, deren Farbe dem vertrockneten Gras um sie herum glich, war tatsächlich Erins Freund? Geistesabwesend starrte der Kerl in die Ferne und schaute dann auf seine Armbanduhr. Harry brummte missmutig. Dann hielt er zwischen den unzähligen Trauergästen nach seinem ältesten Sohn Ausschau. Etwas abseits der Menschenmenge sah er John an einem Baumstamm lehnen, ein Bein etwas angezogen und den Stiefel gegen die Rinde gestützt. Nicht einen Moment lang ließ er Erin aus den Augen. Den Hut in einer Hand und mit einem für ihn ungewohnt sorgfältig gebügelten schwarzen Hemd, beobachtete er von seinem Platz aus jede ihrer Regungen. Seufzend steckte Harry die Hände in die Hosentaschen. Kam es mit dem Alter, dass er inzwischen immer besser erkannte, was seine Söhne beschäftigte? Und irgendetwas war im Busch. Er konnte nur noch nicht den Finger darauflegen. Dass John beinahe vor Eifersucht platzte, war kaum zu übersehen, doch sicherlich war es dem Jungen nicht einmal klar, was genau er da empfand. Dafür war er viel zu uneinsichtig und starrsinnig. Aber da musste noch etwas anderes sein. Harry schielte zu Ethan hinüber, der mit Liz und den Kindern nur wenige Meter entfernt stand. Durch Zufall hatte er am Morgen ein Telefonat mit angehört, das Ethan im Büro geführt hatte. Darin war Erins Name gefallen und Ethans Stimme hatte ungewohnt angespannt geklungen. Zwar war Harry schnell weitergegangen, da ihn das Gespräch nichts anging, einen Verdacht hatte er dennoch. Graham war in Schwierigkeiten gewesen. Doch Harry hatte es John gegenüber nicht zugeben können, als dieser ihn darauf angesprochen hatte. Er hatte seinem Freund sein Wort gegeben, Stillschweigen zu bewahren, und das galt auch über den Tod hinaus. Was war, wenn die Situation noch viel schwieriger gewesen war, als Graham ihm mitgeteilt hatte? John hatte recht, der frühe Verkauf der Rinder war im Fall der Elderberry Farm nicht klug gewesen. Harry selbst hatte erst durch John davon erfahren. Also musste sein Freund unter größerem Druck gestanden haben als angenommen. Vermutlich musste Erin ein schweres Erbe antreten. »Verdammt«, zischte er. Strafend warf Jim ihm einen Blick zu, doch Harry ignorierte ihn. Erin, die schon als Kind ein liebenswerter Wirbelwind gewesen war, wünschte er nur das Beste. Graham hatte seine Tochter zu einer vortrefflichen Farmerin ausgebildet. Dennoch konnte sie die Farm nicht alleine betreiben. Doch wie er selbst und John musste sie die Dinge auf die harte Tour lernen. Erin würde erst um Hilfe bitten, wenn ihr das Wasser bis zum Hals stand. Und dann würden er und seine Söhne für sie da sein.

Er sah, wie Erin mit bleichem Gesicht ihre Mutter umarmte und verfolgte, wie die Zwillinge mit einigen anderen jungen Männern den Sarg an Seilen in das tiefe Grab hinabließen. *Alles Gute, mein Freund.* Harry wischte sich eine Träne aus dem Augenwinkel. Wieder suchte er John mit dem Blick und nahm wahr, wie sich dieser plötzlich in Bewegung setzte, sich zwischen den Menschen hinter den beiden Frauen hindurchdrängte und Erin gerade rechtzeitig erreichte, als deren Beine nachgaben. An ihn gelehnt, sackte sie in sich zusammen, doch er zog sie hoch und stützte sie. Entrüstet funkelte dieser blonde Kerl seinen Sohn an, doch John beachtete ihn nicht. Als sich ihre Blicke trafen, nickte Harry seinem Sohn kaum merklich zu. Auch wenn sie sich in letzter Zeit nicht gut verstanden, so konnte er sich dennoch gut in ihn hineinversetzen. Er hatte miterlebt, wie Johns und Erins Freundschaft über die Jahre gewachsen war. Für Erin, dass wusste er, würde John alles geben. So oft war Harry kurz davor gewesen, seinem Sohn einen Schubs in die richtige Richtung zu geben. In Erins. Doch die beiden waren alt genug und mussten selbst erkennen, dass sie wie gemacht füreinander waren.

»Bist du bereit?«, riss Jim ihn aus seinen Gedanken.

Harry sah auf die kleine Schaufel in dem Erdhaufen, hinter der sich die Trauergäste aufreihten, um Graham die letzte Ehre zu erweisen. Zusammen mit Jim hatte er gestern spät am Abend, um Erin und Claire nicht zu stören, einen Anhänger mit Erde auf der westlichen Weide von Elderberry aufgefüllt. Über zwei Stunden hatten sie gebraucht, um den ausgetrockneten Boden mit den Spaten zu lockern. Doch Graham sollte in der Erde seiner Farm liegen, so wie Charlotte und Samuel in der von Silverwood ruhten.

Mit einem prasselnden Geräusch streute Claire die erste Schaufel Erde auf den Sarg, dann Erin und John. Gemessenen Schrittes ging Harry hinüber zu der Menschenschlange und reihte sich ein. Dass auch er eines Tages in der Erde seiner Farm liegen wollte, musste er seinen Söhnen nicht sagen.

***

Erin zupfte ihre Bluse zurecht und saß, den Blick auf ihre Füße gerichtet, auf dem Sofa, auf dem sie so oft abends mit ihrem Vater gesessen hatte. Die Worte der Menschen um sie herum verschwammen zu einem Stimmengewirr. Weder ihr noch ihrer Mutter war danach gewesen, einen Leichenschmaus zu veranstalten. Doch es gehörte nun mal dazu, und so war das Haus nun voller Leute. Teller mit Essen standen an jedem freien Platz, zubereitet von den älteren Damen der Kleinstadt. Zwar war es berührend, dass so viele Bewohner von Firefly Creek nicht nur zur Beerdigung, sondern auch hierhergekommen waren, doch Erin bezweifelte, dass dies im Interesse ihres Vaters war. Sie sah durch das Wohnzimmerfenster hinaus auf das Gras, das sie am Tag zuvor gemäht hatte. Durch die unerbittliche Hitze war es innerhalb von vierundzwanzig Stunden zu Heu geworden. Suchend schaute sie sich um. John stand mit dem Rücken zu ihr und unterhielt sich mit einem Farmer. Sie spürte schon den ganzen Tag über seine Blicke auf sich ruhen. Seine Sorge war gut gemeint, aber es war ihr zu viel.

Will war schon direkt nach der Beerdigung gegangen, wegen eines dringenden Geschäftsessens. Doch seine Gegenwart hätte auch nichts geändert. Inmitten all der Menschen in diesem Raum fühlte sie sich einsam wie nie. Sie musste hier raus. *Sofort.* Erin sprang auf und schob sich zwischen den Gästen hindurch, ging hinaus zum Traktor. Sie löste das Mähwerk dahinter, drehte den Zündschlüssel und fuhr vor die Heupresse. Schon jetzt rann der Schweiß an ihr herunter, und auf der weißen Bluse, die sie nur zu besonderen Anlässen trug, zeichneten sich die ersten nassen Flecken ab. Fluchend trat sie gegen die Kupplung, der Anhänger wollte einfach nicht richtig einrasten. Bei ihrem Vater hatte das immer wie ein Kinderspiel ausgesehen. Wenn es um die großen Landmaschinen ging, war sie wirklich unfähig.

»Ich zeig dir, wie es geht«, hörte sie eine tiefe Stimme hinter sich. Sie trat zur Seite, und Harry griff, eine Zigarre im Mundwinkel, an die Kupplung. Geübt ließ er das Verbindungsstück einrasten. »Was hast du vor?« Die dunklen Augen unter den buschigen Augenbrauen sahen sie prüfend an.

»Das Heu ist trocken«, gab sie zurück.

Er nickte und nahm die Zigarre aus dem Mund. »Jetzt willst du raus?«

Erin zuckte mit den Schultern. »Es ist mir egal, ob es jemandem aufstoßen könnte. Die Farm stand für meinen Vater an erster Stelle. Das Heu ist fast ausgegangen, und in den nächsten Tagen muss ich die restlichen Flächen mähen. Ich brauche das Geld.«

Harry brummte zustimmend. »Ich glaube, es gibt keinen besseren Weg, deinen Vater zu ehren, als auf seinem Land zu arbeiten.« Er legte sich zwei Finger an die Lippen, und Erin hielt sich die Ohren zu. Sie kannte Harrys Pfiffe nur zu gut und war schon das ein oder andere Mal unvorbereitet erwischt worden. Markerschütternd schallte das Geräusch über den Hof. Nur wenige Sekunden später stürzten die Zwillinge aus der offenen Haustür und sahen sich suchend um. Gemächlich hob Harry eine Hand. River verschwand augenblicklich im Haus, während Quentin auf sie zulief.

Erin musste lächeln. Eine Hand stand bei Harry für alle fünf Söhne. Mit der Anzahl der ausgestreckten Finger hatte er schon früher immer angezeigt, wie viele von ihnen er für eine Arbeit benötigte.

Quentin kam zu ihnen und schaute auf Erins Hände, die schwarz vom Schmierfett der Anhängerkupplung waren. »Was gibt's?«

»Wir fahren das Heu ein«, brummte Harry und drückte seine Zigarre am Blech des Traktors aus.

»Jetzt?« Quentin blickte verwundert zwischen seinem Vater und ihr hin und her.

»Ja, jetzt. Nimm meinen Wagen und häng Grahams –«, Harry machte eine Pause und schien zu zögern, »häng Erins großen Anhänger an. Du fährst, die anderen laden die Ballen auf. Ich fahre mit dem Traktor voraus.« Ohne auf eine Antwort zu warten, stieg er hinauf und startete den Motor.

Erin eilte zur Seite und sah zu, wie er geschickt die schwere Maschine um die Scheune herum auf die gemähte Fläche lenkte. Dann kamen die anderen Brüder an. Allesamt trugen sie ordentliche Hemden, saubere Hosen und hatten sogar ihre Schuhe poliert. Hatte sie die Jungs jemals so piekfein gesehen? Bei Samuels Beerdigung hatten sie ihre Arbeitsstiefel und Hemden getragen – weil sie ihn in der gleichen Kleidung beerdigen wollten, in der sie Seite an Seite mit ihrem Bruder gearbeitet hatten. Die verächtlichen Blicke der Trauergemeinde hatten sie nicht gekratzt, doch die Bennetts interessierte generell wenig, was andere von ihnen dachten. Und auch Erin war es meist egal. Sofern man ihr nicht unterstellte, keine fähige Farmerin zu sein, spielte die Meinung anderer Leute keine Rolle für sie.

»Was treibt der alte Mann da?«, wollte John wissen.

»Anscheinend holen wir jetzt das Heu ein«, klärte Quentin ihn auf.

»Ist es das, was du heute machen möchtest?« Mit zusammengezogenen Augenbrauen musterte John Erin.

»Ja, das ist es.«

»Also gut, ihr habt es gehört. Raus aus den Hemden!«, rief er.

Erin sah amüsiert zu, wie die Brüder achtlos ihre Oberhemden über den Balken vor der Scheune warfen, der zum Anbinden der Pferde diente. Im Unterhemd oder mit komplett entblößten Oberkörpern folgten sie Harry.

»Eure Gäste werden denken, dass wir sie nicht mehr alle haben.« Jim legte einen Arm um sie und lachte.

»Die meisten sind Farmer, sie sollten es also verstehen.«

Quentin fuhr mit dem Pick-up und dem großen, flachen Anhänger an ihnen vorbei. Die ersten Ballen lagen bereits auf dem Feld, und in beruhigend gleichmäßigen Abständen fielen weitere hinter dem Traktor, den Harry fuhr, aus der Heupresse auf den vertrockneten Boden. Sie liefen neben dem Anhänger das flach ansteigende Weideland entlang und luden die Ballen auf. Bald waren die feinen Hosen von einer dünnen Staubschicht bedeckt, und auch die Schuhe glänzten längst nicht mehr. Doch es störte keinen von ihnen. Immer wieder erzählte jemand eine Anekdote über ihren Vater, etwa wie er sie damals beim Schnapsklauen erwischt hatte, und Erin lachte, bis sie Seitenstechen bekam. Mit glänzendem Oberkörper lief John vor ihr und warf, scheinbar spielerisch, die Ballen auf den Hänger. Auch er lachte ausgelassen, was ein wohliges Gefühl in Erin auslöste. Die Nachmittagssonne ließ seine braun gebrannte Haut beinahe golden erscheinen. Für einen winzigen Moment verlor sie sich in dem Anblick. Bis River sie absichtlich mit einem Ballen abwarf und sie unsanft auf dem stoppeligen Boden landete. »Na warte!« Grinsend rappelte Erin sich auf und jagte ihn um Pick-up und Anhänger herum, bis er nach Luft schnappend aufgab und sich von ihr mit dem kratzigen Heu einseifen ließ.

»Wir arbeiten hier!«, rief John mahnend.

River zwinkerte ihr zu, und auf Erins Zeichen hin stürmten sie auf den ältesten Bennett zu und bewarfen ihn mit Heu. Die trockenen Halme blieben an seiner Haut kleben, und John rieb sich fluchend über den Oberkörper, um die kratzenden Halme zu entfernen.

»Ich spritze dich nachher mit dem Schlauch ab.« Erin konnte sich vor Lachen kaum halten. Verzweifelt versuchte John, das Heu an seinem Rücken zu erreichen, und drehte sich um die eigene Achse.

»Sagt die in der weißen Bluse«, knurrte er. »Nur, wenn ich dich auch abspritzen darf.«

»Davon träumst du.«

John lachte und machte dann einen Satz auf sie zu. Ehe sie es sich versah, hatte er sie über seine Schulter geworfen.

»Lass mich runter, Johnny. Wir arbeiten hier«, wiederholte sie seine Worte. »Und du bist eklig verschwitzt.«

»Ich kann dich nicht hören«, brummte John und drehte sich im Kreis. »Hast du was gesagt?«

Erin schnaubte und bohrte ihre Finger in seine Seite.

»Ich bin nicht kitzelig, falls du das vergessen hast«, lachte er. Mit einem Ruck setzte er sie auf dem Anhänger ab und zwinkerte ihr zu.

Sein Geruch schien an ihrer Haut zu haften, doch überraschenderweise war es ihr nicht unangenehm. Augenblicklich fühlte sie sich an seine Umarmung erinnert, in die sie sich in der Scheune geflüchtet hatte. Auch wenn sie noch sauer auf John war, weil er sich mit Will angelegt hatte, war sie nun doch froh, ihn in ihrer Nähe zu haben. Und tatsächlich war er zur Abwechslung einmal ausgelassen gewesen, um sie von ihrer Trauer abzulenken. Erin kletterte herunter und schnappte sich den nächsten Ballen, den sie stöhnend auflud. Dank der unverhofften Hilfe würden sie für das gesamte Areal kaum mehr als eine Stunde brauchen. Heute war der Tag, an dem sie ihren Vater beerdigt hatte, und deshalb war sie bereit, sich ausnahmsweise helfen zu lassen.

Zufrieden betrachtete Erin die aufgestapelten Heuballen im hinteren Teil des großen Stalls. Immerhin ihre eigenen Pferde sollte es nun mehrere Monate lang durchbringen. So gut, wie das Gras gewachsen war, würde das Heu schon nächste Woche bis unter das Dach reichen, so dass sie einiges verkaufen könnte. Doch es lag eine arbeitsreiche Woche vor ihr. Bei dieser Hitze die Felder zu mähen war brutal. Harry wollte sie überzeugen, diese Arbeit von Quentin erledigen zu lassen. Es sei kein Problem, er könne seinen Sohn für einige Tage entbehren, hatte er versichert. Als sie ablehnte, konnte sie erkennen, wie Ethan den Kopf schüttelte. Aber da John sie noch nicht auf ihre finanziellen Probleme angesprochen hatte, hielt Ethan zumindest bisher dicht, auch wenn er offensichtlich nicht mit ihrer Entscheidung einverstanden war.

Sie linste durch das Scheunentor und beobachtete, wie die Autos der letzten Trauergäste davonfuhren. Kaum waren sie außer Sicht, ging sie hinüber zum Haus. Wo eben noch rege Betriebsamkeit geherrscht hatte, saß ihre Mutter nun verloren auf einem Stuhl am Küchentisch. Sie wirkte um mindestens ein Jahrzehnt gealtert.

»Wie sieht denn deine Bluse aus?« Mit hochgezogenen Augenbrauen sah ihre Mum tadelnd auf die Flecken.

»Das geht wieder raus. Und wenn nicht, dann ist es auch nicht schlimm.« Erin öffnete den Kühlschrank, der bis zum Bersten mit Platten und Tellern voller Fingerfood vollgestopft war. »Wenigstens müssen wir morgen nicht kochen«, sagte sie und nahm eine Platte mit Würstchen im Teigmantel heraus.

»Es wird schlecht werden, so viel, wie wir haben. Bring doch morgen den größten Teil rüber nach Silverwood. Die Jungs verputzen das sicherlich im Nu, und so können wir uns zumindest etwas für die Hilfe heute bedanken.« Ihre Mutter runzelte die Stirn. »Aber während einer Trauerfeier Heu zu machen ist schon wirklich etwas unpassend.«

Erin seufzte und setzte sich zu ihr. »Ich habe es hier drinnen nicht mehr ausgehalten. Und Dad hat es gehasst, Arbeit liegen zu lassen.«

»Du bist wie er.« Ihre Mutter streckte die Hand nach ihr aus und lächelte sanft. »Trotzdem solltest du nicht zu viel arbeiten.«

»Mach dir keine Gedanken. Du weißt, wie ungern ich untätig herumsitze. Es wird etwas dauern, bis sich alles eingespielt hat, aber wir werden zurechtkommen.« Erin schob sich eines der Würstchen in den Mund.

»Es war eine schöne Feier. Und so viele Menschen sind gekommen, um von ihm Abschied zu nehmen.« Ihre Mutter stand auf und schaute sich um. »Und die Frauen haben sogar alles aufgeräumt. Ich werde ins Bett gehen.«

»Mach das. Ich gehe auch bald.« Sie sah ihrer Mum hinterher, wie sie die Küche verließ und hörte dann ihre langsamen Schritte auf der Treppe. Wie es sein musste, sich alleine in ein Bett zu legen, das sie über Jahrzehnte mit ihrem Mann geteilt hatte? Bis auf das Ticken der Wanduhr war kein Laut zu hören. Sollte sie Will anrufen? Nein, er war beschäftigt und hatte sich trotz seines vollen Kalenders Zeit für die Beerdigung genommen. Dann eben eine kalte Dusche. Sorgsam befestigte sie die Folie über den Würstchen und schob sie zurück in den Kühlschrank. Die Warmherzigkeit und Großzügigkeit der Leute hier rührten sie. Ihr Vater war ein großartiger Mann gewesen und zu sehen, dass die Gemeinde um ihn trauerte, hatte etwas Tröstliches.

***

»Ihr wart bei einer Trauerfeier, warum stinkt ihr alle zum Himmel und habt Heu in den Haaren?« Liz sah von einem zum anderen. Nach der Beerdigung war sie mit den Kindern nach Hause gegangen, da Charlie unruhig und schlecht drauf war.

»Wir haben Erin geholfen«, erklärte John und beobachtete genervt, wie Quentin und River sich lauthals darum stritten, wer als Erster unter die Dusche durfte. Das alte Haus hatte nur ein Badezimmer, was regelmäßig zu Auseinandersetzungen führte. Kaum hatte man das Bad für sich erobert, klopfte bereits der Nächste ungeduldig an die Tür. »Entweder ihr einigt euch, oder ihr könnt euch auf dem Hof mit dem Schlauch abspritzen«, fuhr er sie an. »Die Kinder sind schon im Bett, also haltet die Klappe.«

Jim trat zwischen die Streithähne und schob River zum Flur, während er Quentin ein Bier reichte. »Geklärt«, brummte er.

Harry schlurfte in den Flur, und gleich darauf fiel die Bürotür zu.

Liz schaute ihm sorgenvoll hinterher. »Ob er es verkraften wird?«

»Den haut so schnell nichts um«, beruhigte John sie. Als Jim ihm ein Bier reichen wollte, lehnte er ab. Dieser verflixte Zahn wurde mit jeder Stunde schlimmer. Der pulsierende Schmerz trieb ihn langsam, aber sicher in den Wahnsinn. Die Arbeit auf dem Feld in der Nachmittagshitze rächte sich jetzt. Er nahm den Whisky aus dem Vorratsschrank, setzte die Flasche an und ließ etwas davon in seinen Mund laufen. Dann legte er den Kopf schief, damit die Flüssigkeit den Übeltäter umgab.

»Was soll denn das?« Liz kicherte und schüttelte den Kopf.

»Er hofft wohl, dass Alkohol hilft, seinen Zahn zu beruhigen«, klärte Jim sie auf und setzte sich an den Tisch. »Vielleicht solltest du das Angebot von Kat annehmen.«

John schluckte die bittere Flüssigkeit hinunter. »Mir von einer Tierärztin einen Zahn ziehen lassen? Das ist der Stoff, aus dem meine Albträume sind.«

»Du weißt, dass sie flinke Finger hat.« Jim lehnte sich zurück und lachte tief.

»Ja, und ich weiß, wo sie die sonst so hat. Also nein danke. So schlimm ist es gar nicht.« Müde ließ er sich auf seinen Stuhl fallen.

»Kannst du denn Buster so trainieren?« Liz lief zum Kühlschrank, nahm ein Eispack aus dem Kühlfach, wickelte es in ein Geschirrtuch und reichte es ihm.

Wohltuend breitete sich die Kälte an seiner Wange aus. »Nein«, knurrte John.

»Dann wird das nichts mit dem Rennen«, stellte Jim trocken fest. »Will bekommt sein Geld, und du hast keine Aussicht auf den Hauptgewinn. Willst du das?«

Die sechstausend Dollar, die es als Preisgeld für den Gewinner gab, waren John egal, aber Will eins reinzuwürgen würde unbezahlbar sein. Der Gedanke, mit diesem Zahn aufs Pferd zu steigen, ließ das Pochen in seinem Kiefer noch stärker werden. »Ich gehe hoch.« Mit dem Eispack in der Hand stapfte er die Treppe hinauf. Sein spärlich eingerichtetes Zimmer war ordentlich wie immer. Er hatte nur wenige Dinge, viel brauchte er nicht. Die zwei Schrotflinten, die hinter der Tür standen, waren für die gelegentliche Hasenjagd. Die wenigen Bücher in dem sonst leeren Regal stammten von Jim. Aus irgendeinem Grund glaubte sein Bruder noch immer, ihm Bücher weitergeben zu müssen, die er selbst gut fand. Doch John verbrachte seine Zeit lieber draußen, anstatt lesend im Haus rumzusitzen. Mit einer energischen Bewegung zog er die Gardinen zu und öffnete die Jeans. Rieselnd fielen kleine Heuhalme auf den Boden. Bis alle nacheinander geduscht hätten und er an der Reihe wäre, würde sicher noch einige Zeit vergehen. Er warf die Hose in den Wäschekorb und streckte sich auf dem Bett aus. So spät die Sonne im Hochsommer unterging, so früh ging sie auch wieder auf. Selten schlief er über den Sonnenaufgang hinaus. Wieder legte er sich das Eis auf die Wange und schloss die Augen. *Endlich Ruhe.*

Das Krähen des Hahnes ließ ihn aufschrecken. Als er sich aufsetzte, glaubte er, ein Eispickel würde ihm in den Kopf gerammt werden. Dröhnend pochte sein Schädel, und in seinem Mund hatte sich ein widerlicher Geschmack ausgebreitet. *Mist.* Der Zahn eiterte eindeutig. Langsam, um die Schmerzen nicht noch zu verstärken, stand John auf und sah auf den Wecker. Es war erst halb sechs, und vermutlich schliefen die anderen noch. Er kramte neue Kleidung aus dem Schrank und schlurfte ins Bad, um die Dusche nachzuholen, die er am Abend zuvor verpasst hatte.

Als er schließlich die Küche betrat, stand Liz im Nachthemd am Herd, während sie Charlie im Arm wiegte.

»Wieder eine harte Nacht gehabt?«

Liz seufzte. »Sie bekommt einen Zahn. Seit drei Uhr bin ich mit ihr zusammen wach. Jetzt ist sie müde, will aber nicht im Stubenwagen liegen. Ich bin kurz davor, Harry zu wecken. Bei ihm beruhigt Charlie sich doch meist schnell.«

»Das kann nicht nur Harry.« John bedeutete ihr, ihm das Baby zu reichen. Charlie war inzwischen ein halbes Jahr alt und ein kugelrunder Wonneproppen. Wie vernarrt er in dieses Kind war. »Ich setze mich mit ihr raus, da schläft sie sicher ein.«

»Willst du nicht erst was essen?«

Unwillkürlich verzog er das Gesicht. »Ich kann mit dem Zahn nichts essen.« Behutsam trug er die unruhige Charlie nach draußen. Ihre himmelblauen Augen sahen sich neugierig um und fixierten einen Vogel, der auf der Regenrinne saß. »Wir haben also beide Zahnschmerzen«, flüsterte John ihr zu. Dann setzte er sich an den kleinen schmiedeeisernen Tisch im Vorgarten und legte sie sich bäuchlings auf die Brust. Unzufrieden vergrub Charlie ihre Nase in seinem Hemd, ruderte mit den Armen und meckerte ungehalten. Doch nur wenige Minuten später atmete sie ruhig und gleichmäßig. John betrachtete ihre geschlossenen Augen und die winzige Stupsnase.

In der Küche hatten sich inzwischen die Ersten zum Frühstück eingefunden, und zu ihm drang ein gedämpftes Stimmengewirr. So ging es nicht weiter. Der Zahn würde sich dieses Mal nicht beruhigen, das war mehr als offensichtlich. Das Teil musste raus. Es war lächerlich, dass er sich so anstellte, dass wusste er selbst zu gut. Trotzdem saß diese Panik tief in ihm drin. Schon jetzt, während er nur darüber nachdachte, in Dunham beim Zahnarzt anzurufen, wurden seine Handflächen feucht.

Er hörte, wie sich ein Auto näherte, doch die Hauswand versperrte die Sicht auf den Hof. Eine Tür wurde zugeschlagen, und gleich darauf kam Erin mit zwei Körben beladen um die Ecke.

»Was machst du denn so früh hier?«, fragte er leise, um Charlie nicht zu wecken.

Sie stellte die Körbe neben dem Tisch ab und nahm gegenüber von ihm Platz. »Ich habe schlecht geschlafen.« Geistesabwesend fuhr sie sich durch die Locken, die heute noch ein wenig wilder wirkten als üblich. »Wir haben so viel Essen von gestern übrig, das wollte ich euch als Dankeschön vorbeibringen.«

John lugte in die Körbe. »Ich bin sicher, davon wird nicht viel übrig bleiben, sobald es auf dem Tisch steht.« Die Snacks sahen gut aus und er bemerkte, wie hungrig er war.

»Der Zahn?«

Überrascht schaute er auf. »Woher weißt du das?«

Erin lachte. »Ich kenne dich. Man sieht es dir deutlich an.«

»Es eitert«, gab er zu.

»Dann muss er dringend raus.«

»Vielleicht kann man da was mit Antibiotika machen?«

Vorwurfsvoll sah sie ihn an. »Du hast doch gehört, was Kat gesagt hat. Willst du dir unbedingt eine Blutvergiftung einhandeln?«

»Nein, aber …«

»Nichts aber«, fiel Erin ihm ins Wort. »Ich habe gerade meinen Vater verloren. Meinst du wirklich, ich will auch noch meinen besten Freund verlieren? Wegen so einer lächerlichen Sache?«

»Ich weiß nicht, was ich dazu sagen soll.« Selten sprach sie aus, was er ihr bedeutete. Natürlich ahnte er es, doch es zu hören rührte ihn.

»Dass du mitkommst. Wir fahren zu Kat.«

Seufzend rieb er sich über das Gesicht. Es behagte ihm gar nicht, Kat den Zahn ziehen zu lassen, aber wenigstens würde es bei ihr nicht nach Zahnarzt, sondern höchstens nach Hund riechen. »Gibst du mir noch ein paar Minuten, bevor es zur Schlachtbank geht?«

»Sicher.« Erin nickte und betrachtete das schlafende Kind. »Charlie ist so niedlich. Wenn du sie auf dem Arm hast, wirkst du beinahe wie ihr Vater.«

Amüsiert brummelte er. Natürlich empfand er für seine Nichte so etwas wie väterliche Liebe, ebenso wie für Ollie.

»Das Baby steht dir«, sagte Erin und sah ihn mit merkwürdigem Blick an.

»Bekommst du etwa Babyfieber?« Er betrachtete sie skeptisch. Erin dachte doch hoffentlich nicht daran, sich ernsthaft auf Will einzulassen und mit ihm eine Familie zu gründen?

»Ach was, du kennst mich doch. Selbst wenn ich wollte, hätte ich keine Zeit dafür. Kinder passen nicht zu uns, John. Du bist mit Silverwood verheiratet und ich mit Elderberry.«

»Ich fürchte, in meiner Ehe kriselt es gewaltig«, sagte er, bemüht, leise zu sprechen, damit sein Vater es in der Küche nicht mitbekam.

»Ist es noch nicht besser geworden?«

Er schüttelte den Kopf. »Wir geraten wegen Kleinigkeiten

aneinander. Ich habe das Gefühl, dass er alle meine Entscheidungen in Frage stellt.«

»Und du seine«, ergänzte sie.

»So wird es wohl sein. Ich weiß wirklich nicht, wie lange das hier noch gutgeht.«

Erin runzelte die dunklen Augenbrauen. »Du wirst Silverwood eines Tages übernehmen, das weißt du doch genau.«

So war es vorgesehen, und das schon seit dem Tag seiner Geburt. Es war nicht nur Tradition, an den ältesten Sohn zu übergeben, es war auch immer klar gewesen, dass er die nötige Leidenschaft für die Farm besaß. »Ja«, antwortete er knapp.

Nickend stand sie auf und griff nach den Körben. »Ich bringe das Essen zu Liz, und dann fahre ich dich zu Kat. Die Sprechstunde fängt erst in zwei Stunden an, ich bin sicher, sie kann dich vorher noch drannehmen.«

Sanft strichen seine Fingerspitzen über Charlies blonden Haarflaum. »Für sie werde ich das durchziehen«, flüsterte er. »Und für dich, Prinzessin.«

Kapitel 7

Zwar hatte John sich bereitwillig in ihr Auto gesetzt, doch je mehr sie sich Firefly Creek näherten, desto mehr war er auf seinem Sitz hin und her gerutscht. Der Arme fühlte sich miserabel, daran bestand kein Zweifel. Doch es war notwendig, diesen Zahn endlich zu ziehen, und Erin war bereit, John notfalls dazu zu zwingen. In gewisser Weise hatte sie das bereits getan, indem sie die Trauerkarte ausgespielt und den Verlust ihres Vaters benutzt hatte, um ihn emotional zu erpressen. Das war ein gemeiner Trick gewesen, aber er war nötig. Als sie an die noch verschlossene Praxistür klopften, stand ihm bereits kalter Schweiß auf der Stirn. Eine Lamelle der Jalousie hinter der Tür wurde hochgeschoben, und die Augen von Edna White musterten sie argwöhnisch. Dann hörten sie, wie Kats Sprechstundenhilfe den Schlüssel drehte und die Tür öffnete.

»Die Sprechstunde hat noch nicht angefangen«, sagte die alte Frau vorwurfsvoll.

»Es handelt sich um einen Notfall«, gab Erin zurück, griff John am Hemd und zog ihn ins Wartezimmer.

Edna tippelte zum Tresen und nahm schwerfällig Platz. Dann setzte sie ihre Brille auf und sah auf den Bildschirm. »Name des Patienten?«

Erin unterdrückte ein Lachen. »John Bennett.«

Edna zog die Brille wieder ab und blickte sie streng an.

»Kat weiß Bescheid, könnten Sie sie bitte rufen?«

Edna lehnte sich nach vorne und drückte auf die Sprechanlage. »Kat, Sie werden verlangt«, rief sie laut hinein.

Gleich darauf schob die Tierärztin die Tür zum Wartezimmer auf und lugte hindurch. »Ist John endlich so weit?«, fragte sie breit grinsend nach.

»Ja, das ist er«, bestätigte Erin.

»Dann mache ich die Rechnungen, an denen ich gerade sitze, heute Abend fertig.« Kat kam auf sie zu und stützte sich auf dem Tresen ab. »Edna, das ist ein Einsatz für Ihren Likör. Wir müssen John etwas abfüllen, damit ich ihm einen Zahn ziehen kann.«

Sprachlos betrachtete Edna White erst Kat, dann John. »Warum gehst du nicht zum Zahnarzt, mein Junge?«

»Zu diesem Metzger gehe ich nicht mehr«, brummte John ungehalten.

Mrs. White zuckte mit den Schultern. »Der ist wirklich nicht sehr gut.« Dann kramte sie in ihrer Handtasche und reichte ihm eine schmale Glasflasche mit gelblichem Inhalt. »Quitte.«

John drehte die Flasche in der Hand und verzog das Gesicht. »So was trinke ich nicht.«

»Oh doch, das wirst du. Runter damit!«, forderte Kat ihn auf.

Edna zog ein in ein Tuch eingewickeltes kleines Glas aus der Handtasche und stellte es vor John.

»Haben Sie etwa immer was zu trinken dabei?«, fragte Erin verblüfft nach.

»Vorbereitung ist das halbe Leben«, entgegnete Edna.

Mit einem Augenrollen öffnete John den Deckel, goss

den Likör in das zierliche Glas ein und nahm einen Schluck. »Verdammt, ist das süß.«

»Fluch nicht, Junge!«, wies Edna ihn zurecht.

»Dann halten Sie sich besser gleich die Ohren zu, wenn Kat erst mal angefangen hat, mich zu quälen«, knurrte er, schnappte sich Flasche und Glas und stapfte ins Behandlungszimmer, während er einen weiteren Schluck nahm.

»Ich bin mir nicht sicher, was ich von der Sache halten soll«, flüsterte Mrs. White Erin zu.

»John hat echt große Angst vor Zahnärzten. Besser, er geht zu Kat, als wenn er gar nichts machen lässt.«

Mitfühlend lächelte die alte Frau sie an. »Die Trauerfeier war wirklich schön. Dein Vater war ein guter Mann.« Für einen kurzen Augenblick drückte ihre knochige Hand die von Erin.

»Danke«, flüsterte sie.

»Erin, kommst du?«, rief Kat von nebenan.

»Was auch immer Sie gleich hören, ignorieren Sie es einfach«, riet sie Edna. »John wird sich anstellen wie ein kleines Mädchen, fürchte ich.« Schnell folgte sie den anderen.

»Okay, wir schieben am besten den Behandlungstisch zur Seite, dann kannst du dich hier auf den Boden legen«, überlegte Kat. »Mit einem Kissen im Nacken sollte ich gut an den Zahn rankommen.«

Wieder setzte John den Likör an und schob den Tisch dann wie vorgeschlagen an die Wand.

»Erst mal ausspülen.« Kat reichte ihm einen Plastikbecher, in dem eine blaue Flüssigkeit war. »Zum Desinfizieren.«

»Du weißt, was du tust?« John beäugte den Becher.

»Vertrau mir.« Sie tätschelte ihm den Oberarm und gluckste.

»Ich vertraue dir aber nicht«, sagte John, nahm die Flüssigkeit für einige Sekunden in den Mund und spuckte sie danach wieder in den Becher zurück.

Kat lief ins Wartezimmer und kam mit einem Kissen zurück, das sie auf den Boden warf. »Mach Platz, John.«

Er sah sie mit drohender Miene an und Erin konnte sich ein Lachen nicht verkneifen. Es war jedes Mal erheiternd, Kat und John zusammen zu erleben.

Stöhnend legte John sich hin, und seine Blicke folgten der Tierärztin durch den Raum, als sie die Instrumente auf ein Tablett legte und es dann neben seinem Kopf abstellte. Beim Anblick der Zange wich jegliche Farbe aus seinem Gesicht. Kat zog die Spritze auf und kniete sich neben ihn. »Also, welcher ist für deine Schmerzen verantwortlich?«

»Der Hinterste.« John deutete auf die linke Seite.

»Aufmachen«, forderte Kat ihn auf.

Zögernd öffnete er den Mund, und Kat schob einen kleinen Spiegel hinein. »Der eitert ja schon, du meine Güte, das wird höchste Zeit.« Sie zog sich die Handschuhe über und griff nach der Spritze. »Erin, du setzt dich besser zu uns, ich glaube, jemand muss dem Mann die Hand halten.«

Erin kniete sich auf seine andere Seite.

»Wenn du nach meiner Hand greifst, setzt es was«, fuhr er sie an.

»Ich genieße nur meinen Platz in der ersten Reihe«, gab sie grinsend zurück und zog das Handy aus der Hosentasche.

Während Kats Finger mit der Spritze in seinem Mund verschwanden, machte Erin rasch ein Foto und steckte ihr Handy wieder weg.

»Was sollte das denn?«, knurrte John, nachdem Kat die Spritze herausgezogen hatte.

»Für deine Brüder. Sie würden es mir nie verzeihen, wenn ich dieses Spektakel nicht für sie festhalte.«

»Du bist unmöglich.«

»So, nun warten wir etwas, bis deine Lippe taub wird. Ich habe mir übrigens zur Sicherheit gestern noch mal ein paar Dinge durchgelesen zur Extraktion beim Menschen. Ich war mir fast sicher, dass du hier auftauchen wirst.« Zufrieden sah Kat ihn an.

»Es beruhigt mich jetzt nicht gerade, dass du das nachlesen musst.«

»Es ist nur ein Zahn, John, ich möchte ja nicht deinen Blinddarm entfernen.«

John fasste sich an die Lippe und bewegte den Unterkiefer hin und her. »Es kribbelt schon.«

»In Ordnung. Müssen wir dich festhalten, oder kannst du dich zusammenreißen?«

»Jetzt übertreib mal nicht«, herrschte er sie an.

Kat hatte den richtigen Riecher gehabt. Wie ein Wurm wand John sich unter ihren Händen. Seine Füße arbeiteten unablässig und seine nassen Hände hinterließen Flecken auf dem Stoff seiner Hose, in die er sich mit den Händen Halt suchend klammerte. Erin konnte kaum hinsehen. Stöhnend reagierte ihr Freund auf jede Bewegung der Tierärztin.

»Sag nicht, du spürst noch was?«, fragte Kat immer wieder nach.

Mit weit aufgerissenen Augen schüttelte John den Kopf. »Ist nur unangenehm«, nuschelte er mit dem kleinen Sauger im Mund, mit dem Erin Kat assistierte und die Spucke absaugte. Immerhin war diese Praxis inzwischen erstaunlich gut ausgestattet, stellte Erin fest. Und alles war im Ultraschallbad gereinigt worden, wie Kat ihrem misstrauischen Patienten mehr als einmal versichert hatte.

»Ich bin erst dabei, das Zahnfleisch zu lösen, der unangenehme Teil kommt noch.«

Johns Augen weiteten sich noch ein wenig mehr.

Als sie die Zange ansetzte, bäumte er sich auf.

»Verdammt, John. Liz hat sich bei der Geburt deiner Nichte weniger angestellt, und die ist mit dem Hintern zuerst gekommen«, fluchte sie und schüttelte den Kopf. Dann sah Kat sie an. »So wird das nichts, Erin. Setz dich auf seine Oberschenkel und halte seinen rechten Arm fest.« Mit ihrem Knie rutschte Kat auf Johns linken Arm.

»Meinst du das ernst?« Unsicher schaute Erin die Veterinärin an.

»Wenn ich mit der Zange im Mund bin, muss er stillhalten. Sonst geht es am Ende doch noch schief, und dann wird es richtig übel.«

Zögernd rutschte Erin auf Johns Oberschenkel, lehnte sich vor und griff mit beiden Händen nach seinem rechten Arm.

»Ich hasse euch beide!«, nuschelte dieser aufgebracht.

»Nein, das tust du nicht.« Grinsend schob Kat die Zange erneut in seinen Mund, und Erin hatte langsam, aber sicher den Verdacht, dass die Tierärztin es ein wenig zu sehr genoss, den mürrischen Bennett zu quälen.

Kat bearbeitete den Zahn konzentriert mit der Zange, während John immer unruhiger wurde. Unter sich spürte Erin seine angespannten Muskeln und wie er trotz ihres Gewichtes scheinbar mühelos Rücken und Gesäß anhob. Kat schob auch ihr zweites Bein auf seinen Arm und fasste mit einer

Hand in seine Haare, um ihn zur Ruhe zu zwingen. Panisch rollten Johns Augen hin und her.

»Er ist schon locker, gleich habe ich ihn. John muss jetzt unbedingt stillhalten«, rief Kat ihr zu. »Sorg dafür, dass er sich nicht bewegt. Tu was!«

Auch Erin lief inzwischen der Schweiß herunter, so viel Kraft musste sie aufwenden, um John am Boden zu halten. Fest griff seine Hand an ihren Arm. Was sollte sie nur tun, um ihn zu beruhigen? Wenn das hier schiefging und er mit einem halb gezogenen Zahn zum Zahnarzt gehen müsste, würde er es ihr ewig vorhalten, dass sie ihn zu dieser Sache überredet hatte. Und Kat konnte dadurch sicherlich auch Probleme bekommen. Bestimmt durfte ein Veterinär nicht einfach so Zähne bei Menschen ziehen. Erin lehnte sich vor und ließ ihren Oberkörper auf seine Brust sinken. Dann begann sie, leise zu summen, während sie mit den Fingern durch seine dichten Haare fuhr. Durch den Stoff ihres Hemdes spürte sie seinen rasenden Herzschlag und legte ihre Wange an seine. Ganz allmählich wurde seine Atmung ruhiger, während sie weiterhin die Melodie summte.

***

John sah, wie Erin sich zu ihm hinunterbeugte, und schon berührten ihre Locken seinen Hals. Gerade als er Kat endgültig von sich wegschubsen wollte, um dieser Folter ein Ende zu bereiten, hörte er Erin summen. Auf einmal lief ein Schauer durch seinen Körper, und ein warmes Gefühl breitete sich in ihm aus. Statt weiterhin Kat anzustarren, schloss er die Augen. Er nahm wahr, wie Erins Haare auf seiner Haut kitzelten und sich ihre Wange warm und weich an seine schmiegte. Ihre Nähe verdrängte jedes andere Gefühl, alles um ihn herum, als existierten nur noch Erin und er. John spürte ihre Brust auf seiner und hörte Erins Herzschlag laut und deutlich, als wäre es das einzige Geräusch auf der Welt. In seinem Bauch setzte ein Kribbeln ein, das bis in seine Fingerspitzen zog. Erins Lippen schienen über seinen Hals zu wandern, während sie weitersummte. Oder bildete er sich das nur ein?

»Geschafft«, rief Kat, und John riss die Augen auf. Triumphierend hielt sie ihm mit der Zange einen blutverschmierten Zahn vors Gesicht. Noch immer steckten Schlauch und Spiegel in seinem Mund und machten es ihm unmöglich zu sprechen. Fassungslos sah er in das fröhliche Gesicht der Tierärztin und dann zurück zu Erin, die sich aufgesetzt hatte. »Gut gemacht«, formten ihre Lippen und sie zwinkerte ihm zu, dann stieg sie von ihm runter.

Während Kat den Mund säuberte und ihm einen Wattebausch zwischen die Zähne steckte, konnte er seinen Blick nicht von Erin abwenden, die neben der Tür stand und in einer Broschüre über Impfstoffe las. Was zum Teufel war da gerade mit ihm geschehen? Es musste irgendwie mit dem Gebräu der Arzthelferin zu tun haben, wer wusste schon, was die alte Hexe in ihre Flasche gefüllt hatte?

»Fertig. Du kannst dich hinsetzen. Aber mach etwas langsam nach all der Aufregung«, hörte er Kat wie aus weiter Entfernung.

Noch etwas benommen rappelte er sich auf und fuhr sich über die Wange.

»Lass die Watte noch eine halbe Stunde drin. Nichts essen, solange die Betäubung noch wirkt. Und dann den restlichen Tag nur weich gekochte Sachen.«

Er nickte abwesend und stand auf. Der Zahn war tatsächlich endlich draußen.

»Willst du ihn haben?« Kat hielt ihm das Schälchen hin.

»Olli wird sich das gerne ansehen«, nuschelte er.

Kat wickelte den Zahn in ein Papier und reichte es ihm.

»Danke. Für alles«, brachte er noch heraus, ehe er aus dem Raum stürmte.

»Überlebt?« Besorgt musterte Edna White ihn.

»Hat sie gut gemacht«, antwortete John. »Und danke für den Likör.« Er musterte sie für einen Moment misstrauisch, dann stapfte er zum Auto.

»Also was war denn das eben?« Er schielte zu Erin hinüber. Einen Moment lang glaubte er eine schwache Röte in ihrem Gesicht zu sehen. Hatte die toughe Erin Holt ihn tatsächlich gestreichelt? So wie vor langer Zeit, als seine Mutter gestorben war. Damals hatte sich ihre Zärtlichkeit so unglaublich tröstlich angefühlt, und nun hatte ihm Erin erneut beigestanden. Und doch war es diesmal anders gewesen, irgend etwas war mit ihm dabei geschehen.

»Du hast dich aufgeführt wie ein kleines Kind, und ich musste dafür sorgen, dass du stillhältst.«

»Es hat funktioniert«, bemerkte er leise. »Was war das für ein Lied?« Die Melodie kam ihm seltsam vertraut vor, doch er kam einfach nicht darauf, woher.

Erin lächelte. »Das hat Charlotte immer gesummt, wenn sie mit Jim auf dem Arm in der Küche auf- und abgegangen ist. Wann immer ich euch besuchen kam, habe ich ihr zugehört. Es hat mir so unheimlich gut gefallen. Ich bin mir sicher, sie hat es auch dir vorgesummt, als du ein Baby warst.«

John betrachtete sie, wie sie lächelnd auf die Fahrbahn

sah. Er selbst musste dieses Lied verdrängt haben, doch Erin kannte es. Weil sie ihn kannte. »Du warst immer an meiner Seite. Du weißt alles über mich«, murmelte er.

Erin linste einem Moment zu ihm hinüber und konzentrierte sich dann wieder auf die Straße. »Du bist mein bester Freund. Es ist sozusagen meine Aufgabe, solche Dinge zu wissen.« Fröhlich lachte sie auf. »Und weil der Zahn jetzt draußen ist, kannst du mir weitere sechsunddreißig Jahre auf die Nerven gehen.«

»Verlass dich drauf.« Er lehnte den Kopf an die Scheibe und schaute auf das trockene, endlose Land mit den vereinzelten knorrigen Eukalyptusbäumen hinaus, das hinter der Scheibe vorbeizog. Er wollte etwas sagen, doch er konnte nicht in Worte fassen, was er empfand. Wie dankbar er war, dass Erin schon sein ganzes Leben für ihn da war. Dass sie ihn nicht auslachte, weil er sich nicht zum Zahnarzt traute, sondern ihn zu Kat geschleppt hatte. Keinem anderen wäre es gelungen, ihn davon zu überzeugen. Doch das war es nicht allein. Es kam ihm vor, als würde er sie mit ganz neuen Augen sehen. Als wäre sie zugleich vertraut und doch irgendwie fremd. Kopfschüttelnd wandte er den Blick ab und schalt sich für seine Gedanken. Was war nur los mit ihm? Das lag alles nur an dieser Zahn-OP, die ihn völlig aus der Spur gebracht hatte. Alles andere war Unfug. Wie Erin gesagt hatte, sie waren beste Freunde und basta.

»Du solltest heute nicht arbeiten«, sagte sie ernst.

»Ich halte mich zurück und werde die anderen rumkommandieren«, brummte er und schmeckte erneut den Eisengeschmack seines Blutes.

»Tut mir leid, dass ich dich mit dem Spruch über meinen Vater überredet habe, den Zahn ziehen zu lassen. Es war nicht fair, aber irgendwie musste ich dich ja dazu bringen hinzugehen.«

»Soll das bedeuten, es wäre doch nicht so schlimm, wenn ich an einer Blutvergiftung sterben würde?« Mit hochgezogenen Augenbrauen schaute er sie an und grinste.

»Ich wäre wohl eine Weile lang traurig«, antwortete sie und bog in die Einfahrt von Silverwood ein.

»Dann bin ich ja beruhigt.«

Kaum hatte er die Küche betreten, reichte Liz ihm ein neues Eispack. Sanft schob sie ihn zu einem Stuhl und stellte ein Glas Wasser vor ihn. »Ich koche dir nachher eine Suppe, die kannst du später mit einem Röhrchen trinken.«

»Mach dir keine Mühe, ich kann ja auf der anderen Seite kauen.« Nachdenklich starrte er in das Glas.

»Müsstest du nicht euphorisch sein, dass der Zahn endlich raus ist?« Die Hände in die Hüften gestemmt, betrachtete seine Schwägerin ihn. »Eigentlich dachte ich, dass ich dich davon abhalten müsste, den gezogenen Zahn mit einem Whisky zu feiern, stattdessen sitzt du hier und wirkst so«, sie hielt inne und legte den Kopf schief, »nachdenklich?«

»Dir kann man wohl nichts vormachen.« John sah auf die Uhr und zog die Watte aus dem Mund, dann stand er auf und schleuderte sie in den Mülleimer.

»Was ist los?«

Er konnte es ihr nicht sagen. Er konnte es niemandem sagen. »Es ist alles in Ordnung. Ich lege mich etwas hin.« Mit schweren Schritten stapfte er in den Flur und die Stufen hinauf. Sein Kopf dröhnte, und ihm war unwohl. Sicherlich lag es an dem Adrenalin, das sein Körper in der Praxis ausgeschüttet hatte. Knallend warf er die Tür hinter sich zu und starrte an die Wand. Auf das alte, vergilbte Bild, das seit seinen Kindheitstagen dort hing. Ein kleines Mädchen mit schulterlangen Locken, das auf einem Pferd saß. Dahinter ein Junge, knapp ein Jahr älter und mit ernstem Gesichtsausdruck. Und doch wusste er, dass dieser Junge damals glücklich gewesen war. Weil er es immer gewesen war, wenn das Mädchen in seiner Nähe war.

Stöhnend fuhr er sich über die Bartstoppeln und warf sich aufs Bett. Seit er die Praxis verlassen hatte, musste er immer wieder daran denken, wie Erins Wange an seiner gelegen hatte. Wie sie mit den Fingern durch sein Haar gefahren war und ihn alles um sich herum hatte vergessen lassen. Ihm war nicht einmal danach gewesen, Kat eine zu verpassen. Er hatte diese Verrückte einfach seinen Zahn ziehen lassen. Er war fast enttäuscht gewesen, als Kat fertig war. Niemals hatte er sich über seine Gefühle zu Erin Gedanken gemacht. Es war immer klar gewesen, dass sie beste Freunde waren. Doch in diesem Augenblick war er sich nicht mehr so sicher, ob das wirklich so war.

John murmelte einen Fluch und drehte sich auf die Seite. Es half nichts, er musste es vergessen. Erin war seine beste Freundin, und er war nicht bereit, ohne ihre Freundschaft zu leben. Niemals würde er diese Freundschaft aufs Spiel setzen. »Verdammt. Ich bin am Arsch«, murmelte er zu sich selbst und legte sich das Eispack aufs Gesicht.

***

Erin warf die Autoschlüssel auf die Ablage und griff nach den ungeöffneten Briefen, die ihre Mutter dort abgelegt hatte. Durch den Ausflug zur Praxis hatte sie wertvolle Zeit verloren und musste nun schleunigst auf den Traktor und das Gras mähen. Einer der Briefe stammte von der Bank. Sie riss den Umschlag auf und zog das Papier heraus. *Das kann nicht sein.* Das durfte nicht sein! Fassungslos las sie die Zeilen ein weiteres Mal. Dann blieben ihre Augen an der Unterschrift hängen. »Was zum …« Sie kramte das Handy heraus und wählte Wills Nummer.

»Na, wie geht es meiner Lieblingsfarmerin?«, begrüßte er sie fröhlich.

»Ich habe einen Brief bekommen«, fiel sie ihm ins Wort. »Und du hast ihn unterschrieben.«

»Ach ja, *das*. Ich dachte, es würde erst morgen ankommen, und wollte heute Abend mit dir darüber sprechen.«

»Ihr wollt mein Land neu bewerten lassen?«, schrie sie beinahe.

»Ich habe mich für dich eingesetzt, wirklich. Das ist nur eine Formalie, mach dir keine Gedanken.«

»*Du* hast es unterschrieben«, wiederholte sie und lehnte sich an die Wand.

»Das ist mein Job. Aber ich treffe diese Entscheidungen nicht.«

Einen Moment lang schloss sie die Augen. »Ich wollte dich eigentlich bei unserem nächsten Treffen bitten, die Raten etwas runterzusetzen. Ich habe Probleme«, gab sie leise zu.

»Das wusste ich nicht.«

»So wie ich nicht wusste, dass mein Vater im letzten Jahr bei dir eine weitere Hypothek auf die Farm aufgenommen hat.« Ihre Stimme klang vorwurfsvoll, das war ihr klar. Doch Will hatte nicht die kleinste Andeutung gemacht.

»Ich konnte es dir nicht sagen. Wir dürfen keine Informationen über andere Kunden weitergeben.«

»Er war mein Vater«, stieß sie hervor.

»Die Farm hat zu dem Zeitpunkt ihm und nicht dir gehört, und du hast den Kredit ohne das Land als Sicherheit aufgenommen. Das lief rein auf deinen Namen und wurde anhand deines Einkommens bewertet. Aber ich hatte natürlich angenommen, dein Vater hätte dir davon erzählt.«

»Das hat er nicht.«

»Babe.« Wills Stimme wurde weich. »Es tut mir leid. Das ist wirklich blöd gelaufen. Bis der Gutachter kommt, vergehen noch ein paar Wochen, und ich bin mir sicher, dass da nichts Neues rauskommt. Meine Vorgesetzten wollen nur sichergehen, dass der Kredit, den dein Vater bei uns aufgenommen hat, und die noch nicht abgezahlten alten Hypotheken nicht den Wert des Landes übersteigen. Mach dir deswegen keine Gedanken.«

»Das ist leichter gesagt als getan.«

»Komm doch heute Abend zu mir in die Wohnung. In Ordnung? Dann muntere ich dich etwas auf.«

»Wenn ich rechtzeitig fertig werde.«

»Ich koche was für uns.«

Ein Lächeln zog sich trotz der schlechten Neuigkeit über ihr Gesicht. »In Ordnung.« Sie legte auf und griff nach ihrem Hut.

Nachdem sie in weiteren schiefen Bahnen das Gras gemäht und dann die Pferde gefüttert, die Ställe ausgemistet und die Stuten in den Paddock gelassen hatte, griff sie nach dem Akkuschrauber und suchte in dem Anbau der Scheune, in dem sich das Werkzeug befand, nach den Schrauben. Als sie die Schachtel endlich gefunden hatte, überkam sie unvermittelt die Erinnerung an ihren Dad. Das letzte Mal, als sie die Latten für den neuen Stallbereich angeschraubt hatte, hatte er ihr geholfen. Ihr Dad hatte es problemlos hinbekommen, die Bretter immer auf die exakt passende Länge zuzusägen, ohne den Zollstock dafür zu benutzen. Sie selbst verschätzte sich immer dabei. Erin schluckte und griff nach dem Metermaß. Sie trug alles an die Stelle, an der sie vor Tagen ihre Arbeit beendet hatten, und schleppte dann die letzten Bretter, die ihr Vater zugesägt hatte, über den Hof.

Durch das Schlafzimmerfenster erkannte sie ihre Mutter. Selbst von hier unten war ihre bleiche Gesichtsfarbe zu erkennen. Was konnte Erin nur tun, um ihr ein wenig Trost zu spenden? Erin presste die Lippen aufeinander und ließ das Holz krachend neben die Scheunenwand fallen. Sie sollte mit ihr reden und Zeit mit ihr verbringen. Doch sie hatte keine Zeit. Den ganzen Tag über sah sie immer wieder auf ihre Uhr und ging unablässig im Kopf die Liste all der Dinge durch, die zu erledigen waren. »Der Tag hat nur vierundzwanzig Stunden«, kamen ihr Ethans Worte in den Sinn. Er hatte ihr das nicht gesagt, um sie zu entmutigen, das wusste Erin. Ethan war Realist und er kannte all die Arbeiten, die auf einer Farm zu erledigen waren. Doch er wusste nicht, wie viel sie bereit war, für Elderberry zu geben. Dieses Land, auf dem sie ihr ganzes Leben verbracht hatte, bedeutete ihr alles. Und doch fehlte ihr die Zeit für eigentlich notwendige Dinge. Wie sollte sie mit ihren Pferden trainieren? Sicher würden die Stuten bald Muskulatur abbauen, wenn sie nicht wie üblich regelmäßig bewegt wurden. Es half nichts, darüber nachzudenken, was sie nicht schaffte. »Eins nach dem anderen«, sagte sie sich und öffnete die Packung mit den Schrauben.

Der Tag war lang und anstrengend gewesen. Aber sie hatte sogar die Pumpe an der unterirdischen Quelle repariert, die schon seit einiger Zeit keine volle Leistung mehr brachte. Bei der aktuellen Trockenheit allerdings brauchte sie diese, um auch Silverwood mit Wasser versorgen zu können. Durch Rohrleitungen floss das Quellwasser zu dem kleinen Stausee auf der Nachbarfarm, von wo die Brüder das Wasser für ihren Bedarf abpumpten. War die Leistung der Pumpe zu schwach, kam dort nichts mehr an. Im vergangenen Jahr hatten ihr Dad und Ethan über eine vom Staat geförderte Solarpumpe gesprochen. Ethan hatte sogar schon all die Anträge dafür ausgefüllt, doch dann hatte ihr Vater einen Rückzieher gemacht. Sie hatte damals gedacht, die moderne Technik hätte ihn abgeschreckt, aber in Wahrheit hatte er es sich vermutlich trotz der staatlichen Zuschüsse nicht leisten können. Vorerst sollte das alte Teil weiterhin seinen Dienst verrichten, auch wenn sie sicherlich irgendwann eine neue Pumpe besorgen müssten. Noch etwas auf der Liste der Dinge, die sie nicht bezahlen konnte.

Eigentlich war ihr nach der kalten Dusche danach gewesen, sich für ein oder zwei Stunden vom Fernseher berieseln zu lassen und dann besinnungslos in ihr Bett zu fallen, doch sie hatte Will versprochen, ihn zu besuchen.

Sie drückte den Klingelknopf an dem modernen Apartmenthaus und trat ein, als der Summer ertönte. Sie lief die Stufen hoch und sah ihn in der offenen Tür stehen. Es war das erste Mal, dass sie ihn hier besuchte. Will gab ihr einen leidenschaftlichen Kuss und zog sie in die Wohnung. Leise Musik lief im Hintergrund, und das Licht war gedimmt. Ein gedeckter Tisch mit Kerzen stand in der Mitte des offenen, stylish eingerichteten Wohnraums.

»Ich habe Spaghetti gemacht«, sagte er und bedeutete ihr, sich zu setzen.

Amüsiert beobachtete Erin, wie er in die Küche ging und in Töpfen rührte. Er hatte sich Mühe gegeben, das war nicht zu übersehen. Doch für sie hätte es auch eine Pizza vom Lieferdienst, eine Flasche Bier und ein Rugbyspiel im Fernsehen getan. Noch nie hatte jemand so einen Zirkus für sie veranstaltet. Sogar die Servietten waren aufwendig gefaltet.

Will goss die Spaghetti ab und forderte sie auf, sich von dem Wein auf dem Tisch einzuschenken. Erin füllte das Glas nur ein klein wenig, da sie nachher mit dem Auto zurückfahren musste und schon jetzt das Gefühl hatte, im Stehen einzuschlafen.

»Mein streng geheimes Rezept«, verkündete Will und tat ihr Nudeln und Soße auf.

»Ich fühle mich geehrt.« Lächelnd stieß sie ihr Glas gegen seins, das er auffordernd hochhob.

»Und, wie geht es euch?«, fragte er, nachdem er sich gesetzt hatte.

»Es geht. Ich habe viel zu tun, das lenkt ab. Aber Mum verlässt das Haus kaum. Ich nehme an, sie braucht einfach Zeit, um sich an die neue Situation zu gewöhnen.«

»Du arbeitest viel«, stellte er fest.

»Es muss sein.« Sie nahm einen Schluck von dem guten Wein. Sicherlich kostete die Flasche ein Vermögen.

»Muss es das denn wirklich?«

»Was meinst du?« Sie stellte das Glas ab und sah ihn abwartend an.

»Du bist ziemlich verschuldet, und die Arbeit ist zu viel für eine Person. Willst du die Farm nicht lieber verkaufen?«

»Verkaufen?« Erin glaubte, nicht richtig zu hören.

Will nickte. »Ich könnte mich für dich nach einem Käufer umsehen. Sicherlich würdest du mit Gewinn aus der Sache rauskommen.«

»Wie kommst du darauf, dass ich verkaufen will?« Bemüht, nicht die Beherrschung zu verlieren, rollte sie Nudeln auf die Gabel.

»Weil du es alleine nicht schaffen kannst«, sagte Will im Brustton der Überzeugung.

Meinte er das ernst? Erin ließ die Gabel sinken. »Dann kennst du mich schlecht. Niemals werde ich Elderberry verkaufen. Eher friert die Hölle zu.«

Beschwichtigend hob er die Hände. »Es war nur ein Gedanke. Ich wollte es einfach ansprechen.« Er griff nach ihrer Hand. »Ich mache mir Gedanken um dich, das ist alles.«

»Das musst du nicht. Lass uns das Thema wechseln«, bat sie.

»Natürlich. Du musst unbedingt meinen Hengst sehen. Ich werde Ted bitten, ihn zu dir rüberzureiten.«

»Ich würde Red Thunder gerne sehen. Allerdings bin ich mir nicht sicher, ob ich einen von Smiths Männern auf meinem Land haben möchte.« Nachdem Richard Quentin die Farm vor der Nase weggeschnappt hatte, wollte sie erst recht nichts mit diesem Großkotz zu tun haben.

»Ted ist doch nur bei ihm angestellt. Ich würde zu gerne deine Meinung über das Pferd hören. Ich habe Red Thunder inzwischen auf diversen Seiten als Zuchthengst gelistet, und die ersten Buchungen sind schon eingegangen. Dieses Pferd wird sich richtig auszahlen.« Zufrieden trank er sein Glas aus und schenkte sich nach.

»Dann schick Ted mit ihm rüber, ich werde dir allerdings meine ehrliche Meinung sagen und dir keinen Honig ums Maul schmieren.« Ted konnte sie auf ihrem Land gerade noch so akzeptieren. Abgesehen davon, dass er für den Widerling Smith arbeitete, war der Mann eigentlich ganz in Ordnung. Und seine Reitkünste beeindruckten sie.

»Etwas anderes würde ich nie erwarten.« Er zwinkerte ihr zu und machte sich über das Essen her.

»Das Rennen wird ein Spektakel, und ich bin wirklich gespannt, ob sich danach potenzielle Käufer bei mir melden werden.« Mehr als zuvor hoffte sie inzwischen auf die verkaufsfördernde Wirkung ihrer Stute.

»Red Thunder wird gewinnen, da bin ich überzeugt«, murmelte Will mit vollem Mund.

»Da wäre ich mir nicht so sicher.« Sie nahm einen kleinen Schluck von dem Wein.

»Wer sollte sonst gewinnen?«

»John zum Beispiel.«

Will verschluckte sich beinahe, röchelte erst leise und lachte dann, als hätte sie einen Scherz gemacht. »Mit diesem Teufelspferd, von dem erzählt wird, dass es vor allem scheut und noch dazu gefährlich ist?«

»Du solltest Buster nicht unterschätzen.«

»Das Vieh hat doch noch nicht einmal eine vernünftige Abstammung, oder? Stand er nicht schon beim Abdecker?«

»Woher weißt du das?« Sie legte die Gabel beiseite und musterte seinen amüsierten Gesichtsausdruck.

»Richard.«

Argwöhnisch verschränkte Erin die Arme vor der Brust. »Du verstehst dich gut mit diesem Mann«, stellte sie fest.

»Er hat Geschäftssinn, so wie auch ich. Das respektiere

ich. Und er versteht was von der Farmbranche. Sein Insiderwissen hilft mir weiter.«

»Insiderwissen?«

Will tupfte sich mit der Serviette die Mundwinkel ab. »Richard bekommt mit, wie es auf den anderen Farmen läuft, das hilft mir bei der Einschätzung von Kreditnehmern. Man kann nicht immer den Zahlen auf den Papieren trauen, und er scheint einen Riecher dafür zu haben, wenn ein Farmer in Schwierigkeiten ist.«

Fassungslos sah sie ihn an. Richard war ein Mistkerl, das wusste sie schon, seit sie ein Kind gewesen war. Aber das schlug dem Fass den Boden aus. »Er verpfeift andere Farmer bei dir, wenn es bei ihnen nicht gut läuft?«

»Er gibt mir Hinweise. Und bisher lag er immer richtig damit.«

»Und was gibst du ihm im Gegenzug dafür?«

»Ich unterstütze ihn bei Investitionen. Handle die Kredite für ihn aus und lasse Gutachten erstellen, ob es Sinn macht, ein Grundstück zu kaufen oder zu verkaufen.«

»So wie bei Fox Brow?« Erin hielt die Luft an. Will schüttelte den Kopf. »Ich habe ihm davon abgeraten, diese Farm zu kaufen. Zwar kann er etwas Gewinn herausholen, wenn er das Wohnhaus saniert, aber nicht genug, als dass sich der Aufwand lohnen würde. Er wollte diese Farm unbedingt, doch er hat mir nicht erklärt, warum.«

Dieser Mistkerl hatte die Farm also tatsächlich nur deshalb gekauft, um sie den Bennetts wegzuschnappen. Was auch immer zu dieser Feindschaft zwischen Harry und Richard geführt hatte, es musste schwerwiegend sein.

»Also, auf welches Pferd setzt du nun? Red Thunder oder Buster?« Will sah sie mit zusammengekniffenen Augen an.

Ganz offensichtlich hatte er bemerkt, dass er zu viel über sein Verhältnis zu Richard offenbart hatte, und wollte sie davon ablenken.

»Auf Buster.« Erin griff nach ihrem Glas und leerte es in einem Zug. »Wenn John ihn dorthin bekommt, dann wird er auch gewinnen.«

Will musterte sie verblüfft. »Du traust John mehr zu als mir?« Mit schmalen Augen sah er sie an.

»Du reitest doch nicht selbst.« Erin lächelte ihn beschwichtigend an. War Will etwa eifersüchtig auf John? Auf keinen Fall wollte sie den Zwist zwischen den beiden noch mehr anheizen. Warum nur mussten sich Männer stets wie Platzhirsche aufführen? »Aber selbstverständlich werde ich deinem Pferd die Daumen drücken, auch wenn Red Thunder es gegen diesen Satansbraten nicht leicht haben wird.« Erin lachte ausgelassen. Sie freute sich schon auf das Rennen und die Ablenkung, die all die Aufregung mit sich bringen würde.

»Red Thunder hat bereits mehrere Rennen gewonnen, Buster ist noch nicht einmal bei einem gestartet. Wie kommst du nur darauf, dass er gewinnen könnte?« Will hatte offensichtlich nicht vor, eine andere Meinung als die seine zu akzeptieren. Dabei hatte er keine Ahnung von Pferden. Außerdem schien er ihr Urteil persönlich zu nehmen.

Erin setzte das Glas ab und lehnte sich ein wenig nach vorne. »Weil Buster für John läuft. Dieses Pferd ist nicht nur schnell, es rennt für seinen Partner. Red Thunder wird von einem Mann geritten, den er kaum kennt, zu dem er keine Verbindung hat.«

»Das glaubst du wirklich?« Schallend lachte er auf.

»Das tue ich.« Um das Gespräch zu beenden, schob sie

sich eine weitere Gabel in den Mund. Statt einem entspannten Essen, das sie von ihrer Trauer und den Sorgen ablenkte, verlief der gesamte Abend sehr unangenehm. Kam es von der ungewohnten Umgebung? Hier war sie in Wills Welt und allein schon seine Wohnung im Designer-Stil stand im kompletten Gegensatz zu dem bescheidenen, aber gemütlichen kleinen Farmhaus, in dem sie wohnte. Gaben sie zusammen nicht ein lächerliches Bild ab? Die Farmerin und der Banker. Sie waren grundlegend verschieden, und dennoch waren sie sich nahegekommen. Vielleicht würde sogar irgendwann eine richtige Beziehung aus dieser Geschichte entstehen. Was sie heute über seine Arbeit erfahren hatte, stieß sie allerdings ab. Doch sollte man nicht Arbeit und Privatleben trennen? Konnte das hier funktionieren, oder hatte sie sich in etwas verrannt, das keinen Sinn machte? Erneut schaute sie sich unauffällig um. Eine Wohnung wie diese hatte sie noch nie gesehen. Beinahe alle Möbel waren weiß, und sogar der Fußboden glänzte in der gleichen Farbe. Wie froh sie war, ausnahmsweise saubere Schuhe angezogen zu haben. Sicherlich sah man auf diesem Boden jeden Dreck. »Wie schaffst du es, dass alles hier so sauber ist?«, entfuhr es ihr.

»Ich habe eine Putzfrau, die jeden zweiten Tag kommt.«

Seufzend stützte sie die Ellenbogen auf der Tischplatte ab. »Ich glaube, das hat keinen Sinn mit uns.«

»Was hat keinen Sinn?« Mit hochgezogenen Augenbrauen starrte er sie an.

Erin deutete durch den Raum. »Siehst du nicht, wie gegensätzlich wir sind? Wie soll das funktionieren?«

»Wir lernen uns doch gerade erst richtig kennen. Wieso können wir nicht einfach die gemeinsame Zeit genießen?«

»Und wofür? Um dann festzustellen, dass es doch nicht

passt, was eigentlich schon auf den ersten Blick zu erkennen gewesen wäre?«

Will streckte die Hand aus und berührte sie am Arm. »Ziehen Gegensätze sich nicht an?«

»Das tun sie offensichtlich.« Wieder seufzte sie. »Das bedeutet aber nicht, dass es auch funktioniert.«

»Du musst diese Entscheidung nicht heute treffen. Du bist durcheinander durch den Tod deines Vaters.« Aufmunternd lächelte er ihr zu. »Lass uns einfach sehen, wo es hinführt.«

Sie nickte. »Du hast recht. Ich bin momentan etwas durch den Wind. Aber wenn es dir recht ist, würde ich jetzt gerne gehen. Ich bin noch müder, als ich dachte. Bald habe ich das ganze Heu gemacht, das ich verkaufen muss, um die Kredite für die nächsten Wochen zu bedienen.«

»Du willst schon gehen?« Er ließ ihren Arm los. »Ich hatte angenommen, du würdest über Nacht bleiben.«

»Ich muss zurück zu meiner Mutter. Und morgen geht es früh raus. Entschuldige.« Eilig stand sie auf und zögerte dann einen Augenblick lang. »Danke für das Essen.«

»Schon gut.« Er ging voraus und hielt ihr die Tür auf. »Fahr vorsichtig.«

»Bis dann.« Erin lief die Treppen hinunter und stieg ins Auto. Vielleicht lag Will mit seiner Einschätzung wirklich nicht ganz falsch. Sie war aufgewühlt, überarbeitet und ganz von ihrer Trauer in Beschlag genommen. Dies war nicht der richtige Moment, um eine solche Entscheidung zu treffen. Was sie jetzt wollte, war, sich in ihr Bett zu verkriechen und für einige Stunden in einen traumlosen Schlaf zu fallen.

Ein Klopfen drang wie aus weiter Ferne zu ihr. Erin gähnte und drehte sie sich auf die andere Seite. Wieder klopfte es, dann wurde die Tür geöffnet und sie spürte eine Hand an ihrer Schulter. »Erin. Bist du wach?«, hörte sie die Stimme ihrer Mutter.

Blinzelnd schlug sie die Augen auf. Die Sonne fiel hell durch den Spalt in der Gardine. Hektisch rappelte sie sich auf. »Wie viel Uhr ist es?«

»Halb acht.« Ihre Mum lächelte ihr zu. »Du hast gestern Abend vergessen, den Wecker zu stellen, und ich dachte, du könntest etwas Schlaf gut gebrauchen.«

»Mist!« Erin sprang auf und griff sich eine Arbeitshose aus dem Schrank. »Du hättest mich wecken sollen, jetzt fehlen mir zwei Stunden fürs Heumachen.«

Zärtlich lächelte ihre Mutter sie an. »Darum musst du dir keine Sorgen machen. Quentin ist eben gekommen, um dir heute zu helfen.«

»Quentin?« Kopfschüttelnd schlüpfte Erin in die Hose und wechselte das T-Shirt. »Ich hatte das nicht mit ihm ausgemacht.«

»Aber er ist hier. Und wenn du mir einen Gefallen tun willst, dann nimmst du seine Hilfe an. Wir können sie gebrauchen.«

Ja, das konnten sie. Trotzdem störte es sie, dass jeder davon ausging, dass sie es alleine nicht schaffen würde. »In Ordnung. Aber er wird es bereuen, wenn er erst zwei, drei Stunden Heuballen geschleppt hat.«

»Ich warte unten mit ihm, bis du dich im Bad fertig gemacht hast.« Ihre Mutter lief zur Tür, drehte sich dann aber doch noch einmal um. »Ich bin so stolz auf dich. Was würde ich nur ohne dich tun?« Wieder zog sich ein trauriges Lächeln über ihre Lippen.

»Danke, Mum.«

»Bist du wegen des zweiten Frühstücks hergekommen?«, rief sie Quentin zu, als sie in die Küche kam und ihn am Tisch Rührei verdrücken sah.

»Deine Mum kocht ausgezeichnet. Da konnte ich nicht ablehnen.« Seine Locken hatte er heute offensichtlich mit Haargel gebändigt. Strahlend tat ihre Mutter Quentin Schinken auf und stellte auch Erin einen Teller hin. Wenigstens würde so nicht wieder etwas vom Frühstück übrig bleiben. Bisher hatte ihre Mutter bei jeder Mahlzeit eine viel zu große Portion gekocht und die Reste mit traurigem Blick entsorgt. Noch immer kochte sie für ihren Mann mit. Erin setzte sich an den Tisch und schenkte sich Kaffee ein.

»Ich lasse euch mal alleine.« Ihre Mutter verließ die Küche.

»Also, raus mit der Sprache. Was machst du hier?« Mit hochgezogenen Augenbrauen betrachtete Erin den unerwarteten Gast.

»Harry schickt mich. Ich soll dir helfen, hat er gesagt.«

»Und wenn ich die Hilfe nicht will?«

»Dann soll ich dir sagen, dass ihn das nicht interessiert und er mich vor dem Abendessen nicht wiedersehen will.« Genüsslich schob er sich den Schinken in den Mund und nickte, um seiner Aussage Nachdruck zu verleihen.

Harry hatte sie ausgetrickst. Ihr war klar, dass der Bursche einen Anschiss bekommen würde, wenn sie ihn unverrichteter Dinge nach Hause schickte. Und Harry war sich ganz bestimmt sicher, dass sie es genau deshalb nicht tun würde. Also würde sie heute mit Quentin arbeiten. Hatte sie überhaupt schon einmal Zeit mit ihm alleine verbracht? Als wäre es gestern gewesen, sah sie ihn als Baby vor sich, wie er neben River auf Silverwood in der Wiege gelegen hatte. Mit verschränkten Armen und fachmännischem Gesichtsausdruck hatte John ihr seine jüngsten Brüder präsentiert und ihr erklärt, welcher von ihnen wer war. Zum Glück hatten die beiden sich nie wirklich ähnlich gesehen, nur die dunklen Augen und den hochgewachsenen Körperbau hatten sie gemeinsam, so wie fast alle Bennetts. Aber das Doppelpack war vom ersten Tag an eine Herausforderung gewesen. Bei all dem Mist, den sie schon als Kleinkinder gebaut hatten, war es ein Wunder, dass die Zwillinge noch alle Gliedmaßen hatten. Und jetzt war dieser Bursche tatsächlich hier, um ihr zu helfen.

»Was macht der Patient?«, erkundigte sie sich nach John.

»Der hat sich lauthals beschwert, weil Liz ihm zum Frühstück nur einen Smoothie erlaubt hat. Als ich gegangen bin, haben sie diskutiert, ob er schon so weit ist, wieder zu reiten. Wie ich vermute, wird John sich am Ende durchsetzen.«

Erin gluckste. »Das nehme ich auch an.« Dann zog sie das Handy aus der Hosentasche, öffnete das Bild, das sie von John in der Tierarztpraxis gemacht hatte, und schob es ihm hin. »Das habe ich extra für euch aufgenommen.«

Schallend lachte Quentin auf. »Das ist genial. Kannst du mir das bitte schicken? Ich werde es ausdrucken und an den Kühlschrank hängen.«

»Das ist sicher schneller wieder abgenommen, als du schauen kannst.«

»Das spielt keine Rolle. Ich werde es einfach immer wieder ausdrucken, und irgendwann wird John aufgeben.«

»Oder dir den Hintern versohlen.«

»Das ist mir der Spaß wert.« Grinsend sah er erneut auf das Bild.

Vielleicht würde es gar nicht so schlimm werden, einen Tag mit Quentin zu verbringen. Seine umgängliche Art war vermutlich genau das, was sie jetzt brauchte. Und ihre Mutter würde ihren Spaß dabei haben, den Vielfraß zu bekochen, das ahnte Erin schon jetzt.

Kapitel 8

Endlich hatten die bohrenden Kopfschmerzen nachgelassen. Auch wenn er jede Erschütterung in seinem Kiefer spürte, war es dennoch eine Wohltat, das Weideland abzureiten. Seit einigen Wochen hatte keiner mehr die Zäune kontrolliert, und John war sich sicher, dass es auf Elderberry ähnlich war. Nachdem er die äußeren Grenzen von Silverwood abgeritten war, wofür er den ganzen Vormittag gebraucht hatte, durchquerte er das Gatter im Grenzzaun und folgte diesem bis zu dem kleinen Wäldchen, wo die wenigen Schafe von Erin weideten. Zur Sicherheit hing an seinem Sattel eine Rolle Draht, um etwaige lose Stellen zu verstärken.

Als das Unterholz zu dicht wurde, stieg er ab, befestigte die Zügel an einem Baum und kämpfte sich zwischen den Bäumen und Büschen hindurch. Selbst hier war der Boden hart und trocken, und immer wieder schlugen ihm kleine Äste gegen das Gesicht. Fast hatte John die äußerste Ecke des Holt-Grundstücks und damit das Ende des kleinen Wäldchens erreicht, als er ein näher kommendes Fahrzeug hörte. Irritiert ging er einige Schritte weiter und schaute zwischen den Baumstämmen hinab auf die Weidefläche der High Valley Farm, die unterhalb der Böschung begann. Er zog die Augenbrauen zusammen, als er Richards überdimensionalen Truck näherkommen sah. Das Auto fuhr geradewegs auf ihn zu und hielt wenige Meter vor der Böschung an. Was wollte Richard hier draußen? Sicherlich war er nicht gekommen, um Zäune zu kontrollieren. Mühsame Aufgaben wie diese überließ er lieber seinen unzähligen Angestellten. Mit hochrotem, vor Schweiß glänzendem Gesicht stieg der untersetzte Mann aus und legte die Hand über seine Augen. Rasch zog John sich hinter einen Baumstamm zurück. Dann öffnete sich die Beifahrertür. John starrte auf das blonde Haar, das in der Sonne leuchtete. Was um alles in der Welt machte Will Walsh hier mit Richard?

»Hier ist es. Dahinter beginnt Elderberry.« Laut dröhnte Richards Stimme durch die heiße Luft.

Will kramte etwas, das wie ein Grundstücksplan aussah, aus seiner Aktentasche und musterte erst das Papier, dann den Zaun über dessen gesamte Länge. »Es war nicht notwendig, dafür hier rauszufahren. Der Plan zeigt das alles sehr gut«, sagte er.

»Das mag sein, aber hier draußen können wir ungestört sprechen. Bei mir zu Hause weiß ich nie, ob nicht doch ein Angestellter hinter der nächsten Ecke steht, wenn ich telefoniere.«

»Wie du meinst.« Abwartend lehnte Will sich gegen das Auto.

»Und wie ist der Stand der Dinge?«

Will rieb sich über den Nacken und zuckte mit den Schultern. »Ich habe alles so gemacht wie abgesprochen. Die Neubewertung ist veranlasst und der Gutachter instruiert. Wie geplant, ist sie nun verunsichert, und ich habe gestern Abend einen möglichen Verkauf vorgeschlagen. Doch bisher will sie nichts davon wissen.«

John hielt die Luft an. Sprach Will etwa über Erin? Das

konnte nicht sein. Er war ein Arsch, aber warum sollte er mit Richard über Erin sprechen?

»Sie ist eine harte Nuss. Eigentlich hatte ich gedacht, dass ich ihren Vater überzeugen könnte, an mich zu verkaufen, um ihr die Schulden zu ersparen, aber dann musste der alte Sack ja tot umfallen.« Amüsiert über seine eigene Aussage lachte Richard auf und tupfte sich mit einem Taschentuch den Schweiß von der Halbglatze.

Johns Finger krallten sich in die Rinde des Baumstamms. Es bestand kein Zweifel, dass sich das Gespräch tatsächlich um Erin drehte. Wie viel Mühe es ihn kostete, nicht einfach den Hang hinunterzustürzen und auf die beiden loszugehen. Er versuchte, still zu stehen, um sich nicht durch das Knacken eines Asts zu verraten, und starrte voller Abscheu auf Wills arrogantes Gesicht.

»Ich denke nicht, dass sie sich noch lange halten kann. Einige Monate vielleicht, sicher nicht viel mehr als ein Jahr«, sagte der Banker.

»Das ist zu lang«, fuhr Richard ihn an. »Ich will die Farm *jetzt*. Du weißt, der Preis ist mir nicht wichtig. Hier geht es um mehr als Elderberry. Ich habe dir gemailt, dass du einen Bonus bekommst, wenn sie in den nächsten Wochen verkauft. Ich verdopple den Betrag, wenn du das hinbekommst.«

Will zog die Augenbrauen hoch. »Das wären dann fünfzigtausend. Plus der Anteil für den Gutachter.«

»Ich bin es leid zu warten. Ich warte seit über zwanzig Jahren auf diesen Moment. Setz es durch, und du bekommst das Geld unter der Hand.«

»Und wenn sie nicht will?«

»Dann finde eine Möglichkeit, den Druck zu erhöhen. Sei

kreativ«, fauchte Richard. »Ich habe dich schließlich nicht wegen deiner schönen Frisur engagiert.«

»Schon gut.« Will hob beschwichtigend die Hände. »Ich lasse mir etwas einfallen.«

»Dieser Zaun da«, Smith deutete auf die Stelle unterhalb von John, und einen Moment lang glaubte er, entdeckt worden zu sein, »ist das Erste, was ich abreißen werde.«

»Was danach passiert, geht mich nichts mehr an.«

»Dann verstehen wir uns.« Mit zufriedenem Gesichtsausdruck stieg Richard Smith ein, und kurz darauf rollte der Wagen davon.

John sank mit dem Rücken am Stamm zu Boden. Was zum Teufel hatte er da eben mit angehört? Und was sollte es bedeuten, dass Erin nur noch wenige Monate durchhalten würde? *Ethan.* Sein Bruder musste wissen, worüber die beiden gesprochen hatten. Er war Erins Unterlagen durchgegangen. Mit einem Satz sprang John auf die Füße und rannte durch das Unterholz zurück zu Buster.

»Wo ist dein Mann?« John stolperte nassgeschwitzt in die Küche und sah Liz aufgebracht an.

»Er arbeitet im Wohnzimmer. Geht es dir nicht gut?« Besorgt trat sie auf ihn zu.

Ohne ihr eine Antwort zu geben, stürzte er in den Flur und drückte die Wohnzimmertür auf. »Du da!«, rief er, als er Ethan mit dem Laptop auf dem Sofa entdeckte.

»Hallo John«, entgegnete Ethan ruhig und legte den Laptop zur Seite.

»Komm mir nicht so.« Aufgebracht baute er sich vor seinem Bruder auf. »Willst du mir etwas sagen? Gibt es irgendwas, das ich über Erin wissen sollte?«

Ertappt schaute Ethan zur Seite.

»Oh verdammt.« John ließ sich neben ihn aufs Sofa fallen und warf seinen Hut zu Boden.

»Hat Erin es dir gesagt?« Ethan sah ihn bedrückt an.

»Sie hat mir gar nichts gesagt, aber ich habe eben ein Gespräch von Richard und Will am Grenzzaun zwischen High Valley und Elderberry mitbekommen.«

»Du hast sie belauscht?« Interessiert wandte sein Bruder sich ihm zu.

»Es war reiner Zufall. Sie kamen angefahren, sind ausgestiegen, und Will hat mit Plänen rumgefuchtelt. Und dann wollte Richard wissen, ob Erin bereit ist zu verkaufen.«

Ethan legte die Stirn in Falten.

»Er hat Will Geld dafür geboten, dass er Erin dazu bringt zu verkaufen, und zwar so schnell wie möglich. Anscheinend muss sie das über kurz oder lang sowieso, aber ich denke, dazu kannst du mir mehr sagen?« Er zog die Augenbrauen hoch und blickte Ethan abwartend an.

Schließlich nickte dieser. »Elderberry ist massiv verschuldet. Um ehrlich zu sein, habe auch ich ihr zum Verkauf geraten, aber sie wollte nichts davon hören. Dass Richard bei der Sache seine Finger mit im Spiel hat, ist allerdings eine böse Überraschung.« Er seufzte und stützte sich auf seinen Knien ab. »Ich hatte schon den Verdacht, dass Will und er etwas aushecken. Aber dass er so sehr darauf drängt, Elderberry zu kaufen, ergibt wenig Sinn.« Ethan rieb sich über die Schläfen und dachte einen Moment lang nach. »Natürlich liegt die Farm neben seiner und bietet daher die Möglichkeit seinen Besitz zu vergrößern, aber dass er dazu zu solchen Mitteln greift, wundert mich. Er hat doch erst Fox Brow gekauft und letztes Jahr sein Land nach Osten hin erweitert.«

John rief sich die Unterhaltung der beiden in Erinnerung. »Etwas war merkwürdig an dem, was er gesagt hat. Er meinte, er hätte zwanzig Jahre darauf gewartet und dass es ihm gar nicht um Elderberry ginge.«

»Worauf wartet man zwanzig Jahre lang?«

Für einen Augenblick glaubte John, sein Herz müsse aussetzen. Mit einem Mal wusste er, worauf Richard angespielt hatte. »Rache. Er hat zwanzig Jahre lang gewartet, um Rache zu nehmen«, murmelte er.

»Rache an wem?« Verwirrt sah Ethan ihn an.

»An Harry.« Mehr brachte John nicht heraus. Stattdessen stand er auf und trat an das bodentiefe Fenster mit den schweren dunkelroten Samtvorhängen. Wie in Zeitlupe wanderte sein Blick über die Weiden und die kleine Staubwolke, die von einer plötzlichen Windböe aufgewirbelt wurde.

Ethan runzelte die Stirn. »Ja, Elderberry liegt zwischen den beiden Farmen, und es würde Harry sicherlich fuchsen, in Zukunft Richard als direkten Nachbarn zu haben, aber letztlich würde sich für uns dadurch nicht viel ändern. Warum also der ganze Aufwand?«

Bitter lachte John auf. Wie oft kam es vor, dass er Ethan etwas erklären konnte? Unter anderen Umständen hätte er seinen Bruder damit aufgezogen, doch das alles war Wahnsinn. »Wo bekommen wir unser Wasser her?«, fragte er matt.

Statt einer Antwort war nur ein Stöhnen zu hören.

»Das Erste, was Richard macht, sobald Elderberry ihm gehört, ist, uns trockenzulegen. Eine Rinderfarm ohne Wasser ist eine Rinderfarm ohne Zukunft.«

»Dieser Mistkerl«, entfuhr es seinem Bruder. »Und warum macht er das alles ausgerechnet jetzt?«

»Weil sich erst durch Grahams Schulden die Möglichkeit

dazu geboten hat. Anscheinend hat er versucht, den alten Mann zum Verkauf zu überreden, doch der hat abgelehnt. Und jetzt soll Will es bei Erin durchsetzen.«

»Aber sie wird niemals einwilligen zu verkaufen, oder?« John nahm einen besorgten Unterton in Ethans Frage wahr.

»Nein. Nicht, ehe es keinen Ausweg mehr gibt. Aber wie du mir eben bestätigt hast, könnte das bald der Fall sein.«

»Und somit ist nicht nur Elderberry in Richards Hand, sondern er kann sich einfach zurücklehnen und abwarten, bis unser Land verdorrt.«

»Ganz genau.« John drehte sich um und sah ihn eindringlich an. »Wir müssen das vorerst für uns behalten und überlegen, was wir machen können, um das zu verhindern. Wenn Harry davon etwas mitbekommt, könnte er der Nächste sein, der beerdigt wird. Er würde niemals darüber hinwegkommen, wenn er die Farm verliert, und alleine die Sorge darum ...« Er brach ab und suchte Trost in den Augen seines Bruders, doch dort spiegelte sich nur blankes Entsetzen.

»Wir brauchen einen Vorwand, um Probebohrungen auf unserem Land zu machen. Es muss doch irgendwo eine Wasserader geben, die noch keiner entdeckt hat«, überlegte Ethan.

John schüttelte den Kopf. »Wir hatten verschiedene Fachleute hier, dabei hätten wir einfach auf das hören sollen, was die Generationen vor uns schon wussten: Silverwood führt kein eigenes Wasser. Zumindest nicht genug. Die Windradpumpen auf den Feldern befördern nur kleine Mengen herauf. Und jetzt im Hochsommer sind selbst diese Quellen versiegt.« Beinahe täglich transportierten Jim und er Wasser vom Stausee zu den Tränken auf den Weiden. Auch sie hatten es sich nicht nehmen lassen, nach geeigneten Stellen für Bohrungen zu suchen, und waren doch ein ums andere Mal enttäuscht worden. Bevor Graham Holt das Land nebenan erworben hatte, hatte es brachgelegen, und Harrys Vater hatte die Rohrleitung auf das Grundstück verlegt. Als Graham Elderberry kaufte, versprach er Harry, auch für die Zukunft die Versorgung aufrechtzuerhalten. Doch nun stand alles auf dem Spiel.

»Und wenn wir Wasser anliefern lassen?«, schlug Ethan vor.

»Du bist der, der sich um die Zahlen kümmert. Meinst du, bei unserem Verbrauch lohnt sich die Zucht dann noch?«

»Nein. Ich schätze, ich bin verzweifelt und greife nach jedem Strohhalm.«

John ging auf ihn zu und klopfte ihm auf die Schulter. »Vielleicht fällt uns doch noch was ein.« Er hielt inne. »Da ist noch was. Will hat irgendetwas von einer Neubewertung gesagt. Anscheinend wird der Gutachter von ihm geschmiert. Droht Erin das, was ich befürchte?«

Ethan murmelte einen Fluch. »Ich werde versuchen, mehr in Erfahrung zu bringen. Vielleicht kann ich im Rathaus Unterlagen zu den anderen Fällen finden, in denen Will eine Neubewertung angesetzt hat.« Eindringlich sah er John an. »Und du musst es endlich Erin sagen, damit sie vorgewarnt ist.«

John rieb sich stöhnend über das stoppelige Gesicht. »Ich muss eine Nacht drüber schlafen. Ich habe keine Ahnung, wie ich ihr das alles beibringen soll, oder ob sie es mir überhaupt glauben wird. Das klingt doch nach einer verrückten Geschichte, die ich mir ausgedacht habe, um ihr Will madig zu machen.«

»Du musst es versuchen. Wir haben keine andere Möglichkeit. Sie sollte wissen, was sich über ihr zusammenbraut. Und wenn sie sich entscheidet, es nicht zu glauben, dann hast du es zumindest versucht.«

»Eine Nacht. Das ändert jetzt auch nichts mehr. Morgen sage ich es ihr, und dann können wir gemeinsam überlegen, was wir unternehmen.«

Ethan lächelte ihn an. »Du willst ihr noch ein paar Stunden Ruhe gönnen, ehe sie davon erfährt, oder?«

John presste die Lippen aufeinander und nickte. Erin hatte eben erst ihren Vater beerdigt und erfahren, dass ihre Farm in finanziellen Schwierigkeiten steckte, und nun sollte er ihr sagen, dass der Mann, in den sie sich offensichtlich verliebt hatte, sie hinterging? Wenigstens dieses eine Mal sollte sie noch einmal so friedlich wie möglich schlafen. Auch wenn er sich sicher war, dass die Nacht, die vor ihm lag, dafür alles andere als ruhig verlaufen würde.

***

Erin schlug in die Hand ein, die Quentin ihr hochhielt. Die Scheune war voll. Bis unter das Dach stapelten sich die Ballen, und damit hatte sie nun mehr als genug Heu zusammen, um ihre Schuldenlast ein kleines Stückchen zu verringern. Der Rest der Felder, die noch nicht gemäht waren, würde ihre eigenen Tiere das kommende Jahr über versorgen.

»Quentin, du bist ein Schatz.« Entgegen ihrer Gewohnheit fiel sie ihm um den Hals.

»Das macht Harry nie. Die Arbeitsbedingungen hier sind eindeutig besser als bei uns«, scherzte er.

»Du hast mir heute unheimlich geholfen.« Gerührt betrachtete sie sein müdes Gesicht. Sie war wirklich beeindruckt von seinem Arbeitseifer. Unermüdlich hatte er den ganzen Tag über geschuftet, und als sie ihm vorgeschlagen hatte, Feierabend zu machen, hatte er nur mit dem Kopf geschüttelt. Und sie hatten Spaß gehabt. Quentin hatte sie mit seinen Sprüchen und Witzen auf andere Gedanken gebracht und auch ihre Mum aus dem Schlafzimmer gelockt.

»Vielleicht solltest du in Zukunft öfter mal unsere Hilfe annehmen?«

»Werd nicht gleich übermütig.« Sie boxte ihn gegen den Oberarm, als ein Auto sich näherte. Überrascht stellte Erin fest, dass es Wills war.

»Ich bekomme Besuch«, sagte sie und lief zu Quentins Motorrad, um ihn zu verabschieden.

Er folgte ihr zögernd und griff nach dem Helm, der am Lenker hing. Immer wieder sah er auf das Auto und dann zu ihr. »Erin, ich …« Er brach ab und schüttelte leicht den Kopf.

»Was?«

Wieder schaute er auf das Auto, das gerade vor dem Haus zum Stehen kam. »Nichts.« Er setzte den Helm auf, schwang das Bein über die Sitzbank und startete den Motor. »Bis bald«, rief er und fuhr in beeindruckender Geschwindigkeit davon.

Etwas an seinem Verhalten war merkwürdig gewesen. Es war fast, als hätte er ihr irgendetwas sagen wollen, sich dann aber doch dagegen entschieden.

Schon kam Will auf sie zu und strahlte sie an. »Hallo, schöne Frau.« Er gab ihr einen Kuss auf die Wange und sah dem Motorrad nach. »Wer war das?«

»Quentin Bennett. Er hat mir heute geholfen, das Heu einzuholen.« Sie deutete zur Scheune. »Voll bis unter das Dach.«

»Tatsächlich?« Will blickte sie an. »Das freut mich für dich.«

»Und was tust du hier?«

»Ich hatte Sehnsucht.«

»Es ist schon fast neun. Ich bin wirklich erledigt und muss dringend ins Bett.«

»Dann bringe ich dich ins Bett.« Er zwinkerte ihr zu.

Zögernd sah Erin aufs Haus. Ob ihre Mum damit einverstanden wäre? Auf der anderen Seite hatte diese sich das letzte Mal gut mit dem Gast amüsiert. »Also gut.« Vielleicht war es gar nicht schlecht, dass Will nach ihrem letzten, so unglücklich verlaufenen Treffen einen Schritt auf sie zumachte. Gut möglich, dass sie tatsächlich zu emotional reagiert hatte.

»Gute Nacht.« Noch einmal lächelte Will ihr zu, dann drehte er sich um.

Erin drückte den Schalter der Nachttischlampe und blinzelte in die Dunkelheit hinein. Nach einigen Sekunden erkannte sie die Umrisse der Möbel im fahlen Mondschein. Entgegen ihrer Annahme, dass Will sicherlich erneut auf Intimitäten aus war, hatte er sie lediglich auf die Wange geküsst und sich dann schlafen gelegt. War es nicht zu süß, dass er nur hergekommen war, um die Nacht neben ihr zu verbringen? Sie kuschelte sich tiefer ins Kissen und schloss die Augen.

Wenige Minuten später war sie bereits in einen tiefen, traumlosen Schlaf gesunken. Doch irgendwann überkam sie ein ungutes Gefühl. Wirre Bilder blitzten vor ihr auf, und es war so laut. Geräusche, panisch und schrill, zuckten durch ihr Unterbewusstsein. Unruhig warf sie sich im Bett hin und her, doch die Laute verstummten nicht. Endlich schaffte sie es, die Augen aufzuschlagen. Ein merkwürdiges Licht drang durch den Vorhang. Zuckend und orangefarben. Und dann hörte sie es erneut. Angstvolles Wiehern. *Die Pferde!* Hektisch sprang sie auf und eilte zum Fenster. Die Geräusche waren nicht Teil eines Traums gewesen, sie waren echt. Zitternd riss sie den Vorhang zur Seite. Mit angehaltenem Atem starrte sie auf die Flammen, die aus der Scheune züngelten. »Es brennt«, flüsterte sie. »Es brennt!«, wiederholte sie nun schreiend und stürzte die Treppe hinunter. »Mum! Es brennt! Ruf die Feuerwehr!«, kreischte Erin, während sie mit hektischen Bewegungen in die Stiefel schlüpfte.

»Oh mein Gott«, hörte sie Will hinter sich.

Erin riss die Haustür auf und rannte auf die Scheune zu. Wie jede Nacht waren ihre Stuten und die Fohlen darin eingeschlossen. Markerschütterndes Wiehern erfüllte die Nachtluft.

Auf halbem Weg holte Will sie ein. »Halt dich von der Scheune fern, du kannst da nichts machen«, rief er und griff nach ihrem Arm, doch Erin schüttelte ihn ab und rannte zum schweren Tor. Mit voller Wucht warf sie sich dagegen und schob es auf. Das Heu im hinteren Teil des großen Gebäudes brannte lichterloh. Ohne zu zögern, öffnete sie die Tür der ersten Box, stürmte hinein und schlug dem Pferd auf den Hintern. Schnaubend bäumte es sich auf und hechtete aus der Box hinaus und ins Freie. Die Hitze brannte auf ihrer Haut, und sie konnte das Knacken des brennenden Holzes vernehmen. Der dichte Qualm kroch in ihre Lungen und ließ sie husten.

Als sie die zweite Box erreichte, packte Will sie erneut. »Du musst hier raus, das ist zu gefährlich.«

Von draußen hörte sie ihre Mutter panisch nach ihr rufen.

»Ich lasse meine Pferde nicht verbrennen«, schrie sie und öffnete die nächste Tür. Die Stute stürmte heraus und stieß sie in ihrer Panik um. Im letzten Moment konnte Erin sich an den Gitterstäben abfangen. Kaum war sie wieder auf den Beinen, schob sie den nächsten Riegel zurück.

»Das ist Wahnsinn!«, rief Will und sah sich um. Dann ging er hinaus.

***

»John!« Liz' Schrei ließ sein Blut gefrieren. Er hatte panisch und schrill geklungen. Oder hatte er es nur geträumt? Spielte seine Phantasie ihm einen Streich?

Als seine Zimmertür aufflog und Liz im Nachthemd mit Charlie auf dem Arm hereinkam, sprang er auf. »Hat sie was?« Er lief zu Liz und blickte das Kind prüfend an.

»Nein …« Heftig schüttelte Liz den Kopf. »Es brennt.« Mit zitternder Hand deutete sie zum Fenster am Ende des breiten Flurs. Während er ans Fenster stürzte, hörte er, wie Liz die Zimmertüren seiner Brüder aufriss. Aus Liz' und Ethans Zimmer war lautes Fluchen und Gepolter zu hören, gleich darauf stürzte Ethan nur mit einer Hose bekleidet zu ihm. Fassungslos betrachtete John den blutroten Himmel im Westen. »Elderberry«, murmelte er.

»Ich starte den Wagen und alarmiere Harry, kommt runter, so schnell ihr könnt«, rief Ethan. Unfähig, sich zu bewegen, starrte John hinaus.

»John, du musst los!« Liz zog ihn am Arm.

Endlich erwachte er aus seiner Starre. Während die Zwillinge schon die Stufen hinuntersprangen und Jim ihnen polternd folgte, rannte er zurück in sein Zimmer, stieg in seine Jeans und stürzte, mehrere Stufen auf einmal nehmend, nach unten. Im Flur überholte er Harry, der im Schlafanzug war und seine Schuhe anzog. Mit pochendem Herzen rannte er über den Hof zum Stall. Ethan rief nach ihm, doch er drehte sich nicht um. Gezielt schlug er gegen die Schlösser an Busters Auslauf und pfiff. Sein Pferd trabte aus dem Stall und spitzte die Ohren. »Renn, wie du noch nie gerannt bist«, flüsterte John ihm zu, schwang sich auf den Rücken und griff in die dicke Mähne. Aus dem Stand galoppierte der Hengst los und fegte über den schmalen Weg entlang der Weiden.

Er konnte es riechen. Der Brandgeruch, der über dem Land lag, wurde immer bedrohlicher, je näher sie der Farm kamen. Nach einer Zeit, die ihm unendlich erschien, kam endlich der Grenzzaun in Sicht. Als das Pferd in der Dunkelheit zum Sprung ansetzte, schloss John die Augen. Er konnte nur hoffen, dass Buster auch unter diesen Umständen wusste, was er tat. Kaum setzten die Hufe trommelnd auf, lag die brennende Scheune vor ihnen. Hoch züngelten die Flammen in den Nachthimmel. Ein letztes Mal rammte er Buster die Fersen in die Seiten, und bald spürte er die beißende Hitze des Infernos im Gesicht. Wiehernd versuchte Buster abzudrehen, doch John hielt ihn zurück und endlich erreichten sie den Hof. Kaum war er hinuntergerutscht, wieherte das Pferd erneut und preschte davon. John rannte zu Claire, die vor der Scheune stand und schrie.

Als sie ihn erkannte, fiel sie ihm um den Hals. »Erin ist noch drin«, rief sie. In diesem Moment stürzte eine Stute aus dem Scheunentor.

»Die Feuerwehr ist benachrichtigt«, hörte er eine andere

Stimme. Johns Augen wanderten nach rechts. Einige Meter abseits stand Will mit blassem Gesicht.

Für einen kurzen Moment trafen sich ihre Blicke, bevor Will zu Boden sah.

John drückte Claires Arm und lief los. Die Hitze im Stall traf ihn wie eine Wand. Rechts und links lagen die Boxen, die Türen standen offen. Schrilles Wiehern hallte durch den Raum, und gleich darauf trabte eine Stute mit einem Fohlen auf ihn zu. John sprang zur Seite und blickte nach hinten. Bei einer der hintersten Boxen erkannte er Erin, die sich an der Tür zu schaffen machte. Wieder ertönte dröhnendes Hufgetrappel, und er brachte sich erneut in Sicherheit. Krachend fiel ein Dachbalken vor ihm auf den Boden. Funken stoben durch die Luft, und die Hitze brannte auf seinem nackten Oberkörper. »Erin!« Mit einem Satz sprang er über den glimmenden Balken und erreichte sie endlich.

»Zwei Boxen sind noch zu«, rief sie ihm durch das ohrenbetäubende Knacken des Feuers zu.

Sein Blick wanderte die brennenden Heuballen hinauf. »Das Heu stürzt gleich ein!«

Panisch wandte Erin sich um und folgte seinem Blick. Ein Bündel Heu löste sich unter der Decke und landete lodernd nur wenige Meter von ihnen entfernt. Wieder stoben Funken durch die Luft, und er fühlte einen stechenden Schmerz im Gesicht. Hektisch klopfte Erin sich die Haare und das Shirt ab und rannte zur vorletzten Box.

Über ihren Kopf hinweg packte John die Gitter der Tür und zog sie auf. Erneut fiel neben ihnen eine große Menge glühendes Heu zu Boden. »Geh du raus, ich mache das!«, brüllte er. Mit weit aufgerissenen Augen stand ein Jährling in der hintersten Ecke der Box. Laut schreiend fuchtelte Erin mit den Armen, doch das Pferd bewegte sich nicht. John ergriff ihren Arm und zwang sie, ihn anzusehen. Bodenlose Angst stand in ihre Augen geschrieben. »Ich mache das. Raus mit dir!«

»Das sind meine Pferde. Geh du raus, ich komme gleich«, gab sie zurück und trat in die Box. Die zuckenden Ohren und etwas im Blick des Pferdes warnten ihn, doch es passierte zu schnell. Kaum war das Tier auf den Hinterbeinen, traf Erin auch schon einer der Vorderhufe an der Schulter. Sie stürzte zu Boden. John half ihr hoch und zog sie zum Eingang der Box zurück.

Sie rieb sich die Schulter, dann rappelte sie sich auf. Als sie den Arm anheben wollte, verzog sie das Gesicht vor Schmerzen.

John fasste sie unter das Kinn und zwang sie, ihn anzusehen. Ein solcher Hufschlag konnte leicht eine Schulter zertrümmern, und die Sorge ließ ihn für einen Moment die Feuerhölle vergessen, in der sie sich befanden.

Erin nickte schwach, und John atmete durch. Vermutlich hatte sie Glück gehabt. Aber er musste sie dringend aus dem Gebäude schaffen. Mit dem Daumen rieb er über ihre Wange, dann schob John sie hinaus und trat neben das verängstigte Tier. Ein gezielter Schlag auf die Flanke reichte aus, dass es mit großen Sprüngen die Box verließ.

Mit ohrenbetäubendem Krachen schlug ein Balken direkt neben Erin auf dem Boden auf. Erschrocken wich sie zurück. Er hing schräg an einer Seite der Box fest und ragte in den Gang hinein. »Geh raus, John!«, rief sie ihm zu und versuchte, darüberzusteigen, während sie sich die Schulter hielt. Doch die Flammen waren bereits zu hoch und versperrten ihr den Weg.

Er hielt sie fest und nahm ihr Gesicht in die Hände. »Du bist verletzt. Das ist zu gefährlich, wir müssen hier raus. Schnell!« Beinahe ging seine Stimme in dem Getöse des Feuers unter.

»Es ist Molly …«, schrie sie. Verzweifelt sah sie auf die letzte Box, von der sie der brennende Balken trennte.

»Seid ihr beide in Ordnung?« Wie aus dem Nichts tauchte Jim neben ihnen auf. Wie John war auch er nur mit einer Hose bekleidet, doch im Gegensatz zu ihm hatte Jim sich zumindest die Zeit genommen, Stiefel anzuziehen.

Erst jetzt spürte John die Schmerzen an seinen Fußsohlen, die mitten im glimmenden Heu standen. Besorgt schaute er erneut zum Dach der Scheune. »Es stürzt gleich ein!«

»Ich muss Molly rausholen!«, rief Erin und unternahm einen erneuten Versuch, über den Balken zu steigen.

John nickte seinem Bruder zu, woraufhin dieser Erin mit beiden Armen umfasste und anhob. Wie eine Wahnsinnige brüllte sie los und trat nach ihm, damit er sie herunterließ. Doch Jims fester Griff ließ das nicht zu. Entschlossen schleifte er Erin rückwärtsgehend zum Scheunentor.

John starrte auf den Balken und nahm das bedrohliche Knacken überall in dem Gebäude wahr. Wiehernd bäumte Molly sich in der Box auf und trat gegen die Wand. Erin würde es ihm nie verzeihen, wenn ihre Lieblingsstute es nicht hinausschaffen würde. Er trat einige Schritte zurück, nahm Anlauf und sprang über den brennenden Balken. Verwünschungen ausstoßend, machte er einen weiteren Satz, da er mit einem Fuß auf einem glühenden Holzstück gelandet war. Endlich erreichte er die Tür der Box und schob sie auf. Molly trat vorsichtig hinaus und blickte mit hoch aufgestelltem Schweif auf den Balken, der ihr den Weg versperrte. John führte sie einige Meter zurück, so weit, wie es das glimmende Heu am Boden zuließ. »Nun zeig, was du kannst, kleine Fee«, flüsterte er ihr zu. Während er ihr mit voller Wucht auf den Hintern schlug, schrie er auf und rannte dann selbst los. Wie in Zeitlupe nahm er wahr, wie das Pferd neben ihm zum Sprung ansetzte. Molly kam ein Stück vor ihm wieder auf und erreichte das Tor, wo sie in der Dunkelheit verschwand. John verlor das Gleichgewicht und stürzte auf den Boden. Als er zur Decke sah, erkannte er, wie sich ein glimmender Balken von der Decke löste und herabstürzte. Da tauchten die Zwillinge wie aus dem Nichts auf, packten ihn bei den Armen und zerrten ihn hinaus. Keuchend sackte John auf dem Hof zusammen. Sein Mund schmeckte nach Asche und seine Lungen brannten.

Harry beugte sich zu ihm hinunter und griff ihm unter das Kinn. »Alles in Ordnung?«

»Wird schon wieder.« Japsend stand er wackelig auf. »Aber ich habe mir den Fuß verbrannt.«

»So ein Feuer habe ich noch nie gesehen.« Die Flammen spiegelten sich in den dunklen Augen seines Vaters. In seinem gestreiften Schlafanzug sah er wie gebannt auf die brennende Scheune. »Da wird nichts übrig bleiben. Wir müssen unbedingt die Weide dahinter abspritzen, damit nicht das ganze verfluchte Feld Feuer fängt.« Er ließ einen lauten Pfiff ertönen und deutete erst auf die Zwillinge und dann auf den Wasserschlauch, der am Unterstand des Traktors an die Wasserleitung angeschlossen war.

John schaute sich nach Erin um. Jim hatte sie inzwischen losgelassen. Ihre nackten Beine strahlten weiß in der Dunkelheit. In Unterhose und T-Shirt umklammerte sie ihre Mutter.

»Kannst du dich um Claire kümmern, und wir anderen verteilen das Wasser?«

Harry nickte und ging auf die Frauen zu.

Erin ließ ihre Mum los und kam auf John zu.

»Danke«, krächzte sie.

»Wie geht es deinem Arm?« Besorgt betrachtete er ihre schiefe Haltung.

»Ich glaube, es ist nur eine Prellung.« Kopfschüttelnd sah sie auf das brennende Gebäude. »Die Scheune. Das Heu ... ich wollte es doch verkaufen ...«

»Das spielt jetzt keine Rolle, wir müssen schauen, dass nicht noch das Haus oder die Felder abbrennen. Habt ihr einen Schlauch am Haus, damit wir es abspritzen können?«

»Hinten im Garten. Den, den Mum immer zum Gießen nutzt.«

»Dann los.« Er griff nach ihrer Hand und zog sie mit sich. Gerade als sie das Wasser angestellt hatten und damit begannen, die Holzwände des Wohnhauses zu befeuchten, waren näher kommende Sirenen zu hören. Erleichtert atmete er durch. Die Feuerwehr würde die Scheune gezielt abbrennen lassen und dafür sorgen, dass kein Buschbrand entstand. Prasselnd fiel das Wasser aus dem Schlauch auf das Hausdach nieder. Immerhin reichte der Druck aus, um bis ganz nach oben zu gelangen. Immer wieder sah er zu Erin, die einige Meter entfernt bewegungslos dastand und in die Dunkelheit starrte. Ihr Blick war vollkommen leer.

Mit weißen Aschestückchen in den Haaren und rußverschmierter Haut saßen sie auf der Terrasse vor dem Haus. Harry mit Claire auf der Bank und die anderen über das Holzdeck verteilt, mit den Rücken an die Hauswand gelehnt.

Müde und fassungslos beobachteten sie, wie die Feuerwehrmänner im Morgengrauen die Schläuche einrollten und ein letztes Mal die verkohlten Überreste der Scheune kontrollierten. Wie ein dunkles Skelett ragten einige Balken dort in die Luft, wo gestern noch ein Pferdestall gestanden hatte.

Will trat aus dem Haus und reichte Erin ein Glas Wasser, die mit angezogenen Beinen auf einem Metallstuhl hockte. Sie lächelte ihm matt zu und lehnte sich an ihn.

Ein Knurren drang aus Johns Brust, und er sprang unwillkürlich auf.

Eine Hand an seiner Schulter hielt ihn zurück. »Nicht jetzt. Nicht heute«, flüsterte Ethan.

»Ich bringe den Mistkerl um«, zischte John. Dass Will hier den besorgten Freund spielte, obwohl er Richard dabei half, Erin die Farm wegzunehmen, brachte sein Blut zum Kochen.

»Wenn du ihn jetzt zusammenschlägst, wird sie dir kein Wort glauben. Wir machen das zusammen. Wenn ich deine Aussage bestätige, wird sie uns vielleicht glauben. Aber sie muss das alles hier erst verarbeiten. Sieh sie dir doch an.«

Ethan brauchte ihn nicht auf Erins Aussehen hinzuweisen. Seit Stunden hatte er ihr geisterhaft bleiches Gesicht vor Augen. Nachdem die Feuerwehr angekommen war und übernommen hatte, konnten sie nichts weiter tun, als zu beobachten, wie die Scheune nach und nach in sich zusammenfiel. Die Pferde hatten sich über das Grundstück verteilt und waren in Sicherheit. Mit zusammengebissenen Zähnen setzte John sich wieder an die Hauswand.

Ethan nickte ihm zu und ging zu Erin hinüber. John sah, dass es auch ihm nicht leichtfiel, Will zu ignorieren, als er mit ihr sprach. »Ich gehe rein und suche die Versicherungspolice raus. Dein Vater hat für so einen Fall vorgesorgt, ich habe sie vor ein paar Tagen in den Unterlagen gesehen. Sobald wir auf Silverwood sind, werde ich dort anrufen und den Schaden melden, damit du schnellstmöglich das Geld bekommst.«

Erin nickte benommen.

»Es ist eine Schande. All das Heu, dass wir gestern erst eingeholt haben«, sagte Quentin einige Meter weiter leise, so dass nur er und seine Brüder es hören konnten.

»Und der umgebaute Stall«, ergänzte Jim.

»Gut, dass Graham das nicht erleben muss.« In Gedanken versunken, fuhr Harry sich über den Bart. »Lasst uns fahren, wir können hier nichts mehr ausrichten.«

John wusste, dass es nach all der Aufregung keinen Sinn hatte, Buster einzufangen. Stattdessen nahm er mit River auf der Ladefläche von Harrys Pick-up Platz, mit dem die anderen vor Stunden hierhergefahren waren. Langsam wurden das Haus und das dunkle Gerippe der Scheune kleiner. Schließlich verschwanden sie hinter dem Hügel, und sie erreichten die Abzweigung zu Silverwood.

»Das sieht nicht gut aus.« Liz inspizierte besorgt Johns Fuß, den er auf dem Küchentisch abgelegt hatte, an dem alle versammelt saßen und Kaffee tranken.

»Hast du was, das du draufschmieren kannst?«, fragte er erschöpft nach.

Seine Schwägerin kramte in der Medikamentenkiste und zog schließlich eine kleine Tube heraus. »Ich habe noch die Brandsalbe von damals, als Ollie mir nicht glauben wollte, dass die Herdplatte wirklich heiß ist.« Sie nahm einen frischen Lappen aus dem Schrank, um die Haut zu reinigen.

»Sie war heiß«, verkündete Ollie und aß als Einziger mit Appetit sein Frühstück weiter.

Ethan trat aus dem Flur in die Küche und setzte sich auf seinen Stuhl. »Alles geklärt mit der Versicherung. Ich habe Druck gemacht, und sie schicken morgen einen Gutachter. Sobald der den Schaden bestätigt hat, werden sie die Auszahlung in die Wege leiten. Aber ich nehme nicht an, dass der Betrag reichen wird, um eine neue Scheune aufzubauen. Die Police hat sich auf den ursprünglichen Wert bezogen, und das, was Erin in den letzten Wochen investiert hat, spielt daher keine Rolle.«

»Verdammt.« Harrys Tasse knallte auf den Tisch. »Hört diese Pechsträhne denn gar nicht auf?«

John warf Ethan einen Blick zu. Die Augen seines Bruders spiegelten seine eigenen Gedanken wider. Genau das hatte noch gefehlt, um Erin weiter in Schwierigkeiten zu bringen. Sicherlich würde sich Richard die Hände reiben. Das Schicksal hatte ihm einen Gefallen getan. Silverwood schwebte ab jetzt in ernster Gefahr.

»Wie genau ist das überhaupt passiert?« Quentin sah von einem zum anderen.

»Vermutlich ein Kurzschluss in der Elektrik oder etwas in der Art«, brummte sein Vater.

John zuckte und zog seinen Fuß ein Stück zurück.

Entschuldigend schaute Liz ihn an, während sie mit dem feuchten Lappen über seine Sohle fuhr. Schließlich griff sie nach der Salbe, trug sie dick auf und umwickelte den Fuß mit einem Verband. »Wenn es nicht besser wird, gehst du zum Arzt. Aber die Verbrennungen sehen nicht so schlimm aus, wie ich befürchtet hatte. Trotzdem wirst du wohl eine Weile humpeln.«

»Danke dir.« Vorsichtig stellte John den Fuß auf dem Boden ab.

»Und jetzt bitte ab unter die Dusche. Einer nach dem anderen. Ihr müsst die ganze Asche nicht noch im Haus verteilen«, forderte sie die Männer auf. »Ich bringe Ollie in den Kindergarten, und wenn ich zurückkomme, möchte ich keinen von euch sehen. Ihr geht jetzt alle für ein paar Stunden schlafen.«

Harry setzte an, etwas zu sagen, doch Liz schüttelte mit strengem Blick den Kopf.

John stand auf und ging vorsichtig über den alten Holzboden. Immerhin konnte er noch laufen.

Im Bad setzte er sich in die Duschwanne und streckte den Fuß hinaus, so dass er nicht nass wurde. Hier und da hatte er kleine Brandblasen am Oberkörper, die beim Duschen schmerzten, doch das alles spielte keine Rolle. Er wollte gar nicht daran denken, dass einer der herabfallenden Balken ebenso gut Erin oder ihn hätte treffen können. Sie wäre lieber bei dem Versuch gestorben, ihre Pferde zu befreien, als zuzusehen, wie sie im Feuer verendeten. Und er hätte es ebenso gemacht, wenn es um Buster gegangen wäre. Doch es war schrecklich unüberlegt gewesen. Sie beide handelten stets, bevor sie dachten.

Auch gegenüber Will war sein Temperament fast mit ihm durchgegangen. Das Verlangen, ihm die Faust ins Gesicht zu rammen, war beinahe unwiderstehlich gewesen. Aber Ethan hatte gut daran getan, ihn zurückzuhalten. Die Lage war zu ernst, und zum ersten Mal in seinem Leben wusste John ganz genau, dass er sich anders verhalten sollte als sonst. Er musste überlegt vorgehen. Jemanden zu verprügeln würde nicht helfen, es würde Will und Richard in ihrem Vorhaben nur noch bestärken. Die Sache musste anders angegangen werden. Clever und geplant. Er konnte nur darauf hoffen, dass Ethan eine Lösung fand. Immerhin war er der schlauste Kopf in der Familie. Auf einmal fühlte sich John nutzlos. Es gab nichts, was er tun konnte, um das drohende Unheil abzuwenden. Nicht einmal mit Harry oder Erin durfte er zu diesem Zeitpunkt darüber sprechen.

Mit nassen Haaren humpelte er in sein Zimmer und ließ sich aufs Bett fallen. Ein Schauer lief ihm über den Rücken. Letzte Nacht hätte er Erin um ein Haar verloren. Nie im Leben hatte er so eine Angst gespürt, als ihre Umrisse inmitten des Feuers vor ihm aufgetaucht waren. Von ihr wegzufahren war ihm schwergefallen, erst recht, als er sie neben Will gesehen hatte. Dass sie diesem Mann vertraute, war falsch. Aber dass sie ihn auch in ihr Bett ließ, war kaum auszuhalten. Natürlich hatte sie über die Jahre auch andere Liebschaften gehabt, und es war ihm immer gelungen, diese mehr oder weniger zu ignorieren. Doch aus irgendeinem Grund war es diesmal anders, und zwar nicht nur, weil Will ein Fiesling war. Es schmerzte.

Kapitel 9

Immer wieder sah sie die brennende Scheune vor sich. Erin glaubte beinahe, die Hitze noch zu spüren. Alles war so schnell gegangen, und sie hatte kaum Zeit gehabt, es zu verarbeiten. Aber die verkohlten Überreste, auf die sie starrte, ließen keinen Zweifel: Es war tatsächlich geschehen. Das panische Wiehern der Pferde, das Knacken des Feuers. Alles war Realität gewesen. Sie schluckte und versuchte, sich zu beruhigen. Während des Feuers hatte sie nur ein einziges Ziel gehabt: die Pferde zu befreien. Alles andere war ihr völlig egal gewesen, sie hatte keinen Gedanken an ihr eigenes Leben verschwendet. Und dann war auf einmal John aufgetaucht. Mit zerzausten Haaren und blitzenden dunklen Augen war er ihr zur Hilfe geeilt. Nie war sie so erleichtert gewesen, ihn zu sehen, und zugleich hatte sie ihn weit weg gewünscht. Es war eines, ihr eigenes Leben aufs Spiel zu setzen, aber etwas völlig anderes, John in diese Gefahr zu bringen.

Es hatte sie beinahe um den Verstand gebracht, als Jim sie aus der Scheune geschleift hatte und sie John allein zurückließen. Als sie ihn über den Balken springen und hinter den Flammen verschwinden sah, hatte ihr Herz für einen Moment ausgesetzt. Sie hatte mit all ihrer Kraft versucht, sich Jims festem Griff zu entwinden, doch ohne Erfolg. Alles in ihr hatte nur noch nach John geschrien.

Wie von Sinnen hatte sie auf die Flammenwand gestarrt, hinter der ihr bester Freund verschwunden war, und jede Sekunde damit gerechnet, dass das Gebäude in sich zusammenstürzte und John unter sich begrub. Ihre Fingernägel hatten sich in Jims Arm gebohrt, bis er sie endlich fluchend losließ. Just in diesem Moment tauchte Molly aus dem Qualm auf und sprang über den Balken, dicht gefolgt von John. Doch dann war er gestürzt, und Erins Kehle schnürte sich zu. Zum Glück waren da die Zwillinge an ihr vorbeigeeilt, um ihren Bruder sicher hinauszubringen. Schluchzend war Erin Jim um den Hals gefallen, der ihr beruhigend über den Rücken gestrichen hatte. Dann hatte sie Claire gesehen, die zitternd im Nachthemd in der Dunkelheit stand, und war zu ihr gerannt.

»Woran denkst du?« Kats Stimme brachte sie in die Gegenwart zurück.

»Daran, was ich beinah verloren hätte.« Erin atmete tief durch und lächelte ihrer Freundin zu. Ihre Mum war derart aufgeregt gewesen, dass Erin den Arzt gebeten hatte, nach Elderberry zu kommen. Dieser hatte ihrer Mum ein Beruhigungsmittel gegeben und einen Blick auf Erins Schulter geworfen, die tatsächlich nur eine heftige Prellung abbekommen hatte. Dann war Kat hier aufgetaucht, um die Pferde zu untersuchen. Nun schlief ihre Mutter und Kat weigerte sich, sie alleine zu lassen.

»Aber du hast die Pferde nicht verloren. Ich habe mir alle angesehen, und bis auf ein paar angesengte Stellen und einen leichten Husten bei dem ein oder anderen ist alles in Ordnung.«

»Ich meine John.«

»Oh«, entfuhr es Kat, die mit den Spitzen ihres dunkelroten Haars spielte.

»Ja, oh. So ein Mist.« Energisch schlug Erin die Beine übereinander.

»Nur damit ich das richtig verstehe«, Kat drehte sich zu ihr um, »meinst du: John, deinen besten Freund, oder: John, den scharfen Farmer, dem du endlich nicht mehr widerstehen kannst?«

Erin warf ihr einen vernichtenden Blick zu.

»War da eigentlich mal was zwischen euch? Irgendwas?«, plapperte Kat weiter. Konnte sie nicht einfach den Mund halten, damit sie ihre verwirrenden Gedanken ordnen konnte?

Erin seufzte und erinnerte sich zurück. »Nein. Ja. Ach, ich weiß auch nicht.« Eine ferne Erinnerung blitzte vor ihr auf.

»Ja oder nein? Was denn nun?«

»Es war nichts. Nur so ein Quatsch, vor langer Zeit.« Gegen ihren Willen überzog plötzlich ein Grinsen ihre Lippen.

»Jetzt erzähl schon«, drängte sie die Tierärztin.

Erin schloss die Augen und rief sich den Tag am Stausee vor einer Ewigkeit in Erinnerung. »Ich war damals vierzehn, und es war Johns fünfzehnter Geburtstag. Samuel hatte ihn überredet, am See eine Party zu schmeißen. Wir alle haben uns unglaublich cool und erwachsen gefühlt. Aus einem Ghettoblaster lief laute Musik, und wir hatten Harry ein Sixpack geklaut. Es waren noch ein paar Freunde aus der Schule mit dabei, und irgendwann hatte jemand die bescheuerte Idee, Flaschendrehen zu spielen.«

Grinsend zappelte Kat auf der Bank. »Oh, ich sehe es fast vor mir. Es geht doch nichts über peinliche Jugenderinnerungen.«

»Jedenfalls sollte John drehen und das Mädchen küssen, bei dem die Flasche zum Halten käme. Ich war mir ziemlich sicher, dass er es auf diese Laura aus seiner Klasse abgesehen hatte. Er fand sie einige Zeit lang ziemlich niedlich mit ihren langen blonden Haaren, auch wenn er das natürlich nie zugegeben hat.«

»Aber die Flasche hat bei dir angehalten?«

Erin schlug sich lachend die Hände vors Gesicht. »Natürlich. Und ich hatte keine Ahnung, was ich machen sollte. Die anderen haben gegrölt und uns angefeuert, und irgendwann zuckte John einfach mit den Schultern, kam auf mich zu und drückte seinen Mund auf meinen.«

»Und wie war es?« Gespannt blickte Kat sie an.

»Ich habe ihm eine geknallt und alle haben gelacht, auch John.«

»Das hast du nicht!« Kat drohte vor Lachen von der Bank zu rutschen. Glucksend hielt sie sich den Bauch, und auch Erin stimmte mit ein.

»Das ist die Geschichte meines ersten Kusses. Ich kann sie nicht ändern.«

»Du hast deinen ersten Kuss also von John Bennett bekommen«, sinnierte Kat. »Aber du hast noch immer nicht gesagt, wie der Kuss war.«

»Er war kurz, und es war eindeutig nicht sein erster.«

»Und dann?«

»Nichts und dann. Wir haben es nie wieder erwähnt. Ich bin mir ziemlich sicher, dass er sich heute nicht einmal mehr daran erinnert.«

»Du hast an den scharfen Farmer gedacht«, sagte Kat überzeugt und nickte.

»Das darf ich nicht«, murmelte Erin.

»Und warum nicht?«

»Er ist einer der wichtigsten Menschen in meinem Leben. Ich brauche ihn, auch wenn ich ihm das nie so direkt sagen würde. Und nur weil ich nach all den dramatischen Ereignissen der letzten Nacht plötzlich auf merkwürdige Gedanken komme, bedeutet das nicht, dass es eine gute Idee wäre, wenn wir …«

»Vielleicht hat dir die Situation einfach nur aufgezeigt, was dein Herz wirklich will?«

»Selbst wenn es so wäre.« Erin schüttelte den Kopf. »Du kennst John. Er lässt niemanden an sich heran und will unbedingt als einsamer, übellauniger alter Junggeselle enden wie Harry. Und ich bin für ihn so etwas wie eine kleine Schwester.«

»Oh, das bist du nicht.« Kat gluckste schon wieder. »Der Kerl ist dir längst verfallen, und das nicht erst seit gestern.«

»Können wir bitte das Thema wechseln?«, flehte Erin. Mit Kat zu reden tat gut, und es hatte sie eine kurze Zeit von ihren Sorgen abgelenkt. Aber sie musste erst in Ruhe über alles nachdenken, was sie spürte. Ihre Gefühle gingen wild durcheinander. Innerhalb kurzer Zeit hatte sie etwas mit Will angefangen, ihren Vater verloren und entdeckt, dass die Farm in Schwierigkeiten steckte. Dann war die Scheune abgebrannt, und nun bereiteten ihr ihre merkwürdigen Empfindungen für John zusätzlich Kopfzerbrechen.

»Also gut. Ich hatte eine Idee, die dir vielleicht etwas weiterhelfen könnte.« Kat rutschte näher an sie heran. »Jim hat doch noch das alte Festzelt, das ich damals für seine trächtigen Rinder besorgt habe. Wir können es hier aufbauen, und dann hast du immerhin etwas, um das restliche Heu zu lagern, wenn es gemäht ist.«

Das Heu. Ernüchtert sah Erin wieder auf die Überreste der Scheune. Das Heu, mit dessen Verkauf sie die nächsten Raten an die Bank zahlen wollte, war den Flammen zum

Opfer gefallen. Was jetzt noch nicht eingeholt war, würde sie für ihre eigenen Tiere benötigen. »Das klingt gut. Auch wenn ich fürchte, dass ich bald den Großteil meiner Pferde verkaufen muss.«

Kats Augen weiteten sich. »Ist deine Lage so schlimm?«

»Es ist sogar noch schlimmer. Die Farm steht auf dem Spiel. Ich könnte alles verlieren.«

»Das tut mir leid. Wirklich.« Tröstend legte Kat ihr eine Hand aufs Bein.

»Niemand außer Ethan weiß das, also behalte es bitte für dich. Meine Mutter darf es unter keinen Umständen erfahren, sie ist auch so schon völlig durch den Wind.«

»Letzte Nacht ist ihre Tochter in eine brennende Scheune gerannt, natürlich geht es ihr nicht gut.«

»Ich weiß nicht, was ich machen soll.« Erin stützte den Kopf in die Hände und kämpfte gegen die aufsteigenden Tränen an. Sie wollte nicht heulen wie ein kleines Mädchen. Sie wollte kämpfen und sich ihren Problemen stellen. Doch wie? Was konnte sie tun, um aus diesem Schlamassel zu kommen?

»Es wird eine Lösung geben, da bin ich ganz sicher. Du siehst sie nur jetzt noch nicht. Glaub mir, es gibt immer eine Lösung. Du darfst nur auf keinen Fall aufgeben.«

Erin nickte und stand auf. »Ich denke, du kannst mich jetzt alleine lassen. Ich muss einen Auspuff reparieren.«

»So ist es recht.« Kat lächelte und ging dann zu ihrem Wagen.

***

Mit gerunzelter Stirn trat John auf das Auto zu. Der hintere Teil war aufgebockt, und zwei dreckige Stiefel lugten unter der Stoßstange hervor. Er hörte das Zischen des Schweißgerätes. Er klopfte auf das Blech an der Seite und kniete sich hin.

»Was macht der Fuß?«, rief Erin von unten hervor.

»Wird wohl dranbleiben.« Er legte sich auf den Rücken und rutschte ebenfalls unter das Auto. »Und wie geht es deiner Schulter?«

Erin klappte den Schweißhelm hoch, und er erkannte kleine Ölsprenkel auf ihrer Gesichtshaut. Ihre Hände steckten in festen Lederhandschuhen. »Ist nicht so schlimm, aber tut höllisch weh.«

»Und was tust du dann hier?«, fragte er und betrachtete die Unterseite des Wagens.

»Der Auspuff ist bei der letzten Fahrt beinahe abgefallen.«

»River könnte das machen. Falls du es vergessen hast: Er ist Mechaniker.«

»Ich kann doch wohl noch einen Auspuff anschweißen, und außerdem lenkt es mich ab. Ich habe keinen Stall, den ich ausmisten müsste, und die Reste der Scheune darf ich erst anfassen, sobald der Gutachter hier war.«

Natürlich konnte sie einen Auspuff anschweißen, es war immerhin Erin. Aber das hatte er nicht gemeint. »Ich weiß, du willst es nicht hören, aber ich werde es trotzdem sagen.« Tief holte er Luft. »Du wirst Hilfe annehmen müssen. Jede, die du kriegen kannst. Wenn du es nicht tust, wirst du deine Farm verlieren.«

Einen Moment lang sah sie ihn nur schweigend an. Dann klappte sie das Visier herunter. »Augen zu, Johnny.«

Eilig wandte er den Kopf ab und wartete, bis das Zischen aufhörte. »Nimm den Helm ab.«

»Was?« Irritiert tat sie es und legte ihn neben sich.

»Manchmal müssen wir uns anders verhalten, als wir es sonst tun, um unsere Ziele zu erreichen.«

Sie lachte leise auf. »Seit wann redest du so? Das passt überhaupt nicht zu dir.«

»Es ist mein Ernst. Du musst tun, was nötig ist, ob es dir passt oder nicht.«

»Das geht dich nichts an.« Finster funkelte sie ihn an.

»Das tut es wohl.« Er rutschte näher an sie heran und griff nach ihrer Hand, die noch immer im Handschuh steckte.

Erschrocken zuckte sie zurück.

»Du willst nicht, dass ich dich anfasse.« Natürlich nicht. Wie hatte er nur glauben können, dass dies die richtige Art war, auf sie zuzugehen? Seit er am späten Vormittag nach einem unruhigen Schlaf aufgewacht war, spukte Erin schon durch seinen Kopf. Er hatte versucht, sich zu beschäftigen, und doch ließ ihn dieses merkwürdige Gefühl nicht los. Er wollte zu ihr. Er wollte ihr nahe sein, nachdem er so eine Angst um sie gehabt hatte. Daheim war es ihm noch wie eine gute Idee vorgekommen, nach ihr zu sehen, doch jetzt fragte er sich, was er hier überhaupt machte. Es war Ethans Vorschlag gewesen, dass er Erin ins Gewissen reden sollte. Warum auch immer sein Bruder annahm, dass Erin auf ihn hören würde. Frustriert zog John die Hand zurück.

»Vielleicht will ich es ja, aber ich habe Angst davor«, flüsterte sie plötzlich.

Er drehte ihr den Kopf zu. Sie blinzelte und schlug die Augen nieder. Beinahe sah sie schüchtern aus. Erin und schüchtern – das passte nicht zusammen. »Warum Angst?«

»Weil es mir gefallen könnte.«

John hielt die Luft an. »Sprichst du davon, dass ich deine Hand halte?«

Kaum merklich schüttelte sie den Kopf.

»Von was dann?« Sie konnte nicht meinen, was er dachte. Niemals hatte sie ihm einen Grund gegeben zu glauben, dass sie ihm nahe sein wollte.

»Willst du mich zwingen, es tatsächlich auszusprechen?« Noch immer war ihre Stimme leise. Er war sich nicht einmal sicher, ob er ihre Worte richtig verstanden hatte. Die sonst so frechen hellbraunen Augen wichen seinem Blick aus. Zögernd streckte er erneut seine Hand aus und umgriff ihre. Und dieses Mal zuckte sie nicht zurück.

»Machen wir das, weil du wieder heulen musst?«, fragte er verunsichert nach.

Sie lachte auf und legte sich die andere Hand über ihre Augen. »Du bist so ein Trottel, Bennett. Das hier ist wie damals am Stausee, genauso peinlich und ungeschickt.«

»Am Stausee?«

»Das Flaschendrehen an deinem Geburtstag.«

»Wovon redest du?« Er versuchte, sich aufzustützen, stieß jedoch mit dem Kopf gegen den Auspuff. Fluchend sank er auf den Boden zurück.

»Als du mich geküsst hast.« Mit gerunzelter Stirn schaute sie ihn an. »Du hast es tatsächlich vergessen.« Ein entrüstetes Schnaufen entwich ihr.

»Ich habe dich nie geküsst«, murmelte John und dachte nach. Dunkel erinnerte er sich an die Party, doch es war ewig her. Sicher über zwanzig Jahre.

»Du hast mich geküsst, und ich habe dir eine reingehauen.«

»Stimmt!« Heiser lachte er auf. »An die Ohrfeige erinnere

ich mich, aber nicht mehr an den Anlass. Offensichtlich hast du es mir damit gründlich ausgetrieben, auch nur daran zu denken.«

»Wenn du es jetzt tust, schlage ich dich nicht«, murmelte sie.

John räusperte sich, doch ihm fehlten die Worte. Das war eigentlich unmissverständlich gewesen. Erin wollte, dass er sie küsste. Und er wollte es auch. Nie hatte er etwas mehr gewollt, als sie in diesem Moment zu spüren. Anstatt sich langsam und bedacht zu ihr zu neigen, stürzte er sich beinahe auf sie. Sein Kopf passte gerade so zwischen den Fahrzeugboden und ihr Gesicht. Stürmisch presste er seine Lippen auf ihre, in der Sorge, sie könnte es sich anders überlegen und die Gelegenheit verstreichen. Sie machte ein überraschtes Geräusch und fasste ihn bei den Schultern. Fordernd presste er seine Lippen auf ihre und teilte sie mit der Zunge. Jeden Moment fürchtete er, einen Schlag zu spüren, doch stattdessen streckte sie sich ihm entgegen.

Er konnte nicht widerstehen. Vorsichtig, um ihr die Zeit zu geben, sich zu wehren, schob er seine Hand unter ihr Shirt. Doch sie hielt ihn nicht auf. Sanft umfasste er ihre Brüste, und Erin stöhnte kaum hörbar auf. Für einen Augenblick löste er sich von ihr und betrachtete sie. Ihre Augen blickten ihn voller Verlangen an. Sie genoss seine Berührung sichtlich. Ihre Locken ringelten sich auf dem staubigen Boden, und die Ölflecken überzogen ihr Gesicht wie winzige Sommersprossen. Der dunkle Wimpernkranz brachte das Hellbraun ihrer Augen zum Leuchten, oder war es die Erregung, die er in ihrem Blick zu erkennen glaubte? Seine Position war nicht gerade bequem, und alles roch nach Diesel, doch das spielte jetzt keine Rolle.

»Warum zum Teufel haben wir das nicht schon viel früher gemacht?«, brummte er.

»Weil du den Frauen abgeschworen hast und ich dich eigentlich zu gut kenne, um mich auf dich einzulassen.« Grinsend schüttelte sie die Handschuhe ab und fuhr durch seine Haare.

»Du bist auch keine normale Frau. Ich weiß nicht, was du bist, aber du bist wunderbar.«

Verdutzt sah sie ihn an. »Ich wusste nicht, dass du solche Sachen sagen kannst.«

»Das habe ich bisher auch noch nicht. Ich durfte aber auch noch nie deine Brüste anfassen, von daher stehe ich gerade wohl etwas neben mir.«

Sie lachte und zupfte an seinem Hemd, dann zog sie es ein Stück hoch. Warm spürte er die nackte Haut ihres Bauches auf seiner. Dann fühlte er, wie ihre Hand über seinen Körper fuhr, für einen Augenblick in seinem Brusthaar verweilte und schließlich auf seinen Rücken wanderte. »Kat sagt, es liegt nicht an der Verpackung, dass du mich bisher verschmäht hat, sondern an meinem Charakter.«

»So, sagt sie das?« Amüsiert musterte sie ihn. »Es hat nie an deinem Charakter gelegen.«

»Also doch an meinem Aussehen?« Er zog die Augenbrauen hoch.

»Ganz sicher nicht.«

»Und ich bin auch nicht zu unrasiert für dich?« *Verdammt.* In dem Augenblick, als er es ausgesprochen hatte, bereute er es schon.

Erin wandte den Blick von ihm ab und löste die Hand von seinem Rücken. »Oh, mein Gott. Das hier ist nicht in Ordnung!«, stieß sie hervor und schob ihn von sich runter. Sie wollte sich aufsetzen und stieß gegen den Fahrzeugboden über ihr. Grummelnd kroch sie unter dem Auto hervor.

Du dummer Hund. Schnell rappelte er sich ebenfalls auf. »Also war es ein Versehen?« Er wusste, dass sein Blick grimmig wurde, doch er konnte nichts dagegen tun.

Ihre Augen blickten zu Boden. »Ich muss mit Will reden. Das hat er nicht verdient.«

Erin hatte ihn gerade abserviert. Für diesen miesen Schmierlappen, der sie nur für seine Zwecke benutzte. Es war ein Fehler gewesen, sie zu küssen. Deshalb hatte er es nie getan und sogar verdrängt, dass es diesen einen Kuss vor über zwanzig Jahren gegeben hatte. Und jetzt hatte ein einziger Moment ihre Beziehung für immer verändert. An dem Tag, an dem er sich endlich eingestanden hatte, wie viel Erin ihm wirklich bedeutete, stieß sie ihn von sich fort. Für einen anderen Mann. Sicherlich hatte es keinen Sinn, ihr jetzt zu sagen, welches Spiel Will hinter ihrem Rücken trieb. Das würde sie ihm nun nicht mehr glauben, es würde so wirken, als würde er es aus verletztem Stolz hervorbringen. »Dann weiß ich immerhin, woran ich bin.« Er drehte sich um und ging auf sein Auto zu.

»Johnny!« Er ignorierte sie, doch gleich darauf hörte er ihre Schritte hinter sich. »Jetzt bleib schon stehen«, forderte sie ihn auf.

»Damit du mir sagen kannst, dass du das gar nicht wolltest?«, fuhr er sie an.

Erin lachte los, und er fühlte, wie Frust in ihm hochstieg. Und nun lachte sie auch noch über ihn. Was passierte hier nur?

»Ich möchte Will sagen, dass das mit ihm und mir nicht funktionieren kann.«

Mit schmalen Augen sah er sie an. »Du meintest doch eben, das hier sei nicht in Ordnung.«

»Weil ich zuerst mit ihm reden und die Sache hätte beenden sollen. Ich habe dich geküsst, obwohl ein anderer Mann glaubt, dass ich an einer Beziehung mit ihm interessiert bin. Das ist nicht ehrlich.«

Auf einmal wich die Anspannung aus seinem Körper. Er wusste, dass Will es mit Erin nicht halb so ernst meinte, wie sie glaubte. Doch sie hatte keine Ahnung davon. Und es gab keinen Grund, ihr die Stimmung ohne Not zu vermiesen. Sie würde es ohnehin beenden, und Will und Richard hätten dann keinen Einfluss mehr auf sie. Erin musste nicht erfahren, was für ein mieses Spiel sie hinter ihrem Rücken gespielt hatten. Er griff nach ihrem Arm und zog sie an sich heran. »Dann gib mir noch einen Kuss«, verlangte er.

»Wenn ich alles geklärt habe. Dann bekommst du mehr als nur einen Kuss.« Sie schmiegte sich an ihn und vergrub ihr Gesicht in seinem Hemd.

»Ich nehme dich beim Wort.«

»Das darfst du gerne.« Erin löste sich von ihm, schaute sich um und deutete auf einen der Hügel. »Buster ist dort hinten bei meinen Pferden. Nimmst du ihn mit?«

John schüttelte den Kopf. »Nach der Aufregung letzte Nacht wird er sich nicht anfassen lassen. Ich gönne ihm noch ein wenig Ruhe.«

»Morgen musst du ihn spätestens abholen.« Sie legte die Hand über die Augen und betrachtete die Tiere, die ihre Freiheit zu genießen schienen. »Lucy müsste jeden Tag rossig werden, und sosehr ich dich mag, meinen Stuten kommt dein Vieh nicht zu nahe.«

John stöhnte auf. Wie herrlich ein Fohlen von Buster und dieser wunderschönen Stute wäre. »Ich hole ihn morgen. Versprochen.«

»Wir sehen uns.« Erin schenkte ihm ein ungewöhnlich breites Lächeln und schlenderte zurück zu dem aufgebockten Auto. Als er eingestiegen war, lag sie schon wieder darunter, und er hörte das Schweißgerät zischen. Was für ein Teufelsweib. Hatte er diese Frau gerade wirklich geküsst?

»Irgendwas stimmt nicht«, sagte Jim und verschränkte die Arme vor der Brust.

»Er lächelt. Ich bekomme es langsam mit der Angst zu tun«, pflichtete Liz ihm bei.

John sah auf und bemerkte, dass alle am Tisch ihn anstarrten. Selbst Harrys Augen ruhten auf ihm. »Es ist alles in Ordnung, esst endlich weiter.« Er ignorierte die anderen und schob sich einen Löffel Eintopf in den Mund.

»Er lächelt nicht, er grinst.« Ethan stützte die Ellenbogen auf den Tisch und schien in seinem Gesicht nach einer Erklärung zu suchen. »Wo warst du vorhin?«

»Elderberry.«

»Wie geht es Claire und Erin?« Harry griff nach seinem Löffel und rührte abwesend in der Suppe.

»Claire habe ich nicht gesehen, und Erin lenkt sich ab.«

»Mit was?«

Mit undurchdringlicher Miene schaute er zu Jim hinüber. »Mit Arbeit.«

Liz ließ den Löffel fallen. Platschend landete er in der Brühe. »Das glaube ich nicht.« Entgeistert sah sie ihn an.

John schloss die Augen. Liz etwas vorzumachen war geradezu unmöglich. Warum nur hatte er sich dieses dämliche

Grinsen nicht verkneifen können? Weil er es nicht einmal bemerkt hatte!

»Was glaubst du nicht?« Besorgt beugte sich Harry zu seiner Schwiegertochter hinüber.

»Dein Sohn ist verliebt«, sagte sie mit roten Wangen.

»Welcher?«

»Gott, Harry, es ist doch nicht zu übersehen. Sollen wir einen Leuchtpfeil über Johns Kopf aufhängen?« Jim brach in schallendes Gelächter aus.

Quentin schlug John anerkennend auf die Schulter, doch der verpasste ihm einen Schlag an den Hinterkopf. »Hört mit dem Mist auf, ich bin nicht verliebt«, log er und hoffte, dass es halbwegs glaubhaft rüberkam.

»Das warst du schon dein ganzes Leben. Du hast es jetzt nur endlich begriffen. Als Letzter an diesem Tisch«, brummte Harry und sah für seine Verhältnisse erstaunlich zufrieden aus.

»Erzähl schon«, drängte Liz.

Gespannt legten alle ihre Löffel weg und starrten ihn an.

»Sind wir hier im Kindergarten? Ihr glaubt doch nicht wirklich, dass ich euch was erzähle«, knurrte John.

»Wir warten alle seit Jahren auf diesen Moment, lass uns nicht betteln.« Liz setzte ihr zauberhaftestes Lächeln auf, und John seufzte.

»Wir haben uns geküsst. Mehr sage ich dazu nicht.« Mit unbewegter Miene aß er weiter.

»War es gut?«, fragte Quentin.

Es war mehr als gut. Es war einmalig. »Halt die Klappe.«

»Das muss ich gleich River schreiben, bestimmt macht er gerade Mittagspause in der Werkstatt«, plapperte sein kleiner Bruder und zog das Handy aus der Hosentasche.

»Mehr Informationen brauchen wir nicht«, wies Harry Quentin zurecht. »Schade, dass Graham nicht mehr erleben kann, wie du seine Tochter vor den Traualtar bringst.«

»Wie bitte?« Mit aufgerissenen Augen sah John zu seinem Vater. »Wir haben uns erst einmal geküsst und du planst unsere Hochzeit? Du weißt genau, dass ich nicht vorhabe, jemals zu heiraten.«

»Du hattest auch nicht vor, Erin zu küssen«, bemerkte Harry trocken.

Nur mit Mühe hielten seine Brüder ein Lachen zurück.

»Ich esse oben weiter.« Finster schaute John von einem zum anderen, schnappte sich den Suppenteller und trug ihn in den Flur. Kaum hatte er die Küche verlassen, trat ein breites Grinsen auf seine Lippen. Er hatte Erin tatsächlich geküsst. Und es war die beste Entscheidung seines Lebens gewesen.

***

Ihre Mutter war nur etwa eine halbe Stunde lang zwischendurch auf gewesen, und Erin hatte sie immerhin überzeugen können, eine Kleinigkeit zu essen. Mehr als eine Fertigsuppe hatte Erin nicht zustande gebracht, und sie nahm sich vor, Kat beim nächsten Treffen um das Rezept für die hervorragende Suppe zu bitten, die sie ihnen kürzlich gebracht hatte.

Etwas später hatte sie sich endlich dazu überwunden, Will aufzusuchen, um die Sache hinter sich zu bringen. Dieser hatte es erst für einen Scherz gehalten, als sie ihm sagte, dass sie für ihre Beziehung keine Zukunft sah. Um seine Gefühle nicht noch mehr zu verletzen, hatte Erin die Sache mit John für sich behalten. Will war ohnehin schon sehr aufgebracht gewesen. Anfangs hatte er noch versucht, sie in den Arm zu nehmen und ihr Gesicht zu streicheln, doch als sie zurückgewichen war, hatte er weiter versucht, sie umzustimmen. Er hatte ihr versichert, wie gut sie es an seiner Seite gehabt hätte und dass er dafür gesorgt hätte, dass sie nicht mehr Tag und Nacht hätte schuften müssen. Auf Erins Einwand, dass sie ihre Arbeit liebe, hatte er mit höhnischem Lachen reagiert und sie dann an ihre Schulden erinnert. »Du wirst dich nicht mehr lange halten können«, prophezeite er schließlich, und in diesem Moment war sie aus seiner Wohnung gestürmt, bevor sie Dinge sagte, die sie später bereuen würde. Dass Will von der Trennung nicht begeistert sein würde, war ihr klar gewesen, aber sie hatte nicht erwartet, dass er so gekränkt und verletzt reagieren würde. Sie hoffte, dass sich eines Tages, mit etwas Abstand, die Möglichkeit ergeben würde, noch einmal in Ruhe miteinander zu reden und freundschaftlich auseinanderzugehen.

Seit es vor einer Weile dunkel geworden war, lag sie nun auf ihrem Bett und zermarterte sich den Kopf darüber, wie es weitergehen sollte. Nachdem der Gutachter morgen den Brand bestätigt haben würde, sollte es bis zur Auszahlung nicht mehr lange dauern. Sie war Ethan dankbar, dass er den Prozess hatte beschleunigen können, doch sie ahnte auch, warum er es tat: Er wusste, wie schwierig ihre Situation war. Jetzt noch mehr als schon zuvor. Nur mit Mühe konnte sie sich einreden, dass alles irgendwie schon ein gutes Ende nehmen würde. Die Frage war nur, wie sie dafür sorgen sollte.

Plötzlich rumpelte es außen an der Hauswand, und kurz darauf klopfte jemand an ihr Fenster. Was war jetzt schon wieder los? Erin stand auf und schob die Scheibe nach oben. Neben dem Fenster stand John auf einer Leiter.

»Was um Himmels willen machst du da?« Lachend beugte sie sich hinaus. »Du hast extra eine Leiter aus Silverwood mitgebracht?«

»Früher bin ich immer an der Regenrinne hochgestiegen, aber ich glaube kaum, dass die mich heute noch halten würde.«

»Vermutlich nicht. Aber wie du weißt, haben wir auch eine Haustür.«

Er nickte, nahm seinen Hut ab und warf ihn ins Zimmer. »Schon klar. Ich dachte nur, das wäre eine nette Erinnerung an alte Zeiten.«

Sie beugte sich ein Stück weiter hinaus, bis sie nahe an seinem Gesicht war. »Du kannst tatsächlich nett sein. Das ist fast schon romantisch.«

»Ich gebe mir Mühe. Lässt du mich jetzt rein?«

Sie trat zur Seite.

Etwas unbeholfen kletterte er hinein. Als er schließlich vor ihr stand, sah er sich um. »War lange nicht mehr hier oben. Muss Jahre her sein.«

»Hat sich was verändert?«

Sein Blick schweifte über das Zimmer. »Nicht wirklich, ist genauso leer wie mein Zimmer.«

»Also, was willst du hier?« Sie würde es ihm nicht leicht machen. Zu gern wollte sie von ihm hören, dass er es nicht länger ausgehalten hatte ohne sie. Ihr selbst war es nach dem Telefonat mit Will schwergefallen, nicht einfach nach Silverwood hinüberzufahren, doch sie traute sich nicht, ihre Mutter alleine zu lassen.

»Du willst, dass ich vor dir auf die Knie falle, oder?« Er verschränkte die Arme vor der Brust.

»Ein klein wenig vielleicht.«

»Hast du die Sache mit Will geregelt?« Sein Blick war ernst.

Sie nickte.

»Dann her mit meinem Kuss«, forderte er sie mit rauer Stimme auf. »Ich habe Buster durch das Tor auf unser Land gelassen, morgen früh wird er wahrscheinlich im Stall stehen, wenn ich nach Hause komme.«

Erin konnte sich ein Grinsen nicht verkneifen. »Du kommst erst morgen früh nach Hause?«

»Wenn du nichts dagegen hast?« Verlegen sah er sie an.

Wenn du wüsstest, wie es in meinem Bauch kribbelt. »Habe ich nicht.« Diesmal war sie es, die den ersten Schritt tat. Ohne Umschweife schlang sie die Arme um seinen Nacken und zog ihn zu sich hinunter. Obwohl sie selbst nicht gerade klein war, überragte John sie dennoch um ein gutes Stück. Er ging ein wenig in die Knie, und endlich spürte sie erneut seine Lippen. Sanft arbeiteten sie sich an ihrem Hals hinauf. Einen Augenblick lang verweilte er mit seinem Gesicht an ihren Haaren und rieb seine Stirn an ihr. Der Geruch seines Duschgels umspielte ihre Nase, und dann roch sie noch etwas: Whisky. Der große John Bennett hatte sich also Mut antrinken müssen, bevor er sich zu ihr getraut hatte. Erin verzichtete darauf, ihn deswegen aufzuziehen, und lehnte sich gegen ihn. Kräftig und gleichmäßig spürte sie seinen Herzschlag. »Ich mache das eigentlich nicht so schnell«, flüsterte sie ihm zu. Zwar war mit Will letzte Nacht nichts gelaufen, dennoch hatte er vor vierundzwanzig Stunden noch in ihrem Bett gelegen. Immerhin hatte sie vorhin, nach dem Treffen, das Bett neu bezogen. Damit war es offiziell: Will war aus ihrem Leben gestrichen. Weil sie John wollte.

»Wir haben mehr als drei Jahrzehnte dafür gebraucht, ich

finde nicht, dass wir etwas überstürzen«, brummte er. Er umfasste sie, hob sie hoch und trug sie die wenigen Schritte bis zum Bett. Als er sie absetzte und sie mit warmem Blick ansah, war all ihre Nervosität verschwunden. Niemanden kannte sie besser als diesen Mann. Und er kannte sie. Mit allen Ecken und Kanten. Aber eines kannte er noch nicht: ihren Körper. Sie zog sich das Shirt über den Kopf und öffnete den BH. Achtlos ließ sie beides neben das Bett fallen.

Sie konnte sehen, wie er schluckte. Dann zog er sich ebenfalls das Hemd aus und zögerte einen Moment lang.

»Was ist?«, flüsterte sie.

»Danach gibt es kein Zurück mehr.«

Erin verstand, was er damit sagen wollte. Ihre Beziehung zueinander, ihre gemeinsame Vergangenheit, all ihre Erinnerungen. Alles war miteinander verknüpft seit dem Tag, als ihre Eltern sie als Baby das erste Mal nach Silverwood gebracht hatten. Sie kannte seine Mutter, die Narben auf seiner Seele, und ihr war es immer gelungen, hinter Johns abweisende Fassade zu blicken. Wenn das hier schiefgehen sollte, würden sie einen hohen Preis zahlen, aber sie konnte nicht anders. Sie wollte alles von ihm. »Ich will kein Zurück.«

»Wenn du mich morgen früh schlägst, werde ich nie wieder mit dir reden«, drohte er, doch sie sah das verräterische Zucken in seinen Mundwinkeln.

»Kommst du jetzt endlich?« Demonstrativ gelangweilt legte sie sich zurück auf die Matratze und schob ihre Hände über die Brüste. »Ich kann mich auch wieder anziehen.«

»Auf keinen Fall.« Er ließ sich nach vorne fallen, fing sich mit den Armen ab und sank langsam auf sie. »Du bist wunderschön. Das wusste ich schon immer, ich habe es dir nur nie gesagt.«

Ihre Hände wanderten seine Arme hinauf zu den Schultern. Unter seiner warmen Haut waren die harten Muskeln zu spüren. Kat hatte recht. Diese Verpackung war hinreißend. Aber niemals würde sie ihm sagen, wie gut er aussah. Sie hatte vor, es still und heimlich zu genießen.

Seine Fingerspitzen wanderten über ihre linke Schulter, und er drehte sie ein wenig zur Seite, um den vom Hufschlag verursachten Bluterguss anzusehen.

Unter seiner Berührung zuckte sie zusammen.

John betrachtete die bläulich verfärbte Haut, dann küsste er die Stelle vorsichtig. »Ich hätte dich verlieren können.«

»Aber das hast du nicht. Wir sind beide hier.«

Als seine Zunge ihren Mund erkundete, kratzten seine Bartstoppeln auf ihrer Haut. Das hier war kein Vergleich zu Wills Küssen, die eher brav und bemüht gewirkt hatten. In Johns dagegen steckte eine Wildheit und Energie, die sie bis in ihr tiefstes Inneres erschütterten. War das die Leidenschaft, von der alle immer sprachen? Die in Filmen und Romanen beschworen wurde? Noch nie hatte sie etwas derart Intensives gespürt. Alles an ihr war wie elektrisiert. *Hör auf zu denken.* Fest schlang sie ihre Beine um seinen Körper, um ihn nahe bei sich zu halten. Nach einem endlosen Kuss rutschte er ein wenig hinunter und liebkoste ihren Oberkörper. Als sein Bart über ihre Haut rieb, erschauerte sie. Fest umfassten seine Hände ihre Hüften, dann hielt er inne.

»Bist du sicher, dass du weitermachen willst?«

Das konnte unmöglich sein Ernst sein. Was war nur mit diesem Kerl los? »Willst du mich wahnsinnig machen?«, herrschte sie ihn an.

»Ich kann einfach nicht glauben, dass das hier gerade passiert.«

Das erste Mal, seit sie denken konnte, war sein Gesicht offen. Keine gerunzelte Stirn, keine grimmig zusammengebissenen Zähne. Einen Augenblick lang glaubte sie, den Jungen von früher vor sich zu sehen. Bevor alles so furchtbar schwierig und John immer verschlossener geworden war. Mit den Fingerspitzen fuhr sie über seine entspannte Stirn. Das war der Johnny, an den sie sich erinnerte. Dem sie seit jeher vertraut hatte. »Du machst mich glücklich«, flüsterte sie.

»Das hat noch nie jemand zu mir gesagt.« Ein Lächeln huschte über sein Gesicht. Dann senkte er den Kopf und begann von neuem, sie zu liebkosen. Mit ungeschickten Bewegungen öffnete sie seinen Gürtel.

Als die Sonne langsam über die Hügel kroch und das Zimmer in blasses Licht tauchte, lag Erin wach und konnte die Augen nicht von dem Anblick abwenden, der sich ihr bot. John lag auf dem Bauch neben ihr, offensichtlich schlief er ohne Kissen. Das war etwas, das sie trotz all der Jahre, die sie sich schon kannten, nicht wusste. Die dunkelbraunen Haare hingen ihm ein wenig in die sonnengegerbte Stirn, und wieder hatte er diesen berührend entspannten Gesichtsausdruck. An seinen Schläfen glänzten einige silberne Strähnen inmitten der dichten dunklen Locken. So lange hatten sie gebraucht, um sich zu finden, dass er schon die ersten grauen Haare hatte. Und es stand ihm.

Sie hatten tatsächlich miteinander geschlafen. Es fühlte sich unwirklich an, und immer wieder hatte sie Angst, sie würde aufwachen und feststellen, dass alles nur ein Traum gewesen war. Doch es war passiert. Hier lag er, atmete gleichmäßig und sah so verdammt niedlich aus, wie sie es nie für möglich gehalten hätte. Vorsichtig hob sie die dünne Decke ein wenig an und schielte hinunter auf den knackigsten Hintern, der ihr je untergekommen war.

»Das macht man nicht«, brummte er verschlafen und rutschte an sie heran, ohne die Augen zu öffnen.

»Ich konnte nicht widerstehen.« Sie drückte ihre Nase in seine Haare und sog den vertrauten Geruch ein. So viele Jahre lang hatten sie nicht geahnt, was zwischen ihnen hätte sein können. Sie hatte schon als kleines Mädchen ihr Herz an John verloren. Und endlich hatte sie es erkannt.

Kapitel 10

Harry stand regungslos am Fenster und beobachtete, wie John versuchte, auf Buster aufzusitzen. Kaum hatte er einen Fuß im Steigbügel, brach das Pferd seitlich aus. Jedes Mal wartete sein Sohn einige Minuten geduldig und unternahm dann einen neuen Versuch. Harry wusste nicht, wer sturer war: Buster oder John. Aber eines war klar: Nachdem das Feuer das Tier vorgestern Nacht derart aus der Fassung gebracht hatte, sah es düster aus für das Rennen, das in etwas über zwei Wochen stattfinden sollte. Wieder machte Buster einen Satz, und John sprang zurück auf den Boden. Humpelnd ging er erneut auf den Hengst zu und griff nach den Zügeln. Harry verfolgte das Schauspiel nun schon seit gut zwanzig Minuten, und es war nicht abzuschätzen, wer gewinnen würde.

Als wäre nichts gewesen, war John nach dem Frühstück aufgetaucht, hatte eine Leiter in die Scheune getragen und mit den Aufgaben des Tages begonnen. Was er mit der Leiter angestellt hatte, war Harry schleierhaft. Und keiner aus der Familie traute sich, ihn darauf anzusprechen. Am Tag zuvor hatten sie mehr aus ihm herausgekitzelt als jemals zuvor. Die ganze Familie freute sich über die Entwicklung mit Erin und John. Als dieser in der letzten Nacht nicht heimgekommen war, fiel es Harry nicht schwer zu erraten, was das zu bedeuten hatte. Nach all den schlimmen Dingen, die Erin in kürzester Zeit widerfahren waren, war es ein Lichtstreif am Horizont.

Auf einmal lachte Harry dröhnend auf. Buster hatte gewonnen. Sein Sohn zog mit genervtem Gesichtsausdruck den Sattel von ihm herunter und brachte das Pferd in den Paddock zurück.

»Abendessen!« Liz' helle Stimme schallte durch das Haus. Eilig stiefelte Harry in die Küche. Kurz darauf hatten sich alle um den großen Holztisch versammelt, bis auf River, der mal wieder in der Werkstatt Überstunden machte. Trotz oder vielleicht auch gerade wegen des Stimmengewirrs schlummerte Charlie zufrieden in dem Stubenwagen, der langsam, aber sicher zu eng für sie wurde. Harrys erste Enkeltochter entwickelte sich prächtig, und nachdem er so viele Jungs in diesem Haus aufgezogen hatte, bereitete das Mädchen ihm täglich Freude. Doch Charlie hatte das Temperament ihrer Familie geerbt und machte es seiner Schwiegertochter nicht gerade leicht.

Kaum hatten sich alle gesetzt, sprang die Fliegentür auf. Als Harry aufsah, stand Erin im Türrahmen, ebenso bleich wie am Tag der Beerdigung.

»Was ist passiert?« John stand auf und ging auf sie zu.

»Der Gutachter …«, stammelte sie und schaute sich Hilfe suchend um.

»Setz dich.« Liz zog Kats freien Stuhl ein Stück zurück und schob ihn Erin hin. Wie in Zeitlupe setzte sie sich.

»Ollie, sei so lieb und geh in deinem Zimmer spielen«, bat Liz ihren Sohn, der ausnahmsweise gehorchte und davonflitzte.

»Was ist mit dem Gutachter?« Inzwischen war auch Ethan aufgesprungen und stand abwartend neben John.

»Es war kein Kabelbrand, sagt er.« Mit fahrigen Bewegungen strich sie sich die Locken hinter die Ohren. »Er hat zwei Brandstellen gefunden.« Mit leeren Augen sah sie auf. »Es war Brandstiftung.«

»Ich bringe ihn um!«, knurrte John. Wut stand ihm ins Gesicht geschrieben. »Ich bringe diesen Mistkerl um.«

Was Erin da sagte, ergab für Harry keinen Sinn, und Johns Reaktion noch weniger. »Brandstiftung? Der Gutachter muss sich irren.« Laut und bestimmt verkündete er sein Urteil.

Mit einem Schrei trat John gegen den Küchenschrank. »Ich hätte ihm schon damals im Pub eine verpassen sollen, warum zum Teufel hast du mich davon abgehalten?« Wild funkelte er Jim an, der nur die Augenbrauen hochzog.

»Dem Gutachter?« Harry versuchte, in Johns Worten einen Sinn zu erkennen.

»Will!«, spie John den Namen aus.

»Will?« Erin sah zu ihm hoch und wirkte noch verwirrter. Sie erhob sich und ging auf ihn zu. »Was soll das bedeuten?«

John wollte erneut losbrüllen, doch Ethan packte ihn unsanft am Arm. »Wir müssen dir etwas sagen.« Er schaute in die Runde und dann zu Harry. Irgendetwas stimmte nicht, das war unschwer zu erkennen. »Euch etwas sagen.« Ethan rieb sich über das Gesicht und schien nach den richtigen Worten zu suchen. »Will und Richard haben sich zusammengetan. Richard will Elderberry um jeden Preis kaufen, weil er weiß, dass Erin in finanziellen Problemen steckt. Er hat es bereits bei Graham versucht und nun, da sich die Situation durch dessen Tod verschärft hat, glaubt er sich beinahe am Ziel.«

»Richard will Elderberry?«, flüsterte Erin schockiert.

»Eigentlich ist ihm deine Farm egal. Richard geht es um etwas anderes. Er will Rache.«

»An mir?« Fassungslos sah sie ihn an.

»Nein, nicht an dir.« Ethans Blick wanderte zu Harry. Die Erkenntnis traf ihn wie ein Schlag in die Magengrube. »An mir«, brummte er matt.

»Ich verstehe das nicht. Was ist denn dann mit Elderberry, und was soll das heißen, dass Will sich mit ihm zusammengetan hat?«

»Du versorgst uns mit Wasser, ohne das wir unsere Zucht nicht aufrechterhalten können. Wenn Richard Elderberry besitzt, kann er uns den Hahn abdrehen.«

Jim ließ ein Raunen hören, und Quentin stützte den Kopf in die Hände.

»Und was hat Will damit zu tun?«, fragte Erin mit zusammengebissenen Zähnen.

»Richard hat ihm Geld dafür geboten, dass er dich dazu bringt zu verkaufen. Ich dachte, er wollte dich nur bequatschen, aber stattdessen hat dieser Arsch deine Scheune abgefackelt«, sagte John.

»Du hast das alles gewusst?«

»Erst seit vorgestern. Ich wollte es dir sagen, doch dann kam der Brand. Du hast dich von Will getrennt, und ich nahm an, damit hätte sich sein Einfluss auf dich erledigt. Darauf, dass er für den Brand verantwortlich ist, wäre ich nie gekommen. Das hätte ich nicht mal einem wie Will zugetraut.« John streckte den Arm nach Erin aus, doch sie wich zurück.

»Und warum hättest du ihm im Pub eine verpassen sollen?« Ihre Stimme wurde gefährlich leise.

Harry beobachtete, wie Johns Miene schuldbewusst wurde und alle verlegen von ihr wegsahen.

»Was ist hier los?«, rief Erin ungehalten.

»Will hat dort mit einer anderen rumgemacht«, murmelte John.

Das war es also, was John zu dieser dummen Wette animiert hatte. Es war nicht einfach Eifersucht, wie Harry angenommen hatte, sondern es hatte mehr dahintergesteckt. Und wie er den Gesichtern der anderen entnahm, hatten es alle gewusst. Erin schien den gleichen Gedanken zu haben. »Sagt nicht, dass ihr alle davon wusstet!« Fassungslos schaute sie von einem zum anderen und hielt schließlich bei John inne. »Wann war das?«, zischte sie.

»An dem Tag, als dein Vater gestorben ist. Wir waren dort, um auf Graham anzustoßen.« John hielt ihrem Blick stand.

»Warum hast du mir das nicht gesagt?« Ihre Stimme war fast nur noch ein Flüstern.

»Weil dein Vater gerade gestorben war. Und weil ich mir sicher war, dass du es mir nicht geglaubt hättest.«

Erin schnappte nach Luft. »Dir nicht glauben? *Dir?*«

Harry wurde unbehaglich zumute. Diese Unterhaltung drohte aus dem Ruder zu laufen. Er stand auf. »Erin …«

»Nicht jetzt, Harry«, sagte sie mit spitzer Stimme, ohne den Blick von John abzuwenden.

»Du dachtest wirklich, ich glaube dir nicht? Obwohl du mein bester Freund bist und ich dir mein Leben anvertrauen würde? Wann habe ich dir jemals nicht geglaubt?« Inzwischen schrie sie beinahe.

»Ich dachte, wegen Liz und Ethan damals …«, versuchte John sich zu rechtfertigen.

»Und du denkst, ich hätte nicht erkannt, dass du die Wahrheit sagst?« Sie schüttelte den Kopf und dachte einen Moment lang nach. »Ist dir klar, dass ich erst nach jenem Abend mit Will geschlafen habe? Dass es nie passiert wäre, wenn du mich gewarnt hättest, wie es ein bester Freund hätte tun sollen?«

John blickte sie ungläubig an. »Erin, es tut mir leid …«, setzte er an.

»*Was* tut dir leid?« Sie baute sich vor ihm auf. Obwohl Erin kleiner war als John, wirkte sie in diesem Augenblick verflucht einschüchternd, und beinahe tat John Harry leid. »Dass ich mit einem Mann geschlafen habe, der es nicht ernst mit mir meinte, oder dass Will deinetwegen überhaupt erst die Möglichkeit hatte, die Scheune anzuzünden?«

»Erin, damit konnte keiner rechnen.« Beschwichtigend schob sich Ethan zwischen die beiden.

»Verpiss dich, Ethan. Auch dir habe ich vertraut. Du und John, ihr habt von Richards Plänen gewusst und mir nichts gesagt.«

Ethan wich zurück und setzte sich stumm an den Tisch.

Sie blickte sich um und nahm schließlich Harry ins Visier. »Du bist der Einzige, der ebenfalls keine Ahnung von irgendwas hatte, oder?«

Müde schüttelte Harry den Kopf. Nein, wieder einmal war ihm etwas Entscheidendes entgangen.

»Und doch bist letztlich du für all das hier verantwortlich.« Der Blick, mit dem sie ihn ansah, schmerzte Harry mehr als jedes Wort, das sie ihm hätte an den Kopf schleudern können. Er kannte dieses sturköpfige Mädchen, das er in sein Herz geschlossen hatte wie eine eigene Tochter. Und das Schlimmste war, dass Erin recht hatte.

»Du hättest es verhindern können«, flüsterte sie John zu. »Aber du hast zugelassen, dass Will … Damit hast du den letzten Nagel in meinen Sarg geschlagen. Die Versicherung wird keinen Dollar bezahlen, und ich kann nicht nachweisen, dass Will es tatsächlich war. Ich bin pleite, habe keine Scheune, kein Heu, und wie es aussieht, auch keine Zukunft. Und mein Land soll neu bewertet werden, was vermutlich keine Routinesache ist, wie Will behauptet hat.«

»Wir finden eine Lösung. Uns wird etwas einfallen«, beschwor sie John.

»Es gibt keine Lösung mehr, dafür ist es zu spät.« Mit hängenden Schultern ging sie zur Tür.

John folgte ihr und griff nach ihrem Arm. »Es tut mir leid, wirklich.«

»Rühr mich nicht an«, giftete sie.

Doch John ließ nicht los. Ruhig stand er da und sah sie einfach nur an. Harry entging die zusammengeballte Hand nicht, doch für John kam der Faustschlag unerwartet. Fluchend taumelte er zurück und rieb sich das Auge.

»Ich will dich nie wiedersehen«, murmelte Erin und ging hinaus.

Minutenlang sagte keiner ein Wort. Liz hatte John eine Packung gefrorener Erbsen in die Hand gedrückt und Charlie aus dem Raum getragen, die vom Geschrei aufgewacht war. Erst als Kat mit ihrem üblichen Strahlen die Küche betrat, erwachten sie aus ihrer Starre. Jim zog sie in den Flur und erklärte ihr leise, was vorgefallen war. John hielt die Erbsen in der Hand, anstatt sie auf sein Gesicht zu drücken, und schüttelte immer wieder den Kopf.

Harry stand auf und trat neben ihn. »Erin wird sich beruhigen, da bin ich mir sicher.«

Mit einer Wut in den Augen, die Harry erschreckte, funkelte John ihn an. »Das alles wäre nie passiert, wenn Richard nicht eine offene Rechnung mit dir hätte. So wie es aussieht, wird er diesen unsinnigen Krieg, den ihr seit Jahrzehnten führt, gewinnen und uns alle in den Abgrund stürzen. Du hast es geschafft, alter Mann.« Er presste die Zähne aufeinander, bis seine Kaumuskulatur hervortrat. »Richard wird Elderberry bekommen und damit auf kurz oder lang auch Silverwood zerstören.« Mit schweren Schritten schlurfte John zur Tür.

»Das ist ja ein schöner Schlamassel.« Kat legte Harry kurz die Hand auf die Schulter und ließ sich dann auf ihren Stuhl sinken.

»Also, was unternehmen wir jetzt?« Erwartungsvoll sah Quentin ihn an.

Das erste Mal in seinem Leben hatte Harry nicht den blassesten Schimmer, was er tun sollte. Schwierigkeiten waren nichts Neues für ihn. Schon oft hatte er mit dem Rücken zur Wand gestanden und hatte doch nie aufgegeben. Nun aber hatte Richard sie alle in die Ecke gedrängt, und egal, wie Harry es auch drehte und wendete, ihm wollte keine Lösung einfallen. »Ich fürchte, wir können nicht viel tun, außer zu hoffen.«

»Du glaubst, wir sehen dabei zu, wie Erin ihre Farm verliert und dann unsere dran ist?« Ungläubig schüttelte Quentin den Kopf.

»Was sollen wir denn tun?«, brummte Harry ungehalten und lehnte sich gegen die Wand. Glaubte Quentin etwa, dass es ihm leichtfiel, die Füße stillzuhalten?

»Zusammenhalten«, sagte Jim. »Mehr als je zuvor.«

Kat nickte, und auch Ethan hob endlich den Kopf. Harry glaubte zu erkennen, wie die Gedanken seines Sohnes zu rattern begannen. »Wir brauchen einen Plan. Einen guten«, murmelte Ethan.

Harry schwieg. Er hatte nichts zu sagen. Stattdessen beobachtete er, wie die vier am Kopfende des Tisches ihre Stühle zusammenschoben.

»Okay, zählen wir erst einmal alle Probleme auf, die wir angehen müssen. Dann sortieren wir sie nach Dringlichkeit und überlegen, wie wir sie lösen können.« Ethan hatte einen Block auf den Tisch geworfen und nach einem Stift gegriffen. Sie sprachen über das verbrannte Heu, den fehlenden Stall für die Pferde, und Ethan legte die schier erdrückende Höhe der Verschuldung offen. Sie konzentrierten sich voll und ganz auf Elderberry und erwähnten Silverwood nicht. Jeder hatte erfasst, dass ihrer aller Schicksal von dem der kleinen Farm abhing, die zwischen ihnen und High Valley lag.

»Wir haben es uns mit Erin verscherzt, und, was noch viel schlimmer ist, John ist bei ihr so richtig untendurch. Das bedeutet, sie wird jetzt erst recht keine Hilfe von uns annehmen«, sagte Jim und schüttelte den Kopf.

»Also müssen wir ein Lösungskonzept ausarbeiten, anfangen und hoffen, dass Erin doch noch einlenkt und mitmacht.« Ethans Augen überflogen die Punkte, die er notiert hatte. »Was fehlt noch?«

»Richard.« Quentin griff nach dem Stift und kritzelte den Namen in großen Lettern auf das Blatt. »Wir sorgen dafür, dass er bekommt, was er verdient.«

»Hört auf mit diesem Mist!« Verärgert trat Harry auf sie zu. Sie erschienen ihm wie eine Bande Kinder, die hier einen Plan auszuhecken versuchten, und nun verlangte auch noch Quentin Rache an dem Mann, der ihm Fox Brow weggeschnappt hatte. »Willst du Richard zusammenschlagen? Denkst du, dass dich das weiterbringt? Glaub mir, wenn ich sage, dass es nicht helfen wird. Das bringt dir höchstens eine Nacht in der Zelle ein«, polterte seine Stimme durch die Küche.

»Ich will diesen Mistkerl nicht verprügeln.« Ruhig sah Quentin ihn an und dann trat dieses spitzbübische und so gefährliche Grinsen in sein Gesicht, das sein Zweitjüngster immer sehen ließ, wenn er mit River etwas ausheckte. »Wir treffen Richard dort, wo es ihm weh tut. Wenn wir seinen Ruf zerstören, wird ihn das zwar nicht von hier vertreiben, aber es wird High Valley empfindlich treffen, wenn keiner mehr mit ihm zusammenarbeiten möchte.«

Harry schüttelte den Kopf. »Wenn ihr das hier einfach rumerzählt, dann wird alles nur viel schlimmer. Ihr kennt euren Ruf, zu wem halten die Leute wohl eher – zu Richard oder einem Haufen Chaoten?«

Jim setzte an, etwas zu sagen, doch Kat sprang auf. »Das ist doch der Punkt, Harry! Richard unterschätzt uns. Er denkt, alles was deine Jungs können, sei sich zu prügeln und nach deiner Pfeife zu tanzen. Aber sie können mehr. Viel mehr. Wenn selbst du glaubst, dass wir nicht zusammenarbeiten können, dann ist der Überraschungseffekt am Ende noch viel größer. Wir werden von jeder Seite angreifen, bis wir ihn eingekreist haben.«

Harry musste schmunzeln. Wie er dieses Mädchen und ihr Temperament mochte. Sicherlich malte Kat sich bereits die wildesten Rachemöglichkeiten für seinen Erzfeind aus. Doch das machte ihm Sorgen. Kat war impulsiv und handelte viel zu unbedacht, und wie es aussah, war Jim dieses Mal nicht die Stimme der Vernunft, sondern unterstützte sie auch noch.

»Ich hätte es nicht so theatralisch wie Kat ausgedrückt, aber genau so müssen wir es machen. Überlegt und von allen Seiten. Und Richard darf es nicht kommen sehen.« Jim legte eine Hand auf das Bein seiner Freundin.

Sie waren wie Yin und Yang, kam Harry in den Sinn. Kat hatte den Kampfgeist und Jim die richtige Technik, um ihn in die richtigen Bahnen zu lenken.

»Also gut. Wir brauchen einen Nachweis für seine Zusammenarbeit mit Will. Anscheinend haben die beiden über E-Mail kommuniziert. Wenn wir da irgendwie drankommen könnten, hätten wir etwas in der Hand«, überlegte Ethan laut.

»Ich bin sicher, ich knacke das Schloss zu seinem Büro.« Selbstbewusst nickte Kat.

»Du wirst deine kriminelle Vergangenheit nicht wiederaufleben lassen. Du bist jetzt Tierärztin, und ich möchte dich ungerne im Knast besuchen müssen«, brummte Jim.

»Außerdem wird sein PC passwortgeschützt sein«, gab Ethan zu bedenken.

Harry atmete auf. Einen Moment lang hatte er geglaubt, sie wollten einen Einbruch planen.

»Deshalb müssen wir tagsüber hin, wenn die Bankniederlassung offen ist und Will den Computer an hat.« Fragend sah Ethan Kat an. »Fällt dir da was ein?«

»Du kennst mich, mir fällt immer was ein.« Aufgeregt trommelte sie mit den Handflächen auf den Tisch.

Harry drehte sich um und stapfte in den Flur. Er hielt es nicht aus, diesen Spinnereien zuzuhören. Eine dumme Idee mehr, und er wäre kurz davor, jeden von ihnen übers Knie zu legen. Hier war der totale Wahnsinn ausgebrochen. Die Farm stand nach drei Generationen kurz vor dem Ende und er hatte keine Ahnung, was er tun sollte.

***

Der Pick-up rutschte in der sandigen Kurve bedenklich nahe an den Straßenrand, doch Erin achtete nicht darauf. Wie in Trance fuhr sie mit hoher Geschwindigkeit durch das Eingangstor der High Valley Farm und kam schlitternd vor dem beeindruckenden weiß getünchten Steinhaus zum Stehen. Es musste ewig her sein, dass sie dieses Grundstück betreten hatte. Das letzte Mal hatte sie ihren Vater hierher begleitet, um einen Zuchtbullen von Richard zu kaufen. Damals war sie noch ein Kind gewesen, und doch hatte sie, ebenso wie ihr Vater, auf den ersten Blick entdeckt, dass der Bulle nur einen Hoden hatte. Sie presste die Lippen aufeinander und stieg aus. Auf die Idee, einen Zuchtbullen mit nur einem Hoden zu verkaufen, konnte nur ein Dreckskerl wie Richard kommen. Natürlich hatte ihr Vater das Vieh nicht gekauft und sich von da an gehütet, mit Smith Geschäfte zu machen.

Den Blick fest auf die Haustür geheftet, lief sie über den breiten Weg, zu dessen Seiten perfekt in Kugelform geschnittene Büsche die Herrschaftlichkeit des Anwesens unterstrichen. Mit zwei Sätzen sprang sie die Stufen hoch und hämmerte gegen die schwere blaue Holztür. Erin spürte ihren Herzschlag, und ihr Mund wurde trocken. Sie schlug erneut mit der Faust gegen das Holz. Endlich waren Schritte zu hören. Die Tür öffnete sich, und Richards Tochter Emily streckte den Kopf hinaus. Prüfend betrachtete sie Erin aus ihren grauen Augen, die die gleichen stecknadelkopfgroßen Pupillen hatten wie die ihres Vaters. »Was machst du hier so einen Radau?«

»Hol deinen Vater her«, sagte Erin mit zusammengebissenen Zähnen.

»Der ist beschäftigt. Ich sag ihm, dass du da warst.« Emily wollte die Tür schließen, doch Erin schob einen Stiefel dazwischen. Sie beugte sich ein wenig vor und konnte das unangenehm süße Parfüm ihrer ehemaligen Klassenkameradin riechen. »Du holst ihn jetzt auf der Stelle her, oder ich packe dich an deiner schicken Blümchenbluse und stecke dich in einen dieser lächerlichen Büsche. Und dann durchsuche ich das Haus, bis ich den Mistkerl gefunden habe!«

Emily schnappte hörbar nach Luft und schaute sich unsicher um. »Du bist schrecklich, Erin, das warst du schon immer.«

Und du warst schon immer eine verwöhnte kleine Ziege. »Hol ihn endlich«, zischte sie.

»Wenn es sein muss.« Emily verdrehte die Augen und verschwand in dem riesigen Haus.

Angespannt sah Erin auf den glänzenden Steinboden des Eingangsbereichs. Sie brachte es nicht über sich, die Türschwelle zu übertreten. Alles in ihr sträubte sich gegen diesen Ort. Sie hörte, wie sich schwere Schritte näherten. Erin schob den Lederhut ein Stück zurück und straffte die Schultern. Als Richards rot geflecktes, aufgedunsenes Gesicht vor ihr erschien, überkam sie Übelkeit.

»Was willst du hier?« Mit zusammengekniffenen Augen betrachtete er sie.

»Ich kenne deinen Plan«, platzte es aus ihr heraus.

Richard legte den Kopf schief. »Von welchem Plan sprichst du, Mädchen?«

»Das weißt du ganz genau.«

Etwas in ihrem Blick musste Richard verraten haben, dass sie mehr wusste, als er annahm. Einen Moment lang zeichnete sich Überraschung auf seinem Gesicht ab, dann setzte er erneut sein Pokerface auf. »Wenn du es weißt, dann können wir auch gleich verhandeln.« Er steckte die

Hände in die Hosentaschen. »Was willst du für deine Farm haben?«

Anstelle einer Antwort machte sie einen Schritt auf ihn zu, sammelte wie damals als Kind beim Kirschkernweitspucken die Spucke im Mund, und spie ihm die gesamte Ladung ins Gesicht. »Du hast meinen Vater auf dem Gewissen«, zischte sie.

Mit wutverzerrtem Gesicht rieb Richard sich über die Wange und funkelte sie an. »Ich werde dein Land kriegen, du bist am Ende, und das weißt du selbst. Es ist nur noch eine Frage der Zeit.«

»Du wirst Elderberry nie bekommen«, brüllte sie zurück und ballte die Hände. »Doch, das werde ich. Und es wäre besser für dich gewesen, mir deinen Preis zu nennen. Alles, was ich jetzt tun muss, ist abzuwarten, bis dein Besitz zwangsversteigert wird, und dann zuzuschlagen. Du hättest verhandeln sollen, Mädchen.«

»Nenn mich nicht Mädchen«, knurrte sie. »Und ich verspreche dir, dass du noch bereuen wirst, was du getan hast.« Sie drehte sich um und rauschte davon. Vor dem letzten, fein säuberlich geschnittenen Busch ragte eine strahlend weiße Marmorfigur prunkvoll in die Höhe. Ein halbbedeckter Frauenkörper im griechischen Stil auf einer Rinderfarm. Erin stieß einen verächtlichen Laut aus. Im Vorbeigehen verpasste sie der Figur einen ordentlichen Tritt und hörte gleich darauf mit Genugtuung, wie sie knirschend auf dem Kiesboden zerbarst.

Die heiße Luft ließ den Boden vor dem Farmhaus flimmern. Erin löste den Blick von den Überresten der Scheune und lehnte sich gegen den Stamm des Eukalyptusbaums. Im hohen Gras versteckt, saß sie hier am sanften Hang eines Hügels und ließ den Blick über ihren verschuldeten Besitz schweifen, ehe die Dunkelheit aufziehen würde. Ihre Stuten grasten in der Nähe, und hin und wieder war ein Schnauben zu hören. Dieser friedliche Augenblick stand in heftigem Gegensatz zu den Gefühlen, die in ihrer Brust tobten. *Verrat.* John hatte sie verraten. Ebenso wie die restlichen Bennetts. Jeder hatte gewusst, dass Will es mit ihr nicht ernst meinte. Und auch wenn sie nicht hatten ahnen können, welche finsteren Absichten er hatte, hätten sie sie zumindest warnen müssen. Doch sie hatten es allesamt nicht getan. Hatten zugelassen, dass Will sie weiter hinters Licht führte. Erneut wurde ihr schlecht. Sie hatte mit diesem widerlichen Typen geschlafen. Ihn in ihr Leben und in ihr Bett gelassen. Und zum Dank hatte er ihre Scheune angezündet und damit nicht nur das Leben ihrer Pferde, sondern auch ihr eigenes in Gefahr gebracht.

Mit dem Handrücken wischte sie sich die Tränen aus dem Gesicht. Niemals hätte sie Will etwas Derartiges zugetraut. Konnte Geld wirklich so sehr den Charakter verderben? War er tatsächlich ein derart schlechter Mensch? Und wenn er das war, warum hatte sie es nicht bemerkt? Was sagte das über sie aus? Waren es die Schmeicheleien und die Aufmerksamkeit gewesen, mit denen er sie umgarnt hatte? »Ich war so dumm.« Flüsternd stützte sie das Gesicht in die Handflächen. Innerhalb von kürzester Zeit hatte sie mit zwei Männern geschlafen, die sie beide hintergangen hatten. Will mit Absicht und John, weil er ein verdammter Idiot war. *John.* Seufzend legte sie den Hinterkopf an den spröden Stamm. Obwohl Will sie in große Schwierigkeiten gebracht hatte, schmerzte Johns Verrat weitaus mehr. Weil sie ihm vertraut hatte. Und nun hatte er sie so enttäuscht. Wie konnte er für sich behalten, dass Will mit einer anderen im Pub gewesen war? Und dennoch hatte er es zugelassen, dass dieser Mann neben ihr am Grab ihres Vaters gestanden hatte, Mitgefühl vortäuschte und insgeheim die ganze Zeit über seine und Richards hinterlistige Pläne verfolgte.

Ihr Gespräch mit Will in seiner Wohnung kam ihr wieder in den Sinn. Hatte er nicht angeboten, sich für sie nach einem Käufer für die Farm umzusehen? Natürlich musste er dabei an Richard gedacht haben. Und sie war zu verblendet gewesen, um seine wahren Absichten zu erkennen. Dabei hatte sie von Anfang an ihre Zweifel gehabt. Sie waren so unterschiedlich, dass es ihr schwergefallen war zu glauben, dass so ein Mann sich tatsächlich für sie interessieren könnte. War alles nur vorgespielt, oder hatte er doch etwas für sie empfunden? Müde schüttelte sie den Kopf. Es spielte keine Rolle mehr. Es war, wie es war, und sie stand wegen der Männer in ihrem Leben mit dem Rücken an der Wand. Ihr Vater hatte ihr die Schulden verheimlicht, Will sein mieses Spiel gespielt und John, ihr bester Freund, hatte die Wahrheit für sich behalten und sie damit endgültig ins Verderben gestürzt. Und Harry – über ihn wollte sie gar nicht erst nachdenken. Letztlich war seine Fehde mit Smith der Grund für all das.

Grummelnd kam Molly heran und zupfte mit ihren weichen Lippen an ihrem Hemd. Einen Augenblick lang genoss Erin ihre Nähe und legte das Gesicht an das sanfte Maul. Jetzt hatte sie keine Wahl mehr: Sie würde wenigstens einen Teil ihrer Zuchtstuten verkaufen müssen, um die nächsten Monate zu überstehen. Ethan hatte recht gehabt, so wie immer, wenn es um Zahlen ging. Sie führte einen aussichtslosen Kampf. Erin atmete tief durch, rappelte sich auf und strich über das weiße, kurze Fell der Stute. Sie sollte zurückgehen, bevor ihre Mum bemerken würde, dass etwas nicht stimmte. Wie schön es wäre, offen mit ihr über die Probleme zu sprechen. Sich ein wenig bei ihr anzulehnen und zu spüren, wie sie mit ihrer Hand über Erins Locken strich. So wie früher.

Doch das kam nicht in Frage. Ihre Mum litt bereits genug, es wäre unverantwortlich, ihr noch mehr Kummer zu bereiten. Wie sollte sie ihr das alles nur beibringen, wenn sie keine Lösung für diesen Schlamassel finden würde? Sicherlich ahnte ihre Mutter längst etwas. Immer wieder fragte sie nach, ob alles in Ordnung sei. Erin schob dann stets ihre eigene Trauer als Grund für ihr Schweigen vor. Doch in Wahrheit wich sie nur aus, um nicht aus Versehen mehr zu verraten, als sie sollte. Sie war immer bereit gewesen zu kämpfen, und noch war ihr Kampfgeist ungebrochen. Und trotzdem fühlte sie, wie sie mit jedem Tag schwächer wurde. Sie schlief schlecht und zu wenig, und die Arbeitstage waren länger als jemals zuvor.

Sie stapfte durch das kniehohe Gras den Hügel hinab. Noch gab es davon genug, um Heu für das restliche Jahr zu gewinnen. Doch sie hatte keinen Lagerraum dafür. Und Jim wollte sie nun auf keinen Fall mehr um das alte Festzelt bitten. Das alles war ein Albtraum.

Als Erin fast das Haus erreicht hatte, sah sie, wie sich Wills Wagen näherte. Ihr Herz schlug schneller, und ihr Mund wurde trocken. Mit geballten Fäusten lief sie dem Auto entgegen und baute sich in der Mitte des Hofs auf. Will hielt an und sah sie durch die Windschutzscheibe an. Einen Moment lang schien er zu zögern, dann stieg er aus.

»Verschwinde«, zischte Erin und konnte nur schwer dem Wunsch widerstehen, sich auf ihn zu stürzen.

»Gib mir bitte die Chance, alles zu erklären«, sagte er. Als er einen weiteren Schritt auf sie zuging, wich Erin zurück.

»Komm mir nicht zu nahe!« Aufgebracht starrte sie ihn an.

»Schon gut.« Beschwichtigend hob er die Hände. »Richard hat mich angerufen und mir gesagt, dass du bei ihm warst.«

»Ich weiß, was du getan hast. *Alles!*«

Er schluckte und verschränkte die Arme vor der Brust. »Lass es mich erklären«, bat er.

»Das brauchst du nicht«, brüllte sie und zwang sich dann, leiser zu sprechen, um ihre Mum nicht zu alarmieren. »Du hast dich nur an mich rangemacht, um mir mein Land abzunehmen. Und ich dumme Kuh bin leider auf dich und deine falschen Komplimente reingefallen.«

»So war das nicht.« Wieder wollte er auf sie zutreten, doch ein eisiger Blick von Erin genügte, um ihn davon abzuhalten. Er seufzte. »Ich habe mich schon in dich verguckt, als du das erste Mal in die Bank gekommen bist. Erst nachdem der Vertrag längst unterzeichnet und dein Vater gestorben war, hat Richard von unserem Verhältnis Wind bekommen und kam mit seinem Vorschlag an.«

»Du meinst mit dem Vorschlag, mir mein Land wegzunehmen?« Fest sah sie ihm in die blauen Augen. Wie hatte sie diesen Mann jemals anziehend finden können? Alles an ihm stieß sie plötzlich ab.

»Ich kannte deine finanzielle Lage, und es war mir klar, dass du die Farm so oder so auf Dauer nicht halten kannst. Deshalb habe ich dir auch einen Verkauf vorgeschlagen, aber du wolltest ja nichts davon hören. Wenn du nur nicht so stur wärest. Das wäre eine Win-Win-Situation für alle gewesen: Richard hätte seine Farm erweitern können, und du wärst endlich diesen Ballast losgeworden. Elderberry ist doch ein Fass ohne Boden. Du hättest noch mal von vorne beginnen können …«

Das war doch nicht zu fassen! »Ist es jetzt etwa meine Schuld, dass du meine Scheune angezündet und fast meine Pferde umgebracht hast?« Erin schnappte nach Luft. »Du hattest es nur auf das Geld abgesehen, das Richard dir versprochen hat. Sei wenigstens jetzt ehrlich, Will!«

»Richard hat mich unter Druck gesetzt, und ich dachte, dass du nach dem Scheunenbrand endlich einsehen würdest, dass du die Farm aufgeben musst. Ich hätte dich natürlich unterstützt. Ich wollte dieses Geld für uns.« Will lächelte. »Für unsere Zukunft. Ich hatte vor, dich in ein paar Tagen zu bitten, bei mir einzuziehen.« Er sah betreten zur Seite. »Ich habe nicht geahnt, dass du in das brennende Gebäude laufen würdest. Ich bin vor Sorge fast umgekommen, das musst du mir glauben.«

Gerade wollte Erin zu einer Antwort ansetzen, da nahm sie aus den Augenwinkeln eine Bewegung wahr. Als sie den Kopf wandte, sah sie Nero, der den Hügel hinuntertrabte. Auf seinem Rücken hüpfte Ollie auf und ab und hielt ein Spielschwert hoch. »Nicht auch das noch«, murmelte sie und wandte sich wieder Will zu.

»Selbst wenn du mein ganzes Land abfackeln würdest, würde ich niemals zu dir ziehen«, sagte sie gepresst.

»Überleg es dir bitte noch mal. Wir können uns ein ganz neues Leben miteinander aufbauen«, redete er auf sie ein.

Einige Meter entfernt kam Nero schnaubend zum Stehen, und Ollie sprang hinab. Mit ernster Miene und erhobenem

Holzschwert in der Hand kam er auf sie zu und schielte unter seinem Lederhut nach oben.

»Reite bitte heim, Kleiner. Das ist kein guter Moment«, bat Erin ihn.

»Ist das Will?«, fragte der Junge und kniff die Augen zusammen.

»Ja, das bin ich«, sagte der Banker und beugte sich amüsiert zu ihm hinunter. »Und wer bist du, kleiner Mann?«

Erin beobachtete, wie Ollie mit dem Schwert ausholte und es Will gegen das Schienbein knallte. Will schrie auf und sprang fluchend von dem Kind weg. »Was zum Teufel soll der Mist?«

Unwillkürlich prustete Erin los und legte die Hände auf die Schultern des Jungen. »Das hier ist Ollie Bennett, und ich würde dir raten, jetzt zu verschwinden, ansonsten wirst du Bekanntschaft mit meiner Mistgabel machen.«

»Denk nach, Erin«, beschwor Will sie. »Du wirst das alles hier verlieren, aber ich kann dir eine bessere Zukunft bieten.«

»Ich falle lieber tot um, als mit dir zu leben«, zischte sie. »Du hast meinen Vater mit auf dem Gewissen, und ich hoffe, dass er dich nachts in deinen Träumen heimsucht. Du wirst noch für das büßen, was du mir angetan hast.«

Will presste die Lippen aufeinander. »Gut, du wirst schon sehen, was du davon hast. Gerade hast du die Chance deines Lebens vertan.« Er lachte höhnisch auf. »Es gibt keine Beweise für deine Vorwürfe, das ist dir doch klar, oder?«

»Hau ab!« Ollie machte einen Satz nach vorne, und Will wich zurück.

»Ihr seid doch alle irre!«, murmelte er, öffnete die Autotür und stieg ein. Dann wendete er und fuhr mit Vollgas davon.

Erin sah dem Wagen nach und atmete hörbar aus.

»Wir haben den bösen Mann verjagt!«, rief Ollie und strahlte sie an.

Lächelnd kniete sie sich neben ihn. »Das haben wir allerdings.« Sie betrachtete das zufriedene Gesicht des Jungen. »Was machst du überhaupt hier?«

Augenblicklich schaute er weniger glücklich drein. »Ich habe gelauscht«, gestand er.

»Als ich bei euch war?«

Er nickte. »Will hat was Böses gemacht, oder?«

»Ja, das hat er.«

»Deshalb wollte ich dich beschützen.«

Erin legte die Arme um den schmalen, kleinen Körper und zog Ollie an sich heran. Ihre Augen brannten. Eben noch hatte sie geglaubt, alleine gegen den Rest der Welt zu stehen, und dann war dieser Junge gekommen, um ihr zu helfen. »Du bist ein echter Ritter«, flüsterte sie.

»Und du meine Prinzessin!«, rief Ollie und schlang seine Arme um sie.

Erin schmunzelte. Vielleicht waren Kinder ja doch nicht nur nervig. »Jetzt, wo du mich gerettet hast, kannst du wieder nach Silverwood reiten, in Ordnung?«

Ollie nickte eifrig. »Ich kriege bestimmt Ärger, wenn die anderen merken, dass ich schon wieder ausgebüxt bin.« Er lief hüpfend auf Nero zu, und Erin hob ihn auf dessen Rücken. »Kommst du uns bald besuchen?«, fragte er.

Erin legte die Hand auf sein Bein. »Nein, Ollie, ich bin hier ziemlich beschäftigt. Aber wenn du magst, kannst du mich ab und zu besuchen.«

»Das mache ich.« Er wedelte zum Abschied mit seinem Holzschwert und ließ Nero antraben.

Erin sah zum Weg zwischen den Hügeln hinauf, wo nur noch eine Staubwolke an Wills Abgang erinnerte. Hatte der Mistkerl wirklich geglaubt, dass sie für ihn die brave Hausfrau geben würde, nachdem sie ihre Farm verloren hatte? In ihrem Kopf begann sich alles zu drehen. Das war alles zu viel für sie. Die Augen auf die Eingangstür geheftet, ging sie langsam auf ihr Zuhause zu. Wie lange würde es das noch sein?

Kapitel 11

John hatte Erin verloren, das war ihm klar. Vierundzwanzig Stunden nach dem Kuss, der alles verändert hatte, war das lebenslange Band zwischen ihnen beiden zerrissen. Erin konnte sein wie er: aufbrausend, unnachgiebig und nachtragend. Sie empfand sein Verhalten als Verrat, und gerade ihm, daran bestand kein Zweifel, würde sie niemals vergeben. Wenn er nur die Zeit zurückdrehen könnte, um ihr von Wills Date im Pub zu erzählen. Eigentlich hätte er selbst erwartet, dass er jetzt voller Wut und schlechter Energie auf irgendetwas einschlagen würde, und wenn es nur die Stallwand wäre. Stattdessen saß er seit über zwei Stunden still in Busters Box. Das alles hier würde es in ein, zwei Jahren vielleicht nicht mehr geben. Seine Familie würde gezwungen sein, ihr Land aufzugeben. Selbst wenn sie es schafften, die Farm auch ohne eine vernünftige Rinderzucht weiterhin zu behalten und woanders ihr Geld zu verdienen, wäre Silverwood nie mehr das, was es immer gewesen war. Und es würde Harry das Herz brechen. Auch wenn sein Vater letztlich für die Situation verantwortlich war, wollte John sich dieses Szenario nicht ausmalen. Silverwood war Harrys Lebenswerk, und es war auch seins. Seit seiner Kindheit hatte John hier jeden Tag gearbeitet. Er lebte für dieses Fleckchen Erde.

Mit einem Stöhnen stand er auf und strich über den Rücken seines Pferdes. Die Dämmerung setzte ein, und er hatte vor, sich in sein Zimmer zu schleichen und dort in die Dunkelheit zu starren. Um nicht durch die Küche gehen zu müssen, nahm er den selten genutzten Haupteingang und stiefelte an Harrys Büro vorbei die Treppe hinauf. Als er die Tür zu seinem Zimmer aufdrückte, saß sein Vater im Dämmerlicht auf dem Bett mit dem Rücken zu ihm. Er bewegte sich nicht, als John eintrat.

»Was willst du hier?« John hatte nicht genug Energie, um aufgebracht zu klingen.

Harry drehte sich um und musterte ihn. »Erin hat einen harten rechten Haken. Es wird schon blau.«

»Das hat sie.« Unwillkürlich strich er sich über die schmerzende Stelle am Jochbein.

»Ich muss mit dir reden.«

»Nicht heute.« John ging um das Bett herum und sah aus dem Fenster. Die Sonne ging hinter den Hügeln unter, die den Blick auf Elderberry versperrten. Und doch wusste er ganz genau, an welcher Stelle das Farmhaus in der Ferne lag. Er würde den Weg dorthin sogar blind finden.

»Ich warte hier seit zwei Stunden auf dich und hatte viel Zeit zum Nachdenken.«

»Du hast zwei Minuten.«

Er hörte Harry tief Luft holen. »Du hast mit allem recht, was du gesagt hast. Ich bin hierfür verantwortlich. Die Taten meiner Vergangenheit haben uns in diese Lage gebracht, unabhängig davon, ob ich mein Verhalten von damals für ehrenhaft halte. Während ich euch großgezogen und irgendwie diese Farm am Laufen gehalten habe, hat Richard High Valley vergrößert und ein kleines Imperium aufgebaut. Er hat den Geschäftssinn, den ich nicht habe, und er kennt keine Skrupel. Ich habe ihn einfach ignoriert, so gut ich konnte. Aber eins hätte ich nicht ignorieren sollen.«

John drehte sich um und zog die Augenbrauen zusammen. »Was?«

»Die Drohung, die er damals ausgesprochen hat.« Sein Vater rieb sich über den Bart. »Dass er mir mein Land wegnehmen wird.«

»Das hat er gesagt?«

»Er hat es gebrüllt. Ich habe nur hasserfüllt gelacht und mich umgedreht. Schätze, ich hätte es ernster nehmen sollen.« Harry lachte finster.

»Du hast nicht geglaubt, dass Richard tatsächlich einen Weg finden würde, dir gefährlich zu werden.«

»Aber er hat einen gefunden. Er hat von Grahams Problemen erfahren und seine Chance gewittert.«

»Und jetzt?«

»Als ich das alles vorhin erfahren habe, war mir sofort klar, dass ich ihm nichts entgegenzusetzen habe. Ich habe kein Vermögen wie er, und ich bin nicht so gerissen.«

John nickte. Sie schätzten die Lage gleich ein.

»Aber ich habe eine Sache, die er nicht hat.« Harry sah auf, und John erkannte das Blitzen in seinen Augen. »Ich habe euch.«

Richard hatte nur eine Tochter, eine unnütze Prinzessin noch dazu. Doch was brachte es ihnen, dass sie hier in einem vollen Haus lebten? »Und?«

»Du hättest deine Brüder und Kat vorhin hören sollen. Sie haben sich die wildesten Sachen ausgemalt, mit denen sie diese Situation zum Guten wenden wollen.« Harry lachte trocken auf. »Mein erster Impuls war, auf den Tisch zu hauen und ihnen zu sagen, dass sie keinen Scheiß bauen sollen. Dann bin ich hier in dein Zimmer gegangen und habe nachgedacht.«

Wieder atmete er ein und blickte an die Decke.

»Komm zum Punkt, Harry, ich habe heute wirklich keine Nerven für so was.«

»Der Grund, warum ich dir die Farm nicht übergeben wollte, war, dass ich mir sicher war, ihr wärt noch nicht so weit. Dass ihr mehr Führung bräuchtet und nur andauernd in Schwierigkeiten geratet.«

John ließ ein verächtliches Brummen hören.

»Auch da habe ich mich geirrt. Jeder von euch hat seine Stärken und Schwächen, und ihr kennt euch in- und auswendig. Statt zu glauben, dass ihr euch aufgrund eurer Schwächen in die Scheiße reitet, hätte ich erkennen sollen, dass ihr euch gegenseitig ausgleicht. So wie Kat und Jim. Ethan hat den Kopf, du die Leidenschaft, Quentin den Kampfgeist, Jim die Empathie, und River kann zwar manchmal ein kleiner Rotzlöffel sein, aber er hat gute Einfälle. Vermutlich war er deshalb so clever, nicht länger für mich zu arbeiten.«

Harry lobte sie so gut wie nie. John war unklar, warum er es ausgerechnet jetzt tat. »Was willst du damit sagen?«

»Dass ich alleine gegen Richard nicht viel ausrichten kann. Aber ich habe Söhne, denen ich es zutraue. Ich habe endlich begriffen, dass ihr keine Kinder mehr seid.« Er stand auf und ging auf John zu. »Silverwood gehört ab heute dir!«

Längst war die Sonne hinter den Hügeln untergegangen. Auch wenn sie kaum noch zu erkennen waren, haftete sein Blick weiter fest auf ihnen. Wie lange hatte er auf den Tag gewartet, an dem Harry ihm die Farm übergeben würde?

Darauf, dass sein Vater endlich begriff, dass er mehr als fähig war, sie zu leiten. Schon als er ein kleiner Junge gewesen war, hatte nie ein Zweifel bestanden, dass Silverwood an John gehen würde. Jeder wusste es und jeder hielt es für richtig. Und er hatte geglaubt, dass es der großartigste Tag seines Lebens sein würde.

»Du bist dir wirklich sicher?«, fragte sein Vater in die Dunkelheit hinein.

»Das bin ich.«

»Dann sollten wir es den anderen sagen, ehe ich zur Besinnung komme und meine Entscheidung zurücknehme.«

»Silverwood ist damit in den besten Händen, das wissen wir beide. Du wirst hier weiterhin leben, und ich bin mir sicher, dass du mit deiner Meinung nicht hinter dem Berg halten wirst.«

»So ist es. Aber ab sofort habe ich nicht mehr das letzte Wort. Und ich glaube, ich bin auch endlich bereit, es ruhiger anzugehen. Komm allerdings nicht auf die Idee, dass ich das Büro aufgebe.«

Das erste Mal seit langer Zeit lächelte John seinen Vater an. Was Harry eben getan hatte, zeugte von wahrer Größe und Weitsicht. Mit festen Schritten gingen sie aus dem Raum. Als sie in die Küche traten, saßen die anderen um den Tisch versammelt, auf dem vollgekritzelte Zettel lagen. Ganz offensichtlich tagte hier der Kriegsrat, und trotz der miesen Lage, in der sie sich befanden, musste John grinsen. Inzwischen hatte sich auch River in Arbeitskleidung eingefunden, und Liz saß mit geröteten Wangen neben Ethan. Erwartungsvoll sahen sie auf.

Sein Vater räusperte sich. »Ich habe etwas zu verkünden.« Gespannte Stille breitete sich aus.

»Ich habe mich entschieden, Silverwood zu übergeben.«

Einige Sekunden lang war kein Mucks zu vernehmen. Ethan war der Erste, der sich traute, etwas zu sagen. »Eine gute Entscheidung. Du hast hier dein ganzes Leben gearbeitet und deinen Söhnen alles beigebracht, was sie wissen müssen. Und jetzt hast du den richtigen Moment erkannt.«

Harry nickte ihm kaum merklich zu.

Jim stand auf und ging auf John zu. »Dann bist du also unser neuer Boss.« Wohlwollend hielt er ihm die Hand hin. »Herzlichen Glückwunsch.«

»Ich bin es, der dir gratulieren darf«, brummte John und griff nach der Hand.

Jim kniff die Augen zusammen. »Was?«

»Du bist der neue Boss von Silverwood. Ich habe eben gekündigt.«

Jims Hand sank nach unten. »Wir hatten gehofft, ihr hättet euch da oben ausgesprochen.«

»Das haben wir. Aber du hast es einmal gut formuliert: Diese Farm ist zu klein für zwei von unserer Sorte.« Er warf Harry einen amüsierten Blick zu und glaubte, ein Lachen unter dessen grauem Bart zu erkennen. »Wir setzen besser Kaffee auf. Es gibt da einiges zu besprechen.« Quietschend zog er den Stuhl zurück und setzte sich.

»Und was?« Ethan lehnte sich vor.

»Wie wir zwei Farmen retten und Richard in den Arsch treten.«

Harry nickte zufrieden und trat dann in den Flur. Kurz darauf war zu hören, wie sich die Bürotür schloss.

***

»Nein! Auf keinen Fall. Macht, dass ihr wegkommt!« Wütend warf Erin die Haustür zu und unterdrückte das Verlangen loszuschreien. Wie kamen Ethan und John nur auf die Idee, hier gerade mal einen Tag, nachdem sie von ihrem Verrat erfahren hatte, aufzutauchen und sie um ein Gespräch zu bitten? Sie hatte es nicht einmal über sich gebracht, John mit seinem blau unterlaufenen Auge anzusehen. Immerhin hatte ihre Mutter zum ersten Mal seit dem Tod ihres Mannes das Haus verlassen, um Lebensmittel einzukaufen, und bekam von dem Auftritt der Brüder nichts mit. Erin überlegte, ob sie die Schrotflinte ihres Dads holen sollte, um die beiden über alle Berge zu jagen.

»Erin, bitte. Ich schwöre dir, John sagt kein Wort. Nur ich werde reden. Es ist wichtig«, rief Ethan vor der verschlossenen Tür.

»Du bist kein Stück besser als er«, gab sie laut zurück.

»Mach die Tür auf, oder ich trete sie ein.« Johns Stimme klang unnachgiebig.

»Nur zu, du wirst sehen, was du davon hast.« Patzig verschränkte sie die Arme und hörte, wie Ethan ihn aufforderte, die Klappe zu halten.

»Für Elderberry«, sagte Ethan.

»Verdammter Mist.« Sie griff nach der Klinke und öffnete. »Ich hoffe, ihr habt einen guten Grund, hier aufzuschlagen.«

Mit gesenktem Kopf trottete John an ihr vorbei und geradewegs ins Büro. Mit finsterer Miene nahm sie hinter dem Schreibtisch Platz und beobachtete, wie Ethan den Sessel vor den Schreibtisch zog und sich dort neben John setzte.

»Also?«, fragte sie schneidend.

Sie konnte sehen, wie John sich auf die Unterlippe biss. Er wollte etwas sagen, hielt sich aber zurück.

»So wie ich das sehe, sitzen wir alle im gleichen Boot. Verlierst du Elderberry, verlieren wir auch Silverwood. Oder zumindest verlieren wir es in seiner bisherigen Form.« Ethan sprach bedacht, so wie immer, wenn er einen Plan verfolgte. Doch was auch immer es war, sie hatte nicht vor, darauf einzugehen.

»Wenigstens trage ich nicht alleine die Konsequenzen. Ihr alle, insbesondere Harry, seid dafür verantwortlich«, gab sie zurück.

»Wir sind mitverantwortlich. Aber Graham und du, ihr habt die Schulden gemacht, die euch über den Kopf gewachsen sind. Ohne das hätte Richard nie einen Angriffspunkt gehabt.«

Scharf sog sie Luft ein. Er hatte recht, auch wenn sie es nicht gerne zugab. Erin entschied sich abzuwarten, was er noch zu sagen hatte.

»Wir haben gestern alle ziemlich lange beisammengesessen und einen Plan gemacht, der hoffentlich die drohende Gefahr abwenden wird. Aber du wirst etwas machen müssen, das dir widerstrebt.«

»Und das wäre?«

»Mit uns zusammenarbeiten.«

»Das könnt ihr vergessen.« Bitter lachte sie auf. Glaubte Ethan wirklich, dass er hier auftauchen und ihr vorschreiben konnte, was sie zu tun hatte?

John setzte an, etwas zu sagen, doch Ethan warf ihm einen warnenden Blick zu. Genervt lehnte er sich im Stuhl zurück und starrte auf den Boden. Für einen Moment glaubte Erin, einen Stich im Herzen zu spüren. Gestern noch waren sie sich so nah gewesen, und heute wollte sie ihn mit einem Tritt in den Hintern von der Farm jagen. Vielleicht würde sie es noch tun. Doch Ethan sollte aussprechen, weshalb sie gekommen waren.

»Auch bei uns gibt es große Veränderungen. Harry hat die Farm übergeben.«

Sie richtete sich auf und sah John an. Noch immer waren seine Augen auf den Boden geheftet. Das war alles, was er immer gewollt hatte. Und sosehr sie ihn in diesem Moment auch hasste, gönnte sie es ihm dennoch. Er hatte sich Silverwood verdient. »Gratuliere.« Mehr brachte sie nicht heraus.

»Nein. Er hat sie an Jim übergeben«, erklärte Ethan.

»Harry hat dich übergangen?« Fassungslos suchte sie Johns Gesicht nach einer Regung ab. Doch zum ersten Mal gelang es ihr nicht, darin zu lesen.

»Harry hat es auf Wunsch von John getan. Er hat verzichtet und gekündigt.« Ethan klang merkwürdig entspannt dafür, dass er etwas derart Unvorstellbares aussprach.

»Du blöder Hund hast Silverwood aus Wut auf Harry aufgegeben?« Erin sprang auf und stemmte die Hände in die Hüften. Sicherlich war Johns Temperament einmal mehr mit ihm durchgegangen. Anstatt endlich das anzunehmen, was immer für ihn bestimmt gewesen war, musste dieser sture Kerl überreagiert haben.

»Setz dich hin«, sagte John mit zusammengebissenen Zähnen, ohne sie anzusehen.

Widerwillig ließ sie sich auf den Lederstuhl fallen. »Und jetzt hängt bei euch mal wieder der Haussegen schief, nehme ich an? Allerdings ist das nicht mein Problem.«

»Bei uns ist alles in bester Ordnung. John hat seinen Anspruch aufgegeben, um hier zu arbeiten«, hörte sie Ethan sagen.

»Wie bitte?«, stammelte Erin. »Was auch immer das für

eine blöde Idee ist, ich mache da nicht mit. Und du«, mit schmalen Augen sah sie zu John, »solltest nicht überstürzt Entscheidungen treffen, die du danach bereust.«

»Ich werde gar nichts bereuen, und es war alles andere als überstürzt«, knurrte er.

»Du hast dein ganzes Leben lang auf diesen Tag gewartet, und jetzt lehnst du ab?« Dass John so etwas Dummes tat, konnte sie einfach nicht verstehen. »Stattdessen willst du für mich arbeiten?«

Jetzt war er es, dessen Augen sich verengten, als er sie anfunkelte. »Ich werde niemals *für* dich arbeiten. Ich arbeite *mit* dir. Harry hat mich lange genug herumkommandiert, wenn du das versuchst, bin ich hier weg. Wir werden Partner.«

»Partner?« Erin lachte höhnisch auf.

Sie sah, wie er Ethan ein Zeichen gab, der daraufhin in seiner Aktentasche kramte und etwas herauszog. »John kauft sich bei dir ein. Er wird dein Partner, mit allen Rechten und Pflichten.« Ethan warf eine Reihe Geldbündel vor ihr auf den Tisch. Fassungslos betrachtete sie die Scheine, die von einem Gummi zusammengehalten wurden.

»Was …?« Sie schüttelte den Kopf.

»Wir waren eben alle bei der Bank und haben unsere Konten leer geräumt. John hat das Geld abgehoben, das er Quentin für Fox Brow leihen wollte, River und Quentin ihre Ersparnisse, ebenso wie Jim. Und ich habe den Rest beigesteuert, den ich noch von meinem Autoverkauf hatte. Selbst Liz wollte etwas dazugeben.«

Unwillkürlich zog sie ihre Hände zurück. »Ihr seid verrückt, wenn ihr glaubt, ich würde einfach so euer Geld nehmen.«

»Du bekommst es nicht einfach so. John wird Partner bei deiner Pferdezucht und erhält ein Mitspracherecht bei den Rindern. Ich habe heute Nacht einen Businessplan für euch erstellt, der funktionieren kann, wenn ihr euch genau daran haltet.« Ethan nahm einen schmalen Ordner aus der Tasche, und auch dieser landete vor ihr auf dem Tisch. »Darin steht, dass ihr von dem Gewinn, den ihr in den nächsten Jahren macht, nach Tilgung der Kreditraten, fünfundsechzig Prozent zu gleichen Teilen zwischen euch beiden und deiner Mutter aufteilt. Die restlichen fünfunddreißig Prozent dienen dazu, neue Anschaffungen zu machen und Rücklagen zu bilden.«

»Und das soll reichen, um Elderberry zu retten?« Sollte es letztlich so einfach sein?

»Das ist erst der Anfang. Wir haben viele kleine Stellschrauben gefunden, an denen wir drehen werden. Harry wird von nun an für das Wasser bezahlen, das er von dir bekommt. Er meinte, das hätte er schon lange tun sollen. Und Kat wird dich bei der Zucht unterstützen und deine Pferde und Rinder in den nächsten Jahren kostenlos mit dem besten Samen versorgen, den sie kriegen kann.«

»Das wird sie ein Vermögen kosten. Das kann ich nicht annehmen.« So verführerisch das klang, es war nicht richtig.

»Kat ist reich, falls du das noch nicht mitbekommen hast«, rief Ethan ihr in Erinnerung. »John hat geholfen, sie letztes Jahr aus ihrer misslichen Lage zu befreien, und das ist ihr Dank dafür. Und sie liebt Jim und Silverwood. Kat will es ebenso erhalten wie wir anderen auch. Dass Elderberry wieder auf die Beine kommt, ist der Schlüssel dazu.« Zufrieden lehnte Ethan sich im Stuhl zurück. »Aber es gibt auch etwas, mit dem du uns im Gegenzug helfen kannst.«

»Und was wäre das?«

»Wir hatten geplant, unsere Schafzucht nach Fox Brow auszulagern, um auf Silverwood mehr Rinder aufziehen zu können. Das hat, wie wir wissen, nicht funktioniert. Trotzdem sollte auch unsere Farm ihre Einnahmen steigern. Du hast nur eine kleine Schafherde, und Quentin hatte den Einfall, seine Tiere rüber zu deinen zu bringen. Dein Land kann noch wesentlich mehr Tiere versorgen als jetzt. Natürlich wirst du eine angemessene Pacht erhalten, und es wird trotzdem noch genügend Weideland zur Verfügung stehen, dass ihr beide«, er sah erst zu John und dann zu ihr, »die Rinderzucht hier vergrößern könnt. Du hast jetzt einen Partner, der arbeitet wie der Teufel, und kannst daher mehr Rinder aufziehen.«

»Partner«, murmelte Erin und blickte unbehaglich zu John.

»Halte dir die Ohren zu«, forderte dieser seinen Bruder auf. Ethan stöhnte, steckte sich dann aber die Zeigefinger in die Ohren und schaute demonstrativ weg.

John nahm seinen Hut ab, legte ihn auf den Tisch und stützte sich nach vorne auf die Knie. Jetzt sah er Erin direkt an, und sie bemühte sich, seinem Blick standzuhalten. »Mir ist klar, dass du mir nicht verzeihen kannst, was passiert ist. Du hast mit Will geschlafen, obwohl ich wusste, was für ein Drecksack er ist. Ich habe die falsche Entscheidung getroffen, als ich es dir nicht gesagt habe. Aber vertrau mir bitte, wenn ich dir sage, dass das hier der richtige Weg ist.«

»Du glaubst wirklich, nach allem, was passiert ist, werden wir tagsüber miteinander arbeiten und nachts im gleichen Bett schlafen?« Wie schön ihr diese Vorstellung noch gestern Morgen erschienen wäre. Doch heute verspürte sie nur

Wut und Trauer. Wut, dass John sie nicht davor bewahrt hatte, Will so nah an sich ranzulassen, und Trauer, weil sie ihren besten Freund verloren hatte. Dass dieser Mann, den sie dachte, in- und auswendig zu kennen, sie derart enttäuscht hatte, schmerzte mehr, als sie ertragen konnte.

»Mir ist klar, dass sich das zwischen uns nicht wiederholen wird. Ich habe dich verletzt und bin bereit, die Verantwortung dafür zu übernehmen. Ich werde alles daransetzen, unsere Freundschaft zu retten.«

»Und dafür willst du Silverwood aufgeben?«

John lächelte müde. »Was soll ich mit Silverwood, wenn ich nach der Arbeit nicht einfach auf Buster steigen und zu dir hinüberreiten kann? Wo ist dann der Sinn, dort noch zu leben? Wenn du Elderberry verlassen musst, verliere ich meine beste Freundin. Und das will ich auf keinen Fall.«

Erin sah auf ihre Hände. »Ich weiß nicht, ob ich das kann, John.«

»Mit mir arbeiten?«

»Dich in meiner Nähe haben.«

Er schluckte sichtbar. »Ich werde mich von dir fernhalten, so gut es geht. Was jetzt zählt, sind die Farmen und nicht unsere Gefühle. Und was das angeht, sind wir wohl oder übel aufeinander angewiesen.«

»Und Harry wird mich nicht dafür hassen, dass du Silverwood verlässt?«

»Machst du Witze?« John grummelte amüsiert. »Meine Entscheidung hat ihn zwar überrascht, aber Harry ist klar, dass er und ich besser zurechtkommen werden, wenn wir nicht mehr den ganzen Tag aufeinanderhocken. Ich war kurz davor, auszuziehen und mir eine Stelle als Vorarbeiter auf einer anderen Farm zu suchen. Wenn ich hier mit dir arbeite, wird sich das Verhältnis zwischen mir und dem alten Sturkopf hoffentlich bessern, und ich kann weiterhin im Haus meiner Familie leben.« Er machte eine Pause. »Und morgens komme ich hierher, und wir sorgen dafür, dass Elderberry besser und erfolgreicher wird als jemals zuvor.«

»Kann ich jetzt mit dem Quatsch hier aufhören?« Ethan zog die Finger aus den Ohren und sah sie fragend an.

Erin nickte und griff nach dem Ordner. Ihre Gedanken gingen wild durcheinander, während sie die Seiten durchblätterte. »Und wir können die Stuten tatsächlich behalten?«

»Nicht nur die, die du schon hast.« Es blitzte in Johns Augen. »Wir werden zusätzlich anbieten, Pferde aus der Region einzureiten und auszubilden. Wir haben beide ein Talent dafür, und es wäre dumm, das nicht zu nutzen.«

»Das war es doch, was du machen wolltest, oder?« Zuversicht lag in Ethans Blick, und Erin wusste, dass er darauf spekulierte, sie damit endgültig zu überzeugen. »Wenn ihr beide bereit seid, die nächsten Jahre nicht mehr als sechs Stunden pro Nacht zu schlafen, dann könnt ihr das alles umsetzen.«

»Aber wir haben keinen Stall.« Beim Blick auf die verkohlten Überreste auf dem Hof verspürte sie wieder Hilflosigkeit.

»Daran arbeiten wir noch. Wir brauchen mehr als eine Nacht, um alle Probleme zu lösen. Das schaffen nicht einmal wir.« Ethan lachte.

Tatsächlich beeindruckte Erin, was die Bennetts ausgebrütet hatten. Es klang vernünftig und überlegt und damit ganz anders, als sie es von den Brüdern kannte. Aber ein Problem erschien ihr bedrohlicher als alles andere. »Was ist mit der Neubewertung meines Landes?« Sie sah Ethan ernst an. »Gestern war Will hier, und wie ihr euch denken könnt, ist das Gespräch nicht gut verlaufen. Er wollte, dass ich zu ihm zurückkomme und mit ihm zusammenlebe.«

John schnaufte, doch Erin ignorierte ihn.

»Natürlich habe ich ihn zum Teufel gejagt. Sicherlich wird er jetzt erst recht nicht auf das Gutachten verzichten. Und er hat mich darauf hingewiesen, dass ich keine Beweise für meine Anschuldigungen habe.«

Ethan nickte. »Es stimmt, wir haben noch nichts Konkretes gegen ihn in der Hand, aber ich bin da etwas auf der Spur. Der Gutachter, den Will im letzten Jahr für die Neubewertungen engagiert hat, ist ein anderer als derjenige, der für seine Bank üblicherweise die Einschätzungen vornimmt. Das konnte ich mir erst nicht erklären, bis ich nachgeforscht habe. Die beiden haben früher zusammen studiert, und er ist von Will nur in den Fällen hinzugezogen worden, in denen tatsächlich eine Zwangsversteigerung folgte.«

»Ein abgekartetes Spiel«, knurrte John.

»Ganz offensichtlich. Vor allem, da Richard zwei der besagten Grundstücke danach ersteigert hat. So konnte er High Valley im vergangenen Jahr enorm vergrößern. Bei einem weiteren Grundstück hat er den Zuschlag nicht bekommen, weil ein Farmer von außerhalb ihn überboten hat.«

»Und nun wollen sie es ebenso mit Elderberry machen«, stöhnte Erin. Konnten sie den Kampf wirklich gewinnen? Es fühlte sich an wie David gegen Goliath. Nur sie gegen Großfarmer Richard, Wills Bank und den Gutachter.

»Es wird schwer, zu beweisen, was damals abgelaufen ist«, fuhr Ethan fort. »Aber dass Richard und Will sich zumindest über Kreditnehmer austauschen, werden wir aufdecken. Das sollte Will den Job kosten.«

»Also?« John sah sie ungeduldig an. »Stimmst du unserem Vorschlag zu?«

»Ich bin fast zufrieden«, sagte sie.

»Was willst du denn noch?« John verschränkte die Arme vor der Brust.

»Richard! Ich habe ihm gestern ins Gesicht gespuckt, aber ich bin noch nicht fertig mit ihm.« Beim bloßen Gedanken an diesen Mann begann es in ihr zu brodeln.

»Das ist gut. Wir auch nicht.« John setzte sich den Hut auf.

***

»Es tut mir leid, dass ich dich hier mit reinziehe«, sagte Kat und presste die Lippen aufeinander.

»Mach dir keine Gedanken. Nach dem, was er Erin angetan hat, mache ich das nur zu gerne.« Sarah zupfte ihre eng anliegende Bluse und den unverschämt kurzen Rock zurecht.

»Du bist meine Tierarzthelferin, und ich sollte dich um so etwas nicht bitten. Aber laut John war die Frau, die Will im Pub angegraben hat, blond. Vermutlich passt du perfekt in sein Beuteschema.«

»Ich werde mein Bestes geben, um ihm den Kopf zu verdrehen.« Sarah lachte hell, kramte in ihrer Tasche und zog einen kleinen Handspiegel und ihren Lippenstift heraus. Kat beobachtete, wie sie routiniert ihre Lippen nachzog. Warum bekam sie selbst das nicht ansatzweise so gut hin?

»Gibt es wirklich keine andere Möglichkeit?«, brummte Jim vom Fahrersitz, drehte sich um und sah zu ihr und Sarah auf der Rückbank. »Ich habe kein gutes Gefühl dabei, meine

Freundin und meine Ex-Freundin zu einem Kerl zu schicken, der eine Scheune abgefackelt hat.«

Kat verdrehte die Augen. Dass Jim sie und Sarah nach Dunham fuhr, hatte nicht zu Kats Plan gehört. Doch es war ihr nicht möglich gewesen, Jim davon abzubringen. Sie konnte froh sein, dass er ihrer Idee überhaupt zugestimmt hatte. »Mach dir keine Gedanken«, wischte sie seinen Einwand beiseite.

»Und wenn er dich erkennt? Du warst mit mir auf der Beerdigung. Wenn er eine Verbindung zwischen dir und meiner Familie herstellt, wird er hellhörig werden.«

»Will war zu sehr damit beschäftigt, auf die Uhr zu schauen. Ich glaube nicht, dass er mich überhaupt wahrgenommen hat.« Sie kräuselte amüsiert die Nase. »Er wird nur Augen für Sarah haben.«

Jim murmelte etwas Unverständliches und sah wieder durch die Windschutzscheibe. Das Auto stand knapp fünfzig Meter entfernt von der Bankniederlassung, er hatte es so geparkt, dass er die Eingangstür im Blick hatte. »Wenn was schiefgeht, gebt ihr mir ein Zeichen«, sagte er.

»Es klappt schon alles.« Kat lehnte sich nach vorne und drückte ihm einen Kuss auf die raue Wange. Für einen Augenblick sog sie Jims Geruch ein, dann stieg sie aus und ging neben Sarah, die sich bewundernswert elegant auf diesen beängstigend hohen Schuhen bewegte, auf die Filiale zu.

»Halte dich genau an den Plan. Mach alles so, wie wir es abgesprochen haben«, flüsterte sie Sarah zu.

»Meinst du wirklich, er wird auf unseren Auftritt reinfallen?«

»So, wie dieser Mistkerl mit Frauen umgeht, traut er uns nicht viel zu. Sonst hätte er es nie gewagt, Erin derart zu verarschen. Also werden wir uns genau so verhalten, wie er es von zwei Mädels erwartet. Wir geben uns unbedarft und hilflos, und er wird anfangen, sein Spiel zu spielen. Nur dass wir dieses Mal die Fäden in der Hand haben und nicht Will.«

»Wir nutzen aus, dass er sich überlegen fühlt, und führen ihn kräftig an der Nase herum.« Sarah nickte. »Klingt nach Spaß.«

»Und wie!« Kat zwinkerte ihr zu.

»Soll ich noch einen Knopf aufmachen?« Prüfend schaute Sarah an ihrer Bluse hinab.

Kat beäugte ihren Ausschnitt. »Kann nicht schaden.«

»Na dann.« Sarah öffnete die Bluse ein wenig weiter, und ein pinker BH blitzte frech unter dem Stoff hervor.

»Ms. Roberts?«

Kat stand auf und hielt Will die Hand hin. Mit einem selbstgewissen Lächeln ergriff er sie. Ihr Blick glitt über die akkurat frisierten Haare und die leuchtend blaue Krawatte. *Du Mistkerl.* Er setzte sich hinter den Schreibtisch und rückte seine Krawatte zurecht, während Kat sich auf der anderen Seite auf den Stuhl lümmelte.

»Das ist Sarah White, meine Mitarbeiterin. In Dinge, die die Praxis betreffen, beziehe ich sie gerne mit ein«, sagte sie.

Sarah sprang auf, lehnte sich ein wenig zu sehr über den Schreibtisch und reichte ihm ihre Hand. Will konnte seine Augen kaum von ihrem Ausschnitt lösen, und Kat notierte einen Punkt für sich auf einer imaginären Punktetafel. Als Sarah sich setzte, holte sie wie abgesprochen die Flasche mit dem Smoothie aus ihrer Handtasche. Sie schraubte den Verschluss ab und nahm einen kleinen Schluck.

»Also, was kann ich für Sie tun?«, wandte er sich wieder an sie.

»Ich möchte investieren. Vielleicht größere Praxisräume anmieten oder kaufen. Ich dachte, Sie können mir sagen, was ich mir leisten kann und zu welchen Konditionen.«

»Das kann ich in der Tat.« Jetzt war er es, der sie eingehend musterte. Hatte Will sie etwa doch bei der Beerdigung bemerkt? Diese auffällig rot gefärbten Haare waren manchmal ein Fluch. Kat bemerkte, wie sein Blick erst ihre dünne Lederjacke und dann ihre Jeans entlangwanderte, bis er bei ihren ausgelatschten Bikerstiefeln ankam. Ein schmieriges Lächeln trat auf seine Lippen, als er schließlich wieder ihr Gesicht fixierte. »Kat – ich darf Sie doch so nennen?«

Ich kann drauf verzichten. »Natürlich.«

»Also, Kat, erzählen Sie mir, wie Ihre Praxis momentan läuft.«

»Hervorragend. Ich kann mich nicht beklagen. Das Besamen bringt gutes Geld ein, und die Möglichkeit, gleichzeitig Farmtiere und Haustiere zu behandeln, steigert den Umsatz.«

Er nickte und spielte mit einer Hand an seinem Hemdkragen. »Ich bräuchte Zahlen, um das überprüfen zu können.«

Gut so. »Ich habe Ihnen alle Daten gemailt, bevor ich abgefahren bin. Sie müssen nur nachsehen«, sagte Kat.

»Sie denken mit, das gefällt mir, Kat.« Augenblicklich tippte er auf der Tastatur herum, und seine Augen überflogen die Zeilen, die sie ihm geschickt hatte.

Sarah beugte sich zu ihr hinüber. »Der steht nicht auf Blondinen. Der steht auf ungewöhnliche Frauen wie Erin und dich«, flüsterte sie.

»Nein, er checkt mich nur ab, um herauszufinden, ob sich ein Geschäft mit mir lohnt«, gab Kat leise zurück.

»Das tut er nicht.« Besorgt schnappte Sarah nach Luft.

Hatte sie recht? Unauffällig sah Kat zu Will. Es gab nur eine Möglichkeit, es herauszufinden. So lasziv sie konnte, ohne dabei einen Lachanfall zu bekommen, zog sie ihre Jacke aus. Aus den Augenwinkeln schaute Will auf ihr schwarzes Trägertop und zog unwillkürlich die Augenbrauen hoch. Sarah warf ihr einen triumphierenden Blick zu.

Mist. Dann musste der Plan eben angepasst werden. Wie sehr es ihr widerstrebte, diesem Kerl schöne Augen zu machen, doch da sie Sarah zuvor um ebendies gebeten hatte, konnte sie jetzt nicht kneifen. Sie bedeutete Sarah, ihr die Flasche zu reichen.

»Die Zahlen sehen gut aus.« Mit einem breiten Lächeln sah Will sie wieder an. »Natürlich muss ich einige Berechnungen anstellen, ehe ich Ihnen die genaue Höhe nennen kann, die wir Ihnen bewilligen könnten.«

»Ich habe keine Ahnung von solchen Dingen«, sagte Kat und gab sich Mühe, unbedarft zu klingen. »Aber ich habe so viel Gutes von Ihnen gehört und wollte unbedingt Ihre Meinung einholen.« Kat schraubte die Flasche auf, setzte sie an die Lippen, und als Will für einen kurzen Moment erneut auf den Bildschirm sah, kippte sie sich einen Großteil des Inhalts aufs Top. »Du meine Güte, was bin ich doch ungeschickt«, rief sie aus und zupfte an dem nassen Oberteil. Der Fruchtsaft lief klebrig zäh in ihren Ausschnitt.

»Ach, Kat, was hast du denn nun schon wieder angestellt?«, sagte Sarah und schüttelte den Kopf. Sie hatte sichtlich Mühe, nicht in schallendes Gelächter auszubrechen.

Kat gelang es, eine zerknirschte Miene aufzusetzen, und

sie blinzelte Will entschuldigend an. »Das ist mir furchtbar unangenehm, aber könnte ich mich wohl kurz waschen?«

»Den Gang runter auf der linken Seite ist die Kundentoilette«, erwiderte er. »Ich kann ja derweil rasch überschlagen, in welcher Höhe sich ein möglicher Kredit bewegen könnte.« Er tippte auf der Tastatur.

Kat schielte zu Sarah, die mit dem Kopf in Richtung Will deutete. Augenrollend stand Kat auf, ging am Schreibtisch vorüber und stolperte ungeschickterweise über ihre eigenen Füße. Zufrieden stellte sie fest, dass der restliche Smoothie Wills Hemd nicht verfehlt hatte.

»Oh, wie mir das leidtut!« Mit der Hand verrieb sie den rosa Brei auf seinem Oberteil.

Will sprang auf und warf rasch seine Krawatte über die Schulter, ehe auch diese eingesaut wurde.

»Heute ist wirklich nicht mein Tag, entschuldigen Sie, Will.« *Oh, wenn du wüsstest, welchen Heidenspaß mir das alles bereitet!*

»Schon gut«, murmelte er und sah resigniert auf sein schickes Hemd hinab.

»Das muss unbedingt ausgewaschen werden. In dem Smoothie war Erdbeere, und es wäre doch zu schade, wenn die Flecken nicht mehr aus diesem feinen Stoff rausgehen«, erklärte Sarah.

Das hoffe ich doch. »Du hast recht!« Kat griff nach Wills Arm und zog ihn, ehe er protestieren konnte, aus dem Büro. Sie sah sich einen Moment lang um, bevor sie eine kleine Küche am Ende des Flurs entdeckte. »Ich wasche Ihnen das Hemd sofort aus. Vielleicht ist es ja noch zu retten.«

»Das bezweifle ich«, murmelte Will, als Kat sich bei ihm unterhakte, um ihn zur Küche zu bugsieren.

Dein Rasierwasser riecht unerträglich, obwohl es sicher sauteuer war. »Ich mag Ihr Aftershave«, flötete sie und bedachte ihn mit einem koketten Lächeln.

»Ach ja?« Will grinste und legte seine Hand auf ihre, während sie die Küche betraten. »Und Sie riechen ganz wunderbar nach Erdbeere«, scherzte er.

»Sie sind herrlich unterhaltsam«, gab Kat mädchenhaft kichernd zurück. Sie öffnete den obersten Knopf seines Hemdes. »Ziehen Sie es aus, ehe die Flecken eintrocknen.«

Bereitwillig knöpfte Will es auf und zog es aus. Kat gab sich Mühe, seinen Anblick im Unterhemd zu ignorieren. *Mit John kannst du nicht konkurrieren, du Schreibtischhengst.* Was hatte Erin sich nur dabei gedacht, sich auf diesen Kerl einzulassen?

»Geben Sie her.« Sie schnappte sich das Hemd und beförderte es in das Waschbecken. Dann griff sie nach dem Geschirrspülmittel, spritzte eine ordentliche Ladung darauf und stellte das Wasser an.

Mit hochgezogenen Augenbrauen betrachtete Will, wie sich ein Schaumberg auftürmte. »Ich habe noch ein Ersatzhemd im Büro, lassen Sie es hier einfach einweichen«, sagte er und wollte Richtung Flur gehen.

Kat unterdrückte einen Fluch. »Aber in dem Aufzug können Sie doch nicht durch den Flur laufen, was ist, wenn Sie ein Kunde sieht? Und außerdem bin ich noch ganz klebrig!«, rief sie.

Will machte auf dem Absatz kehrt und grinste sie an. »Dagegen sollten wir allerdings etwas unternehmen.« Er öffnete eine Schublade und zog ein Geschirrtuch hervor, das er anfeuchtete. Dann trat er auf sie zu. Mit einem anzüglichen Lächeln begann er, ihren Hals abzutupfen.

Ich breche dir gleich alle Finger. »Ich bin manchmal einfach ungeschickt«, sagte Kat und schielte zu ihm hinauf.

Will fühlte sich sichtlich wohl in seiner Rolle als Retter.

»Ich finde das eigentlich ganz erfrischend, Kat. Ich vermute, dass es mit Ihnen selten langweilig wird.«

Darauf kannst du Gift nehmen. »Ach, ich bin nur eine gewöhnliche Tierärztin.« Kat überlegte, ob Sarah wohl inzwischen gefunden hatte, was sie benötigten. Zur Sicherheit sollte sie wohl noch etwas Zeit schinden.

»Wenn die Sache mit Ihrem Kredit durch ist, darf ich Sie dann mal zum Essen einladen?«, fragte Will direkt.

Da würde ich mich lieber übergeben. »Sehr gerne.« Kat versuchte sich an einem lasziven Wimpernaufschlag.

»Ich werde dich beim Wort nehmen.« Will reichte ihr das Tuch, damit sie den bekleckerten Ausschnitt reinigen konnte. Immerhin trieb er es nicht zu weit, auch wenn er ungefragt zum Du übergegangen war.

Kat wischte sich ab und warf den Stoff in den Schaumberg, der sich im Spülbecken gebildet hatte. Das Hemd war ruiniert, daran bestand kein Zweifel. Ritterlich bot Will ihr seinen Arm an. Kat unterdrückte ein Stöhnen und hakte sich ein. »Ruf mich doch einfach an, wenn du Zeit hast. Ich habe hier noch nicht so viele Bekanntschaften gemacht, seit ich in die Gegend gezogen bin«, sagte sie etwas zu laut, um Sarah vorzuwarnen.

Er nickte verständnisvoll. »Die Menschen hier sind Fremden gegenüber nicht sehr aufgeschlossen.«

Die Menschen hier sind einzigartig. »Ja, da hast du recht, Will.«

»Ich werde mich bei dir melden, versprochen.« Will lächelte sie an, und Kat glaubte, vom Glanz seiner weißen

Zähnen schier geblendet zu werden. Dann öffnete er die Tür, und sie hielt die Luft an.

Als sie das Büro betraten, saß ihre Freundin auf dem Stuhl und tippte gelangweilt auf ihrem Handy herum. »Ich dachte schon, ihr kommt nicht wieder«, sagte sie vorwurfsvoll. »Ist das Hemd sauber geworden?«

»Ich fürchte nicht.« Kat versuchte, in ihrem Gesicht zu lesen, doch Sarah spielte ihre Rolle zu überzeugend.

Will öffnete die Schreibtischschublade und zog ein ordentlich gefaltetes Hemd heraus. »Also gut, dann besprechen wir noch ein paar Einzelheiten, und ich melde mich dann.«

»Und?«, platzte es aus Kat heraus, kaum dass sie einige Schritte den Gehweg entlanggegangen waren.

»Du wirst nicht glauben, was ich gefunden habe! Ich wollte ihm an die Kehle springen, als er mit diesem dämlichen Grinsen zurück ins Büro gekommen ist«, zischte Sarah, und ihre Augen wurden zu Schlitzen.

»Sag schon!«

»Sobald wir im Auto sitzen. Jim sollte das ebenfalls hören.«

Kat beschleunigte die Schritte. Angespannt öffnete sie die Tür und stieg auf den Beifahrersitz, während Sarah auf die Rückbank rutschte.

»Wie ist es gelaufen?«, brummte Jim.

»Anders als geplant, aber offensichtlich hat Sarah was gefunden.«

»Sarah?« Jim zog die Augenbrauen hoch. »Und was hast du gemacht?« Sein Blick wanderte über ihr verschmutztes Top.

Kat schüttelte sich unwillkürlich. »Mich von Will abtupfen lassen.«

Missmutig stieß ihr Freund ein Schnaufen aus.

»Sag John, er hat sich geirrt. Will steht nicht auf Blondinen, sondern auf Frauen, die sich die Hände schmutzig machen und denen man das auch ansieht.« Sarah kicherte und knöpfte ihre Bluse wieder zu.

»Das nenne ich mal eine Überraschung«, brachte Jim hervor und betrachtete Kat prüfend.

»Du bist eifersüchtig«, neckte Kat ihn. Kichernd drückte sie ihm einen Kuss auf die Lippen. Kein Mann, schon gar kein so schmieriger, konnte mit diesem Farmer konkurrieren, an den sie ihr Herz verloren hatte.

»Seid ihr jetzt fertig?« Sarah winkte mit dem Handy in der Hand.

»Also, was hast du?«

»Ihr habt richtig vermutet: Richard und er haben sich E-Mails geschickt. Sie haben sich über Grahams und Erins finanzielle Probleme ausgetauscht. Ich habe alles abfotografiert.«

»Dann haben wir, was wir brauchen.« Zufrieden zwinkerte Kat Jim zu.

»Ich habe noch mehr gefunden. Du hast ihn lange genug abgelenkt, dass ich nach allen E-Mails suchen konnte, die die beiden in den letzten Monaten ausgetauscht haben.« Sarah hielt einen Moment lang die Luft an. »Richard liefert Will Informationen über alle Farmer hier.«

»Was soll das heißen?« Mit bebender Stimme drehte Jim sich zu ihr um.

»Wann immer Richard etwas hört, beim Futterhändler oder im Pub, gibt er es an Will weiter. Ich habe mehrere Mails abfotografiert, in denen er Will die Namen von Farmen nennt, die gerade in der Klemme stecken. Richard setzt offensichtlich alles daran, andere aus dem Geschäft zu drängen. Vor allem, wenn er es auf ihr Land abgesehen hat.« Jim nickte. »Er hat schon die größte Farm. Wenn er weiter Land aufkaufen kann, wird er irgendwann den Preis für die Rinder bestimmen. Durch die große Menge, die er aufzieht, kann er günstiger verkaufen, und genau das können Farmen wie Silverwood und Elderberry sich nicht leisten. Also wird sich das Rad immer weiterdrehen, und Richard wird am Ende einer der Letzten sein, die bei der Rinderzucht mithalten können. Dann hoffen wir, dass es Ethan und John gelingt, Erin zu überzeugen. Sonst sind wir alle erledigt.« Jims Faust donnerte aufs Lenkrad.

Kapitel 12

John saß im Vorgarten auf einem der rostigen Metallstühle, mit einer Flasche Bier vor sich auf dem Tisch. Er musste an Erins verletzten Blick denken. Es war kaum auszuhalten gewesen, sich im gleichen Raum wie sie aufzuhalten und zu wissen, dass sie ihn nicht in ihre Nähe lassen würde. Noch nie hatte er sich so hilflos gefühlt. Nichts, was er sagen oder tun würde, konnte die Sache ungeschehen machen.

»Und, hattet ihr Erfolg?« Liz tauchte in der Küchentür auf und sah ihn besorgt an.

Ethan hatte ihn nach dem Besuch bei Erin auf Silverwood abgesetzt und war dann direkt zu einem Termin weitergefahren. Eigentlich war John noch nicht so weit, mit jemandem darüber zu sprechen. Doch er brachte es nicht über sich, Liz auf später zu vertrösten. Natürlich machte sie sich Sorgen. So wie alle.

»Ab morgen arbeite ich auf Elderberry«, brummte er und setzte die Flasche an.

Liz setzte sich ihm gegenüber. »Und was ist mit dir und Erin?«

»Nichts. Ich habe es versaut.« Seine Kiefer mahlten aufeinander.

»Ihr habt so lange gebraucht, um endlich zueinanderzufinden, und jetzt soll trotzdem nichts daraus werden? Das kann ich mir nicht vorstellen.«

»Du kennst sie doch.« Er wich Liz' Blick aus. »Wenn Erin sich erst einmal eine Meinung gebildet hat, bleibt sie auch dabei.«

»Hast du ihr gesagt, dass du sie liebst?«

John zog die Augenbrauen hoch. »Natürlich nicht.«

»Aber es ist doch so, oder?«

Er knibbelte an dem Papier der Bierflasche. Mehr als ein Nicken brachte er nicht zustande. Das Wort Liebe war ihm bei all dem Aufruhr der letzten beiden Tage nicht in den Sinn gekommen. Doch jetzt, da Liz es ausgesprochen hatte, wurde es zur niederschmetternden Gewissheit. »Ich wollte mich nie verlieben«, murmelte er.

»Das suchen wir uns nicht aus. Das passiert einfach.« Liz' Augen drückten Mitgefühl aus. Selten hatte John sich nach einer Umarmung gesehnt, doch wenn Liz jetzt auf die Idee kommen sollte, würde er es zulassen. Seine Schwägerin war die liebenswürdigste Person, die er kannte. Kein Wunder, dass erst Samuel und dann Ethan ihr Herz an sie verloren hatten. Und er selbst liebte sie wie eine Schwester. »Was willst du nun machen?«, fragte sie.

»Das, wozu ich mich entschieden habe: mit ihr Elderberry neu aufbauen und mich ansonsten von ihr fernhalten, so wie es Erins Wunsch ist. Und wenn ich Glück habe, wird sie mich irgendwann wieder als Freund betrachten. Das ist alles, worauf ich hoffen kann.«

»Und damit kannst du leben?« Liz blickte ihn zweifelnd an.

»Ich werde es müssen. Wenn ich ihr meine Gefühle gestehe, dann wird sie mich wegjagen. Und ohne Erin kann ich nicht leben.«

»Sag ihr, was du empfindest.«

»Nein.« Er knallte die Flasche auf den Tisch. »Und du wirst es auch für dich behalten!«

»Du bist ebenso stur wie sie. Ihr zwei verdient euch wirklich.« Frustriert schlug Liz die Beine übereinander.

Ehe John antworten konnte, hörten sie Jims Pick-up auf den Parkplatz rollen. Kurz darauf kamen sein Bruder und Kat um die Hausecke.

»Wie ist es gelaufen?«, rief er ihnen entgegen.

»Anders als geplant, aber es hat funktioniert«, sagte Kat und sah dabei sehr zufrieden mit sich aus. »Wir haben, was wir brauchen.«

»Gut.« John stand auf.

»Wo willst du hin?« Jim betrachtete ihn prüfend.

»Buster trainieren. Vielleicht lässt er mich heute endlich wieder aufsteigen.«

»Ich begleite dich zum Stall.« Jim folgte ihm über den Hof. »Du willst diese bescheuerte Wette noch immer durchziehen? Du wirst deine Rache auch ohne diesen Zirkus bekommen.«

»Bei diesem Zirkus gibt es sechstausend Dollar zu gewinnen«, erklärte John. Ursprünglich war ihm das Preisgeld egal gewesen, doch nun gab es einen Stall, der wiederaufgebaut werden musste, und dieses Geld würde er sich auf keinen Fall entgehen lassen.

»Ich verstehe.«

»Ist noch was?« Jim war noch nicht fertig, das war ihm anzusehen.

»Du bist dir sicher, was deine Entscheidung angeht?«

»Silverwood gehört dir.« John schlug seinem Bruder auf die Schulter. »Ich weiß, dass die Farm bei dir in guten

Händen ist.« Es war ernst gemeint und ehrlich. Jim war ein tüchtiger Farmer und besaß alle Eigenschaften, die nötig waren, um die Verantwortung zu übernehmen. Vermutlich war er sogar besser geeignet als John. Im Gegensatz zu ihm konnte Jim gut mit Menschen umgehen, und auf Silverwood lebten viele davon. Mit ihm am Ruder würde diese enge Gemeinschaft weiterhin gedeihen, da war John sich sicher.

»Ich wollte nur sichergehen.« Jim trat in die Sattelkammer. »Ich begleite dich. Nachdem Will Kat angetatscht hat, sollte ich mich dringend abreagieren, ehe ich mich vergesse.«

»Wenigstens hat Kat nicht mit ihm geschlafen.« John schluckte und bemühte sich, die Bilder von Will und Erin aus seinem Kopf zu verbannen, die sich unweigerlich einstellten.

»Es tut mir wirklich leid, dass das alles so schiefgelaufen ist. Ich hätte es dir gewünscht, dass du mit ihr glücklich wirst.«

»Ich habe nie erwartet, glücklich zu sein«, brummte John.

»Aber was zwischen dir und Erin passiert ist, lässt sich nicht rückgängig machen. Du wirst es nie vergessen.« Jim nahm seinen Sattel und ging an ihm vorbei.

Fluchend tat John es ihm nach und stapfte zu Buster.

Zwar war die Nacht alles andere als ruhig gewesen, trotzdem parkte John bereits um kurz nach sieben vor dem kleinen Farmhaus. Unschlüssig, ob er klopfen und seine Ankunft bekannt geben oder Erin doch lieber aus dem Weg gehen sollte, sah er auf die Haustür. »Scheiß drauf, ich bin hier jetzt Partner.« Er ging zum Traktor. Wie üblich steckte der Schlüssel, und mit geübten Griffen hängte er das Mähwerk an. Gerade als er aufsteigen wollte, hörte er ein Räuspern hinter sich.

»Morgen.« Schwungvoll stieg er auf den Traktor.

»Was hast du vor?« Ausdruckslos schaute Erin ihn an.

»Das Heu mähen. Heute Abend kommen meine Brüder, und wir bauen das Festzelt auf. Dann können wir das Heu in den nächsten Tagen dort einlagern.«

»Gut.« Sie machte auf dem Absatz kehrt und ging eilig davon.

Einen Augenblick lang sah er ihr nach. Er dachte an die schlanken Beine, die sich unter der schweren Arbeitshose verbargen und die sich so leidenschaftlich um ihn geschlungen hatten. Und all das andere, das er nie wieder vergessen würde. *Fuck.* Energisch drehte er den Zündschlüssel und fuhr auf das Feld hinaus. Kaum hatte er zu mähen begonnen, galoppierten die Pferde an ihm vorbei. Mit angehaltenem Atem stellte er den Motor aus und blickte den Stuten und Fohlen nach. Die trommelnden Hufe ließen den ausgedörrten Boden vibrieren. Schimmernd flatterten die Mähnen im Wind, während die Tiere den Hügel hochpreschten. Gab es einen schöneren Anblick als Erins Herde? Nein, es waren nun nicht mehr Erins Pferde. Es waren auch seine. Nur fühlte es sich nicht so an. Ob Erin tatsächlich bereit war, ihn hier als Teilhaber zu akzeptieren? John schielte zum Hof hinunter und beobachtete, wie sie einen Sack Futter auf die Ladefläche ihres Pick-ups lud. Bei jedem anderen wäre er vorsichtiger vorgegangen, hätte sich behutsam in den Alltag auf der Farm vorgetastet und nachgefragt, was zu tun wäre. Doch bei Erin war eine Schocktherapie nötig, da war er sich sicher. Je selbstverständlicher er erledigte, was zu tun war, desto schneller würde sie ihn hier akzeptieren. Er startete den Traktor. Wenigstens würden seine Linien nicht annähernd so krumm sein wie Erins.

Als er den Traktor zwei Stunden später unter dem Dach parkte, sah er Claire auf der Terrasse stehen. Er nickte ihr zu, woraufhin sie ihn zu sich heranwinkte. Seufzend stapfte er über den Hof und sprang die Stufen hinauf. Ihm war nicht klar, wie viel genau Claire von den finanziellen Nöten der Farm wusste. Auf keinen Fall durfte er sich verplappern, wenn er Erin nicht noch mehr verstimmen wollte. Außerdem fragte er sich, ob Claire etwas von dem ahnte, was zwischen ihm und ihrer Tochter vorgefallen war. Hatte sie mitbekommen, dass er sich nachts ins Haus geschlichen hatte? Zwar war er schon im Morgengrauen abgehauen, doch da Claires Schlafzimmer im gleichen Stockwerk lag, hatte sie womöglich etwas von seinem Besuch mitbekommen.

»John.« Sie musterte ihn.

»Morgen, Claire.« Abwartend steckte er die Hände in die Hosentaschen.

»Ich werde dich direkt fragen, da ich glaube, dass Erin mir etwas verschweigt. Sie meinte, du seist jetzt ihr Partner auf der Farm, und sie scheint darüber wenig begeistert zu sein. Sie will aber nicht damit rausrücken, wie es dazu kam. Ich habe mich zwar seit Grahams Tod zurückgezogen, um zu trauern, aber dass hier etwas nicht stimmt, ist mir nicht entgangen.« Sie holte Luft und sah ihn streng an. »Mein Junge, ich werde dich nur einmal fragen und ich möchte, dass du mir ehrlich antwortest. Hat meine Tochter Probleme?«

Er schloss die Augen und unterdrückte einen Fluch. Natürlich hatte Erin ihrer Mutter nicht die Wahrheit gesagt. Vermutlich war sie noch immer nicht bereit, den Ernst der Lage wirklich zu erfassen. Er konnte diese Frau nicht anlügen, selbst wenn Erin ihm dafür die Hölle heißmachen würde. Claire hatte ihm damals, nach dem Tod seiner Mutter, viel Zuneigung geschenkt und sich nie darüber beschwert, dass er in den Monaten nach dem schrecklichen Vorfall so viel Zeit hier verbrachte. Immer wieder hatte Claire ihm über den Kopf gestreichelt und ihn so wissen lassen, dass sie für ihn da war.

»Ja, das hat sie.«

Claire seufzte und setzte sich auf die Holzbank, während John sich an einen der Balken lehnte, die das Vordach stützten. »Große Probleme?«

Er nickte nur.

»Hat mein Mann den Betrieb verschuldet hinterlassen?« Sie hielt sich auffallend aufrecht. An ihrer Körperhaltung war abzulesen, dass diese Frau nicht so zerbrechlich war, wie ihre Tochter glaubte.

Wieder nickte er.

»Und deshalb bist du jetzt hier.« Es war keine Frage, mehr eine Feststellung. »Aus dir ist ein guter Mann geworden, John.« Müde lächelte sie ihm zu.

»Nein, Claire, ganz und gar nicht.«

Sie ignorierte seine Worte und sah auf die Uhr. »Um zwölf gibt es Lunch. Ich erwarte euch dann drinnen.« Sie stand auf, ging zur Tür und strich ihre Bluse glatt.

»Das ist ein liebes Angebot, aber ich habe mir ein paar Sandwiches eingepackt«, sagte John.

»Nichts da, du wirst im Haus essen. Wer hier arbeitet, bekommt ein warmes Mittagessen.«

»Ich fürchte, das wird Erin nicht gefallen.«

»Meine Tochter mag jetzt das Sagen auf der Farm haben,

aber im Haus habe noch immer ich den Hut auf. Punkt zwölf Uhr.« Mit einem stolzen Ausdruck, wie John ihn so gut von Erin kannte, verschwand sie im Haus.

***

Erin starrte finster auf ihren Teller und stocherte im Auflauf. Er saß tatsächlich mit am Tisch. Wie selbstverständlich war John in die Küche gekommen, hatte sich gesetzt und aß nun schweigend, während ihre Mutter ihn umsorgte und ihm immer wieder einen Nachschlag anbot.

»Und was habt ihr heute noch vor?« Ihre Mutter klang bemüht natürlich, dabei musste selbst ihr auffallen, dass die Stimmung zwischen Erin und John eisig war. Dass Erin ihn als Partner akzeptierte, bedeutete nicht, dass er auch an ihrem Tisch willkommen war. Nur interessierte sich offensichtlich niemand für ihre Meinung.

»Wir sollten dringend die Überreste der Scheune mit dem Traktor wegschieben, damit wir dort mit dem Wiederaufbau beginnen können«, brummte John, ohne aufzusehen.

»Ihr wollt eine neue Scheune bauen? Das ist ja phantastisch«, sagte ihre Mutter.

»Harry und Jim haben die Farmer in der Nachbarschaft angerufen, und da jeder von dem Feuer gehört hat, werden sie in den nächsten Tagen Bretter und Holz herbringen, das sie übrig haben.«

Erin sah auf. »Wie bitte?«

Ruhig begegnete er ihrem Blick. »Die Scheune wird vielleicht nicht so schön wie vorher, aber das wird den Pferden reichlich egal sein, meinst du nicht?«

Sie schnappte nach Luft. Wie kamen die Bennetts dazu,

ihre Notlage überall herumzuposaunen und um Holz zu betteln? »Ich nehme keine Almosen an«, sagte sie entschieden.

»Das sind keine Almosen.« Johns Zähne mahlten aufeinander. »Das ist Nachbarschaftshilfe. Dein Vater hätte dasselbe für jeden in der Gemeinde getan.«

»Das stimmt. Das hätte er sicherlich«, pflichtete ihre Mutter ihm bei.

Erin ließ das Besteck klappernd neben den Teller fallen und stand auf. John beäugte sie, als sie mit schnellen Schritten an ihm vorbeiging. Kaum hatte sie das Haus verlassen, hörte sie ihn hinter sich über den Hof stapfen. Vor dem abgebrannten Holz blieb sie stehen.

»Du musst mir schon die Gelegenheit geben, das hier wieder in Ordnung zu bringen.« Seine Stimme war tief und rau, und sie glaubte, Frustration herauszuhören.

»Du kannst nicht einfach alles neu aufbauen, was zerstört wurde«, flüsterte Erin, ohne sich umzudrehen. Es war ihr unmöglich, ihn anzusehen. Sie meinte nicht die Scheune. Sie hatte sich ihm mit allem, was sie war, hingegeben. Ihm alles gegeben, was sie zu geben fähig war. Und die Erkenntnis, dass dies ein Fehler gewesen war, schmerzte sie sogar noch mehr als das Wissen um den Zustand ihrer Farm. Innerhalb von nur einer Woche war ihr ihr Leben aus den Händen geglitten.

»Dann bitte ich dich darum, mich reparieren zu lassen, was sich reparieren lässt. Wir haben beide Fehler gemacht.«

Sie fuhr herum. »Welche Fehler habe ich denn gemacht, außer den Kredit für meine Zucht aufzunehmen? Ich wusste nicht einmal, dass Dad derart verschuldet war.«

»Will«, sagte er mit zusammengebissenen Zähnen, und seine Augenbrauen zogen sich zusammen. »Es war deine

Entscheidung, dich auf ihn einzulassen. Als ich ihn im Pub gesehen habe, warst du schon längst mehrere Male mit ihm ausgegangen. Du kannst das nicht nur mir in die Schuhe schieben. Du hast dich dazu entschieden, dich auf einen Mann einzulassen, der so offensichtlich nicht zu dir passt.«

»Du wirfst mir vor, dass ich nicht wie du jeden Menschen, der sich für mich interessiert, von mir wegstoße?«

Er verschränkte die Arme vor der Brust. »Dich habe ich nie weggestoßen.«

Ihre Hände sanken nach unten. Es stimmte. John war immer da gewesen, wenn sie ihn gebraucht hatte. Fahrig griff sie sich an den Hals. »Also gut. Um der alten Zeiten willen sollten wir uns darum bemühen, dass das hier irgendwie funktioniert. Aber du musst verstehen, dass ich es kaum ertrage, dich um mich zu haben.«

»Du empfindest die gleiche Abneigung gegen mich wie gegen Will?« Seine Augen blickten sie stechend an.

»Ja.« In dem Augenblick, als sie es ausgesprochen hatte, bereute sie es schon. Doch es kam nicht in Frage, zurückzurudern. Entschlossen hielt sie seinem Blick stand.

Er zuckte zusammen, streckte aber gleich darauf seinen Rücken durch. »Du wirst trotzdem lernen müssen, mich hier zu akzeptieren. Wir stehen und fallen zusammen.«

»Nur aus diesem Grund bist du hier«, zischte sie. Silverwood bedeutete John so viel, dass er bereit gewesen war, es aufzugeben, damit es weiter bestehen konnte. Elderberry war auch für ihn nur Mittel zum Zweck. Wie Richard versuchte er, über ihr Land zu erreichen, was ihm wichtig war. Und es war kaum auszuhalten, dass sie bei dieser Scharade mitspielen musste. Sobald beide Farmen sicher waren, würde John wieder zurück auf sein Land gehen, selbst wenn ihm das jetzt noch nicht bewusst war. Niemals würde er seiner Farm dauerhaft den Rücken kehren. Silverwood floss durch Johns Adern wie Elderberry durch ihre.

Kaum merklich schüttelte er den Kopf und schlurfte Richtung Traktor.

Kapitel 13

Gezielt setzte John den Flaschenhals an der Kante des Grabsteins an und schlug den Kronkorken ab. Dann legte er ihn zu den anderen dreien, die dort fein säuberlich aufgereiht neben einer neuen Zigarre lagen. Sicherlich würden die alten Damen, die täglich hierherkamen, um die Gräber zu gießen, ihre Nasen rümpfen, weil er hier mit einer Bierflasche stand, doch das war ihm egal. Die anderen Kronkorken verrieten ihm, dass Jim und die Zwillinge schon früher hier gewesen waren. Und die Zigarre stammte von Harry. Doch auf Elderberry hatte es einfach zu viel zu tun gegeben, genau wie in den vergangenen beiden Wochen. Nicht einmal der Sonntag bot Zeit für Erholung.

John stieß sachte mit dem Flaschenhals gegen den hellen Grabstein. »Auf dich, mein Bruder.« Dann trat er mehrere Schritte zurück und hockte sich vor dem Grab auf den Kiesweg. Er nahm einen Schluck und betrachtete die Buchstaben auf dem Grabstein: Der Name seiner Mutter war längst verwittert, doch Samuels glänzte golden. Wie heftig er seinen Bruder auch nach Jahren noch vermisste. Niemals, da war er sich sicher, würde sich das ändern. Wie gut es wäre, Samuel in dieser harten Zeit an seiner Seite zu wissen. Mit ihm darüber reden zu können. Doch alles, was ihm blieb, war, in Gedanken mit ihm zu sprechen.

John hörte ein Knirschen auf dem Weg und drehte den Kopf. Mit angespannter Miene stand Erin am Anfang der Grabreihe.

Seufzend gab er ihr ein Zeichen, näher zu kommen.

»Ich wollte dich nicht stören. Ich habe extra bis jetzt gewartet, um hier aufzutauchen, weil ich angenommen hatte, dass du gleich nach der Arbeit hergekommen bist.« Unsicher sah sie zwischen dem Grab und ihm hin und her.

»Hab auf Silverwood noch die Sägeblätter geschärft, die wir morgen früh brauchen«, sagte er.

»Ich kann auch warten, bis du fertig bist«, schlug sie vor.

»Schon gut. Er war auch dein Freund.«

Erin nickte und setzte ihren Rucksack ab. Sie kniete sich hin und zog eine Whiskyflasche heraus. Dann stand sie auf, stellte zwei Whiskygläser auf den Stein und goss ein. Sie griff nach einem und hob es an. »Happy Birthday, Samuel.«

»Ich hatte schon vermutet, dass die Gläser jedes Jahr von dir sind«, brummte John.

»Ich habe meinen ersten Whisky damals mit Samuel getrunken.« Sie lachte leise. »Und das Zeug unter seinem Gelächter gleich wieder ausgespuckt.« Ihre Finger wanderten die Kronkorken entlang und hielten bei Harrys Zigarre an. Als sie sich umdrehte, erkannte er, dass ihre Augen feucht waren. Rasch sah sie von ihm weg und beugte sich nach unten. Sie griff nach dem Papier, das neben einem frischen Blumenstrauß lag und rollte es auseinander. »Ollie malt mit jedem Jahr besser«, sagte sie leise. »Und das hier ist das erste Bild, auf dem Charlie drauf ist.«

Liz und Ethan waren mit den Kindern sicherlich schon gleich am Morgen hier gewesen, überlegte John. »Das Leben geht weiter«, murmelte er.

Erin nickte, setzte sich neben ihn und nippte am Glas. Als sie das Gesicht verzog, musste John schmunzeln. Erin mochte keinen Whisky, das wusste er. Doch offensichtlich verband sie das Getränk mit seinem Bruder und wollte ihn auf diese Weise ehren.

»Sollen wir für diesen einen Moment Waffenstillstand schließen?«, brummte er.

»Ja. Das hätte Samuel sich wohl gewünscht.«

Danke, Bruder. John atmete tief durch. »Weißt du noch, die Käfer-Leuchte, die Samuel sich an diesem Abend am Fluss hat einfallen lassen?«, fragte er.

Erin lächelte und starrte ins Glas. »Das ist meine Lieblingserinnerung an ihn. Wie alt waren wir damals?«

»Sechzehn oder siebzehn vielleicht.«

Erin lachte leise. »Samuel ist den ganzen Abend wie ein Besessener mit dem Marmeladenglas in der Hand den Glühwürmchen hinterhergerannt.«

Auf einmal sehnte John sich zurück in diese Zeit. Danach, noch einmal ein Jugendlicher zu sein, der mit seinen besten Freunden den Sonnenuntergang am Firefly Creek betrachtete, der sich nur kurz hinter dem Ortsausgang durch die Landschaft schlängelte. Jedes Jahr im November tauchten die Glühwürmchen für einige Wochen auf, wie ein Versprechen, dass alles gut werden würde. Auch wenn er nicht romantisch veranlagt war, so hatte der Anblick von Hunderten Leuchtpunkten, die durch die Dämmerung schwebten, ohne Frage etwas Magisches. Wann war er das letzte Mal dort gewesen, überlegte er und schüttelte unwillkürlich den Kopf. John konnte sich nicht erinnern. Es musste sehr lange her sein.

»Ich dachte damals, das wäre nur eine von Samuels blöden Ideen, so viele Glühwürmchen in ein Glas zu sperren, dass sie als Lampe dienen.« Erin kicherte und John genoss den Klang. Seit diesem verfluchten Tag, an dem alles rausgekommen war, hatte er sie nicht mehr lachen gehört. »Aber weißt du noch, wie verrückt es aussah, als er am Ende des Abends das Glas öffnete, um die Käfer wieder freizulassen?«, fuhr sie fort und blickte verträumt vor sich hin.

»Wie ein leuchtender Springbrunnen in der Dunkelheit«, sagte John und schluckte.

»Ich glaube, ich habe nie etwas Schöneres gesehen. Eine Fontäne aus Funken.« Sie stellte das Whiskyglas ab, kramte ein Taschentuch aus der Hosentasche und schnäuzte sich.

John schaute von ihr weg und versuchte, seine brennenden Augen zu ignorieren. War das hier alles, was von den drei Musketieren übrig geblieben war? Einer von ihnen war tot und die anderen beiden sprachen kaum noch miteinander. Damals hatte er geglaubt, dass sich an ihrem Trio nie etwas ändern würde. Dass sie, wenn sie alt und grau wären, noch immer zusammensitzen und Scherze machen würden. Doch es war anders gekommen, und er fühlte sich beschissen. Wäre Samuel noch hier, er würde ihm gründlich in den Hintern treten, weil John es mit Erin so versaut hatte. Beinahe glaubte er die Stimme seines Bruders zu hören, die ihm sagte, dass er ein verfluchter Idiot sei. Einen Moment lang schloss er die Augen.

»Ich geh dann mal wieder«, murmelte Erin neben ihm.

John sah dabei zu, wie sie die Flasche im Rucksack verstaute und dann ihr Glas wieder einpackte. Das volle auf dem Grabstein würde sie ein paar Tage stehen lassen wie jedes Jahr. Tradition war Tradition.

Sie stand auf und schaute zögernd zu ihm hinunter.

»Dann bis morgen«, brummte er.

»Wird sich ja nicht ändern lassen«, sagte sie leise und ging dann eilig davon.

John blickte ihr nach, bis sie aus seinem Blickfeld verschwand. Für ein paar Minuten hatte er das Gefühl gehabt, dass sie nicht auf ihn sauer war, und das hatte sich verdammt gut angefühlt. Doch morgen früh würde sie ihn wieder mit der gleichen Nichtachtung strafen wie in den letzten eineinhalb Wochen. So lange ließ sie ihn nun schon für das büßen, was er ihr angetan hatte. Doch es überraschte ihn nicht. Er hatte genau gewusst, auf was er sich einließ, als er die Entscheidung traf, auf Elderberry zu arbeiten. Dass Erin ihn dort duldete, hatte nichts mit Freundschaft zu tun. Es ging um das Überleben ihrer Farm. Nur aus diesem Grund sprach sie überhaupt noch hier und da mit ihm, aber nur dann, wenn es sich nicht vermeiden ließ.

John hatte sich entschieden, ihr trotz der Zusammenarbeit so viel Freiraum wie möglich zu geben. Kategorisch lehnte er jeden Versuch von Claire ab, ihn zum Essen ins Haus zu locken. Wie gerne er wissen würde, wie es Erin mit der Trauer um ihren Vater ging, aber er wagte es nicht, sie darauf anzusprechen. Alles, worüber sie sprachen, waren die anfallenden Arbeiten auf der Farm. Wer sich um was kümmerte und was am dringendsten war. Es ging ihm beschissen und doch hatte er nicht vor, sich selbst zu bemitleiden. Er hatte ihre Wut verdient. Immer wieder dachte er an den Abend im Pub zurück und ärgerte sich über sich selbst, weil er Erin nicht einfach die Wahrheit gesagt hatte. So schnell, wie sie das Verhältnis mit Will nach ihrem ersten Kuss beendet hatte, konnten ihre Gefühle für diesen Mann nicht sehr tief gewesen sein. Vermutlich hätte sie Will ein blaues Auge verpasst und die Sache wäre gegessen gewesen. Aber er hatte es verbockt, und nun musste er mit den Konsequenzen leben.

John leerte die Flasche und rappelte sich auf. »Wenn du kannst, dann schick mir ein wenig Unterstützung. Ich könnte sie echt gebrauchen«, flüsterte er und betrachtete ein letztes Mal den Namen seines Bruders. Er nickte Samuel zu und schlurfte davon.

***

Die ersten zweieinhalb Wochen mit ihrem neuen *Partner* auf der Farm waren kräftezehrend und nervenaufreibend gewesen. Abgesehen von dem Abend auf dem Friedhof hatten sie und John nur wenige Worte gewechselt. Erin brachte es einfach nicht über sich, auch nur ein klein wenig auf ihn zuzugehen. Sie ertrug Johns Nähe kaum, und jedes Mal, wenn er an ihr vorüberging und sie einen Hauch seines Geruchs einatmete, schien sich ihr Hals zuzuschnüren. Vielleicht hätte sie das Vorgefallene besser verarbeiten können, wenn er hier nicht andauernd herumhängen würde. Doch er war immer da und erinnerte sie mit seiner Anwesenheit Tag für Tag an das, was passiert war, und auch daran, dass die Entscheidungen auf der Farm nicht mehr nur von ihr getroffen wurden. Aber sie hatte keine andere Wahl.

Jeden Morgen fragte sie sich, ob John tatsächlich wiederauftauchen würde, doch wann immer sie aus dem Haus kam, war er bereits da. Er hielt sich von ihr fern, und auch Erin ging ihm aus dem Weg, soweit es möglich war. Mittags hockte er mit seiner Vesper auf der Ladefläche seines Pick-ups. Offensichtlich hatte John erkannt, dass sie ihn nicht auch noch in ihrem Haus ertrug. Wenigstens diesen Rückzugsort brauchte sie, wenn er schon den ganzen Tag in ihrer Nähe war.

Es fiel ihr nicht leicht, die Tage zu überstehen, sie musste all ihre Kraft aufwenden, um Johns Gegenwart auszuhalten. Abends, wenn ihre Mutter schon zu Bett gegangen war und das Haus still war, war die Traurigkeit kaum auszuhalten. Sie hatte die beiden Männer verloren, die ihr mehr als alles andere bedeutet hatten. Ihr Dad war tot, und John war nur noch körperlich anwesend.

Er schien mit jedem Tag noch grimmiger zu werden. Und sie wusste, dass es ihre Schuld war. Seufzend rollte sie sich im Bett zur Seite. Alles, was mal zwischen ihnen gewesen war, war vorbei. Ein Leben lang hatten sie einander gebraucht, sich dann eine Nacht lang geliebt, und nun hatte sich ein unüberwindbarer Abgrund zwischen ihnen aufgetan. Es zermürbte sie beide, sich ständig unter diesen Umständen zu sehen. Wenn sie so weitermachten, würde auch noch das letzte bisschen zerstört, das von ihren Gefühlen übrig war.

Wenigstens war schon jetzt bemerkbar, dass nun zwei paar Hände auf der Farm wirkten. Erst durch Johns beherztes Anpacken fiel Erin auf, wie viel sie in den letzten Jahren alleine getan hatte. Ihr Dad hatte längst nicht mehr so hart arbeiten können wie früher, doch es war ihr nie wirklich aufgefallen. Stattdessen hatte sie mit der Zeit einfach immer mehr von seinen Aufgaben übernommen. War immer früher aufgestanden und hatte später Feierabend gemacht.

Ohne groß zu zögern, hatte John einfach losgelegt. Und nun war das Heu in dem alten Festzelt aufgestapelt und würde vermutlich bis zur nächsten Ernte reichen. Die verkohlten Überreste der Scheune hatte er mit dem Traktor vom Hof geschoben und den Boden bereits für den Neubau vorbereitet. Und trotzdem wollte einfach keine Zuversicht in ihr aufkommen.

Wenn die Farmarbeit ihm etwas freie Zeit ließ, schnappte er sich ungefragt eine der Stuten und trainierte sie. Wie es Erin ärgerte, ihn auf ihren Tieren zu sehen. John überprüfte, wie gut die Pferde ausgebildet waren, das wusste sie. Wie er dazu kam, war ihr schleierhaft. Wenn jemand um ihre Fähigkeiten in diesem Bereich wusste, dann John. Immerhin ließ er die Finger von Molly.

Sie versuchte erneut, sich auf das Buch zu konzentrieren, das sie in den Händen hielt, als sie ein knatterndes Geräusch näher kommen hörte. Offensichtlich sollte es mit dem Lesen heute einfach nichts werden. Erin warf das Buch zur Seite, trat ans Fenster und streckte den Kopf hinaus. Rivers Motorrad hielt vor der Terrasse, und als er den Helm abgenommen hatte, sah er zu ihr hoch. »John schickt mich, um nach deinem Pick-up zu sehen«, rief er.

»Was soll der Mist? Mit meinem Auto ist alles in Ordnung«, gab sie gereizt zurück.

River zuckte mit den Schultern. »Er sagt, als er ihn heute Morgen genommen hat, um das Futter zu transportieren, hätte die Karre komische Geräusche gemacht.«

»Die macht er schon ewig. Ich halte meine Fahrzeuge selbst in Schuss!« Nun schickte John auch noch ungefragt seinen kleinen Bruder vorbei, um nach ihrem Wagen zu sehen.

River stieg ab und hängte den Helm an den Lenker. »Ich sehe nur kurz nach, der Schlüssel steckt?« Ehe sie antworten konnte, war er schon zu ihrem Auto gegangen und stieg ein.

»Verfluchte Bennetts!« Erin trat vom Fenster zurück und

rauschte die Treppe hinunter. Als sie bei ihm ankam, lief bereits der Motor, und River stand lauschend vor der offenen Motorhaube. Er deutete auf den Keilriemen. »Der muss gewechselt werden, früher oder später wäre er gerissen.«

»Du brauchst hier gar nichts zu reparieren. Das kann ich selbst ebenso gut erledigen.«

River schüttelte den Kopf. »John hatte den richtigen Verdacht, daher habe ich einen neuen Keilriemen dabei.« Er griff in eine der Taschen seiner weiten Arbeitshose und zog die Verpackung heraus. Erin streckte den Arm aus und nahm sie ihm weg. »Ich mache das und ich gebe dir das Geld dafür. Wie viel bekommst du?«

»Ich will kein Geld von dir.« Er verschränkte die Arme und sah zu ihr hinunter.

Vor langer Zeit hatte sie diesen Kerl durch die Gegend getragen, als er noch ein Baby gewesen war. Und nun stand er vor ihr, mit seinem engen Shirt, das die muskulösen Oberarme betonte, war eineinhalb Köpfe größer als sie und glaubte vermutlich, dass er ihr mit einem geschenkten Keilriemen einen großartigen Gefallen tat, nachdem er genau wie seine Brüder von Wills Verhalten im Pub gewusst und es ihr verschwiegen hatte. Scharf sog Erin die Luft ein. »Ich kenne dich, seit du ein kleiner Hosenscheißer warst, also bring mir wenigstens den Respekt entgegen, mir zuzutrauen, dass ich noch einen verfluchten Keilriemen wechseln kann, und nimm mein Geld.«

River zog die Augenbrauen hoch. »In Ordnung. Dann macht das fünfundvierzig Dollar.«

Erin bedeutete ihm zu warten und ging ins Haus zurück. In ihrem Geldbeutel war nur Kleingeld, das wusste sie. Ihre Mum hatte sich ins Wohnzimmer zurückgezogen, und Erin wollte sie nicht stören. War vielleicht etwas in der Kommode im Flur zu finden? Sie zog die oberste Schublade auf und hielt in der Bewegung inne. Zwischen all dem Krimskrams, der sich dort nach und nach angesammelt hatte, lag die Börse ihres Dads. Mit zitternden Fingern griff sie danach und spürte das von der jahrelangen Benutzung glatt gewordene Leder. Erin rief sich in Erinnerung, wonach sie suchte, und drängte die Emotionen zurück, die sie zu überrollen drohten. Als wollte ihr das Schicksal ein Zeichen senden, befanden sich in der Börse genau fünfundvierzig Dollar. »Danke, Dad«, flüsterte Erin, legte den Geldbeutel zurück und schob die Schublade zu. Dann trat sie wieder vors Haus und reichte River das Geld.

»Danke«, murmelte dieser und warf die Motorhaube zu. Er lief an ihr vorbei zu seinem Geländemotorrad und drehte sich noch einmal um. »Du solltest demnächst besser Öl nachfüllen, ist nicht mehr viel drin«, sagte er, bevor er sich den Helm aufsetzte und das Bein über die Sitzbank schwang. Knatternd fuhr er davon, und Erins Blick folgte ihm im beginnenden Dämmerlicht zu den Hügeln, die die Farm einschlossen. Es ärgerte sie, dass John die Sache nicht mit ihr besprochen hatte. Natürlich redete er so wenig wie nötig mit ihr. Und doch hätte er sie vorwarnen sollen. Da sie John als Partner akzeptiert hatte, glaubte nun wohl die ganze Bande, sie könnte sich hier rumtreiben, wie es ihr beliebte. Bald würde Quentin die Schafe bringen und mindestens jeden zweiten Tag über ihr Land schlurfen, um nach diesen zu sehen. Erin war sich sicher, dass Quentin an dem Tag, an dem er hier mit ihr gearbeitet hatte, kurz davor gestanden hatte, ihr die Wahrheit zu sagen. Rückblickend ergab nun auch sein merkwürdiges Verhalten Sinn, als Will sie besuchte. Aber auch Quentin hatte es am Ende nicht getan. Doch es brachte nichts, hier draußen zu stehen und über all das nachzudenken. Stattdessen würde sie dem Krimi noch eine Chance geben, um sich zumindest für einige Stunden in eine andere Welt zu flüchten.

***

John stand mit dem Rücken gegen den Paddockzaun gelehnt und sah hinaus auf die Weidefläche mit den vereinzelten hohen Eukalyptusbäumen, deren Blätter in der niedrig stehenden Sonne silbrig schimmerten. Der Trubel im Haus war nicht auszuhalten. Kaum hatte er das Abendessen hinuntergeschlungen, war er hierher geflüchtet.

Dann hörte John Schritte auf dem Hof. Harry kam auf ihn zu und stellte sich neben ihn. Buster verdrehte die Ohren nach hinten und verzog sich in seine Box.

»Wie läuft es auf Elderberry?«, brummte sein Vater.

»Qualvoll, würde ich sagen.«

»Ihr habt euch nicht wieder angenähert?«

John schüttelte den Kopf. Erin gab sich weiterhin unnachgiebig und ließ ihn jeden Tag spüren, wie sehr er sie enttäuscht hatte und wie wenig sie ihn dort haben wollte.

»Bereust du deine Entscheidung schon?« Prüfend blickte Harry ihn an.

»Auf Elderberry zu arbeiten?« John lachte heiser. »Nein, egal wie lange sie mir böse sein wird, es war richtig.«

»Dann ist gut. Es hätte auch nicht zu dir gepasst, das Handtuch zu werfen.«

»Eben kam River zurück. Ich hatte ihn zu Erin geschickt, weil der Keilriemen ihres Pick-ups Geräusche gemacht hat.«

Harry sah ihn abwartend an, und John schüttelte lachend den Kopf.

»Anscheinend hat sie ihn einen Hosenscheißer genannt und nicht nur darauf bestanden, das Teil selbst einzubauen, sondern ihm auch noch das Geld dafür gegeben. Sie will unsere Hilfe nicht und erst recht nicht meine. Erin duldet mich nur, weil sie ihre Farm nicht verlieren möchte.«

Harry kratzte sich am Kopf und schaute zur Seite. »Ich habe mich noch nicht zu Erin getraut, aber irgendwann muss ich ihr unter die Augen treten.«

Hatte er jemals erlebt, dass sein Vater vor jemandem Angst hatte? Gerade jedenfalls wirkte es beinahe so. John musste irgendwie dafür sorgen, dass Erins Wut auf Harry etwas gelindert wurde. John dachte einen Augenblick lang nach.

»Claire macht übrigens wieder einen besseren Eindruck, ich dachte, das solltest du hören. Sie geht wieder mehr aus dem Haus, und wenn Erin nicht in der Nähe ist, steckt sie mir ständig Essen zu.«

»Gut. Das beruhigt mich etwas.«

»Heute ist Mittwoch.«

»Ich weiß.« Nachdenklich rieb Harry sich über den Schnauzbart.

»Was, wenn du später nach Elderberry fährst, wie früher?«

Überrascht blickte sein Vater ihn an. »Wofür?«

»Graham ist gestorben und ich bin mir sicher, dir fehlt seine Gesellschaft. Und Claire ist ebenfalls einsam. Pack einen Wein ein und besuch sie. Ihr kennt euch doch schon seit Jahrzehnten, und sie ist immerhin unsere Nachbarin.«

»Vielleicht mache ich das tatsächlich.«

Der Spätsommer brach an, und es wurde allmählich

früher dunkel. Erin und er kamen gut mit der Arbeit voran und hatten heute etwas eher Schluss machen können. John spürte die große Belastung in jedem Körperteil, und sicher ging es Erin ebenso. Sie sah nicht gut aus. Ihr Gesicht wirkte abgespannt, und wenn ihn nicht alles täuschte, hatte sie an Gewicht verloren.

»Ich muss los«, brummte John seinem Vater zu und griff nach der Trense. Am Samstag stand das Rennen an, und sein Wille zu gewinnen war ungebrochen. Eilig sattelte er sein Pferd, um noch vor Einbruch der Dunkelheit wieder zurück zu sein. Dann ritt er den äußersten Zaun entlang, um dessen Zustand zu begutachten. Vielleicht litt er langsam unter Verfolgungswahn, doch er traute Richard so einiges zu. Auch, einen Zaun zu manipulieren, um ihnen Probleme zu bereiten.

Buster schäumte geradezu vor Energie. Sein an sich schon schnelles Pferd hatte durch das kontinuierliche Training weiterhin an Kraft und Geschwindigkeit gewonnen. Doch wie er mit den Menschenmassen und den ungewohnten Geräuschen umgehen würde, stand auf einem anderen Blatt. Dennoch musste John es versuchen. Dröhnend schlugen die Hufe auf dem ausgedörrten Boden auf. Inzwischen war es Monate her, seit es geregnet hatte, abgesehen von ein paar vereinzelten Tropfen, und John sehnte sich nach dem prasselnden Geräusch eines anständigen Schauers. Buster galoppierte am alten Holzzaun entlang, den Harry vor einer Ewigkeit mit seinem Vater gebaut hatte. Es waren Momente wie diese, die ihm Kraft gaben. John schloss die Augen, ließ die Zügel los und streckte die Arme seitlich aus. Wie sehr sich die anderen Sinne doch schärften, wenn man nichts sah. Die Geräusche der Vögel, das Lachen des Kookaburra in der Ferne und der Geruch nach trockenem Gras. Plötzlich wieherte Buster und bäumte sich auf. John riss die Augen auf und versuchte, die Zügel zu erreichen, doch der Hengst sprang zur Seite und er wurde aus dem Sattel geschleudert. Er knallte mit dem Brustkorb gegen die oberste Latte des Zaunes und schlug dann auf dem Boden auf. In seinem Mund hatte er den Geschmack von Erde, als er sich aufrappelte. Gleich darauf fühlte er einen stechenden Schmerz in der Seite. Buster stand etwas abseits, stampfte mit dem Vorderhuf auf und schnaubte, während er mit weit aufgerissenen Augen auf einen Punkt neben John starrte. Aus den Augenwinkeln nahm John eine Bewegung wahr.

Schlimmes ahnend, drehte John langsam den Kopf. *Verdammt.* Olivgrün schlängelte sich der glänzende Körper durch das gelbe Gras. John hielt die Luft an. Es bestand kein Zweifel. Kaum einen Meter von ihm entfernt befand sich ein Inlandtaipan, die giftigste Schlange der Welt. Und John hatte es fertiggebracht, direkt neben ihm vom Pferd zu fallen.

In Zeitlupe setzte John die Füße auf, um wegspringen zu können, doch schon diese winzige Bewegung ließ ihn beinahe aufschreien. Irgendetwas stimmte nicht mit seinem rechten Fuß. Die Schlange hielt in ihrer Bewegung inne und wandte den Kopf in seine Richtung. In Johns Ohren begann es zu rauschen. Wenn er hier draußen gebissen würde, könnte ihm keiner helfen. Dann gab es keine Chance mehr auf Vergebung von Erin. *Ich bin noch nicht bereit zu sterben.* Da war zu viel, was er noch in Ordnung bringen musste. Sich von einer beschissenen Schlange beißen zu lassen und zu verrecken wäre ein unwürdiges Ende. In seinem Leben blieb noch so vieles zu tun. Er hatte es verpasst, diese verflucht starrsinnige Farmerin zu lieben, ihr zu sagen, was er tatsächlich für sie empfand, vermutlich schon immer gefühlt hatte.

Noch nicht. Stechend fixierten ihn die dunklen Augen des Taipans. Erneut scharrte Buster unruhig mit dem Vorderhuf, und seine Ohren drehten sich unablässig hin und her.

»Nein«, flüsterte John leise, aber bestimmt. Der Hengst machte einen Schritt auf ihn zu. »Nein«, wiederholte John, doch er erkannte an Busters Blick, dass er das erste Mal in seinem Leben bereit war, sich einer Gefahr zu stellen, anstatt wegzulaufen. *Du dummes Vieh.* Buster machte einen Satz nach vorne. Gleichzeitig rollte John sich trotz des Stechens in seiner Brust, das ihm die Luft abschnürte, zur Seite. Als er aufsah, wand sich der lange schmale Körper der Schlange um den Vorderlauf des Pferdes. Vor Johns Augen begann alles zu verschwimmen. Sein Blick folgte dem gewundenen Schlangenleib bis zum Kopf, auf dem Busters Huf stand. Nach wenigen Sekunden rutschte die Schlange bewegungslos zu Boden. John schloss die Augen und stützte den Kopf in die Hände. Er war mit dem Leben davongekommen.

Buster schnaufte und rührte sich nicht von der Stelle. »Komm her, mein Junge«, forderte John ihn auf. Mit gesenktem Kopf trottete der Hengst zu ihm, fuhr schnaubend mit den Nüstern durch Johns Haare und knabberte an seinem Hemd. »Ich habe dir damals das Leben gerettet, als ich dich vom Abdecker abgeholt habe, und heute hast du meins gerettet.« Seine Familie hatte ihn oft genug für verrückt erklärt, weil er es sich in den Kopf gesetzt hatte, dieses wilde Pferd zuzureiten. Jeder, der ihn kannte, hatte Respekt vor Busters Temperament. Spätestens seit er im letzten Jahr nach dem Farmhund Fred getreten und ihm den Hinterlauf gebrochen hatte, traute sich keiner mehr in die Nähe des Pferdes. Doch all die Stunden, die John mit diesem Pferd gearbeitet hatte, hatten sich heute ausgezahlt. »Sehen wir mal, ob ich es auf dich raufschaffe«, murmelte er und griff in die dichte Mähne.

Fluchend sackte John zu Boden und lehnte sich an den Zaun. Er hatte zu starke Schmerzen in der Seite, um sich in den Sattel zu ziehen. Zudem konnte er den Fuß nicht belasten. Unablässig schienen Blitze durch seinen Knöchel zu fahren. Und selbst wenn John es irgendwie hinaufschaffen sollte, würde er sich nicht lange auf dem Pferd halten.

John schloss die Augen und dachte nach. Wie so oft hatte er auch heute vergessen, das Handy einzustecken. Da es nichts Ungewöhnliches war, dass er sich abends stundenlang mit Buster auf dem Grundstück herumtrieb, konnte es bis morgen früh dauern, ehe seine Familie ihn vermissen würde. Aber der Gedanke daran, die Nacht hier draußen zu verbringen, wo sich vielleicht ein weiterer Taipan durchs Gebüsch schlängelte, behagte ihm kein bisschen. »Lauf!«, rief er Buster zu. Wenn der Hengst ohne ihn nach Hause käme, würden sie nach ihm suchen. Zwar war er hier beinahe am äußersten Zipfel von Silverwood, doch früher oder später würden seine Brüder ihn finden. Buster machte keine Anstalten, sich zu rühren. John griff nach einem Stein und schleuderte ihn dem Pferd an den Hinterlauf. »Lauf. Los!«

Zögernd stapfte der Hengst los. »Lauf heim«, brüllte John ihm hinterher. Er kam sich schäbig vor, dass er Buster mit einem Stein bewarf, nachdem er ihm sein Leben verdankte. Doch es war die einzige Möglichkeit, um ihn fortzutreiben. John beobachtete, wie der Hengst schneller wurde und entlang des Zauns über die Ebene galoppierte. Plötzlich machte Buster einen Schlenker, nahm Anlauf und setzte über den Zaun. »Das ist die falsche Richtung, du Hornochse«, murrte

John und lehnte den Kopf gegen das Holz. Inzwischen pochte es in seinem Fuß, dass er glaubte, dieser müsse zerspringen. Vorsichtig tastete er seine Rippen ab. Sicherlich war mindestens eine angebrochen, wenn nicht sogar mehr. Ihm kam in den Sinn, wie lange Jim im Vorjahr nach der Schlägerei in Kats Praxis nicht fähig gewesen war, richtig zu arbeiten. Eine Verletzung der Rippen war langwierig und damit genau das, was er momentan überhaupt nicht gebrauchen konnte. Mussten denn immer mehr Probleme hinzukommen? Reichte es nicht, dass sie Gefahr liefen, Elderberry und Silverwood zu verlieren, dass Erin ihn hasste und dieser Mistkerl Will weiter mit Richard die Farmer der Region in den Ruin trieb? Und jetzt hatte das Schicksal ihm einmal mehr einen Tritt in den Arsch verpasst. Er knallte den Hinterkopf gegen die Holzlatte und unterdrückte ein Brüllen. Was für ein Riesenschlamassel das alles war. Die Sonne verschwand endgültig hinter den Hügeln, und mit dem Zirpen der Grillen senkte sich die Dunkelheit über ihn.

***

Erin saß mit dem Buch in den Händen auf ihrem Bett und lächelte, als sie die Stimmen aus dem Wohnzimmer hörte. Vor einer halben Stunde hatte Harry mit einer Flasche Wein an die Tür geklopft. Erstaunt und zugleich geschmeichelt hatte ihre Mutter ihn ins Wohnzimmer geführt. Und entgegen seiner üblichen Schweigsamkeit schien Harry sie gut zu unterhalten. Ihr Dad hätte sich über diese Geste seines besten Freundes gefreut, so wie sie es tat. Auch wenn Harry der eigentliche Grund für ihre Probleme war, hatte er keine Ahnung von Wills hinterlistigem Charakter gehabt, genau wie sie. Ganz im Gegensatz zu seinen Söhnen, zu Liz und vermutlich auch Kat, die sich auffällig von Elderberry fernhielt, seit die Bombe geplatzt war. Erins erster Impuls war es gewesen, Harry aus dem Haus zu werfen. Ihm nachzubrüllen, was für ein sturer alter Mann er doch war und was er ihr mit seinem Hass auf Richard alles angetan hatte. Doch ihre Mum hatte das erste Mal seit langem wirklich fröhlich gewirkt, als Harry ihr anbot, den Abend mit ihr zu verbringen. Dass ausgerechnet Harry Bennett auf diese Idee kam, überraschte Erin. Der Mann redete ungern, das wusste sie nur zu gut. Doch er gab sich wirklich Mühe, ihre Mutter zu unterhalten.

Erin klappte das Buch zu. Sie konnte sich einfach nicht konzentrieren. Wieder und wieder gingen ihr die Begebenheiten der letzten Wochen durch den Kopf, und ihre Gedanken gerieten immer mehr durcheinander. Je öfter sie über alles nachdachte, desto vertrackter erschien ihr alles. Und dabei war nachdenken das Letzte, was sie wollte.

Durch das offene Fenster hörte sie Hufgetrappel und gleich darauf wiederholtes Schnauben. Kamen ihre Stuten, die ihre neue Freiheit zu genießen schienen und sich über die ganze Farm verteilten, für einen Besuch vorbei? Erin lauschte erneut. Das tiefe Wiehern, das nun folgte, kannte sie nur zu gut. Angespannt stand sie auf. Plante John etwa, ihr auch noch ihren Feierabend zu vermiesen? Mit einer ruckartigen Bewegung zog sie den Vorhang zur Seite und lehnte sich aus dem Fenster, bereit, ihn wegzuscheuchen. Doch sie konnte nur Buster sehen. Tänzelnd ging er vor dem Haus auf und ab, die Zügel hingen herunter, und von John war weit und breit keine Spur. »Bennett, was willst du?«, rief sie hinaus, aber es kam keine Antwort. Buster warf den Kopf hin und her, ging auf die Terrasse zu und schlug mit dem Vorderhuf auf die erste Stufe. Erin stürzte die Treppe hinunter.

»Harry, da stimmt was nicht!«, rief sie dem alten Mann zu, der neben ihrer Mutter auf dem Sofa saß und mit ihr in einem Fotoalbum blätterte. Sie riss die Tür auf, rannte auf den Hof und sah sich um. »Johnny!«

»Es muss was passiert sein«, sagte Harry mit besorgter Miene, als er neben sie trat. »John fällt nicht einfach vom Pferd.«

»Nein, ganz sicher nicht.« Ihre Gedanken ratterten. Irgendetwas Schlimmes war vorgefallen, das spürte sie deutlich.

»Ich rufe die Jungs an, damit sie ihn suchen gehen, und fahre selbst gleich los.« Im Gegensatz zu ihr hatte Harry sich trotz der Sorge im Griff.

»Und wenn es ernst ist?« Ihr Blick wanderte zu Buster. Möglichst selbstsicher, um vor dem Pferd keine Schwäche zu zeigen, ging sie auf es zu.

»Was hast du vor?«, donnerte Harry hinter ihr.

»Buster weiß, wo John ist.« Sie bückte sich und griff nach den Zügeln. Buster trat seitwärts von ihr weg und schnaubte aufgebracht.

»Dann nimm eins deiner Pferde«, mahnte Harry, der begriff, was sie vorhatte.

»Die sind irgendwo auf den Hügeln. Bis ich eines eingefangen habe, könnte es zu spät sein.«

»Erin, geh von diesem Hengst weg!«, schrie ihre Mutter über den Hof.

»Hör auf sie«, sagte Harry, doch Erin warf ihm einen entschlossenen Blick zu.

Er schüttelte den Kopf und trat zurück. »Dann halte dich gut fest.«

Erin führte das tänzelnde Pferd ein wenig vom Haus weg und blieb stehen. »Bring mich zu John«, flüsterte sie und streckte die flache Hand aus. Zögernd näherte es sich mit mahlenden Kiefern. Als sie die kleinen Härchen auf ihrer Haut spürte, warf Erin die Zügel über den Hals des Hengstes. Sie trat seitlich an ihn heran, während Buster nervös die Ohren in ihre Richtung drehte. Erin schluckte und packte den Steigbügel. Als sie den linken Fuß anhob, machte er einen Satz. Nur mit Mühe gelang es ihr, den Zügel fest in der Hand zu behalten. »Da müssen wir jetzt beide durch«, murmelte sie und trat wieder neben ihn. Dieses Mal hielt sie sich zur Sicherheit am Sattelhorn fest. Kaum hatte sich ihr zweiter Fuß vom Boden gelöst, trabte Buster los. Erin klammerte sich fest, schwang das Bein über den Sattel, und ihr Fuß rutschte in den zweiten Steigbügel. Mit Bocksprüngen jagte das Pferd davon, und Erin hörte ihre Mum schreien. Endlich beruhigte sich der Hengst unter ihr, und Erin lenkte ihn in Richtung Silverwood. Als sie sich noch einmal umdrehte, sah sie im Schein der Außenlampe, wie Harry mit dem Handy am Ohr zu seinem Auto ging.

Wo sollte sie nur mit der Suche beginnen? Silverwood war weitläufig, und sie wusste, wie gerne John zu den entlegensten Stellen ritt. Verkrampft umklammerte sie die Lederzügel. Buster lief schnell, und sein Gang war härter als die angenehm federnden Schritte ihrer Stuten. Im Gegensatz zu Erin wusste Buster, wo sein Mensch war. *Lass mich das nicht bereuen.* Sie löste ihre Finger und ließ die Zügel hindurchrutschen, bis sie lose zu beiden Seiten des kräftigen Halses hinabhingen. Locker hielt sie das Ende in den Händen. »Du entscheidest, wo es langgeht«, murmelte Erin in die Dunkelheit. Buster reagierte auf ihre Entspannung und fiel in den Galopp. Sie erkannte den schnell näher kommenden Grenzzaun im letzten Licht der Dämmerung. Auf einmal wurde Erin klar, dass Buster nicht vorhatte, das Gatter zu benutzen. Sie fluchte und kniff die Augen zusammen. Was jetzt kommen würde, konnte furchtbar schiefgehen. Erin fokussierte ihre Gedanken auf John. Dann lehnte sie sich vor und griff in die Mähne. Niemals wäre sie freiwillig auf dieses Teufelspferd gestiegen, doch nun gab es kein Zurück mehr. Buster hechtete über das Hindernis und lief in die entgegengesetzte Richtung vom großen Wohnhaus.

Ihre Vermutung war richtig gewesen, John musste sich in einem abgelegenen Bereich der Farm befinden. Während Buster immer weiter über die Weideflächen lief, begann Erin in der Dunkelheit die Orientierung zu verlieren. Sie hatte schon seit einiger Zeit keine Rinder mehr gesehen, auch wenn sie inzwischen kaum mehr die Hand vor Augen erkennen konnte. Nach gut zwanzig Minuten, die sich wie Stunden anfühlten, durchquerte das Pferd mit vorsichtigem Gang eine stärker bewachsene Gegend mit verwilderten Büschen. Kurz darauf beschleunigte es erneut, und wie aus dem Nichts tauchte vor ihren Augen ein Zaun auf. Erin versuchte zu erkennen, wo sie waren. Anhand der Büsche, die gegen ihre Beine schlugen, des Zauns und des hohen Grases, das von den Rindern nicht abgefressen war, schloss sie darauf, dass sie inzwischen am nördlichen Ende von Silverwood sein mussten, wo das Grundstück an die Hinley-Farm grenzte. Am Himmel leuchtete ein Sternenmeer, das durch Busters schnelle Schritte verschwamm. Plötzlich wurde Buster langsamer und begann zu schnauben.

»Hier!« Aus der Dunkelheit vor ihr, hörte sie die raue Stimme, die ihr eine Gänsehaut über die Arme trieb.

»Ich bin gleich da!« Erin nahm die Zügel auf und sprach beruhigend auf Buster ein. Als er stehen blieb, sprang sie ab und kniff die Augen zusammen. Am Zaun zeichnete sich der Umriss eines Körpers ab. Erin rannte auf ihn zu und fiel neben ihm auf die Knie. »Was ist passiert?«

»Ein Taipan«, murmelte John.

»Du wurdest gebissen?« Ihre Stimme überschlug sich beinahe. Panisch tastete sie nach ihm und fasste an seinen Oberkörper.

Er stöhnte auf und schob ihre Hände weg. »Nein, aber Buster hat gescheut, und ich fürchte, ich habe mir ein paar Rippen verletzt und den Fuß.«

»Und die Schlange?« Mit aufgerissenen Augen suchte sie den Boden um sie beide herum ab, doch es war zu dunkel, um etwas zu erkennen.

»Buster hat sie zerquetscht.«

Erleichtert atmete sie auf. Noch immer rauschte das Adrenalin durch ihre Adern. Aber John war nichts passiert. Er hatte sich nicht das Genick gebrochen und war nicht gebissen worden. Einen Augenblick lang senkte sie den Kopf und dankte Gott dafür.

»Wie hast du mich gefunden?« Er versuchte, sich aufzusetzen, gab es aber unter Stöhnen auf.

»Dein Teufelspferd ist bei mir aufgetaucht.«

»Er sollte eigentlich heimlaufen, aber offensichtlich ist ihm der Weg nach Elderberry lieber.« John lachte dumpf.

»Buster läuft dorthin, wo du seit Jahren mit ihm hinreitest.« In der Finsternis konnte sie seine Augen nicht ausmachen, aber sie war sich sicher, dass John in ihre Richtung sah. Sie kramte das Handy aus der Hosentasche. Es dauerte einige Sekunden, bis sich ihre Augen an das helle Licht gewöhnten. »Ich schicke Harry unsere Koordinaten, damit deine Brüder dich einsammeln.«

»Ist das etwa Buster dahinten?«

Erin schaute auf und entdeckte Blut an Johns Stirn. Im Licht des Handys strich sie seine dunklen Haare zur Seite und erkannte erleichtert, dass es nur eine Schramme war.

John schüttelte den Kopf und blickte sie an. »Sag nicht, dass du mein Pferd geritten bist?« In seinem Gesicht zeichnete sich Fassungslosigkeit ab.

Erleichtert brach Erin in Lachen aus. »Ich habe ihn nicht wirklich geritten. Ich saß nur drauf, und Buster hat den Rest gemacht. Aber er hat mich immerhin nicht abgeworfen, auch wenn ich mir sicher bin, dass er es ernsthaft in Betracht gezogen hat.«

»Das kann nicht sein.« Ungläubig nahm er ihr das Handy aus der Hand und leuchtete zu dem Pferd, das ein wenig abseits stand und Grashalme abzupfte. »Das hätte ich nie für möglich gehalten.«

»Glaub mir, das war eine einmalige Sache. Nochmal tue ich mir das nicht an. Er steht unter Dauerstrom, genau wie du.« Erneut legte sie ihre Hände auf seinen Oberkörper, doch dieses Mal sanfter. »Tut es sehr weh?«

»Geht schon. Der Fuß ist schlimmer.« Er schaute auf ihre Finger hinab, die auf dem Stoff seines Hemdes ruhten.

»Ich habe mich nur auf dieses Pferd getraut, weil ich eine verdammte Angst um dich hatte«, murmelte Erin und legte ihre Stirn an seine Schulter. »Ich bin so froh, dass dir nichts passiert ist.«

Aus seiner Brust drang ein Brummen. Vermutlich wusste John nicht, was er sagen sollte. In den letzten Wochen hatte sie ihn deutlich spüren lassen, wie enttäuscht sie von ihm war. Und dennoch war er jeden Morgen aufgetaucht, hatte auf Elderberry geschuftet und zugelassen, dass sie ihren Ärger an ihm ausließ. Obwohl ihm anzumerken gewesen war, wie sehr ihm ihre Feindseligkeit zu schaffen machte. »Wie lange wirst du noch zu mir auf die Farm kommen, obwohl ich dir Tag für Tag zeige, dass ich dich nicht dort haben will?«

John ließ ein trockenes Lachen hören, das gleich darauf in ein Husten überging. Er hielt sich die Seite und stieß Verwünschungen aus. Als seine Atmung sich wieder beruhigt hatte, sah er zu ihr auf. »Für den Rest meines Lebens. Sobald dieser Fuß es zulässt, werde ich wiederkommen, ob es dir passt oder nicht.«

»Aber Silverwood ist doch das Wichtigste für dich.« Ungläubig schüttelte sie den Kopf.

»Nein.« Er suchte ihren Blick und zog die Augenbrauen zusammen. »Ich habe immer nur geglaubt, dass Silverwood das sei. Aber ich habe mich getäuscht. Es gibt etwas, das mir mehr bedeutet. Und deshalb werde ich nicht aufgeben, egal was passiert. Du kennst mich, ich schmeiße nicht einfach hin. Darin sind wir uns ähnlich.«

Er machte es ihr wirklich nicht leicht, weiterhin wütend auf ihn zu sein. Doch ihre Wut auf ihn war gerechtfertigt. »Du bist ein Mistkerl, Johnny.«

Er lachte vorsichtig. »Du nennst mich wieder Johnny, das ist ein gutes Zeichen.«

»Ist es das?« Reserviert sah sie ihn an.

»Und du hast dich um mich gesorgt.« Triumphierend nickte er.

»Ich brauche eine Arbeitskraft auf der Farm, und ich wollte nur sicherstellen, dass meinem Partner nichts passiert ist und er morgen wieder auftaucht. Aber so wie es aussieht, bist du vorerst nicht zu gebrauchen.«

»Sieht wohl so aus.« Genervt rieb er sich die Seite und starrte auf seinen Fuß. Dann griff er nach dem Handy und schaltete es aus. Erneut umgab sie absolute Dunkelheit.

»Ich habe noch genug Akku, mach es wieder an«, forderte Erin ihn auf.

»Nein.«

»Warum?«

»Weil ich dir was sagen muss.«

Erin hielt die Luft an. »Das kannst du auch, wenn das Licht an ist.«

»Kann ich nicht.«

»Was ist denn?«

»Du hast mein verdammtes Pferd geritten, du Wahnsinnige. Buster hätte dich ernsthaft verletzen können, und du hast es trotzdem getan. Dass er dich überhaupt auf sich raufgelassen hat, gleicht einem Wunder.«

»Und?«

Sie hörte, wie er Luft holte. »Ich wollte es dir nie sagen. Aber es muss raus, ehe ich noch verrückt werde. Beinahe wäre ich von einer Schlange gebissen worden und hätte nie die Gelegenheit gehabt, es auszusprechen.«

Ihr Mund wurde trocken. »Was?«, flüsterte sie.

»Ich habe das noch nie gesagt«, brummte er. »Zu niemandem.«

Wie sehr sie es auf einmal hören wollte und sich doch gleichzeitig davor fürchtete. »Sag es besser nicht«, murmelte sie.

»Ich liebe dich.«

Dann breitete sich Stille aus.

Kapitel 14

Noch bevor das Licht der Scheinwerfer zu sehen war, erkannte John das Brummen von Jims Pick-up. Erin sprang auf, lief einige Meter weiter und winkte seinen Bruder heran. Endlich kam John von hier weg. Über eine halbe Stunde war vergangen, seit er ausgesprochen hatte, was er fühlte. Und Erin hatte nichts gesagt. Sich nicht gerührt. Mucksmäuschenstill hatte sie neben ihm gesessen, und einzig ihre Atemzüge hatten ihm verraten, dass sie noch da war. Gleißend hell erfassten ihn die Lichter des Autos, und John hob den Arm vor die Augen.

»Was ist passiert?« Sein Vater eilte auf ihn zu.

»Buster hat wegen eines Taipans gescheut. John hat sich die Rippen und einen Fuß verletzt«, sagte Erin.

»Und die Schlange?«

»Wurde von Buster zertrampelt.« John glaubte, ein Zittern in ihrer Stimme zu hören.

Harry beugte sich zu ihm hinunter. »Kannst du aufstehen?«

»Wenn du mich stützt.«

»Soll ich dich tragen?« Grinsend kniete Jim sich neben ihn.

»So weit kommt's noch.« John legte einen Arm um seinen Bruder, und Harry griff nach dem anderen. Als sie ihn hochzogen, unterdrückte er ein Stöhnen. Endlich bugsierte Jim ihn auf den Beifahrersitz und sah sich um.

»Was machen wir mit Buster? Soll ich versuchen, ihm Sattel und Trense abzunehmen, und dann vertrauen wir darauf, dass er allein zurückfindet?«

»Ich bringe Buster heim.« Erin warf Johns Hut, den er beim Sturz verloren hatte, auf seinen Schoß.

»Nein.« John schaute sie ernst an. »Jetzt hat er keinen Grund mehr, dich zu dulden, lass ihn laufen.«

»Wenn du meinst.« Sie trat auf das Pferd zu und mit angehaltenem Atem beobachtete John, wie sie mühelos Trense und Sattel abnahm. Buster drehte nicht einmal die Ohren. Erst als sie alles scheppernd auf die Ladefläche warf, verschwand er in der Dunkelheit.

»Immerhin schaust du genauso perplex wie ich«, sagte Jim, schüttelte den Kopf und ging zur Fahrertür.

Erin rutschte neben Harry auf die Rückbank. »Lasst mich einfach am Grenzzaun raus, und ich laufe den Rest. Ihr müsst ihn heute noch ins Krankenhaus bringen. Egal was er sagt, der Fuß ist hin.«

»Ich muss nicht ins Krankenhaus«, protestierte John gereizt.

»Verlass dich auf mich, ich fahre ihn selbst hin, wenn er Ärger macht«, brummte Harry und lachte kehlig. »Der Anblick von John auf Krücken wird mich etwas für die ausgestandenen Sorgen entschädigen.«

Angespannt verschränkte John die Arme vor der Brust. Erin hatte ihm nicht geantwortet. Kein einziges Wort. Und jetzt glaubte sie auch noch, ihm Vorschriften machen zu können. Er presste die Zähne aufeinander. Erin liebte ihn nicht. Wäre es anders, hätte sie irgendeine Regung gezeigt. Doch da war nur erdrückende Stille gewesen. Natürlich hatte sie kein Wort gesagt, er war immerhin mit schuld an ihrer Lage. Er hatte ihre Farm in Gefahr gebracht und damit alles, wofür diese Frau lebte. Niemals würde sie ihm das verzeihen. Wie hatte er nur denken können, es würde etwas daran ändern, wenn er ihr seine Liebe gestand.

»Bis dann.« Ohne ihn anzusehen, stieg Erin hektisch aus und kletterte über den Zaun. Dann war sie verschwunden.

»Sie hat wirklich Buster geritten? Ich fasse es nicht.« Jim schlug auf das Lenkrad und lachte laut. »Wenn ich das Kat erzähle, wird sie es mir nicht glauben.«

»Und er hat sich von ihr, ohne mit der Wimper zu zucken, den Sattel abnehmen lassen.« Dröhnend fiel sein Vater in das Lachen ein. »Schätze, die zwei sind jetzt Freunde.«

Buster, du Verräter. »Das war eine einmalige Sache. Sicher wird er es nicht noch einmal zulassen«, knurrte John.

»Ich bin mir fast sicher, dass Erin eben einfach hätte aufsteigen und ihn nach Hause reiten können.« Sein Bruder zwinkerte ihm zu. »Stattdessen lässt du zu, dass Buster sich tagelang hier draußen rumtreibt, bevor er zurückkommt.«

»Was soll's.« Resigniert schüttelte John den Kopf. »Das Rennen ist für mich eh verloren. Will wird sein Geld bekommen, und Erin hat mit ihrer Stute keine Chance auf den Hauptgewinn.« Es hatte keinen Sinn, sich aufzuregen. Die Sache war gelaufen. Einen Teil des Plans würden sie nicht umsetzen können, sosehr es ihn auch ärgerte.

»Mist. Daran habe ich noch gar nicht gedacht«, sagte Jim.

»Hauptsache ist doch, dass dir nichts passiert ist.« Sein Vater klopfte ihm auf die Schulter.

Kaum fuhren sie auf den Parkplatz, lief schon der Rest der Familie auf das Auto zu. Liz riss die Tür auf und drückte John mehrere Küsse auf die Wange. »Ich habe mir solche Sorgen gemacht«, flüsterte sie.

»Wird schon wieder«, beruhigte John seine Schwägerin.

Zufrieden trat sie zurück, damit die Zwillinge abwechselnd die Köpfe hineinstecken und dämliche Witze reißen konnten. Schließlich reichte Ethan ihm eine Flasche Wasser und seinen Geldbeutel. »Habe deine Versicherungskarte reingesteckt, jetzt zahlen sich die Beiträge endlich aus.« Mit einem Grinsen warf er die Tür zu.

»Dann wollen wir mal.« Harry setzte sich hinters Lenkrad, und Jim gesellte sich zu den anderen. Mitleidig winkten sie ihnen zu, als der Wagen losfuhr.

»Das ist ein beschissener Albtraum«, fluchte John und stieß auf dem Krankenhausparkplatz mit der Krücke gegen einen Mülleimer. »Sechs verdammte Wochen nicht belasten.«

»Immerhin verheilt der Bruch auch ohne Operation. Allerdings nur, wenn du das Gelenk wirklich nicht belastest. Und damit das nicht passiert, werde ich Liz auf dich ansetzen«, sagte Harry.

Fluchend hüpfte John mit den Krücken auf das Auto zu. Liz würde ihn nicht aus den Augen lassen, so wie Jim damals nach der Schlägerei. Und sie würde ihn genauso wahnsinnig machen mit ihrer Fürsorge wie seinen Bruder. »Und was ist mit Elderberry?«, knurrte er.

»Ich übernehme so lange für dich.«

Erstaunt sah er seinen Vater an.

»Jetzt schau nicht so. Ich kann noch immer mit anpacken, falls du das vergessen haben solltest.«

»Natürlich kannst du das. Danke.«

Harry hielt ihm die Tür auf, und John setzte sich umständlich mit seinem geschienten Bein.

Die halbstündige Strecke von Dunham nach Silverwood verbrachten sie schweigend. Immer wieder durchlebte John den Moment, nachdem er Erin seine Liebe gestanden hatte.

Ungeschickt humpelte er zum Haus. Liz und Ethan saßen am Küchentisch und unterhielten sich leise, um Charlie nicht zu wecken, die im Stubenwagen schlummerte.

»Und?« Abwartend sah sein Bruder ihn an.

»Sprunggelenksfraktur«, erklärte John knapp.

»Für die nächsten sechs Wochen steht er unter deiner Aufsicht. Er darf den Fuß nicht belasten, egal was er dir erzählt«, wies Harry seine Schwiegertochter an.

»Das wird ein Spaß.« Liz kicherte, um John gleich darauf ernst anzusehen. »Nur damit das klar ist, John, auch mit Krücken ist es in diesem Haus nicht erlaubt, im Stehen zu pinkeln.«

»Ja, Ma'am.« Er stakste in den Flur.

»Kommst du allein die Treppe rauf?«, rief Ethan ihm nach.

»Ich sitze nicht im Rollstuhl!« In Schneckentempo überwand er eine Stufe nach der anderen. Ohne das Licht anzuschalten, warf er die Zimmertür hinter sich zu und setzte sich aufs Bett. Krachend ließ er die Krücken zu Boden fallen. »Verdammte Scheiße«, zischte er.

»So schlimm?«

John schloss die Augen. »Was machst du hier?«, flüsterte er.

»Hab mich reingeschlichen.« Er hörte, wie sich ihre Schritte auf dem alten Holzboden näherten. »Also, was ist los?«

»Das Sprunggelenk ist hinüber, und ich bin sechs Wochen auf diese Teile angewiesen.« Energisch trat er im Dunkeln gegen die Krücken. »Harry wird morgen früh bei dir auf der Matte stehen und mich vertreten.«

»Das kann ja heiter werden.« Erin seufzte und setzte sich mit etwas Abstand neben ihn.

»Was willst du hier, Erin?« Er hatte gerade keine Lust, sich mit ihr zu unterhalten. Zu sehr hatte ihn ihre Reaktion auf seine Liebeserklärung gekränkt. Wie oft hatte er sich geschworen, sich nie zu verlieben, weil es das Leben so verdammt kompliziert machte, und nun war es doch geschehen. Er war genauso ein Trottel wie sein Vater und seine Brüder.

»Ich bin einige Minuten über die Weide gelaufen, nachdem ihr mich abgesetzt habt. Und plötzlich konnte ich das erste Mal seit Tagen klar denken. Also habe ich mich auf die Wiese gesetzt und nachgedacht.«

»Und dann?«

»Dann bin ich aufgestanden und hierhergekommen. Hab mich durch den Vordereingang reingeschlichen, und seitdem warte ich auf dich.«

»Damit du mir jetzt einen Vortrag darüber halten kannst, wie bescheuert es war, was ich gesagt habe?« Gereizt fuhr er sich über den Dreitagebart. »Das kannst du dir sparen. Es ist, wie es ist, und egal was du sagst, es wird nicht weggehen, selbst wenn ich es mir wünsche.«

»Dann ist gut.«

Er schaute zur Seite und starrte auf ihre Silhouette. »Warum? Damit ich weiter für das büße, was ich dir angetan habe?«

Erin lachte leise. »Du bist ein Arsch gewesen, und das weißt du genau. Der verletzte Fuß ist dafür wohl eine angemessene Strafe.« Sie machte eine Pause und rutschte an ihn heran. John wagte kaum zu atmen. »Die Sache ist die, dass ich diesen Arsch hier liebe. Das habe ich schon immer getan, auch wenn ich es nicht wahrhaben wollte. Du bist ein Teil von mir, und egal, wie wütend ich auf dich bin, ich brauche dich.«

»Ich weiß nicht, was ich sagen soll.« John schluckte und ließ sich ihre Worte durch den Kopf gehen. »Bist du wirklich hier, oder liegt das an den Schmerzmitteln, die sie mir im Krankenhaus eingeflößt haben?«

Er spürte ihre Hand an seiner Wange. Neckisch rieb sie mit dem Daumen über seine Bartstoppel. »Rasier dich bitte nie glatt«, murmelte sie, und gleich darauf legten sich ihre Lippen auf seine. Mit einer Zärtlichkeit, die er von Erin niemals erwartet hätte, wanderte ihr Mund über sein Gesicht.

»Meinst du das ernst?« John umfasste ihr Handgelenk. »Wenn das für dich nur ein Spiel ist, dann bringst du mich damit um. Mir hat noch keine Frau so viel bedeutet wie du.«

»Für den Rest meines Lebens«, wiederholte sie seine Worte von vorher.

»Das genügt mir.« Er legte den Arm um sie, zog sie an sich und stöhnte auf.

»Was ist los?« Besorgt löste sie sich von ihm.

»Mehrere Rippen sind angeknackst, habe vergessen, das zu erwähnen.«

»Du hast wirklich Glück gehabt. Es hätte schlimmer enden können.« Ihre Hand streichelte liebevoll über seinen Oberkörper. »Ich möchte dich nicht auch noch verlieren.«

»Und das wirst du auch nicht.« Vorsichtig legte er sich aufs Bett, und Erin kroch neben ihn. Sie vergrub ihr Gesicht an seinem Hals, während seine Finger durch ihre Locken fuhren. Dieses Mal störte ihn ihr Schweigen nicht. Er lauschte ihrem Atem und schloss die Augen. Er hatte nicht vor, Erin in dieser Nacht loszulassen. Nein, er wollte sie nie wieder aus seinen Armen lassen.

***

»Aufwachen, Johnny.« Erin stand vor dem Bett und betrachtete schmunzelnd sein verschlafenes Gesicht. Brummend drehte er sich zur Seite.

»Verdammt, die Rippen schmerzen wie die Hölle.« John schlug blinzelnd die Augen auf und sah dann zu ihr. »Also war es kein Traum, dass du neben mir geschlafen hast«, stellte er fest, und ein ungewohnt zufriedener Ausdruck trat auf sein Gesicht.

»Jap, ist echt passiert. Wir haben uns unsere Liebe gestanden, und jetzt ist es genug mit dieser Süßholzraspelei. Ich muss zurück nach Elderberry, Kat kommt in einer halben Stunde, um Lucy zu besamen.« Erin warf ihm ein frisches Shirt aus dem Schrank zu. »Soll ich dir helfen, oder geht es auch so?«

»Gib mir zwei Minuten im Bad, ehe wir dich aus dem Haus schmuggeln.«

»Wieso schmuggeln?« Sie zog die Augenbrauen hoch. »Es hat lange genug gedauert, wir sollten es offiziell machen. Und um ehrlich zu sein«, sie grinste, »bin ich auf die Gesichter deiner Familie gespannt, wenn wir zusammen runtergehen.«

»Na dann.« John stand vorsichtig auf, warf sich das Shirt über die Schulter und griff nach den Krücken. Dann humpelte er zur Tür. »Ich bin gleich zurück.«

Natürlich ließ er nicht zu, dass sie ihm die Treppe hinunterhalf. Stattdessen musste sie dabei zusehen, wie er unbeholfen und langsam die Stufen hinunterhüpfte. Wie schön es gewesen war, neben John einzuschlafen. Nachdem sie im Dunkeln auf der Weide gesessen hatte und immer wieder seine raue Stimme ihn ihrem Kopf gehört hatte, die ihr seine Liebe gestand, hatte sie eine unglaubliche Sehnsucht nach ihm verspürt. Auch wenn sie noch immer nicht gutheißen konnte, was John getan hatte, konnte sie unmöglich länger verleugnen, wie sehr sie ihn brauchte. Nicht nur als Arbeitskraft für Elderberry, sondern für ihr eigenes Glück. Der Gedanke, John zu verlieren, war beängstigend gewesen, und als Buster ihn in der Dunkelheit gefunden hatte, war es einer Erlösung für sie gleichgekommen. Niemals wäre sie fähig, sich dauerhaft von John abzuwenden. Auch wenn sie es mit aller Kraft versucht hatte.

»Bereit?« Endlich hatte er es bis zur untersten Stufe geschafft.

Darauf bedacht, seine Rippen nicht zu berühren, schmiegte Erin sich an ihn und küsste ihn. Wie gut er roch. Nicht nach teurem Rasierwasser und Parfüm. John roch nach Land. Nach Erde, nach Stroh und nach Silverwood. »Natürlich«, flüsterte sie und hakte sich bei ihm ein.

Wie selbstverständlich betraten sie zusammen die Küche. »Morgen«, brummte John in die Runde, und Erin musste sich zusammennehmen, um nicht über das ganze Gesicht zu grinsen.

»Kann ich einen Kaffee haben?« Sie nickte Harry zu und setzte sich auf den freien Platz neben ihm.

Hatte sie Harry jemals sprachlos erlebt? Sie konnte sich nicht daran erinnern. Seine dunklen Augen unter den buschigen Augenbrauen wanderten zwischen ihr und John hin und her. »Brauchen wir jetzt einen weiteren Stuhl an diesem Tisch?«, brummte er.

»Das nehme ich an.« John setzte sich und griff nach dem Brot.

»Ich freue mich so«, flüsterte Liz mit roten Wangen und stellte eine Tasse vor Erin.

»Ich mich auch. Hat der Junge es endlich begriffen.« Harrys grollendes Lachen wärmte ihr Herz. »Sobald ich die Rinder kontrolliert habe, komme ich rüber nach Elderberry. In Ordnung?«

»Du musst das nicht tun, aber ich freue mich über deine Hilfe«, antwortete Erin lächelnd.

»Dann hast auch du etwas dazugelernt. Wir sind aufgeschmissen hier draußen, wenn wir nicht zueinanderhalten. Oft genug hat dein Vater uns früher Maschinen geliehen, wenn mir das Geld fehlte, um meine zu reparieren.«

»Danke, dass du gestern nach Mum gesehen hast.«

»Das war Johns Idee. Offensichtlich hat er momentan viele gute Ideen. Claire weiß doch hoffentlich, dass du hier bist, und macht sich keine Sorgen?«

»Hab sie gestern Abend angerufen. Ist alles gut.«

Wohlwollend nickte er. »Ich habe vor, sie jeden Mittwoch zu besuchen. Ich möchte ja nicht im Alter zum Eigenbrötler werden.«

»Du warst doch schon immer ein Eigenbrötler«, sagte River.

»Kann nicht jeder so ein Rumtreiber sein wie du.« Harry blies in seinen schwarzen Kaffee.

»Ich möchte nachsehen, ob Buster vielleicht dort ist. Er scheint sich auf Elderberry inzwischen mehr zu Hause zu fühlen als hier«, sagte John. »Erin kann uns in meinem Wagen fahren, und Kat nimmt mich später sicher mit zurück.«

Zufrieden lehnte Erin sich zurück. Es tat gut, hier zu sitzen, nachdem sie auf jeden an diesem Tisch sauer gewesen war. Sie hatten ihr das mit Will nicht in böser Absicht verschwiegen, das war ihr inzwischen klargeworden. Sie kannte diese Menschen schon zu lange, um es ihnen weiter nachzutragen. Auch wenn es ihr nicht leichtfiel, würde sie sich bemühen, ihnen zu vergeben. Und sie war sich sicher, dass keiner hier Will und Richard davonkommen lassen wollte. Irgendetwas war im Busch, die Frage war nur, was.

Kaum hatten sie Elderberry erreicht, rumpelte bereits Kats Wagen auf den Hof.

Mit zusammengezogenen Augenbrauen beobachtete John, wie Jim ebenfalls ausstieg. »Weißt du, was er hier will?«

Erin schüttelte den Kopf. Jim hatte beim Frühstück nicht erwähnt, dass er ebenfalls kommen wollte.

Kat eilte auf sie zu und wirkte noch aufgekratzter als üblich. »Es gibt eine Planänderung!«, rief sie.

»Was für eine Änderung?« Seit Monaten lagerte der Samen eines grandiosen Hengstes in Kats Gefriertruhe, und nun war Lucy endlich rossig.

»Ich werde Lucy heute nicht besamen«, sagte Kat.

»Mach keine Scherze,« stöhnte Erin. »Ich hoffe, du hast einen guten Grund dafür.«

Kat kramte in ihrem Rucksack und reichte ihr ein Blatt Papier.

»Was ist das?«

»Die Startaufstellung für das Rennen. Sarah hat dem Tierarzt drüben in Dunham schöne Augen gemacht, damit er sie rausrückt.«

»Und?«

»Schau dir die Angaben zu den Pferden an, die starten. Fällt dir was auf?«

Erin überflog die Zeilen, konnte jedoch nichts erkennen, was Kat so in Begeisterung versetzen könnte. Als sie Red Thunders Namen las, überkam sie Wut. »Ich vermute, Will hat die besten Aussichten zu gewinnen«, murmelte Erin und gab ihr den Zettel zurück.

»Buster und Red Thunder sind die einzigen Hengste, die angemeldet sind. Alles andere sind Wallache und einige Stuten.« Triumphierend stemmte Kat die Hände in die Hüften.

»Aber Buster wird nicht starten«, brummte John.

»Doch, das wird er. Dein Pferd gegen Wills, das war der Deal. Will reitet nicht selbst, also musst du das auch nicht.« Jim grinste breit, und noch immer verstand Erin nicht, was hier vorging.

»Auf keinen Fall!«, knurrte John. »Ich werde nicht zulassen, dass Erin ihn noch einmal reitet, das ist zu gefährlich.«

Das war also Kats Idee. Erin sah auf den staubigen Boden und dachte einen Augenblick lang nach. »Ich werde es tun«, sagte sie bestimmt.

»Das wirst du nicht.« John griff nach ihrem Arm. »Es wird laut sein, und dann erst die Menschenmassen. Vermutlich hätte auch ich Schwierigkeiten gehabt, Buster im Zaum zu halten. Und du hast ja selbst gesagt, wie schwer es wird, gegen diesen Zuchthengst zu gewinnen.«

»Aber da mussten Red Thunder und Buster auch schwere Männer tragen.« Kat deutete auf Erin. »Sie wiegt doch locker dreißig oder vierzig Kilo weniger als du und Ted. Buster kann unter ihr schneller laufen als jemals zuvor.«

John fluchte. Schließlich atmete er durch, und seine Stimme wurde ruhiger. »Erin möchte mit Molly antreten, um Werbung für ihre Zucht zu machen, darauf können wir momentan nicht verzichten. Wir müssen nächstes Jahr Jungpferde verkaufen, um die Kredite zu bedienen.«

»Ich werde morgen für Erin reiten.« Mit einem listigen Grinsen sah Kat von einem zum anderen. »Nur nicht auf Molly.«

Kapitel 15

Heute würde es passieren, da war Harry sich sicher. Die Anspannung beim Frühstück war beinahe greifbar gewesen. Irgendetwas planten seine Jungs. Suchend sah er sich auf dem großen Platz am Stadtrand von Dunham um, der voller Menschen war. Überall standen Festzelte, in denen Essen serviert wurde, und die Stimmung an den Klapptischen, die davorstanden, war ausgelassen. Das Querfeldeinrennen stellte nach der Jungrinderschau die größte Veranstaltung des Jahres dar. In wuseliger Geschäftigkeit waren nach dem Frühstück alle aufgesprungen. Nur Ethan, Liz und die Kinder waren mit ihm zusammen aufgebrochen, die anderen hatten vor, nachzukommen.

»Was genau plant ihr?« Prüfend betrachtete er Ethan, der entspannt ein Bier trank.

»Wer sagt, dass wir etwas planen?«

Harry verschränkte die Arme vor der Brust. Er hatte sich vorgenommen, seinen Söhnen zu vertrauen. Darauf zu setzen, dass sie die richtigen Entscheidungen trafen. Doch langsam, aber sicher machten sich Zweifel in ihm breit. Es blieb nur zu hoffen, dass das hier nicht in einem Desaster enden würde.

»Harry.« Die Stimme hinter ihm strotzte nur so vor Selbstbewusstsein.

Er holte tief Luft, dann drehte er sich um. »Richard.« Voller Abscheu musterte er den Mann.

»Hab gehört, John hat sich verletzt. Schade, ich hätte gerne erlebt, wie er mit seinem Klepper gegen Red Thunder verliert.« Will trat neben Richard und warf Ethan einen höhnischen Blick zu.

Gerade als Harry antworten wollte, schob sein Sohn sich vor ihn. »Wer sagt denn, dass Buster nicht startet?«

Harry zog die Augenbrauen hoch. Die Überraschung in den Gesichtern der Männer entging ihm nicht.

»Er startet?« Will kniff die Augen zusammen.

»Lass uns später reden, Will, ich bin mir sicher, wir werden noch Gelegenheit dazu haben.« Ethan stieß mit seiner Bierflasche gegen die in Wills Hand. Dann drehte er sich um und bedeutete Harry, ihm zu folgen. »Leg dich heute nicht mit Richard an«, raunte er ihm zu.

»Er will mir meine Farm wegnehmen«, knurrte Harry und sah über seine Schulter zurück zu seinem Erzfeind.

»Was ihm allerdings nicht gelingen wird.«

»Jetzt rück schon raus mit der Sprache!«

»Du wolltest uns doch freie Hand lassen«, erinnerte Ethan ihn.

»Ich fange an, es zu bereuen.«

Ethan drückte ihm sein Bier in die Hand. »Dann trink einfach.«

»Also die übliche Bennett-Lösung.« Harry lachte dröhnend auf.

»Schau, da.« Ethan deutete nach vorne, und Harry erkannte Johns Wagen mit dem Pferdeanhänger, der auf den Parkplatz direkt neben der Startlinie rollte.

»Wenn John mit dem kaputten Fuß reitet, bringe ich ihn

um.« Missmutig nahm er einen Schluck aus der Flasche und folgte Ethan.

Beinahe alle Pferde standen bereits mit ihren Startnummern versehen an der Linie. Die Luft vibrierte förmlich vor Aufregung, und immer wieder war ein Schnauben oder Wiehern zu hören. Harrys Blick blieb an dem Pferd mit der Startnummer eins hängen. *Red Thunder*. Majestätisch und ohne sich zu bewegen, verharrte das Pferd an seinem Platz. Verdammt, sah dieses Vieh gut aus. Und die kräftigen Hinterläufe versprachen eine hohe Geschwindigkeit. Als Harry zurück zum Wagen seines Sohnes blickte, erkannte er Erin, die vom Fahrersitz stieg. Gleich darauf humpelte John auf Krücken um das Auto und schaute sich um.

»Lass uns alles von hier aus beobachten«, sagte Ethan.

»Du hast Sorge, dass ich mich einmische.« Harry nickte und lachte brummend. »Die anderen haben dich als Babysitter abgestellt.«

»So etwas in der Art.«

Erins Auto näherte sich ebenfalls mit einem Anhänger, und Harry entdeckte Jim und Kat darin. Warum fuhr Jim Erins Pick-up? Die Ungewissheit machte Harry fast wahnsinnig.

Eine Ansage schallte durch die Lautsprecher und forderte alle Teilnehmer auf, sich am Start einzufinden. Eilig öffneten Jim und Kat den Hänger und führten eine von Erins Stuten heraus. Diese tänzelte mit hoch erhobenem Schweif neben Kat zur Startline. Die Tierärztin trug einen Reithelm, also plante sie anscheinend, anstelle von Erin das Pferd zu reiten. Harry verschränkte die Arme vor der Brust. Was auch immer dahintersteckte, wenn es Kats Idee gewesen war, würde es interessant werden.

Die rothaarige Frau reihte sich mit der Stute neben Red Thunder ein und befestigte die Startnummer am Sattel. *Zwei.* Sicherlich war es kein Zufall, dass sie ausgerechnet neben Johns Widersacher starten würde. Wie hatte Kat das nur wieder hinbekommen? Allerdings erschloss sich Harry noch nicht, was das alles bezwecken sollte. Augenblicklich wurde Red Thunder unruhig. Immer wieder riss er den Kopf nach oben und schnaubte laut. Es war zu erkennen, wie viel Kraft Ted benötigte, um das imposante Tier zu halten.

»Jetzt sag nicht, dass die Stute rossig ist?«, stieß Harry hervor.

»Hat sich zufällig ergeben. Warum sollten wir das nicht nutzen?« Jetzt war in Ethans Gesicht das gleiche verräterische Lächeln zu erkennen, das Harry bereits während des Frühstücks an der verrückten Tierärztin aufgefallen war.

Harry beobachtete amüsiert, wie Red Thunder minütlich unruhiger wurde. Auch die Stute hatte inzwischen den prächtigen Hengst neben sich entdeckt und neckte ihn zusätzlich. Mit hoch aufgestelltem Schweif tat sie unverblümt ihr Interesse kund.

Die letzte Aufforderung an die Teilnehmer schallte durch die Lautsprecher, und von allen Seiten strömten die Zuschauer herbei. Harrys Augen suchten Erin, die gerade die Hängerklappe öffnete. Wie befürchtet, war Busters dunkelbraunes Hinterteil zu sehen. Auf Krücken humpelte sein Sohn in den Hänger und machte sich an dem Pferd zu schaffen. Harry hörte sein Blut rauschen. Er sah auf die Uhr. Noch zwei Minuten bis zum Start. Mit unsicheren Schritten stakste Buster rückwärts die Rampe hinunter. Ein Raunen ging durch die Menge, gefolgt von Gelächter. *Das gibt es nicht.* Harry fuhr sich über den Bart und verfolgte die allgemeine Heiterkeit, die das Pferd mit dem Shirt über dem Kopf auslöste. Das war ein verdammter Zirkus. Seine Söhne hatten sich offensichtlich vorgenommen, sich zum Affen zu machen. Kaum hatte das Tier es auf den Boden geschafft, setzte Erin sich einen Helm auf und griff nach den Zügeln.

»Ihr seid verrückt«, brummte er Ethan zu. »Ihr seid alle miteinander verrückt geworden.«

»Das sind wir wohl.«

»Wie sieht es aus?« Mit Charlie auf dem Arm stellte Liz sich zu ihnen, neben ihr hüpfte Ollie auf und ab. Der Junge trug ein Shirt, auf dem der Schriftzug »Go Buster Go!« in bunten Lettern leuchtete. Und im Hosenbund trug er zur Feier des Tages sein schönstes Holzschwert.

»Es läuft ganz, wie es soll. Hoffen wir, es bleibt so«, antwortete Ethan und hob Ollie hoch, damit er das Schauspiel beobachten konnte.

An Busters Sattel prangte die letzte Startnummer, und Erin führte das noch immer verhüllte Pferd an seinen Platz. John folgte ihr auf Krücken und sprach beruhigend auf den Hengst ein.

»Was, wenn Buster die rossige Stute ebenfalls bemerkt?«, fragte Harry.

»Wir setzen darauf, dass das alles hier ihn genug ablenkt«, erklärte Ethan und sah plötzlich nicht mehr ganz so selbstgewiss aus.

»Ich habe noch nie einen Hengst gesehen, der beim Anblick einer rossigen Stute nicht alles andere vergisst«, sagte Harry.

In diesem Moment erklang ein Wiehern, und Red Thunder stieg mit Ted auf dem Rücken auf die Hinterläufe. Nicht weit davon entfernt stand Richard, wild gestikulierend und mit hochrotem Kopf, und schrie seinem Vorarbeiter Anweisungen zu.

»Das alles hier fängt an mir zu gefallen.« Harry nickte Ethan zu.

Jim bahnte sich einen Weg durch die Zuschauer und kam mit schweißnasser Stirn bei ihnen an. »Eine Minute noch«, verkündete er und sah zu seiner Freundin, die auf der zierlichen Araberstute thronte. »Ist ewig her, dass Kat geritten ist, aber eigentlich erwarten wir nicht mal, dass sie die Strecke schafft. Sie soll nur Unruhe stiften.«

»Bisher gelingt ihr das ausgezeichnet.« Zufrieden bemerkte Harry, dass Richard sich inzwischen den Hut vom Kopf gerissen hatte und regelrecht tobte. Und dieser Banker stand mit verdutztem Gesichtsausdruck daneben und schien nicht recht zu verstehen, was da vor sich ging.

Plötzlich fiel Harry etwas auf, und er schaute sich suchend um. »Wo stecken die Zwillinge?«

»Haben einen Arbeitsauftrag«, sagte Ethan knapp und tauschte mit Jim einen Blick.

»Was frage ich überhaupt?«, grummelte Harry.

Dann wurde der Countdown runtergezählt, und just bevor der Startschuss ertönte, zog John Buster den Stoff vom Kopf und schlug ihm auf den Hintern. Als der Hengst zusammen mit den anderen Pferden losstürmte, waren Scheuklappen an seinem Zaumzeug zu erkennen. Mit weiten Sprüngen setzte er sich augenblicklich mit zwei anderen Pferden an die Spitze, während Red Thunder immer wieder seine Geschwindigkeit drosselte und sich nach der Stute umsah. Und Kat zeigte tatsächlich kein Interesse daran, einen Geschwindigkeitsrekord aufzustellen. Wie aus Versehen lenkte sie die Stute gegen den Hengst und Ted hatte erkennbar Probleme, sich im Sattel zu halten. Bald darauf verschwanden die Pferde hinter den Büschen und die Zuschauer setzten sich in Bewegung, um rechtzeitig bei der Ziellinie auf der anderen Seite des Platzes anzukommen.

Harry wartete auf John, der mit den Krücken auf ihn zuhumpelte.

»Erin wollte es unbedingt durchziehen, du kannst dir denken, was ich davon halte«, brach es aus ihm heraus, noch ehe Harry etwas sagen konnte.

»Das ist clever. Sie ist leichter als du, und sofern Buster nicht bemerkt, wer auf ihm sitzt, könnte es funktionieren.«

»Glaub mir, Buster ist nur zu bewusst, wer im Sattel hockt, aber wie es aussieht, hat er Erin akzeptiert.«

Lachend schlug Harry ihm auf die Schulter. »Du und dein Pferd, ihr habt euer Herz an die gleiche Frau verloren.«

»Scheint so.« Eilig hüpfte sein Sohn weiter.

Harry hoffte inständig, dass Grahams Tochter tatsächlich so tough war, wie er annahm. Dass sie in diesem Moment eine schwierige Strecke durch unwegsames Gelände und mit hohen Hindernissen zurücklegte, behagte ihm nicht. Und sie riskierte ihren Hals für nichts als ihre und Johns Ehre und ein paar tausend Dollar. Doch sie brauchte die Siegprämie für Elderberry. All das hier war nur notwendig, weil Richard ihn vernichten wollte. Er presste die Zähne aufeinander und trat zu seinen Söhnen an die Ziellinie.

***

Komm schon. John hielt die Anspannung kaum noch aus. Alle Augen waren auf den unebenen Weg gerichtet, auf dem die Teilnehmer jede Sekunde auftauchen sollten. Zuvor mussten sie drei Kilometer lang über Hindernisse aus Baumstämmen, durch ein Wasserbecken und jede Menge Unterholz bezwingen. Buster war hervorragend trainiert und in Bestform, doch es war erst das zweite Mal, dass Erin ihn ritt. Und der Hengst war ebenso eigenwillig wie er selbst und hielt wenig von Dingen wie Zusammenarbeit. Über sich selbst amüsiert, schüttelte er den Kopf. Ja, er war ebenfalls nicht der geborene Teamplayer. Und doch hielten sie heute alle zusammen.

Ein dumpfes Grollen kündigte die heranpreschenden Pferde an. John kniff die Augen zusammen und sah atemlos auf die Kurve. *Da.* Zwei Pferde flogen beinahe Kopf an Kopf um die Biegung, dicht gefolgt von Buster an dritter Stelle. Nass glänzten die Körper in der Sonne, während sich die Tiere hinter ihnen durch den aufgewirbelten Staub kämpfen mussten. *Komm schon, Junge.*

»Ich kann nicht hinsehen«, rief Liz und hielt sich die Hände vors Gesicht, während Ollie mit dem Schwert in der Hand herumfuchtelte und Busters Namen brüllte. In kaum dreißig Sekunden würde das Rennen vorüber sein. Jetzt musste sein Pferd rausholen, was in ihm steckte, um noch eine Chance auf den Gewinn zu haben.

John schob sich durch die Zuschauer, bis er die vorderste Reihe erreicht hatte. Er rollte die Zunge und ließ einen markerschütternden Pfiff ertönen. Die Umstehenden zuckten zusammen und murrten, doch John hatte nur Augen für Buster und Erin. Das Pferd machte einen Satz, und einen Moment lang sah es so aus, als könnte Erin sich nicht halten. Aber sie saß weiter fest im Sattel, und als Buster den Kopf ein wenig mehr senkte und sich zwischen den beiden Konkurrenten hervorarbeitete, glaubte John, sein Herz würde stillstehen. Mit einem halben Kopf Vorsprung passierte Buster die Linie. Tosender Applaus erklang, und Pfiffe hallten durch die Luft. Anstatt anzuhalten und abzusitzen, verringerte Erin lediglich das Tempo, umrundete die begeisterten Zuschauer und trabte davon.

»Das Teufelsweib hat es tatsächlich geschafft!« Harry tauchte mit funkelnden Augen neben John auf. Noch nie hatte er so ein breites Grinsen bei seinem Vater gesehen. »Wieso ist Erin weggeritten?« Suchend wandte Harry sich um.

»Wahrscheinlich, um Buster von dem Lärm wegzubringen. Ich nehme an, sie stellt ihn in den Hänger und kommt dann zurück, um ihren Preis in Empfang zu nehmen und sich feiern zu lassen.«

»Eigentlich wolltest *du* dich hier feiern lassen.«

Gelassen blickte er seinen Vater an. »Darum ist es mir nie gegangen. Zuerst wollte ich einfach beweisen, wie viel in meinem Pferd steckt. Dann wollte ich Will eins reinwürgen, und zuletzt ging es mir einfach nur noch ums Preisgeld.«

»Und das haben sich die beiden gesichert.« Harry deutete mit dem Kopf zum Ende der Strecke. Fast alle Reiter hatten inzwischen das Ziel erreicht. Nur zwei fehlten noch.

»Wo bleibt sie denn?« Ungeduldig drängte Jim sich an ihnen vorbei.

»Wird schon gut gegangen sein. Du kennst doch Kat, sie bekommt immer, was sie will.« John humpelte neben ihn und hielt die Biegung ebenfalls weiter fest im Blick.

»Hier stehen wir, Bruder.« Jim lachte kehlig auf. »Und unsere Frauen haben die Arbeit gemacht.«

»Sind gute Frauen«, entgegnete John.

»Also wirst du doch nicht alleine und einsam sterben?«

»Habe ich nicht mehr vor. Aber wir werden sehen, was die Zukunft bringt.« John hielt sich die Hand über die Augen. »Da kommt zumindest deine Zukunft angeritten.«

»Das ist der verflucht beste Anblick seit Jahren!« Dröhnend schallte Harrys Lachen durch die Luft.

In federndem Trab ritt Kat auf Lucy Richtung Ziellinie und sah dabei sehr zufrieden aus. Mit grimmiger Miene folgte ihr Ted auf Red Thunder, der das Hinterteil der Stute nicht aus den Augen ließ. Ein wohlwollendes Raunen ging durch die Zuschauermenge, als Kat die Stute hinter dem Ziel ein wenig im Kreis traben ließ und so deren schöne Gänge präsentierte, während Ted von dem unruhigen Hengst stieg und einige Mühe damit hatte, ihn zurück zu seinem Hänger zu befördern.

Strahlend ritt Kat schließlich auf die Familie zu und rutschte vom Sattel direkt in Jims Arme.

»Gut gemacht, Tierärztin, das war die beste Werbung für Erins Zucht.« Anerkennend nickte John.

»Nicht Erins Zucht, John. Es ist jetzt eure.« Kat zwinkerte ihm zu und wollte gerade weggehen, um die Stute in den Hänger einzuladen, als Richard Smith sich mit hochrotem Kopf durch die Zuschauermenge schob. Kat hielt inne und warf John einen Blick zu.

Es geht los. Suchend schaute John sich nach Erin um und bemerkte erleichtert, dass sie sie beinahe erreicht hatte. Richard trat aufgebracht auf die Gruppe zu, dicht gefolgt von einem grimmig dreinblickenden Will. *Du hast es entdeckt, gut so.*

»Was soll das hier?« Wutentbrannt schleuderte Richard einen Stapel Papier vor sie auf den Boden und schien nicht recht zu wissen, wen aus der Gruppe er mit seinen Blicken töten sollte. Seine hohe Stirn glänzte, und rote Flecken zeichneten sich auf seinem Gesicht ab. Harry bückte sich und hob einen der Zettel auf. Stirnrunzelnd überflog er die Zeilen, dann zuckten seine Mundwinkel, und er verschränkte erwartungsvoll die Arme vor der Brust.

»Woher habt ihr das? Da müsst doch ihr Bennetts dahinterstecken«, tobte Richard.

John spürte Erins Hand an seinem Rücken, als sie sich neben ihn stellte und finster auf ihren Widersacher starrte. »Merkwürdig«, brummte John Richard zu. »Das müssen irgendwelche Chaoten hier auf dem ganzen Gelände aufgehängt haben, während wir uns alle das Rennen angesehen haben.«

Nun gesellten sich auch Quentin und River zu ihnen. Natürlich wollten seine Brüder sich diesen Spaß nicht entgehen lassen. Provokativ wedelte River mit der Rolle Klebeband, mit dem sie die E-Mails zwischen Will und Richard in dutzendfacher Ausfertigung an Tischen, Bäumen und Festzelten befestigt hatten.

»Dumm gelaufen, Richard. Nun kann jeder sehen, wie du die anderen Farmer bei diesem Mistkerl verraten hast. Und auch wenn wir es nicht beweisen können, wissen wir dennoch, dass du hinter den Zwangsversteigerungen im vergangenen Jahr steckst. Nach heute wird daran keiner mehr Zweifel haben. Wer, glaubst du, wird jetzt noch mit dir Geschäfte machen?«, fragte John.

Ehe Richard antworten konnte, griff ihn der alte Henderson, der sich zusammen mit unzähligen anderen um sie versammelt hatte, grimmig beim Arm und hielt ihm ein Blatt vors Gesicht. »*Du* hast diesem schmierigen Banker gesagt, dass ich beim Futterhändler habe anschreiben lassen und dass meine Schafe vor ein paar Wochen krank geworden sind?«, blaffte er und schob sein Gesicht bedrohlich nahe an das von Richard heran. »Wir sind zusammen zur Schule gegangen, dir ist wohl nichts heilig.«

»Das ist …« Stotternd brach Richard ab und stemmte die Hände in die Seiten. »Das ist doch eine Farce! Das ist alles gefälscht! Die Bennetts wollen mich fertigmachen, seht ihr das nicht? Sie sind neidisch auf meinen Erfolg, während ihre Farm kaum was abwirft!«, rief er laut und sah sich Hilfe suchend unter den Menschen um ihn herum um.

»Nein.« John humpelte auf ihn zu. »Wie jeder sehen kann, bist du es, der uns vernichten wollte. Und dafür wolltest du Erin Holt enteignen lassen, damit du ihre Farm in die Finger kriegst.«

Ein Raunen ging durch die Menge.

»Lass mich das machen«, hörte er Erin hinter sich. Sie trat zwischen ihn und Richard. Finster blickte sie zu dem Mann auf, der beinahe ihre Existenz zerstört hatte. »Du hast meinem Vater schwer zugesetzt, vielleicht ist es sogar deine Schuld, dass sein Herz aufgegeben hat. Und du hast Will dazu gebracht, mich zu hintergehen und eine Neubewertung anzusetzen. Aber Ethan hat mir geholfen, schriftlich Einspruch bei der Zentrale der Bank einzulegen, und notfalls werde ich ein Gegengutachten in Auftrag geben. Das kann ich mir nach dem Gewinn heute leisten. Noch kann ich meine Raten bezahlen, und ich werde alles daransetzen, dass es so bleibt.« John sah, wie sie mühsam schluckte.

»Was kann ich denn dafür, dass Graham ein schlechter Geschäftsmann war? Für all das hast du keinen anderen Beweis als ein paar lächerliche Mails«, verteidigte Richard sich aufgebracht.

»Und doch haben diese Mails gerade auf alle Zeiten dein Ansehen in Firefly Creek zerstört. Weil endlich jeder sieht, dass du für deine Ziele über Leichen gehst. Mein Vater war ein besserer Farmer und Mensch, als du es jemals sein wirst. Wir hier«, sie deutete auf die Farmer um sich herum, »helfen uns gegenseitig. So war es schon immer. Wir sind eine Gemeinde und aufeinander angewiesen. Und du hast alle hintergangen.« Pfiffe ertönten, und einige Buhrufe schallten durch die heiße Luft. »Dank dir arbeiten Elderberry und Silverwood von nun an zusammen und du wirst nie die Gelegenheit bekommen, auch nur einen Meter davon zu ersteigern.«

»Das werdet ihr mir büßen«, brach es aus Richard heraus. Er packte Erin am Arm, doch noch bevor John reagieren konnte, lag schon Harrys Hand an Richards Nacken.

»Wenn du sie anfasst, bringen du und ich zu Ende, was wir vor über zwanzig Jahren angefangen haben«, knurrte Harry. Oft genug hatte John seinen Vater wütend erlebt, doch der Blick in den Augen seines Vaters jagte ihm einen Schauer über den Rücken.

Wortlos ließ Richard Erin los, und Harry trat einen Schritt zur Seite.

»Es sollten nicht nur Elderberry und Silverwood zusammenarbeiten«, hörte John die krächzende Stimme des alten Henderson. Alle wandten sich zu dem Farmer um. Langsam zog dieser sich den Hut vom Kopf und drehte ihn nachdenklich zwischen in den Händen. »Jeder von uns macht ab und an eine harte Zeit durch. Wir sollten uns gegenseitig unterstützen.«

»Ein guter Gedanke.« Harry streckte den Rücken durch und sah auf die Menschenmenge aus Farmersfamilien. »Und ich fange direkt damit an.« Er wandte sich an Henderson. »Habe gehört, dein Traktor ist momentan kaputt und du kannst dir die Reparatur nicht leisten. Ich leihe dir unseren für einige Tage, und River wird sich deinen ansehen und schauen, ob er da was machen kann.« Dann blickte er wieder zurück zu den anderen. »Die Zeiten sind schwer genug für uns Farmer. Wenn wir zusammenarbeiten, kann uns das nur helfen. Vor allem gegen solche Großgrundbesitzer wie Richard, die glauben, uns das Geschäft ruinieren zu können.«

Zustimmendes Gemurmel war zu vernehmen. *Na endlich.* Sein Vater hatte seinen Biss wieder. Eine Weile hatte John befürchtet, der drohende Verlust der Farm hätte Harry aus der Bahn geworfen. Doch der alte Knabe war nicht kleinzukriegen. Wie ein unbeugsamer Baum stand er seinem Widersacher gegenüber, bereit, allem zu trotzen.

»Tatsächlich haben wir da was vorbereitet«, rief Ethan, reichte dem Mann neben ihm einen Stapel Blätter und bedeutete ihm, diesen in der Menge herumzureichen. »Das hier sind die ersten Ideen für einen Zusammenschluss unter uns Farmern, eine Art landwirtschaftliche Kooperative, die wir in Firefly Creek gründen wollen.« Er holte tief Luft und sprach weiter. »Wir schlagen vor, dass wir uns auf einen Mindestpreis für unsere Rinder einigen, unter dem keiner von uns verkauft. Wenn genug Farmen mitmachen, haben die Händler keine andere Wahl, als von nun an vernünftig zu zahlen.« Er blickte auf Richard. »High Valley mag die größte Farm in der Gegend sein, aber wir anderen züchten zusammengenommen wesentlich mehr Rinder. Soll High Valley doch zu Dumpingpreisen verkaufen – wir machen da nicht mehr mit! Es ist an der Zeit, dass wir von unserer Arbeit wieder leben können!«

Um ihn herum erklang zustimmendes Johlen und die Farmer klatschten, doch Ethan hob die Hand. »Nächste Woche können alle Interessierten zu einem Treffen kommen. Ort und Zeit stehen auf den Flyern, und dann besprechen wir alles in Ruhe.«

John musterte Richards dunkelrotes Gesicht und glaubte beinahe, Rauch aus dessen Ohren aufsteigen zu sehen. Die Underdogs hatten den Platzhirsch in die Schranken gewiesen, und alle standen hinter ihnen. Ethans Plan war in der Tat exzellent und würde nicht nur Silverwood, sondern auch den anderen Farmen in der Umgebung helfen, im Wettbewerb zu bestehen und sich dem Zugriff der Banken zu entziehen, wenn sie sich zusammenschließen sollten. Und die Chancen dafür standen gut, wenn er die Begeisterung der Umstehenden richtig deutete. Es würde alles wieder gut werden. Vielleicht sogar besser als zuvor.

»Komm mir nie wieder unter die Augen«, zischte Erin Richard zu und ging dann auf Will zu.

Regungslos stand sie vor dem Kerl, der fast ihre Stuten getötet hatte, und sah ihn nur an. John stellte sich neben sie und genoss den alarmierten Ausdruck in Wills bleichem Gesicht.

»Du wolltest meine Existenzgrundlage zerstören, das Lebenswerk meines Vaters, aber am Ende hast du deine eigene Zukunft mit deiner Gier aufs Spiel gesetzt. Ich werde dafür sorgen, dass überprüft wird, warum du diese Neubewertungen angesetzt hast. Deinetwegen werde ich härter arbeiten müssen als je zuvor, und doch wird es in jedem Fall viel besser sein, als mit dir in dieser blitzblanken, sterilen Designerwohnung zu sitzen«, sagte sie. John war überrascht, wie ruhig sie blieb.

Will wollte etwas entgegnen, doch es ertönte ein Räuspern und Ethan löste sich aus der Menschenmenge. »Darf ich kurz?« Fragend blickte er Erin an.

»Nur zu. Ich denke, er weiß nur zu gut, was ich von ihm halte.«

Ethan nickte und wandte sich an Will. »Ich wollte auch eigentlich nur den Verdacht äußern, dass irgendjemand anonym eine Mail mit Fotos von deinem und Richards Mailverkehr an die Geschäftsführung deiner Bank verschickt hat. Ich bin mir ziemlich sicher, dass so ein Verhalten gegen die Richtlinien und diverse Gesetze verstößt und mit einer fristlosen Kündigung geahndet wird. An deiner Seite würde ich mein Geld gut zusammenhalten, es würde mich nicht wundern, wenn demnächst Schadensersatzklagen auf dich zukommen.« Er hob die Hände. »Aber wie gesagt, das ist natürlich nur ein Verdacht.«

Will wurde noch blasser und lockerte mit zitternder Hand seine Krawatte. Flehend sah er in die wütenden Gesichter der Umstehenden. Wie John vermutete, hatten viele von ihnen bei diesem Kerl einen Kredit aufgenommen. Die nächste Zeit sollte für Will mehr als ungemütlich werden. »Das ist alles nicht so, wie es aussieht. Glaubt dieser Frau nicht!«, rief er.

»Das ist Graham Holts Tochter«, donnerte der alte Henderson. »Nicht so ein dahergelaufener Banker mit Schlips. Sie ist eine von uns!«

Erin lächelte dem Mann gerührt zu.

John beugte sich zu ihr hinunter. »Willst du Will nicht wenigstens eine verpassen?« Immerhin hatte sie ihn zweimal in seinem Leben für wesentlich weniger geschlagen.

Sie schüttelte den Kopf. »Ich bin mit Will durch. Er ist es

nicht wert. Ab heute will ich nach vorne sehen und nicht zurück.«

»Du bist eindeutig ein besserer Mensch als ich«, murmelte John, ließ die rechte Krücke fallen und packte Will am Hemd. Mit einer schnellen Bewegung zog er ihn zu sich heran und rammte seinen Kopf nach vorne. Als seine Stirn auf Wills Nase traf, war ein Knirschen zu hören. Mit einem Aufschrei taumelte Will rückwärts, wurde aber von Jim aufgefangen und wieder auf die Beine gestellt. »Das hätte ich schon vor Wochen tun sollen«, knurrte John. »Den Scheck mit den tausend Dollar kannst du per Post an Elderberry schicken, dort bin ich von nun an zu finden«, rief er Will zu.

Dunkelrot tropfte das Blut auf Wills weißes Hemd. John beobachtete, wie er verstört nickte, ehe Jim dem Banker etwas zuflüsterte und dann zurück zu Kat lief und sie in den Arm nahm.

»Fühlst du dich jetzt besser, und wir können endlich unser Preisgeld einkassieren?« Erin schmiegte sich an John und reichte ihm die Krücke, die sie vom Boden aufgehoben hatte.

»Hat gutgetan. Entschuldige, ich konnte einfach nicht widerstehen.« Humpelnd setzte er sich in Bewegung. »Was hast du ihm eigentlich zugeflüstert?«, rief er Jim zu, der ihnen zusammen mit Kat folgte.

»Dass die Rothaarige zu mir gehört und ihn nur verarscht hat.« Jim lachte.

John schmunzelte. Sobald sie das Preisgeld hatten, wollte er Buster zurück nach Silverwood bringen. Hier waren eindeutig zu viele Menschen für seinen Geschmack. Und er wollte endlich ein wenig Zeit mit Erin verbringen und sein Glück genießen. Doch vorher musste er Harry noch um etwas bitten.

»Hier, das ist für dich.« River drückte Erin etwas in die Hand.

Verdutzt starrte sie auf die Zündkerzen. »Ich nehme an, die sind von Wills und Richards Autos?«

»Ich dachte, das ist für die beiden der krönende Abschluss des Tages. Niemand wird heute bereit sein, die beiden abzuschleppen.«

»Harry hat recht.« John betrachtete seinen jüngeren Bruder. »Du kannst ein echter Rotzlöffel sein, aber du hast gute Einfälle.«

»Ich gebe mir Mühe.« River zwinkerte ihm zu und wurde dann von einem hübschen Mädchen abgelenkt, das an ihm vorbeiging. Eilig reichte er Erin das Klebeband und machte auf dem Absatz kehrt. Amüsiert beobachtete John, wie River dem Mädchen folgte.

»Manche Dinge ändern sich nie«, brummte er.

»Manche aber schon.« Erin griff nach seinem Arm und legte ihren Kopf an seine Schulter, als sie weitergingen. »Und jetzt kassieren wir unser Preisgeld!«

***

Jim hatte John und Buster zurückgefahren, während Erin ihre Stute Lucy nach Elderberry gebracht hatte. Kurz vor der Abfahrt hatte John ihr noch zugeraunt, sie solle ihn am frühen Abend besuchen kommen. Und diese Bitte kam ihr sehr gelegen. Es war die perfekte Gelegenheit, um ihm das zu geben, was er sich schon so lange wünschte.

Erin genoss den Ritt über die Weiden in der Gewissheit, das alles hier, ihr Leben auf der Farm, das Vermächtnis ihres Vaters und auch ihre Zucht, vorerst gerettet waren. Ethan hatte recht gehabt: Mit John hatte sie einen Mann an der Seite, der arbeitete wie der Teufel. Mit ihm zusammen würde sie es schaffen, ihre Schulden abzustottern. Es mochten harte Jahre vor ihnen liegen, doch sie würden sie gemeinsam verbringen. Und sie hatte sich längst geschworen, nie wieder einen Kredit aufzunehmen.

Als sie auf den Hof von Silverwood trabte, entdeckte sie John auf einem Strohballen vor Busters Auslauf. Entspannt saß er dort, den verletzten Fuß hochgelegt, und sah sie an.

»Was machst du denn da?«

»Die Ruhe hier draußen genießen«, brummte er. »Drinnen feiern alle, und es war mir zu viel Trubel.« Er lachte auf. »Hast du schon gehört, was nach unserer Heimfahrt drüben in Dunham passiert ist?«

»Das interessiert mich alles nicht mehr«, sagte sie.

»Aber es wird dir gefallen.« John grinste sie an. »Der alte Henderson und ein paar andere Farmer haben Will eine Ladung Gülle vors Haus gekippt.«

»Das haben sie nicht!«, gab Erin lachend zurück. Das gefiel ihr in der Tat. »Ich habe dir was mitgebracht«, verkündete sie, als sie vom Pferderücken rutschte.

»Du reichst mir schon.« Zufrieden lächelte er sie an.

Erin zuckte mit den Schultern, löste den Gurt und zog den schweren Ledersattel von ihrer Stute. »Eigentlich ist es eh mehr ein Geschenk für Buster«, sagte sie und grinste.

Mit zusammengezogenen Augenbrauen beobachtete John, wie sie das Zaumzeug abnahm und ihre Stute Lucy mit einem Arm am Hals zum Paddock führte.

»Das kannst du nicht ernst meinen!« John sprang auf, schnappte sich die Krücken und kam auf sie zu.

»Du hast recht: Buster wird älter und irgendwann wirst du ein junges Pferd brauchen. Und ich habe mich geirrt.« Sie sah auf den Hengst, der sie heute sicher ins Ziel getragen hatte. »Er braucht keine gute Abstammung, um ein hervorragendes Fohlen zu zeugen.«

Fassungslos schaute John sie an. »Ich weiß nicht, was ich sagen soll«, murmelte er.

»Mach einfach das Tor zu seinem Paddock auf, dann werden wir sehen, ob Lucy ähnlich denkt wie ich. Immerhin muss Buster *sie* überzeugen und nicht uns.«

Hektisch löste er die beiden Schlösser und öffnete das Gatter. Mit hoch aufgestelltem Schweif tänzelte ihre Stute hinein.

Erin ging zu dem Strohballen und ließ sich fallen. Jetzt, da all die Anspannung der letzten Zeit von ihr abfiel, spürte sie eine tiefe Müdigkeit in sich aufsteigen. Heute Nacht würde sie das erste Mal seit Wochen ruhig schlafen.

John setzte sich neben sie und beobachtete aus den Augenwinkeln, wie Buster Lucy umwarb. Dann sah er zu Erin. »Ich wollte dir auch etwas geben, deshalb habe ich dich hergebeten.« Er griff in seine Hosentasche und zog etwas heraus. Schließlich hielt er ihr ein Lederband hin, an dem ein schmaler goldener Ring befestigt war.

Unfähig, sich zu bewegen oder auch nur zu atmen, starrte Erin auf den Ring. Endlich legte sich der erste Schreck. »Bist zu verrückt? Kommt das von dem Kopfstoß?«, platzte es aus ihr heraus.

John lachte und schüttelte den Kopf. »Das ist der Verlobungsring meiner Mutter. Harry hat ihn mir gegeben und ich dachte, du kannst bei der Farmarbeit zwar keinen Ring am Finger tragen, aber um den Hals müsste es gehen.«

»Verlobungsring?«, flüsterte Erin und griff nach dem Lederband.

»Ich würde mich ja hinknien, aber ich fürchte, dann komme ich in meinem Zustand nicht mehr hoch«, scherzte er, doch sie konnte nur den zierlichen Ring in ihrer Hand anstarren.

»Du meinst das ernst?« Prüfend sah sie in sein Gesicht. Es hatte nicht den üblichen grimmigen Ausdruck. Stattdessen erkannte sie darin den Jungen von damals. *Ihren Jungen.* Den, den sie schon immer geliebt hatte, auch wenn es ihr nicht klar gewesen war. Mit dem sie alle Höhen und Tiefen durchgestanden hatte und auf den sie sich immer verlassen konnte.

»Verdammt, Erin, lass uns die Sache richtig durchziehen, jetzt wo wir endlich begriffen haben, dass wir nicht ohne einander sein können.«

Sie gluckste und schüttelte den Kopf. »Das ist wohl der mieseste Antrag, der je einer Frau gemacht wurde.«

»Du kennst mich, ich bin nicht romantisch veranlagt. Aber ich habe Silverwood für dich aufgegeben, und das sollte dir zeigen, was du mir bedeutest. Und ich will keine Nacht länger darauf verzichten, neben dir zu schlafen. Du bist schon immer die einzige Frau gewesen, die mich verstanden hat. Ich werde dich ganz sicher nicht mehr hergeben.« Er schaute sie fragend an. »Also, was sagst du?«

Erneut betrachtete sie den Ring. *Charlottes Ring.* Sie konnte sich noch gut an Johns warmherzige Mutter erinnern. Und nun sollte sie den Ring tragen, mit dem Harry damals vermutlich auf eine ähnlich unspektakuläre Art und Weise um Charlottes Hand angehalten hatte? »Ich würde mich geehrt fühlen«, flüsterte sie.

»Ich liebe dich.« Er rutschte an sie heran und küsste sie sanft.

Als sie die Augen öffnete, sah sie an ihm vorbei in den Paddock und löste sich von ihm. »Du wirst dein Fohlen wohl bekommen.«

John folgte ihrem Blick, und ein Grinsen zog sich über seine Lippen. »Guter Junge«, brummte er.

Erin hielt John die Seitentür auf, und er hüpfte an den vollbesetzten Tisch. Ein verführerisch duftender Braten stand in der Mitte des Tisches.

»Hab dir einen Stuhl vom Speicher geholt«, brummte Harry und deutete auf den freien Platz. Erin konnte die Frage in seinem Blick lesen, ignorierte sie allerdings, um ihn noch ein wenig auf die Folter zu spannen. Wortlos setzte sie sich und griff nach einem Teller.

»Habt ihr verflucht gut gemacht heute. Ihr alle. Ich bin stolz auf euch.« Der alte Mann hob sein Glas. »Auf Silverwood und Elderberry.«

Johlend hoben alle ihre Gläser. Jedem Einzelnen war die Erleichterung anzusehen.

Erin tat sich lächelnd von dem Braten auf. Sie hatte jetzt tatsächlich ihren eigenen Stuhl bei den Bennetts. Harry hatte sie damit auf seine eigene Weise in die Familie aufgenommen, und diese Geste rührte sie. Nach all den schlimmen Dingen, die vorgefallen waren, ging es endlich wieder bergauf. Zwar würde sie noch lange brauchen, um den Tod ihres Vaters zu verarbeiten, und vielleicht würde der Schmerz über seinen Verlust nie gänzlich verblassen, doch sie hatte noch ihre Mutter, ihre Farm und nun auch John. Als Erin aufsah, kreuzten sich ihre Blicke. John achtete auf sie, so wie er es immer getan hatte. Seine Schulter war die einzige, an der sie sich anlehnen wollte.

»Verdammt, ihr beiden. Jetzt sagt schon was«, grollte Harry.

Erschrocken starrten die anderen ihn an, während John und Erin sich anlächelten.

»Du bekommst eine weitere Schwiegertochter«, sagte John und schob sich eine Gabel voller Fleisch in den Mund.

»Du meine Güte!« Liz sprang auf und klatschte begeistert. Auch die anderen fielen mit ein, und Kat fiel Erin um den Hals. »Das kommt mehr als überraschend, aber es ist der perfekte Abschluss für diesen Tag.«

»Jetzt kann ich dich leider nicht mehr heiraten«, murrte Ollie. Doch dann lachte er fröhlich. »Aber ich werde euch ganz oft besuchen und euch helfen.«

»Das hoffe ich doch!« Erin wuschelte ihm durch die Haare. Dann griff sie sich unter den Hemdkragen, zog das Lederband mit dem Ring hervor und schaute zu Harry. »Ich danke dir, ich werde ihn in Ehren halten.«

»Das weiß ich.« Wohlwollend nickte er. »Was bin ich froh, dass John von nun an *dein* Problem ist.«

Kaum waren sie und John in Elderberry angekommen, hatte ihre Mutter geweint, wie so oft in letzter Zeit. Doch dieses Mal waren es Freudentränen gewesen. Das kleine Haus würde von nun an einen Menschen mehr beherbergen. Den wichtigsten Menschen in Erins Leben. Sie horchte auf Johns gleichmäßige Atemzüge in der Dunkelheit und rutschte näher an ihn heran. Wohlig vergrub sie ihr Gesicht an seinem Hals und spürte, wie seine Wärme auf sie überging. Niemals hätte sie gedacht, dass das Glück die ganze Zeit so nahe gewesen war. Dass es sich auf der anderen Seite des Grenzzauns befunden hatte und sie nur hätte danach greifen müssen. Zu lange hatte es gedauert, bis sie dies erkannt hatte, doch nun würde sie dieses Glück nie wieder loslassen.

John und sie würden Elderberry wieder auf Vordermann bringen und es zu neuem Erfolg führen. Es lagen harte Jahre vor ihnen, das war ihr bewusst. Doch harte Arbeit hatten sie beide nie gescheut. Mit diesem Mann war alles zu schaffen.

Epilog

»Harry!«, schallte Liz' Stimme aus der obersten Etage.

Harry erhob sich von dem Sofa, auf dem er so viele Abende mit seinem alten Freund hier auf Elderberry verbracht hatte, und stieg die schmale Holztreppe hinauf. In einem hübschen Blumenkleid kam Liz ihm im Flur entgegen und platzte beinahe vor Freude. »Es ist Zeit. Ich gehe zu den anderen, bis ihr so weit seid.«

»Ist gut. Gebt uns ein paar Minuten.« Er trat an die Zimmertür und klopfte.

»Komm rein.« Die Nervosität in Erins Stimme war nicht zu überhören.

Beherzt drückte er die Klinke herunter und ging in den Raum. Einen Augenblick lang glaubte er, seinen Augen nicht zu trauen. Hatte Erin nicht verkündet, sie würde auf keinen Fall ein Hochzeitskleid tragen?

Sie sah unsicher an sich hinunter und strich über den glatten weißen Stoff. »Liz und Kat haben mich in ein Brautmodengeschäft geschleppt. Das war das schlichteste Kleid, das sie dort hatten.« Fast klang es wie eine Entschuldigung.

Es war in der Tat schlicht. Ein glänzender Stoff, ohne Spitze oder irgendwelchen Schnickschnack. Harrys Blick wanderte über den Schnitt des Kleides. Es saß perfekt und betonte Erins Figur, die sie bisher so gut unter Arbeitskleidern versteckt hatte. Sicherlich ahnte John nichts von alldem. Vermutlich glaubte er, sie würde ihn in Jeans heiraten und mit etwas Glück ausnahmsweise keine Stiefel tragen. »Es ist wie für dich gemacht. Schlicht, und dennoch wunderschön«, brummte er.

Nervös lachte Erin und schlang sich die Arme um den Oberkörper. Es war nicht zu übersehen, wie ergriffen sie war. Er trat auf sie zu und suchte ihren Blick. »Ich weiß, du würdest dir wünschen, dass dein Vater diese Rolle übernimmt.«

Sie nickte kaum merklich und schluckte.

»Ich bin nicht dein Vater, aber ich kenne dich, seit du ein Baby warst. Und ich bin froh, dass du von nun an zu meiner Familie gehören wirst.« Er machte eine Pause. »Erin Bennett. Ich finde, das klingt gut.«

Sie lächelte, dann runzelte sie die Stirn. »Wirst du jetzt etwa sentimental, Harry?«

Das war die Erin, die er kannte. »Nur ein wenig.« Er musterte sie erneut. »Du trägst keinen Schmuck«, stellte er fest.

»Ich habe nicht mal Ohrlöcher. Aber ich habe den hier und trage ihn zur Feier des Tages sogar an der richtigen Stelle.« Sie hielt ihre Hand hoch, an der sie Charlottes Ring trug.

Er sah den Moment wie gestern vor sich, als er den Goldring damals an Charlottes Finger gesteckt hatte. Doch heute ging es nicht um seine Vergangenheit, es ging um Erins und Johns Zukunft.

»Die hier habe ich Charlotte zum ersten Hochzeitstag geschenkt.« Er nahm Erins Hand und legte die Perlenkette, die er all die Jahre lang aufbewahrt hatte, hinein.

Seine zukünftige Schwiegertochter betrachtete sprachlos

das Erbstück. *Endlich fehlen* dir *mal die Worte, Mädchen.* Amüsiert griff Harry wieder nach der Kette, löste den Verschluss und trat hinter sie. Mit zitternden Fingern hob Erin ihre Locken an und er legte ihr die Kette um den Hals. »Sie wollte diese Perlen ihrer Tochter vererben.« Harry grummelte amüsiert. »Der Plan hat, wie wir wissen, nicht funktioniert. Aber Liz hat die Kette bei ihrer Hochzeit getragen, und nun tust du es. Und das würde Charlotte sehr freuen.«

»Das bedeutet mir viel, ich danke dir«, flüsterte Erin und drehte sich zu ihm um. »Hättest du je gedacht, dass das hier tatsächlich passieren würde?« Sie lachte hell auf und griff sich in die ungewohnt gebändigten Locken. Sicherlich hatte Liz die wilde Pracht frisiert.

»Ich hatte da so einen Verdacht«, raunte er. Ein Bild, das viele Jahre zurücklag, tauchte in seiner Erinnerung auf. Wie John Erin damals, nach dem Sturz vom Heuboden, das Pflaster aufs Knie geklebt hatte. Und wie Erin es gegen ihre Überzeugung geschehen ließ. Weil es von ihrem Johnny kam. Wenn es Samuel nur vergönnt gewesen wäre, diesen Tag mitzuerleben. Ganz sicher hätte sein Zweitältester darauf bestanden, seine Freundin zum Altar zu geleiten.

»Wollen wir?« Er blickte ihr ernst in die Augen.

»Mir ist schlecht. Und ich habe Angst, dass John doch noch kalte Füße bekommt und abhaut.« Sie biss sich auf die Unterlippe und sah zu Boden.

»Der läuft nicht weg. Du kennst ihn doch. Wenn er sich einmal für etwas entscheidet, ist er ein sturer Bock und bleibt dabei.« Wieder wanderte Harrys Blick über das Kleid. »Und er wird seinen Augen nicht trauen, wenn er dich gleich so sieht, diesen Spaß willst du dir doch nicht entgehen lassen.«

Sie atmete tief ein. »Dann lass uns gehen, ehe *ich* kalte

Füße bekomme.« Sie griff vorsichtig in den feinen Stoff und hob ihn ein wenig an, um nicht daraufzutreten.

Harry lachte. »Du trägst Turnschuhe unter so einem Kleid?«

Erin zuckte mit den Schultern und trat in den Flur. »Es lohnt sich nicht, schicke Schuhe zu kaufen, die ich wohl nie wieder anziehen werde. Dieses Kleid war schon eine Geldverschwendung.«

»Eine atemberaubende Geldverschwendung«, brummte er, als er die Treppe hinter ihr hinabstieg.

Harry streckte den Kopf durch die Küchentür hinaus in den herbstlichen Garten von Elderberry und gab Jim ein Zeichen. Gleich darauf begann sein Sohn, auf der Gitarre zu spielen, und stimmte mit Kat ein Lied an. Die beiden Stimmen harmonierten überraschend gut, und soweit er gehört hatte, war dieser gemeinsame Auftritt eine Premiere. Vielleicht sollte er endlich auch mal an einem Dienstagabend seinen Hintern hochkriegen und sich einen ihrer Auftritte im Pub ansehen.

Er hielt Erin seinen Arm hin. »Bringen wir es hinter uns«, flüsterte er und geleitete sie nach draußen.

Erin und John hatten sich eine Trauung nur im engsten Familienkreis gewünscht, und so waren nur die Bennetts, Claire und Kat im Garten versammelt. Doc Harlow spielte an seinem Hörgerät herum, während Harry seine zukünftige Schwiegertochter zu ihm und John führte. Der alte Tierarzt, Kats Vorgänger in der Praxis, war lange Jahre zugleich der Standesbeamte von Firefly Creek gewesen, und auch wenn er inzwischen im Ruhestand war, wollte Harrys alter Freund es sich nicht nehmen lassen, Erin und John zu trauen. In einem niedlichen Kinderanzug hüpfte Ollie vor ihnen her und warf mit konzentriertem Blick Blumen auf den Rasen.

Als sie Claire erreichten, hielt Harry an, und sie drückte ihrer Tochter mit Tränen in den Augen einen Kuss auf die Wange. Harry griff nach Claires Hand und drückte sie rasch, dann schritt er mit Erin weiter zu John. Mit fassungsloser Miene starrte sein Sohn auf das Brautkleid. Harry konnte erkennen, wie er mühsam schluckte und dann nervös grinste.

Harry schob Erin neben ihn und beugte sich zu seinem Sohn hinüber. »Diese Frau hat ein verdammtes Hochzeitskleid an, hättest du dich nicht heute wenigstens mal rasieren können?«, knurrte er mit Blick auf Johns Dreitagebart.

Erin lachte und küsste John auf die Wange.

Für einen Augenblick betrachtete Harry die beiden und meinte die Kinder von einst vor sich zu sehen. Vor sechsunddreißig Jahren hatten Claire und Graham dieses Mädchen zum ersten Mal nach Silverwood gebracht. John lernte gerade laufen, und Samuel war wie Erin erst wenige Wochen alt gewesen. Harry war sich sicher, dass John dem Mädchen vom ersten Moment an verfallen war.

Er trat zur Seite, während Doc Harlow sich räusperte und mit seiner Ansprache begann. Doch die Worte drangen nur wie durch einen Nebel zu Harry. War es möglich, dass dieses Paar nie zueinandergefunden hätte, wenn er nicht vor vielen Jahren Richard Smith die Nase gebrochen hätte und damit die Fehde begann, die letztlich beide Farmen beinahe zerstört hätte? Das Schicksal war ein wendiges Wiesel, das hatte er in seinem Leben oft genug erfahren. Menschen wurden geboren, heirateten und starben. Sie hassten leidenschaftlich und liebten noch mehr. Drei Frauen hatte er in seinem Leben geliebt und sollte eines Tages doch alleine sterben.

John hingegen würde Erin nie wieder von der Seite weichen, da war Harry sich sicher. In wenigen Minuten würde zusammengefügt, was schon immer zusammengehört hatte.

John sprach sein Gelübde und streifte Erin den Ring über den Finger. Harry sah auf das Land jenseits des Gartenzauns, auf dem Graham Holt sein Leben verbracht und seine Tochter zu dem gemacht hatte, was sie heute war. Genau, wie es bei ihm und John gewesen war. Letztlich war alles so gekommen, wie sie es sich bereits vor Jahrzehnten ausgemalt hatten. *Es ist geschafft, alter Freund.*

Ende

Und so geht es weiter

Lilian Kaliner

Jeder Moment für uns

Roman

Exklusive Leseprobe

24 Jahre zuvor

Das Tropfen des Wassers, das von der Tischkante auf den Boden rann, hallte in seinen Ohren wider. Harry betrachtete, wie die Schrift auf dem Blatt verschwamm und allmählich unleserlich wurde. Wie Gewitterwolken verteilte sich die Tinte in den Pfützen, die das Papier durchnässten. Neben seinen nackten Füßen lagen auf dem abgenutzten Dielenboden die Scherben des Glases, aus dem er gerade getrunken hatte. Die niedergeschriebenen Worte hatten sich aufgelöst, doch was sie aussagten, nicht. Nur langsam drangen sie in Harrys Bewusstsein. *Maggie ist weg.* Maggie, mit der er in den vergangenen sechs Jahren sein Leben geteilt hatte, hatte sich vor einigen Stunden aus diesem verabschiedet. Mit ihr hatte er geglaubt, eine zweite Chance auf ein wenig Glück erhalten zu haben. Nach und nach hatte er Gefühle für Maggie entwickelt, obwohl Harry nicht mehr auf so etwas zu hoffen gewagt hatte. Aus einigen Monaten, die sie hier nach dem Tod seiner Frau ursprünglich als Kindermädchen hatte arbeiten wollen, waren Jahre geworden. Und so vieles mehr.

Er trat nach hinten und spürte, wie sich eine Scherbe in seine Fußsohle bohrte. Harry ignorierte den Schmerz, stapfte in den Flur und steuerte auf die offene Schlafzimmertür zu, blieb stehen und starrte auf das Bett.

Kichern und Glucksen war zu hören, dann sah er, wie sich

die Bettdecke bewegte. Darunter zeichneten sich zwei kleine Körper ab, die wie so oft im Morgengrauen dieses Bett aufsuchten. Maggie hatte ihn in der vergangenen Nacht verlassen, ihn und die Kinder. Langsam ging er auf das Bett zu und setzte sich auf die Matratze. Zwei Lockenköpfe lugten unter der Decke hervor, und seine Söhne strahlten ihn an, ehe sie erneut brabbelnd verschwanden. Harry stützte die Ellenbogen auf den Knien auf und atmete tief durch. Aus dem oberen Stockwerk drangen ein Rumpeln und die Stimmen seiner älteren Söhne. In wenigen Minuten würden sie in der Küche auftauchen, wie ausgehungerte kleine Hyänen, und nach Frühstück verlangen. Und dann müsste er ihnen das Herz brechen. *Erneut.*

Harry hatte geahnt, dass Maggie hier nicht glücklich war, und doch niemals angenommen, dass es derartige Folgen haben sollte. Dass sie das Schicksal der Zwillinge, die sie erst vor zwei Jahren geboren hatte, in seine Hände legen und nur einen Zettel zum Abschied hinterlassen würde. Er hatte ihr gegeben, was er zu geben fähig war, doch offensichtlich hatte es nicht gereicht. Und Harry hatte es nicht erkannt.

Harry ließ sich nach hinten sinken, und augenblicklich warfen sich die Burschen kreischend auf ihn. Er legte einen Arm um jeden von ihnen, zog sie an sich und hielt sie fest. Kichernd versuchten die beiden, sich aus seinem Griff zu befreien, und schmiegten sich schließlich an ihn. »Sechs Söhne«, murmelte Harry. Sechs Söhne hatte er, und erneut würden sie auf sich allein gestellt sein. Er wusste, was nun auf sie zukommen würde.

Die Zwillinge allerdings, die mit ihren dicken kleinen Fingern an den Knöpfen seines Schlafanzugs herumspielten, ahnten nicht, dass sich ihr Leben gerade schlagartig verändert hatte. Dass er und die großen Brüder von nun alles waren, was sie hatten.

Auf der Treppe waren Schritte zu hören, und Harry setzte sich auf. Dann nahm er die Kleinkinder auf den Arm und erhob sich. »Was haltet ihr von Rührei?«, brummte er und erntete Klatschen für seinen Vorschlag. Einen Moment lang sah er in den Spiegel an der Schlafzimmerwand, dann trat er in den Flur.

Kapitel 1

»Komm schon!« Annes Handfläche sauste zum wiederholten Male auf das Lenkrad nieder. Kopfschüttelnd betrachtete sie den Tacho. Kaum überschritt sie sechzig oder siebzig Stundenkilometer, röhrte der Motor des Leihwagens auf. Natürlich waren die Geräusche erst aufgetaucht, nachdem sie den Flughafen verlassen und bereits die halbe Strecke hinter sich gebracht hatte. Und nun zuckelte sie durch die südaustralische Pampa und behielt angespannt die Motortemperatur im Blick, die weiter anstieg. Vermutlich sollte sie anhalten und bei der Autovermietung anrufen. Doch es würde Stunden dauern, bis jemand hier auftauchte und ihr einen Ersatzwagen brachte, und diese Zeit hatte sie nicht. Eigentlich sollte sie schon längst in Firefly Creek sein. Anne schielte auf die Uhr. Es war kurz nach halb elf. Um elf Uhr musste sie in der Kirche sein, egal wie sie es anstellte. Der Zeitplan war auch so schon eng gewesen, doch einen Tag früher von Sydney nach Adelaide zu fliegen hatte sie wegen der Arbeit nicht geschafft. Nein, eigentlich ging es wegen Bill nicht, ihrem übellaunigen Chef, der nicht bereit war, einen Tag mehr als absolut notwendig auf sie zu verzichten. Anne schnaubte bei dem Gedanken an ihren Boss, der ihr zunehmend den Spaß an der Arbeit verleidete. Wie viel angenehmer war es doch gewesen, mit Ethan zu arbeiten. Sie ließ den Blick über die weite Ebene mit den vereinzelten Bäumen schweifen. Gelbe Erde und strohiges Gras, so weit das Auge reichte. Doch dann hatte Ethan sein Leben in Sydney aufgegeben, um zu seinen Wurzeln in dieser Einöde zurückzukehren. Und zu seiner großen Liebe Liz. Fast zwei Jahre war es nun her, dass sie ihren Freund zuletzt gesehen hatte. Regelmäßig schrieben sie einander E-Mails, und hin und wieder telefonierten sie. Vor drei Monaten dann hatte er sie nach Firefly Creek eingeladen, und der Grund dafür war so schön, dass Anne bei dem Gedanken daran erneut ganz aufgeregt wurde. Heute sollte ihr eine Ehre zuteilwerden, mit der sie nicht gerechnet hatte und die sie rührte. Jedenfalls sofern das Auto durchhielt.

Vorsichtig trat sie das Pedal ein wenig weiter durch, und sofort heulte der Motor auf. Es war zum Verrücktwerden! Ihr erster richtiger Urlaub seit zwei Jahren drohte schon am ersten Tag in einem Desaster zu enden. Anne griff nach dem Handy. *Noch immer kein Signal.* Frustriert schleuderte sie es auf den Beifahrersitz und stellte das Radio an. Funktionierte die Klimaanlage noch? Anne hielt prüfend die Hand davor. *Auch das noch.* Brühwarme Luft kam ihr entgegen. Dann konnte sie ebenso gut das Fenster öffnen, auch wenn es ihrer Frisur nach dem Flug den Rest geben würde. Anne ließ die Scheibe hinunterfahren und atmete tief ein. Ethan hatte recht: Die Luft hier draußen war herrlich im Vergleich zur Großstadt. Sie schickte ein Stoßgebet zum Himmel. Die Hauptsache war, sie würde rechtzeitig ankommen.

Kurz nach elf passierte der Wagen das Ortsschild. *Firefly Creek.* Der Name des kleinen Städtchens klang einfach entzückend, fand Anne. Statt den geplanten drei Stunden hatte sie viereinhalb für die Strecke gebraucht – und das, nachdem sie mitten in der Nacht hatte aufstehen müssen, um das Flugzeug zu erwischen, das bei Sonnenaufgang in Adelaide gelandet war. Sicherlich sah sie inzwischen ziemlich mitgenommen aus. Jedenfalls fühlte sie sich wie erschlagen. Sie pustete eine lose Haarsträhne aus dem Gesicht, lehnte sich über das Lenkrad und fuhr die breite Hauptstraße entlang. Irgendwo musste doch ein Hinweis auf die Kirche zu finden sein. Es ging vorbei an winzigen Holzhäuschen und Geschäften. Geschwungene Blechvordächer überragten die Gehwege zu beiden Seiten und luden zum Bummeln ein. Doch ein Blick in die Schaufenster verriet, dass hier vermutlich in erster Linie nützliche Dinge zu erwerben waren. Sicherlich gab es hier draußen keine Boutiquen.

Ihr kam kaum ein Auto entgegen, ganz anders als auf Sydneys vollen Straßen. Anne überlegte anzuhalten und sich in einem Laden nach dem Weg zu erkundigen. Aber das würde sie zu viel wertvolle Zeit kosten. Eine Kirche durfte doch eigentlich kaum zu übersehen sein. Sie linste in eine Seitenstraße, als sie aus den Augenwinkeln eine Bewegung wahrnahm. Gerade noch rechtzeitig trat sie aufs Bremspedal, und der Wagen kam schlitternd zum Stehen – nur Zentimeter vor einem Motorrad.

***

River drehte sich im Halbschlaf um und stöhnte, als er unsanft auf dem Boden aufschlug. Fluchend rappelte er sich auf. Er brauchte einen Moment, um sich zu orientieren und zu erkennen, dass er mal wieder auf der schmalen, fleckigen Couch im Büro der Werkstatt genächtigt hatte. Sein Kopf dröhnte, und der Rücken schmerzte von der unbequemen

Schlafgelegenheit. Neben dem Sofa lagen leere Bierflaschen, einige davon stammten vom Vorabend. Seinen Kopfschmerzen nach zu urteilen vermutlich eher die meisten davon. Er hatte bis spät in die Nacht an einem Auto herumgeschraubt, um den Auftrag rechtzeitig abzuschließen, und dabei das ein oder andere Bier zu viel getrunken. Er runzelte die Stirn. Hatte er den Wagen fertigbekommen? Mit wackeligen Beinen stand er auf und steuerte auf die Bürotür zu. Er ging die Treppe zur Werkstatt hinunter und öffnete die Motorhaube des Autos. Ein Blick genügte, um zu erkennen, dass er immerhin das defekte Teil ausgetauscht hatte. Wie spät war es überhaupt? Er zog das Handy aus der Hosentasche und kniff die Augen zusammen. Das Display zeigte mehrere Anrufe in Abwesenheit. Seine Schwägerin Liz hatte versucht, ihn zu erreichen und auch Quentin. Er öffnete eine Nachricht seines Zwillingsbruders.

Wo zum Teufel steckst du? Q.

Warum telefonierten die beiden ihm hinterher? Ihn beschlich das ungute Gefühl, dass er etwas vergessen hatte. River tippte auf den Kalender. *Charlies Taufe.* »Verdammt!«, entfuhr es ihm. Heute wurde seine kleine Nichte getauft. Nein, sie wurde genau *jetzt* getauft! Er stürzte in das winzige Badezimmer und stellte den Hahn an. Mit beiden Händen klatschte er sich kaltes Wasser ins Gesicht und zog einige Papiertücher aus dem Spender, um sich abzutrocknen. Dann sah er in den Spiegel. Liz würde ihn ganz sicher umbringen. Er trug eine ölverschmierte Arbeitshose, und auf dem schwarzen Shirt prangte unübersehbar ein Fleck von der Pizza, die er sich gestern Abend geordert hatte. Mit dem Daumennagel kratzte er zumindest den eingetrockneten Käse ab. Wenn nur sein Kopf nicht kurz vorm Explodieren wäre. Er öffnete den Spiegelschrank und kramte die Kopfschmerztabletten heraus. Immerhin hatte er hier für seine Übernachtungen in der Werkstatt, die sich in letzter Zeit häuften, eine Zahnbürste deponiert. In Windeseile putzte er sich die Zähne und warf einen letzten Blick in den Spiegel. Er sah immer noch aus, als hätte er durchgefeiert. Doch das spielte jetzt keine Rolle, er musste los. Im Laufschritt eilte er zu seinem Bike, setzte den Helm auf und schwang sich auf den Sitz. Dann schlug er auf den Toröffner und gab Gas.

Das Motorrad fuhr auf die Hauptstraße, doch in der Eile hatte er sich nicht umgesehen. Das Auto, das auf ihn zufuhr, entging River. Als er es bemerkte, war es zu spät, um zu reagieren. Mit kreischenden Bremsen stoppte der Wagen, nur wenige Zentimeter vor seinem Bein. River sah durch die Windschutzscheibe und in die aufgerissenen Augen einer Frau. Er klappte das Visier hoch und hob entschuldigend die Hände. »Sorry!«, rief er und wollte schon weiterfahren, doch die Frau streckte den Kopf zum Fenster heraus. River seufzte und schob das Motorrad an die Seite des Wagens.

»Tut mir echt leid. Ich hab's total eilig und hab Sie übersehen«, nuschelte er unter dem Helm hervor.

»Das habe ich gemerkt«, gab die Frau zurück. »Können Sie mir wenigstens den Weg zur Kirche erklären?«

»Folgen Sie mir einfach.« River ließ den Motor aufheulen und fuhr vor ihr die Hauptstraße entlang. Dann bog er ab und sah in den Rückspiegel. Warum wollte diese Frau auch zur Kirche? Er hatte sie noch nie zuvor gesehen, und das Auto war dem Kennzeichen nach ein Leihwagen. Ehe er weiter darüber nachdenken konnte, rollte er bereits auf den gut gefüllten Parkplatz des Gotteshauses und stellte das Bike auf einem der letzten freien Stellplätze ab. Neben ihm kam der Wagen von eben zum Stehen, und River horchte aufmerksam, als er den Helm absetzte. Dann verstummte der Motor. Er stieg ab und legte die Hand auf die Motorhaube, während die Frau aus dem Wagen sprang. »Haben Sie nicht gehört, dass die Karre ziemlich laut dröhnt?«, fragte er. »Der Motor scheint zu überhitzen.«

»Ach was!«, erwiderte sie giftig.

River sah genauer hin. Die Frau trug nur ein Unterhemd und einen Rock, der oberhalb der Knie endete. Sein Blick wanderte die langen Beine entlang bis zu den nackten Füßen.

»Ist gefährlich, barfuß zu fahren«, sagte er grinsend.

»Ebenso, wie nicht auf den Verkehr zu achten«, wies sie ihn zurecht, öffnete die hintere Tür und zog einen Kleiderbügel mit einer weißen Bluse hervor. Mit flinken Bewegungen schlüpfte sie hinein, knöpfte sie zu und steckte sie ordentlich in den Rockbund. Dann sah sie zu ihm hinüber. »Ist noch was?«

River schluckte. Stand er tatsächlich wie angewurzelt hier und starrte diese fremde Frau an? Rasch sah er auf den Boden. »Sie wollen in die Kirche?«

Sie nickte und löste das Haargummi. Lange dunkelblonde Haare fielen ihr über die Schultern. »Na die Action wird wohl eher in der Kirche stattfinden, als auf dem Parkplatz.«

»Die Taufe«, murmelte River und sah auf die Uhr. »Hat schon angefangen. Liz wird mir den Hintern versohlen.«

Die Frau runzelte die Stirn. »Sie gehen auch hin?«

Er hängte den Helm an den Lenker und machte ein paar Schritte auf sie zu. Dann streckte er die Hand aus. »River Bennett, der Onkel des Taufkinds.«

Ein strahlendes Lächeln erschien auf ihren Lippen, und River hielt die Luft an.

»Dann bist du einer von Ethans Brüdern«, stellte sie fest und griff nach seiner Hand. »Also bin ich immerhin nicht die Einzige, die zu spät kommt.« Sie beugte sich erneut ins Auto und hob eine Tasche hervor, die sie auf den Boden plumpsen ließ. Einen Moment lang wühlte sie darin und zog schließlich eine Bürste heraus.

»Und wer bist *du*?« Wenn sie ihn wie selbstverständlich duzte, würde er es ihr nachtun.

»Anne. Die Patentante.« Sie hielt inne und sah zur Kirchturmuhr hinauf. »Also wenn sie nicht ohne mich angefangen haben, dann werde ich es wohl in wenigen Minuten sein.«

River nickte. Dumpf regte sich etwas in seiner Erinnerung. Vielleicht sollte er öfter mal zuhören, wenn die anderen bei Tisch etwas erzählten. Aber wenn er sich nicht irrte, musste diese Frau Ethans ehemalige Sekretärin und beste Freundin sein. Zumindest hatte sein Bruder gelegentlich ihren Namen erwähnt.

Anne band in beeindruckender Geschwindigkeit ihre Haare zu einem hohen Pferdeschwanz zusammen, und erst jetzt fiel River auf, wie fein ihre Gesichtszüge waren. Sie kramte erneut in der Tasche, beugte sich vor den Seitenspiegel und trug Lippenstift auf. Er starrte schon wieder. Doch er konnte nicht anders. Schließlich griff sie Pumps von der Rückbank, schlüpfte hinein und drehte sich zu ihm um.

»Sieht man mir an, dass ich einen Flug und eine endlos lange Autofahrt hinter mir habe?«, fragte sie hoffnungsvoll.

Mit trockenem Mund schüttelte River den Kopf. »Siehst gut aus«, gab er wahrheitsgetreu zu.

Sie musterte ihn von oben bis unten. »Ich habe mir Sorgen gemacht, weil die Bluse ein paar Knicke bekommen hat, aber wenn ich mit dir zusammen in die Kirche gehe, wird das keinem auffallen.« Sie lachte hell auf und warf die Tasche ins Auto. »Dann lass uns mal gehen, River Bennett.«

Unbehaglich lief River neben ihr her, schon jetzt konnte er sich den strafenden Blick seiner Schwägerin vorstellen, weil er zu spät zur Taufe ihrer Tochter kam. Anne drehte sich zu ihm und kräuselte die Nase, sagte aber nichts.

Sicherlich roch er immer noch nach Bier. Mit einem Kater bei der Taufe seiner Nichte aufzutauchen, war wirklich keine Glanzleistung. Schuldbewusst lächelte er und steuerte auf die breite Holztür zu. Wie hatte er das nur wieder verbocken können?

***

Harry rieb sich über den Schnauzbart und betrachtete seine Schwiegertochter, die ihre einjährige Tochter Charlie auf dem Arm hielt und mit Ethan flüsterte, während sie immer wieder zum Eingang schaute. Zwar spielte sein Sohn Jim etwas abseits des Taufbeckens klangvolle Gitarrenmusik, doch Liz wurde von Minute zu Minute unruhiger. Auch Ethan war sichtlich angespannt und schüttelte immer wieder den Kopf.

Schließlich trat der Pfarrer auf Harry zu. »Was sollen wir machen, wenn die Taufpatin nicht auftaucht?«, fragte er mit gesenkter Stimme.

»Dann muss wohl jemand anderes einspringen«, brummte Harry und ließ seinen Blick über die Bankreihen schweifen. Die Kirche war beinahe voll besetzt. Er war überrascht, wie viele Bekannte sich eingefunden hatten, um die Taufe des jüngsten Bennett-Familienmitglieds zu erleben. Doch einer fehlte. *River.* Harry sah mit stechendem Blick zu Quentin, der in der ersten Bank saß und mit den Schultern zuckte. Sonst waren die Zwillinge unzertrennlich, doch ausgerechnet heute musste sein Jüngster fehlen.

Ethan stellte sich neben ihn. »Ich glaube nicht, dass Anne noch rechtzeitig kommt. Hoffentlich ist nichts passiert, bei ihr geht nur die Mailbox ran.« Sorgenvoll sah er auf das Display seines Handys und steckte es wieder in die Hosentasche.

»Wen willst du dann als Paten nehmen?«, brummte Harry.

»Das ist ja der Mist. Wir haben uns für Anne entschieden, weil sie mir wichtig ist und wir so nicht zwischen meinen Brüdern wählen müssen. Wenn wir einen aussuchen, werden sich die anderen drei auf den Schlips getreten fühlen.« Ethan lachte leise. »Wobei sich keiner außer mir die Mühe gemacht hat, einen anzuziehen.«

»Immerhin haben sie zur Abwechslung Hemden an, so schick habe ich sie seit langem nicht gesehen«, brummte Harry. Ethan war wie immer überlegt vorgegangen. Charlie war das Nesthäkchen der Familie, und alle ihre vier Onkel vergötterten sie. Auch Harry hätte nicht zwischen ihnen als Paten wählen wollen.

Quietschend öffnete sich die schwere Holztür, und augenblicklich drehten sich die Wartenden um.

»Zum Glück«, murmelte Ethan und hob eine Hand, um der Frau zuzuwinken, die neben River den Gang entlangeilte.

Harry zog die Augenbrauen zusammen und betrachtete seinen jüngsten Sohn, der in Arbeitshose und mit fleckigem Hemd zu Quentin wankte und sich ungeschickt auf die Bank plumpsen ließ. Tauchte River tatsächlich betrunken zur

Taufe auf? Harry ließ ein unzufriedenes Grummeln hören. Konnte es nicht ein Mal eine Feierlichkeit geben, bei der sich all seine Söhne benahmen? River neigte dazu, über die Stränge zu schlagen, doch seit er übergangsweise die Werkstatt allein führte, weil sein Chef sich einer Bandscheiben-OP hatte unterziehen müssen, glänzte er durch Abwesenheit. Oft übernachtete er in dem verdreckten Büro der Werkstatt, und wenn er nicht arbeitete, trieb er sich meist mit Quentin auf Partys rum. Dem Burschen fehlte es eindeutig an Verantwortungsbewusstsein. Doch jetzt war nicht der Moment, um sich über diesen Chaoten den Kopf zu zerbrechen. Harry wandte die Aufmerksamkeit seiner Enkelin zu, die gerade um das Taufbecken herumtapste. Er beobachtete, wie Ethan Anne umarmte und Liz es ihm gleich tat, während sie den Neuankömmling strahlend anlächelte. Dann ging seine Schwiegertochter in die Hocke, woraufhin Charlie mit glucksenden Geräuschen auf sie zukam. Liz flüsterte ihrer Tochter etwas zu, nahm sie auf den Arm und überreichte sie an Anne. Etwas ungeschickt balancierte diese das Kind auf ihrer Hüfte und schnitt dem Mädchen Grimassen.

Nun verstummte Jims Gitarrenmusik, und der Pfarrer räusperte sich, um mit seiner Ansprache zu beginnen. Harry war nicht gläubig, vielleicht war er es einmal gewesen. Doch das Leben hatte ihn ein ums andere Mal daran zweifeln lassen, dass es so etwas wie göttliche Führung gab. Ethan und Liz hingegen war diese Taufe wichtig, und vermutlich war es keine schlechte Idee. Immerhin war Charlie eine waschechte Bennett und dementsprechend temperamentvoll. Wenn seine Enkelin sich nur annähernd so entwickeln sollte wie seine Söhne, dann konnte ein Segen nicht schaden.

Charlie krähte entrüstet, als das Wasser ihre blonden kurzen Locken durchnässte, und Anne hatte Schwierigkeiten, sie festzuhalten. Sichtlich erleichtert übergab sie das Mädchen an Ethan, der stolz seine Tochter betrachtete.

Harry sah sich die Frau genauer an, die sein Sohn damals in der Stadt kennengelernt hatte. In den Jahren, in denen Ethan in Sydney gelebt und sie beinahe keinen Kontakt gehabt hatten. Sie schien zu Ethan zu passen und wirkte genau wie dieser auffallend adrett, beinahe zu schick für diesen staubigen Ort. Das Lächeln auf ihren Lippen schien ehrlich, als sie zu Ethan und Liz hinüberblickte.

Wie gut es tat, auf die alten Tage all seine Söhne wieder in der Nähe zu haben. Auf einmal schoben sich kleine Finger in seine schwielige Handfläche. Ein Lächeln zuckte in Harrys Mundwinkeln, während er auf seinen Enkel hinabsah. Der Lausebengel hatte sich von seinen Eltern weggeschlichen, um bei ihm zu stehen. Harry drückte Ollies Hand ein wenig und ging in die Hocke. »Jetzt ist deine Schwester getauft«, flüsterte er dem Sechsjährigen zu.

»Und warum hat der Pfarrer sie gewaschen? Mum hat Charlie gestern Abend gebadet, und heute Morgen hat sie sich noch nicht schmutzig gemacht.«

Harry lachte leise. »Das ist geweihtes Wasser. Damit wurde sie in die Kirche aufgenommen«, flüsterte er.

»Stimmt, das hat Dad mir erklärt.« Der Junge nickte ernst.

Noch immer rührte es Harry, wenn Ollie Ethan seinen Dad nannte. Er musterte die Gesichtszüge seines Enkels. Jeder einzelne davon glich denen Samuels, seinem Zweitgeborenen, der sich vor einer Zeit, die endlos lange her schien, in eine junge Frau aus Melbourne verliebt hatte. *Liz.* Doch dann war Samuel gestorben, noch ehe sein Sohn das Licht der Welt erblickt hatte. Und nun, viele Jahre später, war

Liz endlich wieder glücklich und hatte in Ethan ihre zweite große Liebe gefunden. Harry sah erneut in die fröhlichen Gesichter der Gäste. Scheinbar hatten sich die Einwohner von Firefly Creek inzwischen damit abgefunden, dass sein Sohn sich unerhörterweise in die Frau seines verstorbenen Bruders verliebt hatte. Harry freute sich für Liz und Ethan, dass sie sich nicht mehr andauernd rechtfertigen und die kritischen Blicke der Nachbarn ertragen mussten. Die Liebe trieb seltsame Blüten, das wusste niemand besser als Harry Bennett. Und manchmal wurde der Sinn dahinter erst viele Jahre später offensichtlich, hin und wieder nie.

»Habe ich auch so einen Radau gemacht, als ich damals getauft wurde?«, riss Ollies helle Stimme Harry aus seinen Gedanken.

»Du warst erst wenige Wochen alt. Aber du hast kurz geweint.«

»Und dann?«

»Dann hat John dich im Arm gewiegt, und du hast dich wieder beruhigt«, erinnerte Harry sich.

»Also ist John mein Taufpate?«

»Ganz genau.«

»Warum John?«, fragte Ollie.

Sein Enkel war gerade im Fragealter, und Harry konnte gar nicht zählen, wie oft er Ollies ›Warum‹ täglich hörte. »Weil dein Dad und John nicht nur Brüder, sondern auch beste Freunde waren und dein Dad sich vor seinem Tod gewünscht hat, dass John für ihn auf dich aufpasst.«

Ollie nickte ernst. »Das hat John auch gemacht. Immer. Und jetzt ist Ethan mein Dad.«

Harry schmunzelte und richtete sich auf. So kompliziert war ihre Familiengeschichte doch eigentlich gar nicht.

Wenn ein Sechsjähriger das Gute darin erkannte, dann sollte es auch den Erwachsenen möglich sein. Liz jedenfalls sah heute glücklich aus. Glücklicher als vor sechs Jahren, als sie frisch verwitwet ihren Erstgeborenen in dieses Gebäude getragen hatte.

Der Pfarrer sprach ein Gebet, und Harry bedeutete Ollie, den Kopf zu senken. Aus der ersten Bankreihe ertönte ein Rülpsen, und Harry schüttelte den Kopf, während das Gelächter der Kirchenbesucher durch den hohen Raum schallte. Wie gern würde er sich River vorknöpfen, doch er war sich sicher, dass Liz das schon übernehmen würde.

***

Anne trat im Sonnenschein in den Hof vor der Kirche. Sie schloss die Augen einen Moment lang und atmete tief durch. Nun war sie eine richtige Patentante mit allen Rechten und Pflichten. Nur hatte sie keine Ahnung, was das zu bedeuten hatte. Vermutlich, dass sie von nun an dieses goldige kleine Mädchen nach Strich und Faden verwöhnen durfte. Bisher kannte sie Charlie nur von Fotos und den kurzen Filmchen, die Ethan ihr regelmäßig schickte. In natura war das Kind noch bezaubernder. Allerdings auch etwas frech, doch das überraschte Anne nicht, nach allem, was sie inzwischen über die Familie ihres Freundes wusste.

»Ich bin so froh, dass du es noch rechtzeitig geschafft hast!« Liz kam mit beiden Kindern auf sie zu, und Ethan folgte mit einem älteren Mann.

»Mein Auto hat auf halber Strecke plötzlich angefangen, merkwürdige Geräusche von sich zu geben, und ich musste mit maximal siebzig durch die Landschaft kriechen. Ich habe mich schon mit rauchendem Motor am Straßenrand stehen sehen.« Inzwischen konnte sie über die nervenzehrende Anreise lachen. Jetzt, da sie doch noch Patin geworden war.

»Das klingt nicht gut«, brummte der ältere Mann und wandte sich an Ethan. »River soll sich das ansehen und sich zur Abwechslung mal nützlich machen.« Dann streckte er ihr die Hand entgegen. »Harry Bennett.«

Anne zuckte unter dem festen Händedruck leicht zusammen und bemühte sich, diesen kräftig zu erwidern. »Habe schon viel von Ihnen gehört, Mr. Bennett. Schön, Sie endlich kennenzulernen.«

»Ach ja?« Der alte Mann warf Ethan einen Blick zu, woraufhin dieser grinste. »Sei es drum, nennen Sie mich Harry.« Damit zog er seine Hand zurück, um sie in der Hosentasche zu vergraben.

»Gerne doch.« Anne strich sich die Bluse glatt und überprüfte, ob die Frühlingswärme nicht bereits zu feuchten Flecken geführt hatte. Noch war alles gut, stellte sie erleichtert fest.

»Wäre er nicht so groß, ich schwöre euch, ich würde ihn sofort übers Knie legen«, knurrte Harry Bennett und schaute mit starrem Blick an ihr vorbei.

Anne drehte sich um und sah, wie der Kerl, der ihr beinahe ins Auto gekracht wäre, neben der Kirchentreppe den Kopf in die Büsche steckte.

Fassungslos blickte sie zu Ethan.

»Ja, du hast richtig gesehen.« Ihr Freund verdrehte die Augen. »Mein kleiner Bruder kotzt direkt neben der Kirche, und der halbe Ort sieht dabei zu.«

»Immer das Gleiche«, brummte Harry. »Nicht eine Feier,

ohne dass sich einer von euch danebenbenimmt.« Er griff nach der Hand seines Enkels und lief mit dem Jungen zum Parkplatz.

»Den werde ich mir vornehmen«, sagte Liz kopfschüttelnd, sah aber gleich darauf lächelnd zu Anne. »Wir fahren jetzt alle auf die Farm und feiern dort nachher im Familienkreis. Wenn du willst, kannst du dich vorher noch etwas ausruhen.«

»Am besten holst du deine Sachen aus dem Wagen und gibst mir die Schlüssel. Dann schauen wir, bei wem noch Platz für dich im Auto ist, und River soll sich, sobald er wieder nüchtern ist, den Leihwagen ansehen«, sagte Ethan.

»Kann er das denn auch?« Unsicher sah Anne ihn an. »Ich rufe vielleicht besser die Autovermietung an«, überlegte sie.

»Die würden den Auftrag so oder so an River weiterleiten, er arbeitet in der einzigen Werkstatt in der Nähe.« Ethan zwinkerte ihr zu. »Auch wenn er sich heute nicht gerade von seiner besten Seite zeigt, hat er durchaus was drauf.«

»Wenn du das sagst.« Sie lächelte ihn an. Wie gut es tat, ihren Freund endlich wiederzusehen und Liz und die Kinder kennenzulernen.

John beugte sich zu ihrem silbernen Trolley hinunter, und Anne beobachtete entsetzt, wie er ihn auf die Ladefläche seines Pick-ups schleuderte und der Koffer mit einem kratzenden Geräusch über das Metall rutschte.

»Hast dich nicht verändert, John«, kommentierte sie.

John bedachte sie mit dem gleichen starren Blick wie bei ihrem ersten Aufeinandertreffen vor zwei Jahren in Sydney. Die Ähnlichkeit zu Harry war nicht zu leugnen. Wie sein Vater hatte er beinahe schwarze Augen und dunkle Haare, doch das galt, soweit sie es bisher überblickte, für alle Brüder bis auf Ethan, der mit seinen blauen Augen und dem blonden Haarschopf hervorstach. Und zwar nicht nur, was das Aussehen anging, er schien der einzige zivilisierte Bennett zu sein.

John schnaufte und hielt ihr die Beifahrertür auf. »Darf ich bitten?«, brummte er.

»Du darfst.« Kichernd kletterte Anne auf den Sitz. John stapfte um den Wagen herum und ließ sich auf den Fahrersitz fallen. Kaum hatte er den Zündschlüssel umgedreht, dudelte Countrymusik aus dem Radio. Anne zog die Pumps aus und legte sie auf dem Armaturenbrett ab, woraufhin ihr John einen weiteren strengen Blick zuwarf. Offensichtlich war er nicht begeistert davon, den Taxifahrer für sie zu spielen.

Er legte den Gang ein und fuhr rumpelnd vom Parkplatz auf die Straße. Erneut betrachtete Anne die Häuser mit den eingezäunten Vorgärten. War sie überhaupt schon mal in solch einem Ort mitten im Nirgendwo gewesen? Ihr kamen die Kleinstädte in den Sinn, die sie auf der Fahrt von Sydney nach Brisbane durchquerte, wenn sie ihre Mum besuchte. Doch auch diese Städtchen waren nicht ansatzweise so abgelegen wie Firefly Creek. Als sie die Siedlung hinter sich gelassen hatten und sich das Weideland um sie ausbreitete, schielte Anne zu John hinüber. »Hab gehört, man darf dir gratulieren.«

»Danke.« Er nickte und ließ die Straße nicht aus den Augen.

Anne hatte es gar nicht glauben können, als Ethan ihr von Johns Hochzeit erzählte. Anscheinend war es für alle ziemlich schnell und überraschend gekommen. John hatte wohl nach beinahe einem halben Leben endlich begriffen, dass er eigentlich schon seit dem Kindergarten in die Tochter von der Nachbarfarm verliebt war. »Lerne ich deine Frau heute kennen?«, hakte sie nach.

»Erin ist mit ihrer Mutter zurück nach Elderberry gefahren. Wir können uns nicht beide einen ganzen Tag freinehmen, selbst an einem Sonntag nicht. Aber immerhin war sie in der Kirche dabei.«

»Und Elderberry ist die Farm, die ihr jetzt gemeinsam bewirtschaftet?«

»Ja.«

»Gesprächig wie eh und je, was, John?« Anne lachte und genoss die Sicht bis zum Horizont.

John deutete auf ihre Pumps. »Hoffentlich hast du noch andere Schuhe dabei, damit brichst du dir auf Silverwood die Knöchel.«

»Ethan hat mich vorgewarnt. Ich habe Sneaker eingepackt.«

»Etwa weiße?«

»Ja.«

»Die sind gelb, wenn du zurückfliegst.« Brummelnd lachte er auf.

John bog in eine Abzweigung ein, und Anne hörte ihren Koffer über die Ladefläche rutschen. Also würden ihre Schuhe nach ein paar Tagen auf der Farm gelb sein und ihr Trolley zerkratzt. Aber sie hatte nicht vor, sich von John die Laune verderben zu lassen. Oder von dessen jüngerem Bruder, der ihr beinahe in den Leihwagen gekracht war. Oder von dem Flug zu unchristlicher Zeit und der nervenaufreibenden Fahrt. Nein, Anne hatte sich entschieden, positiv zu denken, und würde sich daran halten. Und nun wollte sie endlich das Land sehen, auf dem ihr Freund aufgewachsen war.

Etwa eine Viertelstunde später deutete John nach draußen. »Silverwood«, brummte er.

»Wo?« Anne reckte sich und betrachtete die Weiden mit den Rindern.

Wieder grummelte es neben ihr. »Das alles hier, wir sind eben auf das Land meiner Familie eingebogen.«

»Das gehört alles euch?«

»Ja.«

»Und ich habe ein Zimmer in einer WG«, murmelte Anne.

Johns Mundwinkel zuckten. »Silverwood ist nicht so groß wie manch andere Farmen in der Region, 971 Hektar, um genau zu sein. Elderberry ist deutlich kleiner. Aber beide bringen Rinder in top Qualität hervor.« In seiner Stimme schwang Stolz mit.

Anne schaute auf die Rinderherde, die sich hinter dem Holzzaun auf der Grasfläche verteilte. »Wirklich beeindruckend. Ich glaube, ich habe noch nie so viele Kühe auf einem Fleck gesehen.«

»Das ist nur ein Teil unseres Bestands. Ich bin sicher, irgendjemand wird dich auf Erkundungstour über das Grundstück mitnehmen.« Er zeigte nach vorn. »Wir sind gleich da.«

Ein Haus aus rotem Sandstein tauchte am Ende des Weges auf. Hohe Bäume rahmten die mit Efeu bewachsenen Mauern ein, und die weißen Fensterläden versetzten Anne innerlich ins Schwärmen. »Das ist alles gar nicht so heruntergekommen, wie Ethan meinte«, rutschte es ihr heraus.

Da war er wieder, dieser stechende Blick. »Ist ein altes Haus. Aber es wird uns noch alle überdauern.«

Anne presste die Lippen aufeinander. John und Ethan waren nicht wirklich gut miteinander ausgekommen in der Vergangenheit. Nein, das war eine grenzenlose Untertreibung.

Als John damals die Liebesbeziehung zwischen Ethan und Liz entdeckt hatte, kam es zu einer Prügelei zwischen ihm und John, und Ethan wurde von der Farm gejagt. Doch Monate später war John nach Sydney gefahren, um mit Ethan reinen Tisch zu machen. Nach allem, was Ethan ihr so erzählte, kamen die Brüder inzwischen besser miteinander zurecht. Doch was genau das bedeutete, wusste sie nicht.

Als sie auf dem Parkplatz vor dem großen Wohnhaus anhielten, stiegen Liz und Ethan gerade aus ihrem Auto. Ihr Freund hielt das eingeschlafene Taufkind in den Armen, und Ollie flitzte auf John zu und klammerte sich an dessen Bein. »Kämpfen wir mit den Schwertern?«, krähte Ollie und grinste seinen Onkel an.

»Dieses Spiel wird dir wohl niemals langweilig«, antwortete John lachend, warf sich den Jungen über die Schulter und stapfte davon.

»Ich bringe Charlie ins Bett«, flüsterte Ethan und ging auf das Haus zu.

»Und ich zeige dir dein Zimmer.« Liz stellte sich auf die Zehenspitzen, um den Koffer zu erreichen, und zog ihn von der Ladefläche hinunter.

»Lass mich lieber ziehen, ich habe ihn randvoll gepackt.« Anne klemmte ihre Pumps unter den Arm und griff nach dem Koffer. Die kleinen Steine auf dem Boden piksten in ihre Fußsohlen, doch bald hatten sie den Steinweg erreicht, der an der Hauswand entlangführte.

Liz, die sich Annes Tasche über die Schulter gehängt hatte, geleitete sie durch den Seiteneingang des Hauses in die Küche und dann eine glänzende, gewundene Holztreppe in den ersten Stock hinauf. Zu beiden Seiten des Gangs sah sie mehrere Türen.

»Und hier wohnt ihr alle?«, fragte Anne und zählte lautlos die Zimmer.

»Fast. John ist ja ausgezogen, und Jim schläft häufig bei seiner Freundin Kat. Du wirst sie nachher sicherlich auch noch kennenlernen«, erzählte Liz fröhlich, während sie an den Türen vorüberging und nacheinander auf sie deutete. »Hier wohnt Quentin, hier River, und das hier ist Johns altes Zimmer. Das habe ich für dich vorbereitet.« Sie drehte sich zur anderen Seite. »Und hier ist Jims Reich, hier leben Ethan und ich, da ist das Kinderzimmer, und direkt bei der Treppe liegt das Badezimmer.«

»*Das* Badezimmer?« Anne sah sie verblüfft an. »Sag nicht, ihr habt nur *eins* bei so vielen Leuten.«

Liz lachte hell und tätschelte ihr den Arm. »Oh doch, leider. Du wirst dich morgens beeilen müssen, Anne, hier wird mit Ellenbogen um die Zeit unter der Dusche gekämpft.«

Anne fiel in ihr Lachen mit ein. Das hier war wirklich eine gänzlich andere Welt.

Liz öffnete die Tür, und Anne trat hinter ihr ein.

»Ich habe tagelang gelüftet und alles gründlich geputzt, aber ich sage dir, dieser Männermief ist einfach nicht rauszukriegen.« Sie deutete auf eine Schale mit Potpourri auf dem Nachttisch. »Nicht mal das hilft.«

Anne atmete ein und grinste. »Das ist in der Tat eine sehr männliche Duftnote.«

Ihre Gastgeberin gluckste. »John ist schon vor Monaten ausgezogen, aber ich fürchte, der Geruch wird für immer bleiben. Und die Zimmer der Zwillinge erst«, sie schüttelte sich, »steck da lieber nie den Kopf rein, so halte ich es auch.«

Anne sah sich in dem geräumigen Raum mit dem abgenutzten Dielenboden um. Obwohl es etwas müffelte, war alles blitzblank. Außer einem Bett und dem Nachttisch bestand die Einrichtung nur aus einem Regal mit einigen Habseligkeiten, die vermutlich von John stammten, und einer Kommode. An der Wand rechts von ihr hing ein vergilbtes gerahmtes Foto, und Anne ging darauf zu. Ein Junge und ein Mädchen mit wilden Locken saßen auf einem Pferd und lachten in die Kamera.

»Erin und John«, sagte Liz und trat neben sie.

»Und sie sind wirklich schon so lange befreundet?«

»Seit sie denken können.« Liz strahlte. »Und endlich haben die beiden erkannt, was wir alle schon immer wussten: dass sie wie füreinander gemacht sind.«

»Eine bewegte Liebesgeschichte, wie ich annehme?«

»So wie alle in diesem Haus. Heute und in der Vergangenheit.« Liz schmunzelte. »Ich lasse dir jetzt etwas Ruhe und richte das Fingerfood für die Feier an. Wenn du so weit bist, komm einfach runter.«

»Danke, das werde ich tun.« Anne wartete ab, bis sich die Tür geschlossen hatte, und wuchtete den Koffer aufs Bett. Mit den Fingerspitzen fuhr sie über den bunten Quilt, der dort lag, und öffnete dann den Reißverschluss. Sorgsam nahm sie die in pinkes Papier gewickelten Geschenke für Charlie heraus und auch eins für Ollie. Sicherlich freute sich der große Bruder ebenso, etwas verwöhnt zu werden. Danach trat sie ans Fenster und sah hinaus auf den Parkplatz. Zwei Motorräder nährten sich in eine Staubwolke gehüllt mit beeindruckender Geschwindigkeit. Das waren wohl die Zwillinge. Anne blickte weiter nach links zu einer Wiese, auf der unter hohen Eukalyptusbäumen mehrere Tische standen, deren weißen Tischdecken im sachten Wind flatterten. Weiße und rosa Luftballons hingen hier und da an den Ästen, und Anne musste bei dem zauberhaften Anblick lächeln. Eine Woche würde sie hier verbringen, ihr Patenkind richtig kennenlernen, sich mit Ethan austauschen und bestimmt mal mit Liz zusammensitzen, die sie schon jetzt mochte. »Willkommen auf Silverwood«, flüsterte Anne.

Lilian Kaliner
Jeder Moment für uns
Firefly Creek Band 4

Hedderichstr. 114, D-60596 Frankfurt am Main
ISBN 978-3-596-70554-2
erscheint am 25. 01. 2023

Lilian Kaliner
Sehnsucht in deinem Herzen
FIREFLY CREEK Band 1
Roman

Willkommen in Firefly-Creek, der Stadt der Glühwürmchen, und willkommen auf der Ranch der Bennetts!
Endlich wieder zu Hause! Wie hat Ethan Bennett diese herrliche Landschaft um die Silverwood Ranch vermisst. Nachdem er seinen Job in Sydney verloren hat, will er einen Neuanfang wagen, und wo ginge das besser als zu Hause? Sofort ist er wieder mittendrin im turbulenten Alltag der großen Bennett-Familie. Doch mit einem hat Ethan nicht gerechnet – mit der wunderschönen Liz, die den chaotischen Haushalt seines Vaters und seiner vier Brüder führt. Eine Frau wie sie hat er noch nie getroffen. Ethans Herz beginnt laut zu schlagen, wenn sie ihn nur anlächelt …

448 Seiten, broschiert

Weitere Informationen finden Sie auf
www.fischerverlage.de

AZ 596-70551/1

Lilian Kaliner

Das Glück findet dich

FIREFLY CREEK Band 2

Roman

Der zweite Band der beliebten Australien-Serie um eine aufregende Großfamilie und fünf charmant eigensinnige Brüder.

Firefly Creek, ein malerisches Städtchen in Südaustralien, ist für Kat Roberts der ideale Ort, um neu anzufangen. Endlich kann sie ihre eigene Tierarztpraxis eröffnen. Schnell findet sie neue Freunde. Und dann gibt es da Jim Bennett, den ruhigen und attraktiven Farmersohn. Wenn er sie in die Arme nimmt, fühlt sie sich glücklich und geborgen. Doch auf einmal holen sie ihre früheren Fehler wieder ein, und alles steht auf dem Spiel. Kat muss sich ihrer Vergangenheit stellen, damit Jim und sie eine gemeinsame Zukunft haben.

384 Seiten, broschiert

Weitere Informationen finden Sie auf
www.fischerverlage.de

AZ 596-70552/1